（典藏版）

百部国学传世经典

中华国学经典盛宴／获取先贤核心

诗经

【春秋】孔　子／编订

史靖妍／主编

漓江出版社

图书在版编目(CIP)数据

诗经 /(春秋)孔子编订;史靖妍主编. --桂林:
漓江出版社,2017.7
(百部国学传世经典)
ISBN 978-7-5407-8173-6
Ⅰ.①诗… Ⅱ.①孔… ②史… Ⅲ.①古体诗-诗集-
中国-春秋时代 Ⅳ.①I222.2
中国版本图书馆 CIP 数据核字(2017)第 171906 号

诗 经

作　　者 【春秋】孔子　编订
主　　编 史靖妍

策划统筹 陈植武　林晓鸿
责任编辑 陈植武
助理编辑 甘智洪

出 版 人 刘迪才
出版发行 漓江出版社
社　　址 广西桂林市南环路 22 号
邮　　编 541002
网　　址 www.lijiangbooks.com
印　　制 北京飞达印刷有限责任公司
开　　本 710 mm×1000 mm　1/16
印　　张 30
字　　数 554 千字
版　　次 2017 年 8 月第 1 版
印　　次 2023 年 7 月第 4 次印刷
书　　号 ISBN 978-7-5407-8173-6
定　　价 45.00 元

前言

中华民族有着数千年的文明历史，创造了光辉灿烂的古代文化，其中中国传统国学是我国辉煌灿烂的文化典籍的核心部分，它博大精深、源远流长，显示出中华文化的深厚根基，给人类留下了丰富的精神财富。它是我们炎黄子孙的文化精髓，它塑造了我们中华民族的民族精神，是培育民族精神的重要资源。它开启心智，滋润生命，陶冶人格，塑造灵魂。

开卷有益，忙碌的人们闲暇之时，应该用传统国学来陶冶自己的情操，开阔自己的心胸，提高自己的人文修养，用先人的哲思来涤荡自己忙碌的心灵。我们应该坚持阅读的爱好，在潮流文化的强大攻势下，让传统文化永驻我们的心田。“复兴国学，从根本上讲，是复兴中华民族的自尊心、自信心。”我们要甄选传世经典著作中最经典的部分来读，要以开放的胸襟和燃烧的激情去承接古人的经典大论与哲思华章，以自豪而不狂妄、执着而不僵化的精神风貌来直面当今社会的竞争与挑战。

为了弘扬中国传统文化，帮助读者深刻了解我们的历史与文化，用经典历史文学知识陶冶情操、提高文化修养，同时使国学得到承传，得以弘扬光大，我们精心编排了本书。为了便于读者理解和领会古代先贤的思想与精神，我们在文章中选取了与正文相契合的插画，将插画与正文有机地结合在一起，可大大增加读者的阅读趣味。

本书选取了国学经典著作中很多优秀的作品及资料，博采各类经典作品的长处，并有所创新，以使得本书风格迥异、卓然超群，相信会给读者带来全新感受。

由于时间仓促，书中难免有不尽之处，恳请读者朋友们提出宝贵意见，在此深表谢意。

目录

国风

小雅

大雅

颂

国风

周南

周南：西周初期，周公姬旦和召公姬奭(shì)分陕(今河南陕县)而治。周公旦居东都洛邑，统治东方诸侯。《周南》当是周公统治下的南方地区的民歌，范围包括洛阳以南，直到江汉一带地区。意为南国之诗，或意为用南国乐调写的诗，共计十一篇。《周南》《召南》合称二南。

关雎

关关雎鸠①，在河之洲。窈窕淑女②，君子好逑③。

参差荇菜④，左右流之⑤。窈窕淑女，寤寐求之⑥。求之不得，寤寐思服。悠哉悠哉⑦，辗转反侧。

参差荇菜，左右采之。窈窕淑女，琴瑟友之。参差荇菜，左右芼之。窈窕淑女，钟鼓乐之⑧。

周公姬旦

注解

①关关：嘤嘤，和鸣。雎鸠：王雎，似凫雁。

②窈窕：美。淑：善。

③逑：配偶，伴侣。

④参（cēn）差（cī）：长短不一。

⑤流：求，捋取。

⑥寤寐：梦寐。

⑦悠：长久。

⑧乐（yuè）：喜悦。

译文

雎鸠

雎鸠关关相对唱，双栖黄河小岛上。文静秀丽好姑娘，真是我的好对象。

长短不齐鲜荇菜，顺着水流左右采。文静秀丽好姑娘，白天想她梦里爱。追求姑娘未如愿，醒来梦里意常牵。相思悠悠情无限，翻来覆去难成眠。

长短不齐荇菜鲜，采了左边采右边。文静秀丽好姑娘，弹琴奏瑟亲无间。长短不齐荇菜鲜，拣了左边拣右边。文静秀丽好姑娘，敲钟打鼓使她欢。

荇

点评

《关雎》的内容很单纯，是写一个“君子”对“淑女”的追求，写他得不到“淑女”

时心里苦恼，翻来覆去睡不着觉；得到了“淑女”就很开心，叫人奏起音乐来庆贺，并以此让“淑女”快乐。这诗的主要表现手法是兴寄，此诗以雎鸠之“挚而有别”，兴淑女应配君子；以荇菜流动无方，兴淑女之难求；又以荇菜既得而“采之”“芼之”，兴淑女既得而“友之”“乐之”等。这种手法的优点在于寄托深远，能产生文已尽而意有余的效果。

葛覃

葛之覃兮[1]，施于中谷[2]，维叶萋萋[3]。黄鸟于飞[4]，集于灌木，其鸣喈喈[5]。

葛之覃兮，施于中谷，维叶莫莫[6]。是刈是濩[7]，为絺为綌[8]，服之无斁[9]。

言告师氏[10]，言告言归[11]。薄污我私[12]，薄浣我衣[13]。害浣害否[14]，归宁父母[15]。

注解

①葛：葛藤，一种多年生草本植物，纤维可以用来织布。覃：长。

②施：蔓延。中谷：谷中。

③维：语气助词，没有实义。萋萋：茂盛的样子。

④黄鸟：黄鹂。于：语气助词，没有实义。

⑤喈喈：鸟儿鸣叫的声音。

⑥莫莫：茂密的样子。

⑦刈：用刀割。濩：煮。

⑧絺：细葛纤维织成的布。綌：粗葛纤维织成的布。

⑨服：穿着。无斁：心里不厌弃。

⑩言：语气助词，无实义。师氏：管女奴的老妈子，一说女师。

⑪归:指回娘家。

⑫薄:语气助词,没有实义。污:洗去污垢。私:内衣。

⑬浣:洗涤。

⑭害:曷,何,什么。否:不。

⑮归宁:指回娘家。

译文

葛草长得长又长,漫山遍谷都有它,藤叶茂密又繁盛。黄鹂上下在飞翔,飞落栖息灌木上,鸣叫婉转声清丽。

葛草长得长又长,漫山遍谷都有它,藤叶茂密又繁盛。割藤蒸煮织麻忙,织细布啊织粗布,做衣穿着不厌弃。

告诉管家心里话,说我心想回娘家。快把内衣洗干净,快把外衣洗干净。洗和不洗分清楚,回娘家去看父母。

黄鸟

点评

男女有分工,这是自然法则。吃苦耐劳粗犷剽悍是男子汉的本色,灵巧细心温柔贤慧周到体贴是女人的本色。男耕女织、自给自足的生活方式,陶冶出的是自然平和、恬淡悠然的心态,是知足常乐、乐天知命的满足和幸福感。

卷耳

采采卷耳,不盈顷筐。嗟我怀人,寘彼周行①。

陟彼崔嵬②,我马虺隤③。我姑酌彼金罍④,维以不永怀。

陟彼高冈,我马玄黄。我姑酌彼兕觥⑤,维以不永伤。

陟彼砠矣⑥,我马瘏矣⑦。我仆痡矣⑧,云何吁矣⑨!

注解

①周行(háng):大路。

②陟彼崔嵬:陟(zhì),登上;崔嵬(wéi),高山。

③虺隤(huǐtuí):马疲不能升高之病。

④金罍:铜铸的酒器。

⑤兕觥(sìgōng):用兕角做的酒杯。

⑥砠:有土的石山。

⑦瘏(tú):马病。

⑧痡(pū):因劳致病。

⑨吁(xū):同"恤",忧愁。

译文

采了又采卷耳菜,采来采去不满筐。叹息想念远行人,竹筐放在大路旁。

登上高高的石山,我的马儿已困倦。我且斟满铜酒杯,让我不再长思念。

登上高高的山冈,我的马儿步踉跄。我且斟满牛角杯,但愿从此不忧伤。

登上高高山头哟,我的马儿难行哟。我的仆人病倒哟,多么令人忧愁哟。

点评

《卷耳》四章,第一章是以思念征夫的妇女的口吻来写的;后三章则是以思家念归的备受旅途辛劳的男子的口吻来写的。犹如一场表演着的戏剧,男女主人公各自的内心独白在同一场景同一时段中展开。隐去了"女曰""士曰"一类的提示词,让戏剧冲突表现得更为强烈,让男女主人公"思怀"的内心感受交融合一。

樛木

南有樛木①，葛藟累之②；乐只君子③，福履绥之④。

南有樛木，葛藟荒之⑤；乐只君子，福履将之⑥。

南有樛木，葛藟萦之；乐只君子，福履成之⑦。

注解

①樛(jiū)木：树干弯曲的树。

②葛藟(lěi)：葛和藟是两种草本蔓生攀援植物。一说是一种草，状如葛藤，故称“葛藟”，亦可通。累：缠绕。

③只：语助词。

④福履：福禄，幸福。绥：通“妥”，下降的意思。《礼记·曲礼》“大夫则绥之”句，“疏”曰：“绥，下也。”

⑤荒：掩蔽。

⑥将：扶助，帮衬。

⑦成：与“就”互训，“就”是接近的意思，有主动来亲近的涵义，如“就近”“移樽就教”之“就”。

译文

南边弯弯树，葛藤缠着它；快乐的人儿，幸福降临他。

南边弯弯树，葛藤荫盖它；快乐的人儿，幸福佑护他。

南边弯弯树，葛藤围绕它；快乐的人儿，幸福伴随他。

点评

“乐只君子，福履绥之”二句，乃是首章所咏之本体；“南有樛木，葛藟累之”二句，则是引起所咏之词的“兴”体。后二章每章只改动二字，大体意思与首章相近，运用的是“国风”常用的“叠章”形式。以反复咏唱逐层推进，在回环往复中造成浓浓的感情。故从“兴”之引起的“所咏之词”看，这乃是一首为“君子”祝“福”的歌，当无可疑。

螽斯

螽斯羽①，诜诜兮②。宜尔子孙③，振振兮④。

螽斯羽，薨薨兮⑤。宜尔子孙，绳绳兮⑥。

螽斯羽，揖揖兮⑦。宜尔子孙，蛰蛰兮⑧。

注解

①螽斯：蝗虫。羽：翅膀。

②诜诜：同“莘莘”，众多的样子。

③宜：多。

④振振：繁盛的样子。

⑤薨薨：很多虫飞的声音。

⑥绳绳：延绵不绝的样子。

⑦揖揖：会聚。

⑧蛰蛰：多，聚集。

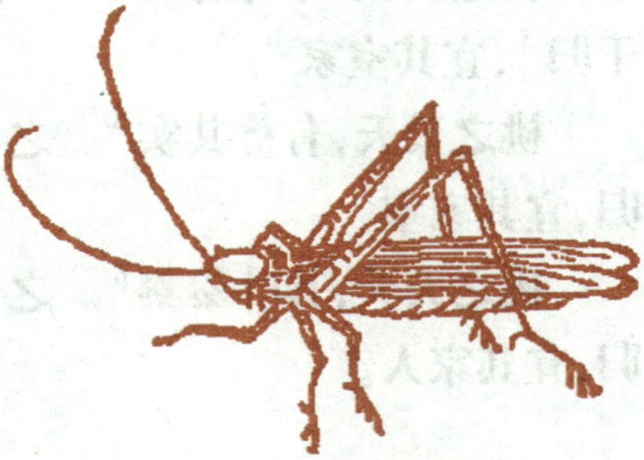

螽斯

译文

蝗虫拍打着翅膀，成群飞来乱纷纷。你的子孙多又多，多得兴旺又繁盛。

蝗虫拍打着翅膀，成群飞来闹哄哄。你的子孙多又多，多得兴旺又繁盛。

蝗虫拍打着翅膀，成群飞来聚成团。你的子孙多又多，多得成片数不清。

尧

点评

子孙，是生命的延续，晚年的慰藉，家族的希望。华夏先民多子多福的观念，在尧舜之世已深入民心。《庄子·天地》篇有“华封人三祝”的记载：尧去华地巡视，守疆人对这位“圣人”充满敬意，衷心地祝愿他“寿、富、多男子”。而再三颂祝“宜尔子孙”的《螽斯》，正是先民这一观念诗意地热烈抒发。

桃夭

桃之夭夭[①]，灼灼其华[②]。之子于归[③]，宜其室家[④]。

桃之夭夭，有蕡其实[⑤]。之子于归，宜其家室。

桃之夭夭，其叶蓁蓁[⑥]。之子于归，宜其家人。

注解

①夭夭：言桃之少而好。

②灼灼：鲜明繁盛。

③之子：犹言这位女子，指新婚女子。归：妇人谓嫁曰归。

④宜：和顺。室家：室谓夫妻所居，家谓一门之内。

⑤蕡（fén）：指桃实的圆大。一说"蕡"古音读作斑，"有蕡其实"，即有斑其实，意谓桃实将熟，红白相间，其实斑然。

⑥蓁蓁：树叶茂盛的样子。

译文

小桃长得真姣好，红红的花儿多光耀。这姑娘要出嫁了，家庭的生活定美好。

小桃长得多姣好，红白的桃儿多肥饱。这姑娘要出嫁了，家庭的生活定美好。

小桃长得真姣好，绿绿的叶儿多秀茂。这姑娘要出嫁了，家人的生活定美好。

点评

这是一首祝贺年轻姑娘出嫁的诗。据《周礼》云："仲春，令会男女。"朱熹《诗集传》云："然则桃之有华（花），正婚姻之时也。"可见周代一般在春光明媚桃花盛开的时候姑娘出嫁，故诗人以桃花起兴，为新娘唱了一首赞歌。

桃

兔罝

肃肃兔罝①，椓之丁丁②。赳赳武夫③，公侯干城④。

肃肃兔罝，施于中逵⑤。赳赳武夫，公侯好仇⑥。

肃肃兔罝，施于中林⑦。赳赳武夫，公侯腹心⑧。

注解

①肃肃：整齐而严密的样子。兔罝(jū)：捕兽的网。兔一说同“菟”，南方称虎为“菟”，菟网即捕虎的网。

②椓(zhuó)：敲打。丁(zhēng)：象声词，敲击木桩的声音。

③赳赳：威武的样子。武夫：武士。

④公侯：周时统治者的爵位。周天子下面，有公、侯、伯、子、男四等爵位(子、男同等)。干城：指守卫的武士如干如城，能抵挡敌人的进攻。干，盾牌。

⑤施：设置，布置。中逵：逵中。逵，纵横交叉的路口。《孔疏》：“九达谓之‘逵’。”

⑥好仇：好助手。仇，同“逑”，匹配的意思。

⑦中林：林中。

⑧腹心：心腹，指亲信。

译文

繁密整齐大兔网，丁丁打桩张地上。武士英姿雄赳赳，公侯卫国好屏障。

繁密整齐大兔网，四通八达道上放。武士英姿雄赳赳，公侯助手真好样。

繁密整齐大兔网，郊野林中多布放。武士英姿雄赳赳，公侯心腹保国防。

点评

诗写得很自豪。在三章相叠的咏唱之中，这种自豪也因了“干城”“好仇”以至“腹心”的层层推进，而增添了一种神采飞扬的夸耀意味。这对那些公侯来说，有这么一些孔武有力之士为其卖命，当然是值得自矜的。但对于“春秋无义战”的那个时代来说，甘将一身武艺，授予公侯之家，而以充当他们的“腹心”为荣，就很难说是一件幸事了。

芣 苢

采采芣苢[①]，薄言采之[②]。采采芣苢，薄言有之[③]。

采采芣苢，薄言掇之[④]。采采芣苢，薄言捋之[⑤]。

采采芣苢，薄言袺之[⑥]。采采芣苢，薄言襭之[⑦]。

注解

①采采：色彩鲜明的样子。闻一多《风诗类钞·乙》：采采，犹粲粲。一说，指反复采之的动作。芣苢(fú yǐ)：车前草。

②薄言：发语词。刘淇《助词辨略》：“《诗》凡言‘薄言’，皆是发语之词。”

③有：采取。

④掇(duó)：拾取。

⑤捋(luō)：以手握物顺着抹取。

⑥袺(jié):用手捏着衣襟以兜物。

⑦襭(xié):将衣襟掖在衣带上以纳物。

译文

鲜亮亮的车前子,快些把它采起来。鲜亮亮的车前子,快些把它采了来。

鲜亮亮的车前子,快些把它拾起来。鲜亮亮的车前子,快些把它捋下来。

鲜亮亮的车前子,快些把它兜起来。鲜亮亮的车前子,快些把它兜回来。

点评

车前草实在说不上好看,只因是江南人所喜爱的野菜,对于穷苦人更是天之恩惠,故人们连它的花儿也生了偏爱。车前草平常易得,想必很多年前,它更受老百姓的喜爱吧?想必每到春天,就有成群的妇女,在那平原旷野之上,风和日丽之中,欢欢喜喜地采着它的嫩叶,一边唱着那"采采芣苢"的歌儿,那真是令人心旷神怡的情景。生虽是艰难的事情,却总有许多快乐在这艰难之中。

汉广

南有乔木[①],不可休息[②]。汉有游女[③],不可求思。汉之广矣,不可泳思。江之永矣[④],不可方思[⑤]。

翘翘错薪[⑥],言刈其楚[⑦]。之子于归[⑧],言秣其马[⑨]。汉之广矣,不可泳思。江之永矣,不可方思。

翘翘错薪,言刈其蒌[⑩]。之子于归,言秣其驹。汉之广矣,不可泳思。江之永矣,不可方思。

注解

①乔木：高大的树木。

②息：《韩诗》作“思”。思：语助词。

③汉：汉水。

④江：长江。

⑤方：古称筏子为方，此指坐木筏渡江。

⑥翘翘：高出的样子。错薪：长得杂乱的柴草。

⑦刈：割。楚：丛生灌木，即牡荆。

⑧于归：指古代女子出嫁。

⑨秣（mò）：喂马。

⑩蒌（lóu）：白蒿草。

译文

有棵高树南方生，高高树下少凉阴。汉江女郎水上游，要想追求枉费心。好比汉水宽又宽，游过难似上青天。好比江水长又长，要想绕过是枉然。

丛丛杂树一棵高，砍树要砍荆树条。有朝那人来嫁我，先把马儿喂喂饱。好比汉水宽又宽，游过难似上青天。好比江水长又长，要想绕过是枉然。

杂草丛丛谁高大，打柴要把芦柴打。有朝那人来嫁我，喂饱驹儿把车拉。好比汉水宽又宽，游过难似上青天。好比江水长又长，要想绕过是枉然。

点评

这是一首恋情诗。主人公是位青年樵夫。他钟情一位美丽的姑娘，却始终难遂心愿。情思缠绕，无以解脱，面对浩渺的江水，他唱出了这首动人的诗歌，倾吐了满怀惆怅的愁绪。

汝坟

遵彼汝坟①,伐其条枚。未见君子,惄如调饥②。

遵彼汝坟,伐其条肄。既见君子,不我遐弃③。

鲂鱼赪尾④,王室如燬⑤。虽则如燬,父母孔迩⑥。

注解

①汝坟:汝水河堤。汝水源出河南省,又称汝河。

②惄(nì):难受。调:通"朝",早晨。

③遐:远。

④鲂鱼:鱼名,体薄,细鳞。赪(chēng):赤色。

⑤燬:烈火,酷烈。

⑥孔迩:很近。

译文

沿着汝堤往前走,砍伐木枝做柴烧。久久不见丈夫面,好似肚饿受煎熬。

沿着汝堤往前走,伐取树木新枝条。如今已见丈夫面,从此相聚不远抛。

鲂鱼劳累尾变红,王政暴烈如火焚。虽然王政暴如火,幸有父母可慰心。

点评

全诗在凄凄的质问中戛然收结，征夫对此质问又能做怎样的回答？这质问其实贯串了亘古以来的整整一部历史：当惨苛的政令和繁重的徭役，危及每一个家庭的生存，将支撑“天下”的民众逼到“如燬”“如汤”的绝境时，历史便往往充满了这样的质问。

麟之趾

麟之趾，振振公子[①]，于嗟麟兮[②]！
麟之定[③]，振振公姓，于嗟麟兮！
麟之角，振振公族，于嗟麟兮！

注解

①振振：繁多兴盛的样子。

②于嗟：赞叹词。

③定：借为“顶”，额头。

译文

麒麟有脚，家人繁多，哎呀，仁厚像麒麟啊！

麒麟有额，子孙繁茂，哎呀，仁厚像麒麟啊！

麒麟有角，宗族昌盛，哎呀，仁厚像麒麟啊！

麒麟

点评

这是一首赞美诸侯公子的诗。古代的王公贵族，总要自夸其身世尊崇不同凡俗，所以他们的后代，也定是"龙种""麟子"。这首诗用于恭贺贵族得子的场合，大约正能满足那些王公大人的虚荣、自尊之心。

召南

西周初年，召(shào)公奭(shì)居西部镐京，统治西方诸侯。《召南》当是召公统治下的南方地区的民歌。范围包括今河南西南部、陕西南部及今四川一带。共计十四篇。

鹊巢

维鹊有巢①，维鸠居之②；之子于归，百两御之③。

维鹊有巢，维鸠方之④；之子于归，百两将之⑤。

维鹊有巢，维鸠盈之⑥；之子于归，百两成之⑦。

注解

①维：发语词，没有实义。鹊：喜鹊。

②鸠：布谷鸟。传说布谷鸟不筑巢。

③两：同"辆"。百两：很多车辆。御：迎接。

④方：占有，占据。

⑤将：护送。

⑥盈：满，充满。

⑦成：完成了结婚的仪式。

译文

喜鹊筑巢在树上，布谷飞来就居住。姑娘就要出嫁了，百辆大车来迎她。

喜鹊筑巢在树上，布谷飞来占有它。姑娘就要出嫁了，百辆大车护送她。

喜鹊筑巢在树上，布谷飞来占满它。姑娘就要出嫁了，百辆大车迎娶她。

鹊

点评

这首诗以平浅的语言写成婚的过程，没有如《桃夭》里以桃花来衬托新娘的艳丽，更没有直接去描写新娘的容貌。如果说“之子于归”一句还点出新娘这一主角，让人在迎亲的车队之中找出新娘来，那么，另一位主角新郎则完全隐在诗中场景的幕后，他是否来迎亲，就留给读者去想象了。细味诗中所写，往返的迎亲车队给画面以较强的时空感，短短三章，却回味悠长。

采蘩

于以采蘩[①]？于沼于沚[②]。于以用之？公侯之事。

于以采蘩？于涧之中。于以用之？公侯之宫。

被之僮僮[③]，夙夜在公[④]。被之祁祁[⑤]，薄言还归。

注解

①于以：到哪里去。蘩：水草名，即白蒿。

②沼：沼泽。沚：小洲。

③被：用作“皮”，意思是女子戴的首饰。僮僮：童童，意思是首饰繁多。

④夙夜：早晨和晚上。

⑤祁祁：首饰繁多的样子。

译文

到哪里去采白蒿？在沼泽旁和沙洲。白蒿采来做什么？公侯拿去祭祖先。

到哪里去采白蒿？在那深深山涧中。白蒿采来做什么？公侯宗庙祭祀用。

头饰盛装佩戴齐，从早到晚去侍奉。佩戴首饰真华丽，侍奉结束回家去。

点评

穿行于诗中的，是夙夜劳瘁的女宫人。短促的回答，透露着她们为贵族祭祀采蘩的辛苦；发饰的变化，记录着她们“夙夜在公”的悲凉。诗写得很妙，读来却只觉得酸涩。古代的祭祀排场，原本就为鬼神降福贵族而设，卑贱的下人除了付出辛劳，又有何福可言！

草虫

喓喓草虫[①]，趯趯阜螽[②]。未见君子，忧心忡忡[③]。亦既见止[④]，亦既觏止[⑤]，我心则降[⑥]！

陟彼南山，言采其蕨[⑦]。未见君子，忧心惙惙[⑧]。亦既见止，亦既觏止，我心则说[⑨]！

陟彼南山，言采其薇⑩。未见君子，我心伤悲。亦既见止，亦既觏止，我心则夷⑪！

注解

①喓喓（yāo）：昆虫鸣叫的声音。草虫：蝈蝈。

②趯趯（tì）：昆虫跳跃的样子。阜螽：蚱蜢。

③忡忡：心里跳动，形容心里不安，心神不定。

④止：语气助词，没有实义。或同“之”，指心上人。

⑤觏：相遇，遇见。

⑥降：放下，安定。

⑦言：语气助词，没有实义。蕨：一种野菜，可食用。

⑧惙惙：忧愁的样子。

⑨说：同“悦”，高兴。

⑩薇：一种野菜，可以食用。

⑪夷：平静，安定。

译文

草虫喓喓在鸣叫，蚱蜢四处在蹦跳。久未见到心上人，心中忧愁不安宁。已经见到心上人，终于相遇在这时，心里安宁不忧愁。

登上高高南山坡，采摘鲜嫩的蕨菜。没有见到心上人，心中忧愁真难熬。已经见到心上人，终于相遇在这时，心里喜悦乐陶陶。

登上高高南山坡，采摘青青的薇菜。没有见到心上人，心中悲伤难言说。已经见到心上人，终于相遇在这时，心里平静又欣慰。

点评

本诗虽是重章结构，押韵却有变化，首章一、二、四、七句用韵；而二、三章则是二、四、七句用韵，译诗仿此叶韵。另外王力《诗经韵读》认为各章第三句“子”与第五、六句“止”亦是韵脚。

草虫

采蘋

于以采蘋[①]？南涧之滨。于以采藻[②]？于彼行潦[③]。

于以盛之？维筐及筥[④]。于以湘之[⑤]？维锜及釜[⑥]。

于以奠之[⑦]？宗室牖下[⑧]。谁其尸之[⑨]？有齐季女[⑩]。

注解

①蘋：浮萍，多年生水草，可食。
②藻：生于水底之水草，可食。
③行潦（lǎo）：流动的浅水。
④筥（jǔ）：盛物竹器。
⑤湘：《毛传》：“湘，亨（烹）也。”
⑥锜（qí）：有足之釜。
⑦奠：放置祭品。
⑧宗室：宗庙。
⑨尸：主持祭祀。
⑩季女：少女。齐（zhāi）《玉篇》引《诗》作“亝”。《毛传》：“齐，敬。”

译文

何处采摘绿浮萍？南面山麓溪水滨。何处采摘绿水藻？活水沟啊浅池沼。翠萍绿藻用啥装？圆的筥啊方的筐。鲜萍嫩藻用啥煮？无脚锅啊三脚釜。祭品萍藻何处放？先祖庙堂窗棂旁。敬神祭祖谁担任？待嫁少女心虔诚。

点评

这首诗的艺术魅力主要源于问答体的章法，而其主要构成因素就是五个“于以”的运用，全诗节奏迅捷奔放，气势雄伟，而五个“于以”的具体含意又不完全雷同，连绵起伏，摇曳多姿，文末“谁其尸之？有齐季女”戛然收束，奇绝卓特，烘云托月般地将季女的美好形象展现给读者。

甘棠

蔽芾甘棠①，勿翦勿伐②，召伯所茇③。
蔽芾甘棠，勿翦勿败④，召伯所憩⑤。
蔽芾甘棠，勿翦勿拜⑥，召伯所说⑦。

注解

①蔽芾：树木茂盛的样子。甘棠：棠梨树；落叶乔木，果实甜美。

②翦：同“剪”，意思是修剪。

③召伯：召公奭，西周的开国元勋。茇：草屋，这里是指在草屋中居住。

④败：破坏，毁坏。

⑤憩：休息。

⑥拜：用作“拔”，意思是拔除。

⑦说：休息，歇息。

译文

梨棠枝繁叶又茂，不要修剪莫砍伐，召伯曾经住树下。

梨棠枝繁叶又茂，不要修剪莫损毁，召伯曾经歇树下。

梨棠枝繁叶又茂，不要修剪莫拔掉，召伯曾经停树下。

甘棠

点评

全诗三章，每章三句，全诗由睹物到思人，由思人到爱物，人、物交融为一。对甘棠树的一枝一叶，从不要砍伐、不要毁坏到不要折枝，可谓爱之有加，这种爱源于对召公德政教化的衷心感激。而先告诫人们不要损伤树木，再说明其中原因，笔意有波折亦见诗人措辞之妙。

行露

厌浥行露①，岂不夙夜②？谓行多露！

谁谓雀无角③，何以穿我屋？谁谓女无家④，何以速我狱⑤？虽速我狱，室家不足⑥！

谁谓鼠无牙，何以穿我墉⑦？谁谓女无家，何以速我讼⑧？虽速我讼，亦不女从！

注解

①厌浥：湿。厌，袇(qí)之假借字。行：道路。

②夙夜：早夜，指夜色将尽、东方未明之时。此处含有早起赶路之意。

③谓：畏之假借字，与后两芒“谁谓”之“谓”不同。清人马瑞辰《毛诗传笺通释》：“谓，疑畏之假借。凡诗上言‘岂不’‘岂敢’者，下句多言‘畏’。《大车》诗：‘岂不尔思？畏子不敢。岂不尔思，畏子不奔。’《出车》诗：‘岂不怀归？畏此谴怒。岂不怀归？畏此反覆。’……僖二十年《左传》引此诗，杜注：‘言岂不欲早暮而行，惧多露之濡己。’以惧释‘谓’，似亦训谓为‘畏’。” 角：嘴。

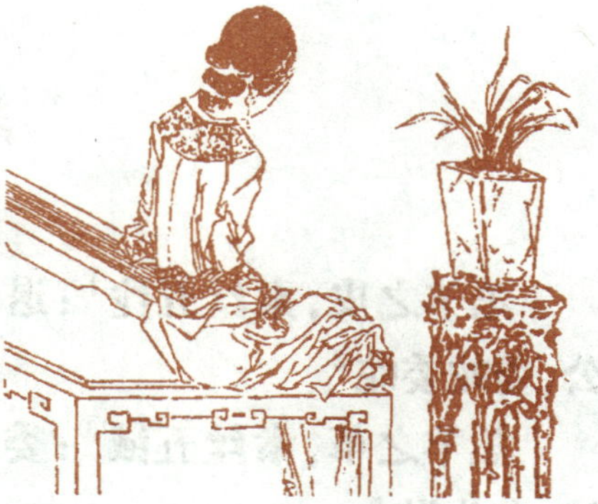

④女：通“汝”。无家：没有成家。家，做动词用。

⑤速：招致。

⑥室家不足：那人要求婚配的理由不足。室家，指夫妇。古代男子有妻谓有室，女子有夫谓有家。

⑦墉：墙。

⑧讼：诉讼，打官司。

译文

道上露水湿漉漉，难道不愿赶夜路？实怕道上沾满露！

谁说麻雀没有嘴，凭啥啄穿我的堂？谁说你家没婆娘，凭啥逼我坐牢房？即使真的坐牢房，逼婚理由太荒唐！

谁说老鼠没有牙，凭啥打洞穿我墙？谁说你家没婆娘，凭啥逼我上公堂？即使真的上公堂，也不嫁你坏心贼！

雀

点评

本诗句式复沓以重言之，使得感染力和说服力进一步加强。全诗风骨遒劲，格调高昂，从中我们不难体会到女性为捍卫自己的独立人格和爱情尊严所表现出来的不畏强暴的抗争精神。

羔 羊

羔羊之皮，素丝五纶[①]；退食自公，委蛇委蛇[②]。

羔羊之革，素丝五緎[③]；委蛇委蛇，自公退食。

羔羊之缝，素丝五总[④]；委蛇委蛇，退食自公。

注解

①纶：音 tuó，丝结，丝钮。五纶，古通“午佗”，午在古字中像“8”交午成束状，纶也称交午之状或说为以丝饰裘。

②退食自公，委蛇委蛇：退朝后回家吃饭。委蛇(yí)，大摇大摆洋洋自得。

③緎：音 yù，同纶。

④总：音 zǒng，纽结。

译文

羔羊皮袄蓬松松，白色丝带做纽扣。退出公府吃饭去，摇摇摆摆好自得。

羔羊皮袄毛茸茸，白色丝带做纽扣。洋洋自得出公府，回到家里吃饭去。

羔羊皮袄热烘烘，白色丝带做纽扣。洋洋自得出公府，回到家里吃饭去。

点评

清代以前学者皆以为这首诗是赞美在位者的，所赞美的内容，或说是纯正之德，今人诗说仍是美、刺并存，比较而言，诗人所刺者乃大夫无所事事、无所作为，与《魏风·伐檀》所刺之“素餐”(白吃饭)相似。

殷其雷

殷其雷[1],在南山之阳[2]。何斯违斯[3]?莫敢或遑[4]。振振君子[5],归哉归哉!

殷其雷,在南山之侧。何斯违斯?莫敢遑息。振振君子,归哉归哉!

殷其雷,在南山之下。何斯违斯?莫敢遑处[6]。振振君子,归哉归哉!

注解

①殷其雷:响起轰隆隆的雷声。殷,通“隐”,雷声。其,语助词。

②阳:山的南面称阳,即山南,北面称阴,即山北。

③何斯违斯:为何在此时离开家呢?斯,此,这。前一斯字指此时;后一斯指此地。违,去,离开。

④莫敢或遑:不敢稍有片刻休息。遑,闲暇。

⑤振振:勤奋、忠厚。一说盛多、振起。

⑥处:止,即休息的意思。居处,是其引申义。

译文

隆隆雷声震天响,就在南边山之阳。为何此时离家走?不敢稍闲办事忙。忠实厚道的君子呀,回来吧,回来吧!

隆隆雷声传四方,就在南边大山旁。为何此时离家走?不敢稍息办事忙。忠实厚道的君子呀,回来吧,回来吧!

隆隆雷声轰轰响，就在南边山下方。为何此时离家走？不敢稍歇办事忙。忠实厚道的君子呀，回来吧，回来吧！

点评

全诗三章，每章的开头均以雷声起兴。这隆隆的雷声不绝于耳，忽儿在山的南坡，忽儿在山的旁边，忽儿又到了山的脚下。以重章复叠的形式唱出了妻子对丈夫的思念之情，在反复咏唱中加深了情感的表达。

摽有梅

摽有梅[1]，其实七兮[2]。求我庶士[3]，迨其吉兮[4]！

摽有梅，其实三兮。求我庶士，迨其今兮[5]！

摽有梅，顷筐塈之[6]。求我庶士，迨其谓之[7]。

注解

①摽：落下，坠落。有：助词，没有实义。梅：梅树，果实就是梅子。

②七：七成。

③庶：众，多。士：指年轻的未婚男子。

④迨：及时。吉：吉日。

⑤今：今日，现在。

⑥顷筐：浅筐。塈：拾取。

⑦谓：以言相告。

译文

梅子纷纷落在地，树上剩下有七成。追求我的小伙子，切莫错过好时辰。

梅子纷纷落在地，树上剩下有三成。追求我的小伙子，今天正是好时机。

梅子纷纷落在地，提着竹筐来拾取。追求我的小伙子，就等你说上一句。

梅

点评

这是一首委婉而大胆的求爱诗。“求我庶士”，不妨读为“我求庶士”。描写未嫁的女子感叹青春逝去，渴望有男子及时来求婚。

小星

嘒彼小星①，三五在东②。肃肃宵征③，夙夜在公，寔命不同④。

嘒彼小星，维参与昴⑤。肃肃宵征，抱衾与裯⑥，寔命不犹⑦。

注解

①嘒：暗淡的样子。

②三五：用数字表示星星的稀少。

③肃肃：奔走忙碌的样子。宵：夜晚。征：行走。

④寔：确实，实在，即“实”。

⑤维：语气助词，没有实义。参、昴：都是星名。

⑥抱：抛弃。衾：被子。裯：被单。

⑦犹：同，一样。

译文

微光闪闪小星星，三三五五在东方。匆匆忙忙连夜走，早晚奔忙为官家，只因命运不相同。

微光闪闪小星星，还有参星和昴星。匆匆忙忙连夜走，抛开被子和床单，都因命运不相同。

点评

每章的前两句主要是写景，但景中有情；后三句主要是言情，但情中也有叙事，情景交融。

江有汜

江有汜①。之子归，不我以②；不我以，其后也悔。

江有渚。之子归，不我与；不我与，其后也处。

江有沱。之子归，不我过；不我过，其啸也歌。

注解

①汜（sì）：江河的支流。《尔雅·释水》："水决复入为汜。"

②不我以：为"不以我"之倒文。以，与，亲近、交好。

译文

滔滔江水有支流。这人娶妻使我愁，娶了新人把我丢；娶了新人把我丢，你的懊悔在后头。

宽宽江水有支流。这人娶妻使我愁，娶了新人把我丢；娶了新人把我丢，但愿归期在后头。

长长江水有支流。这人娶妻使我愁,娶了新人把我丢;娶了新人把我丢,你会啸然发悲歌。

点评

这是一首弃妇诗,写妇人遭弃的哀诉。各章的首句都是直陈其事,用的是赋体;从江水有支流,引出"之子归"的事实,则在赋体之中又兼有比兴的意味。

野有死麕

野有死麕①,白茅包之②。有女怀春,吉士诱之③。
林有朴樕④,野有死鹿。白茅纯束⑤,有女如玉。
舒而脱脱兮⑥,无感我帨兮⑦,无使尨也吠⑧。

注解

①麕:獐子,与鹿相似,没有角。
②白茅:草名。
③吉士:古时对男子的美称。诱:求,指求婚。
④朴樕:小树。
⑤纯束:包裹,捆扎。
⑥舒:慢慢,徐缓。脱脱:缓慢的样子。
⑦感:同"撼",意思是动摇。帨:女子的佩巾。
⑧尨:长毛狗,多毛狗。

译文

山野有只死獐子,白茅紧紧把它包。少女春心刚萌动,英俊猎手来追求。
树林里面有小树,山野里有死野鹿。白茅紧紧把它捆,少女貌美颜如玉。
慢慢悄悄相亲爱,别动我的美佩巾,别使狗儿乱叫嚷。

点评

《野有死麕》是一首优美的爱情诗。描写男女幽会的兴奋和紧张，男赞女如美玉，女嗔男太急躁。

何彼襛矣

何彼襛矣[1]？唐棣之华[2]。曷不肃雍[3]？王姬之车[4]。

何彼襛矣？华如桃李。平王之孙，齐侯之子。

其钓维何？维丝伊缗[5]。齐侯之子，平王之孙。

棠棣

注解

①襛(nóng)：鲜艳美盛。

②唐棣：常作棠棣，俗称棠梨，春华秋实，花色白，果小而酸。华：花的本字。

③曷不：怎么不。肃雍：庄严而和穆，形容王姬车队的气氛。

④王姬：周王姓姬，其女称王姬，即下文的“平王之孙”。

⑤维、伊：都是语助词，含有“是”的意思。缗(mín)：合股丝绳，亦称为“纶”。这里指钓绳。

译文

怎么那样鲜艳绚丽？像那盛开的棠棣花。怎么那样肃穆雍容？那是王姬出嫁的车。

怎么那样鲜艳绚丽？花儿像盛开的桃李。那是平王的孙女出嫁，新郎是齐侯的儿子。

钓鱼用什么做钓绳？钓绳用两股丝线合成。新郎是齐侯的儿子，和平王的孙女结成婚姻。

点评

全诗三章，每章四句，极力铺写王姬出嫁时车服的豪华奢侈和结婚场面的气派、排场。首章以唐棣花儿起兴，铺陈出嫁车辆的骄奢，“曷不肃雍”二句俨然是路人旁观、交相赞叹称美的生动写照。次章以桃李为比，点出新郎、新娘，刻画他们的光彩照人。末章以钓具为兴，表现男女双方门当户对、婚姻美满，但在赞叹称美之余微露讽刺之意。

驺虞

彼茁者葭①，壹发五豝②，于嗟乎驺虞③！
彼茁者蓬④，壹发五豵⑤，于嗟乎驺虞！

注解

①茁：草木初生出来壮盛的样子。葭：初生的芦苇。

②发：射箭出去。豝：雄野猪。

③于嗟：感叹词。驺虞：指猎人。

④蓬：蒿草。

⑤豵：一岁的小野猪。

译文

芦苇茁壮又茂盛，射中五只公野猪。猎手箭法真神奇！

蓬蒿茁壮又茂盛，射中五只小野猪。猎手本领真高强！

点评

在蓬蒿遍生的原野，天高云淡，草浅兽肥，虽然猎物小野猪不易被发觉，但猎人仍然能够"壹发五豵"，轻松从容。打猎的地点、背景在变，但猎人的收获同样丰厚，足见其射技之高超。赞美猎人的本领。

邶风

邶(bèi)，周代诸侯国名。在今河南淇县以北至河北南部一带。周武王灭商后，封殷纣之子武庚于此。后武庚叛乱被杀，邶并入卫国。《邶风》即邶地民歌，包括《柏舟》等十九篇，多数是东周作品。

柏舟

泛彼柏舟①，亦泛其流②。耿耿不寐③，如有隐忧④。微我无酒⑤，以敖以游⑥。

我心匪鉴[7]，不可以茹[8]。亦有兄弟，不可以据[9]。薄言往愬[10]，逢彼之怒。

我心匪石，不可转也。我心匪席，不可卷也。威仪棣棣[11]，不可选也[12]。

忧心悄悄[13]，愠于群小[14]。觏闵既多[15]，受侮不少。静言思之，寤辟有摽[16]。

日居月诸[17]，胡迭而微[18]。心之忧矣，如匪浣衣。静言思之，不能奋飞。

注解

①汎：同“泛”，意思是在水面上漂浮。柏舟：柏木制成的小船。

②流：水流的中间。

③耿耿：心中忧愁不安的样子。寐：睡着。

④隐忧：内心深处的痛苦。

⑤微：非，无。

⑥敖：同“遨”，出游。

⑦匪：非。鉴：镜子。

⑧茹：容纳，包容。

⑨据：依靠。

⑩愬：同“诉”，告诉，倾诉。

⑪威仪：庄严的容貌举止。棣棣：雍容娴雅的样子。

⑫选：屈挠退让。

⑬悄悄：心里忧愁的样子。

⑭愠：心里动怒。群小：众多奸邪的小人。

⑮觏：遭受。闵：痛苦忧伤。

⑯寤：醒来。辟：同“僻”，意思是捶胸。摽：捶胸的样子。

⑰居、诸：语气助词，没有实义。

⑱胡：为什么。迭：更换，更动。微：昏暗无光。

译文

荡起小小柏木舟，随波漂浮水中流。心烦意乱难入睡，内心深处多忧愁。不是想喝无美酒，也非没处去遨游。

我心不是那明镜，不能一切尽照出。虽有骨肉亲兄弟，要想依靠也不行。也曾对他诉苦衷，惹他发火怒冲冲。

我心不是一块石，不能随意翻过来。我心不是一张席，不能随意卷起来。举手投足要庄重，不能退让又屈从。

心中忧愁加痛苦，得罪小人气难消。遭受痛苦深又多，受的侮辱也不少。静心细细前后想，捶胸顿足心里焦。

太阳月亮在哪里，为何有时暗无光。心中忧愁抹不去，就像一件脏衣裳。静心细细前后想，恨不能奋飞高翔。

点评

妇人遭受遗弃，又为群小所欺，坚守原则，不甘屈服的抒愤诗。全诗紧扣一个“忧”字，忧之深，无以诉，无以泻，无以解，环环相扣。五章一气呵成，娓娓而下，语言凝重而委婉，感情浓烈而深挚。

绿衣

绿兮衣兮①，绿衣黄里②。心之忧矣，曷维其已！
绿兮衣兮，绿衣黄裳③。心之忧矣，曷维其亡④！
绿兮丝兮，女所治兮⑤。我思古人⑥，俾无訧兮。
絺兮绤兮，凄其以风。我思古人，实获我心。

注解

①衣：上衣，穿在外面。
②里：下衣，穿在里面。

③裳：下衣。

④亡：同“忘”。

⑤女：通“汝”，指亡妻。治：《诗集传》云：“治，谓理而织之也。”

⑥古人：故人，指亡妻。

译文

绿衣啊绿衣，绿外衣黄内衣。心里的忧伤啊，何时才能终止！

绿衣啊绿衣，绿上衣黄下衣。心里的忧伤啊，何时能够忘记！

绿丝啊绿丝，你曾亲手理。想起已亡的贤妻，使我一生无过失。

细布衣啊粗布衣，穿在身上凉凄凄。想起已故的爱妻，实在合我的心意。

点评

这首诗写丈夫对亡妻的怀念。睹物思人，是悼亡怀旧中最常见的一种心理现象。一个人刚刚从深深的悲痛中摆脱，看到死者的衣物用具或死者所制作的东西，便又唤起刚刚处于抑制状态的兴奋点，而重新陷入悲痛之中。

燕燕

燕燕于飞[1]，差池其羽[2]。之子于归，远送于野。瞻望弗及，泣涕如雨！

燕燕于飞，颉之颃之[3]。之子于归，远于将之。瞻望弗及，伫立以泣！

燕燕于飞，下上其音。之子于归，远送于南。瞻望弗及，实劳我心！

仲氏任只[4]，其心塞渊[5]。终温且惠[6]，淑慎其身。先君之思，以勖寡人[7]！

燕子

注解

①燕燕:燕子燕子。

②差池:参差,长短不齐的样子。

③颉:鸟飞向上。颃:鸟飞向下。

④仲:排行第二。氏:姓氏。任:信任。只:语气助词,没有实义。

⑤塞:秉性诚实。渊:用心深长。

⑥终:究竟,毕竟。

⑦勖:勉励。

译文

燕子燕子飞呀飞,羽毛长短不整齐。姑娘就要出嫁了,远送姑娘到郊外。遥望不见姑娘影,泪如雨下流满面!

燕子燕子飞呀飞,上上下下来回转。姑娘就要出嫁了,远送姑娘道别离。遥望不见姑娘影,久久站立泪涟涟!

燕子燕子飞呀飞,上上下下细语怨。姑娘就要出嫁了,远送姑娘到南边。遥望不见姑娘影,心里伤悲柔肠断!

仲氏诚实重情义,敦厚深情知人心。性情温柔又和善,拥淑谨慎重修身。不忘先君常思念,勉励寡人心赤诚!

点评

这首诗是中国诗史上最早的送别之作。国君送别自己妹妹远嫁的临别诗。以双燕齐飞起笔,寄寓了昔日如双燕般相亲相随,而今就要天各一方的不舍之情。

日月

日居月诸①，照临下土。乃如之人兮②，逝不古处③。胡能有定④？宁不我顾⑤！

日居月诸，下土是冒⑥。乃如之人兮，逝不相好。胡能有定？宁不我报⑦？

日居月诸，出自东方。乃如之人兮，德音无良⑧。胡能有定？俾也可忘⑨。

日居月诸，东方自出。父兮母兮，畜我不卒⑩？胡能有定？报我不述⑪！

注解

①居、诸：都是语气助词。

②乃：竟。之人：这个人。

③逝：发语词。古处：以古道相处。

④胡：何。定：止。

⑤宁：何、乃。我顾："顾我"的倒文。顾：怀念、眷恋。

⑥冒：覆盖。

⑦报：答应、理睬。

⑧德音：道德名誉。

⑨俾：使。忘：忘忧。

⑩畜：养。卒：终。

⑪述：道。指夫妇相处之道。

译文

叫太阳啊唤月亮，光辉遍照大地上。居然会有这种人，昔日恩爱全忘光。心中邪念何时止？何以竟把我来忘！

叫太阳啊唤月亮，光照大地亮堂堂。居然会有这种人，背弃情义断来往。心中邪念何时止？怎忍让我守空房？

叫太阳啊唤月亮，日夜运行出东方。居然会有这种人，不讲道德丧天良。心中邪念何时止？使我难以把忧忘。

叫太阳啊唤月亮，日夜运行出东方。父亲喊罢叫亲娘，为何让我嫁他乡？心中邪念何时止？待我全不把理讲！

点评

这是一首弃妇申诉怨愤的诗。诗中没有具体去描写弃妇的内心痛苦，而是着重于弃妇的心理刻画。女主人公的内心世界是很复杂的，有种被遗弃后的幽愤，指责丈夫无定止。同时她又很怀念她的丈夫，仍希望丈夫能回心转意。

终风

终风且暴[①]，顾我则笑。谑浪笑敖[②]，中心是悼[③]！
终风且霾[④]，惠然肯来[⑤]。莫往莫来[⑥]，悠悠我思！
终风且曀[⑦]，不日有曀[⑧]。寤言不寐[⑨]，愿言则嚏[⑩]。
曀曀其阴，虺虺其雷[⑪]。寤言不寐，愿言则怀[⑫]。

注解

①终风：大风。暴：同“瀑”，急雨、暴雨。

②谑：调戏。浪：放荡。敖：放纵。

③悼：悲伤。

④霾（mái）：大气混浊，杂有尘土微粒。

⑤惠然：顺从的样子。

⑥莫往莫来：不往不来。

⑦曀：阴暗。

⑧不日：不到一天。有：同“又”。

⑨寤：醒着。寐：睡着。

⑩嚏(tì):打喷嚏。民间俗语说,人若打喷嚏,是由于远方有亲友谈论到他(她)。

⑪虺(huī)虺:初起的雷声。

⑫怀:怀念。这里指对方怀念自己。严粲《诗缉》:“愿汝思怀我而悔悟也。”

译文

大风阵阵雨狂急,见我他就笑嘻嘻。肆意调戏太荒唐,使我内心常悲凄!

大风阵阵尘土扬,相爱他就来我房。顷刻间不来不往,引起我日思夜想!

大风阵阵日无光,天刚放晴又变阴。夜半犹难入梦乡,愿他喷嚏知我心。

天色阴沉暗无光,雷声隐隐远处响。夜半犹难入梦乡,愿他悔悟把我想。

点评

以女子的口吻,写她因丈夫的肆意调戏而悲凄,但丈夫离开后,她又转恨为念,忧其不来;夜深难寐,希望丈夫悔悟能同样也想念她。其感情一转再转,把那种既恨又恋,既知无望又难以割舍的矛盾心理真实地传达出来。

击鼓

击鼓其镗①,踊跃用兵②。土国城漕③,我独南行。

从孙子仲④,平陈与宋⑤。不我以归,忧心有忡。

爰居爰处⑥,爰丧其马。于以求之,于林之下。

死生契阔⑦,与子成说⑧。执子之手,与子偕老。

于嗟阔兮⑨,不我活兮。于嗟洵兮⑩,不我信兮。

注解

①镗:击鼓的声音。

②兵:刀枪等武器。

③土国:国中挑填混土的工作。

④孙子仲:人名,统兵的主帅。

⑤平:和好。

⑥爰:语气助词,没有实义。

⑦契阔:离散聚合。

⑧成说:预先约定的话。

⑨于嗟:感叹词。阔:远离。

⑩洵:远。

译文

战鼓敲得咚咚响,奔腾跳跃练刀枪。国人挑土修漕城,我独南行上沙场。

跟随将军孙子仲,联合陈国与宋国。不许我们回家乡,忧愁痛苦满心伤。

哪里是我栖身处?哪里丢失我的马?让我哪里去寻找?在那山坡树林下。

生离死别好凄苦,先前与你有誓言。紧紧拉着你的手,与你偕老到白头。

可叹远隔千万里,想要生还难上难。可叹生死长别离,山盟海誓成空谈。

点评

这首诗写士兵久戍在外,怀念家人,唯恐不能白头偕老。前三章征人自叙出征情景,承接紧密,已经如怨如慕,如泣如诉。后两章转到夫妻别时信誓,谁料到归期难望,信誓无凭,上下紧扣,词情激烈,更是哭声干霄了。写士卒长期征战之悲,无以复加。

凯风

凯风自南[①],吹彼棘心[②]。棘心夭夭[③],母氏劬劳[④]。

凯风自南,吹彼棘薪。母氏圣善,我无令人[⑤]。

爰有寒泉,在浚之下[⑥]。有子七人,母氏劳苦。

睍睆黄鸟[⑦],载好其音。有子七人,莫慰母心。

注解

①凯风：催生万物的南风。

②棘：酸枣树。

③夭夭：茁壮茂盛的样子。

④劬：辛苦、劬劳。

⑤令：善，美好。

⑥浚：卫国的地名。

⑦睍睆：鸟儿婉转鸣叫的声音。

译文

和风吹自南方来，吹拂酸枣小树苗。树苗长得茁又壮，母亲养子多辛劳。

和风吹自南方来，吹拂枣树长成柴。母亲贤惠又慈祥，我辈有愧不成材。

泉水寒冷透骨凉，就在浚城墙外边。养育儿子七个人，母亲养子多辛劳。

清脆婉转黄鸟叫，黄鸟叫来似歌唱。养育儿子七个人，无谁能安母亲心。

点评

这首诗描写儿女对母亲辛劳的咏叹，自愧不能奉养和安慰。诗中各章前二句，凯风、棘树、寒泉、黄鸟等兴象构成有声有色的夏日景色图。后二句反复叠唱的无不是孝子对母亲的深情。设喻贴切，用字工稳。

雄雉

雄雉于飞，泄泄其羽①。我之怀矣②，自诒伊阻③。

雄雉于飞，下上其音。展矣君子④，实劳我心。

瞻彼日月，悠悠我思。道之云远⑤，曷云能来⑥？

百尔君子⑦，不知德行⑧。不忮不求⑨，何用不臧⑩？

注解

①泄(yì)泄:鸟振羽舒缓的样子。《诗集传》:“泄泄,飞之缓也。”

②怀:《诗集传》:“怀,思也。”

③诒(yí):遗留。伊(yī):此,彼。阻:《诗集传》:“阻,隔也。……而我之所思者,乃从役于外,而自遗阻隔也。”

④展:诚,确实。

⑤云:语助词,下句同。

⑥曷:《郑笺》:“曷,何也。”

⑦百:泛指,《诗集传》:“百,犹凡也。”

⑧德行:郑玄《周礼·地官·师氏》注:“德行,内外之称,在心为德,施之为行。”

⑨忮(zhì):嫉恨。求:贪求。

⑩臧(zāng):《毛传》:“臧,善也。”

译文

雄野鸡空中飞翔,舒舒缓缓展翅膀。
心中怀念我亲人,自取睽离空忧伤。

雄野鸡空中飞翔,忽上忽下哀声唱。
亲人久役日夜想,苦思冥想愁断肠。

望着太阳盼月亮,忧愁伴我度时光。
山河阻隔路漫长,亲人何日返家乡?

朝廷官员都一样,不懂品德和修养。
不贪不妒仁义讲,哪会心地不善良?

雄雉

点评

雄雉就在眼前,能见到它舒畅地拍翅膀,能听到它咯咯的叫声。而丈夫久役,既不能见其人,也不能闻其声。先是怀想,后是劳心,思妇的感情层层迭起。

匏有苦叶

匏有苦叶①，济有深涉②。深则厉③，浅则揭④。
有弥济盈⑤，有鷕雉鸣⑥。济盈不濡轨⑦，雉鸣求其牡。
雝雝鸣雁⑧，旭日始旦。士如归妻，迨冰未泮⑨。
招招舟子⑩，人涉卬否⑪。人涉卬否，卬须我友⑫。

注解

①匏（páo）：葫芦之类。苦：一说苦味，一说枯。意指八月的葫芦叶枯成熟，可以挖空做渡水工具。

②济：河的名称。涉：可以踏着水渡过的地方。

③厉：穿着衣服渡河。

④揭（qì）：提起衣服渡河。

⑤弥：水满的样子。盈：满。

⑥鷕（yǎo）：雌野鸡的叫声。

⑦不：语气助词，没有实义。濡：被水浸湿。轨：大车的轴头。

⑧雝雝（yōng）：鸟的叫声和谐。

⑨迨：及时。泮（pàn）：冰已融化。

⑩招招：船摇动的样子。舟子：摇船的人。

⑪卬（áng）：我。卬否：我不愿走。

⑫友：指爱侣。

雌雉

译文

葫芦有叶叶味苦，济水深深也能渡。
水深连衣渡过去，水浅提衣趟着过。
济河水满白茫茫，雌野鸡叫声咯咯。
济河虽深不湿轴，野鸡鸣叫为求偶。

大雁鸣叫声谐和，东方天明日初升。你若真心来娶我，趁冰未化先过河。

船夫摇船摆渡过，别人过河我不过。别人过河我不过，要等好友来找我。

点评

这首诗所歌咏的，是一位年轻女子对情人又喜悦、又焦躁的等候。

谷风

习习谷风[1]，以阴以雨。黾勉同心[2]，不宜有怒。采葑采菲[3]，无以下体[4]。德音莫违[5]，及尔同死。

行道迟迟，中心有违。不远伊迩，薄送我畿[6]。谁谓荼苦？其甘如荠。宴尔新昏，如兄如弟。

泾以渭浊[7]，湜湜其沚[8]。宴尔新昏，不我屑以[9]。毋逝我梁[10]，毋发我笱[11]。我躬不阅[12]，遑恤我后[13]！

就其深矣，方之舟之[14]。就其浅矣，泳之游之。何有何亡，黾勉求之。凡民有丧[15]，匍匐救之[16]。

不我能慉，反以我为仇。既阻我德，贾用不售。昔育恐育鞫[17]，及尔颠覆。既生既育，比予于毒！

我有旨蓄[18]，亦以御冬。宴尔新昏，以我御穷。有洸有溃[19]，既诒我肄[20]。不念昔者，伊余来塈[21]。

注解

①习习：和暖舒适的样子。谷风：东风。

②黾（mǐn）勉：努力，勤奋。

③葑、菲：蔓菁、萝卜一类的菜。

④无以：不用。下体：根部。

⑤德音：指夫妻间的誓言。违：背，背弃。

⑥薄：语气助词，没有实义。畿（jī）：门槛。

⑦泾：泾水，其水清澈。渭：渭水，其水浑浊。

⑧湜湜（shí）：水清见底的样子。沚：止，沉淀。

⑨不我屑以：不愿意同我亲近。

⑩梁：河中为捕鱼垒成的石堤。

⑪发：打开。笱（gǒu）：捕鱼的竹笼。

⑫躬：自身。阅：容纳。

⑬遑：空闲。恤：忧，顾念。

⑭方：用木筏渡河。舟：用船渡河。

⑮丧：灾祸。

⑯匍匐（púfú）：爬行。这里的意思是尽力而为。

⑰育恐：生活在恐惧中。育鞫：生活在贫穷中。

⑱旨蓄：储藏的美味蔬菜。

⑲洸（guāng）：粗暴。溃：发怒。

⑳既：尽。诒：遗留，留下。肄（yì）：辛劳。

㉑伊：惟，只有。余：我。来：语气助词，没有实义。塈：爱。

译文

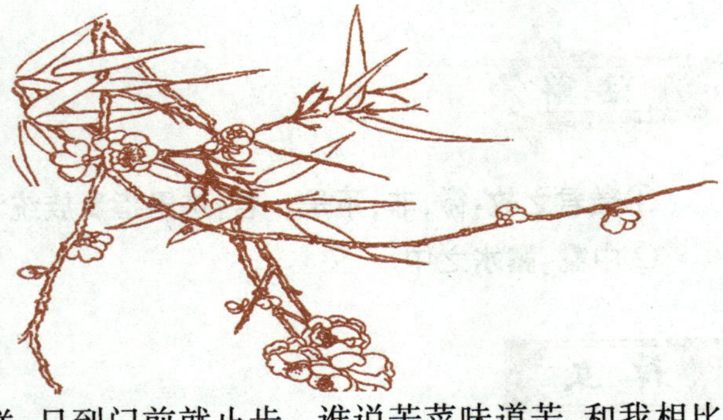

和煦东风轻轻吹，阴云到来雨凄凄。同心协力苦相处，不该动辄就发怒。采摘蔓菁和萝卜，怎能抛弃其根部。相约誓言不能忘，与你相伴直到死。

出门行路慢慢走，心中满怀怨和愁。路途不远不相送，只到门前就止步。谁说苦菜味道苦，和我相比甜如荠。你们新婚乐融融，亲热相待如弟兄。

有了渭河泾河浑，泾河停流也会清。你们新婚乐融融，从此不再亲近我。不要去我鱼梁上，不要打开我鱼笼。我身尚且不能安，哪里还能顾今后！

过河遇到水深处，乘坐竹筏和木舟。过河遇到水浅处，下水游泳把河渡。家中东西有与无，尽心尽力去谋求。亲朋邻里有危难，全力以赴去救助。

你已不会再爱我，反而把我当敌仇。你已拒绝我善意，就如货物卖不出。

从前惊恐又贫困，与你共同渡艰难。如今丰衣又足食，你却把我当害虫！

我处存有美菜肴，留到天寒好过冬。你们新婚乐融融，却让我去挡贫穷。对我粗暴发怒火，辛苦活儿全给我。从前恩情全不顾，你曾对我情独钟。

点评

这位女子的丈夫原来也是贫穷的农民，只是由于婚后两人的共同努力，尤其是年轻妻子的辛劳操持，才使日子慢慢好过了起来。但是这种生活状况的改善，反倒成了丈夫遗弃她的原因。这个负心汉不但不顾念患难中的糟糠之妻，反而喜新厌旧，把她当作仇人，有意寻隙找碴，动辄拳脚相加，最后终于在迎亲再婚之日，将她赶出了家门。诗中的弃妇就是在这种情形下，如泣如诉地倾吐了心中的满腔冤屈。

式微

式微，式微，胡不归？微君之故①，胡为乎中露②！
式微，式微，胡不归？微君之躬，胡为乎泥中！

注解

①微君之故：微，非，不是。君：这里指贵族统治者。故：事，这里指劳役。
②中露：露水之中。

译文

天要晚啦，天快黑啦，为啥不回家？要不是官家事儿多，咱哪会顶风冒露呀！

天要晚啦，天快黑啦，为啥不回家？要不为老爷养贵体，咱哪会趟在泥水中呀！

点评

诗共二章十句，不仅句句用韵，而且每章换韵，故而全诗词气紧凑，节奏短促，情调急迫，充分表达出了服劳役者的苦痛心情以及他们日益增强的背弃暴政的决心。

旄　丘

旄丘之葛兮①，何诞之节兮②？叔兮伯兮③，何多日也？
何其处也④？必有与也⑤。何其久也？必有以也⑥。
狐裘蒙戎⑦，匪车不东⑧。叔兮伯兮，靡所与同⑨。
琐兮尾兮⑩，流离之子。叔兮伯兮，褎如充耳⑪。

注解

①旄（máo）丘：卫国山名，今属河南省濮阳县，为一前高后低的土山。葛：一种藤萝类攀附植物。

②诞：延。节：长。

③叔、伯：均为对贵族的称呼。

④何其处也：为什么按兵不动？

⑤与：同伴。

⑥以：原因。

⑦蒙戎：龙茸，蓬松的样子。

⑧匪：彼。不东：指晋国兵车不向东去救援黎国。

⑨靡：无。

⑩尾：微，卑贱、渺小。

⑪褎：耳聋。其余环境可解为盛装或者多笑的样子。

译文

葛藤生高丘，枝节为何长？呼唤众叔伯，为何不相帮？

为何不出兵？定有盟国在。为何久拖延？必定有因由。

蓬松狐皮袍，兵车不向东。呼唤众叔伯，心境与我异。

卑微真可怜，漂流人离散。呼唤众叔伯，掩耳不想听！

点评

全诗结构明晰，艺术手法巧妙，或铺陈，或对比，情景如画。从风格上来看，全诗基调优柔敦厚，感情缠绵凄婉，曲折感人，是不可多得的佳作。

简兮

简兮简兮[1]，方将万舞[2]。日之方中[3]，在前上处[4]。

硕人俣俣[5]，公庭万舞[6]。有力如虎，执辔如组[7]。

左手执籥[8]，右手秉翟[9]。赫如渥赭[10]，公言锡爵[11]。

山有榛[12]，隰有苓[13]。云谁之思[14]，西方美人[15]！彼美人兮，西方之人兮！

注解

①简：鼓声。

②方将：将要。万舞：一种大规模的舞蹈，分为文舞、武舞两部分。

③方中：正中。

④在前上处：在行列前方。

⑤硕人：身材高大魁梧的人。俣俣：大而美的样子。

⑥公庭：国君朝堂之庭。

⑦辔（pèi）：马缰绳。组：用丝织成的宽带子。

⑧籥（yuè）：古时一种管乐器的名称。

⑨秉：持。翟（dí）：野鸡尾巴的毛。

⑩赫：红色。渥：厚。赭（zhě）：红褐色的土。

⑪公：指卫国国君。锡：赐。爵：古时的酒器。

⑫榛：树名，一种落叶乔木，果仁可食。

⑬隰（xí）：低湿的地方。苓：药名。

⑭云：语气词，没有实义。

⑮西方美人：指舞师。

榛

译文

鼓声咚咚擂得响，舞师将要演万舞。日头高照正当顶，舞师正在排前头。

身材高大又魁梧，公庭里面当众舞。强壮有力如猛虎，手执缰绳真英武。

左手拿着六孔笛，右手挥动雉尾毛。面色通红如褐土，国君赐他一杯酒。

榛树生长在山上，苦苓长在低湿地。心里思念是谁人，正是西方那美人。西方美人真英俊，他是西方来的人。

点评

全诗四章，第一章写卫国宫廷举行大型舞蹈，交代了舞名、时间、地点和领舞者的位置；第二章写舞师武舞时的雄壮勇猛，突出他高大魁梧的身躯和威武健美的舞姿；第三章写他文舞时的雍容优雅、风度翩翩，舞师的多才多艺使得这位女子赞美有加，心生爱慕；第四章是这位女性情感发展的高潮，倾诉了她对舞师的深切慕悦和刻骨相思。

泉水

毖彼泉水，亦流于淇。有怀于卫，靡日不思。娈彼诸姬[①]，聊与之谋。

出宿于泲，饮饯于祢。女子有行，远父母兄弟。问我诸姑，遂及伯姊。

出宿于干，饮饯于言。载脂载舝[②]，还车言迈。遄臻于卫[③]，不瑕有害[④]？

我思肥泉[⑤]，兹之永叹[⑥]。思须与漕，我心悠悠。驾言出游，以写我忧。

注解

①娈：美好的样子。

②舝（xiá）：固定车轮与车轴的位置，插入轴端孔穴的销钉。《文选》作"辖"。

③遄（chuán）臻（zhēn）：遄，急速；臻，到。

④瑕：无。马瑞辰《毛诗传笺通释》："瑕、遐古通用。遐之言胡，胡、无一声之转。""凡诗言不遐有害，不遐有愆；不遐犹云'不无'，疑之之词也。"

⑤肥泉：《毛传》："所出同所归异为肥泉。"

⑥兹：此。

译文

清清泉水泛绿波，涓涓流淌入淇河。怀念卫国我故土，没有一天不惦记。同来的姊妹多美好，且和她们共商议。

想当初出宿泲水滨，饮酒饯别在祢城。女子出嫁去远方，离开父母和兄弟。询诸姑可允探亲友，问伯姊能否访骨肉。

当初出宿在干地，饮酒饯别在言城。涂上轴油盖好盖，还家的车儿行得快。

一心想飞快返卫国,回去看望有何害?

我怀念秀丽的肥泉,为此而长长悲叹。又想起须地和漕地,更增添绵绵的思念。且驾着车儿去出游,好排遣胸中的烦忧。

点评

思归不成,欲罢不能,只好考虑出游销忧,但是思卫地而伤情,愁更转愁。“我思肥泉,兹之永叹”,再写愁怀,回肠荡气;“思须与漕,我心悠悠”,情怀郁郁,文气更曲一层。

北门

出自北门,忧心殷殷①。终窭且贫②,莫知我艰③。已焉哉!天实为之,谓之何哉!

王事适我④,政事一埤益我⑤。我入自外,室人交遍谪我⑥。已焉哉!天实为之,谓之何哉!

王事敦我⑦,政事一埤遗我⑧。我入自外,室人交遍摧我⑨。已焉哉!天实为之,谓之何哉!

注解

①殷殷:忧伤的样子。

②窭(jù):窘困,旧注谓窭为无财可以备礼,贫为无财可以自给。

③艰(古读 gēn):艰难。

④王事:和周天子有关的事,指战伐行役之事。适:读为擿,投掷。

⑤一:皆。埤:于省吾说,读为俾,使。益:加。

⑥交遍:普遍、轮番。谪:指责。

⑦敦:督促。胡承珙说:“敦与督一声之转。”

⑧遗(wèi):交给。

⑨摧:毁坏,或释为讥刺。

译文

行行走走出北门，心中忧愁深又深。既窘迫来又贫困，没人知道我艰辛。算了算了吧！上天既是如此做，我又何必去说它！

国王的琐事掷给我，繁忙的政务一概加给我。我从外面回家来，家人普遍指责我。算了算了吧！上天既是如此做，我又何必去说它！

国王的琐事督促我，繁忙的政务一并交给我。我从外面回家来，家人普遍讽刺我。算了算了吧！上天既是如此做，我又何必去说它！

点评

公务繁忙的小官吏，内外交困，事务繁重，还遭受家人的责难，表现出无可奈何的哀伤和忧虑，只好归于天命。这首诗的主人公虽然是一名官吏，但全诗并非无病呻吟，的确体现了《诗经》“饥者歌其食，劳者歌其事”的现实主义精神。

北风

北风其凉，雨雪其雱[①]。惠而好我[②]，携手同行。其虚其邪[③]，既亟只且[④]！

北风其喈，雨雪其霏[⑤]。惠而好我，携手同归。其虚其邪，既亟只且！

莫赤匪狐，莫黑匪乌[⑥]。惠而好我，携手同车。其虚其邪，既亟只且！

注解

①雨雪其雱：雨，作动词下雨雪。雱(pāng)，雪盛貌。

②惠：《尔雅》“爱也”。

③其虚其邪：岂能慢慢腾腾。虚，空阔，徐缓；邪，同“徐”。

④既亟只且：亟，急。只且，语尾助词。

⑤北风其喈：喈（jiē），疾速。霏：雨雪纷飞貌。

⑥莫赤匪狐：莫……匪……：没有……不……。赤狐、黑乌：赤狐和黑乌鸦都是不祥之物，比喻坏人。

乌鸦

译文

飕飕北风周身凉，漫天雨雪纷纷扬。承蒙恩惠对我好，携手并肩像逃亡。不要迟疑慢腾腾，情况紧急已很忙。

北风喈喈来势猛，纷飞雨雪漫天飘。承蒙相爱对我好，携手归途路迢迢。不要迟疑慢腾腾，情况紧急很糟糕。

不是红色不是狐，不是黑色不是乌。承蒙恩宠对我好，并肩驾车踏归途。不要迟疑慢腾腾，情况紧急太唐突。

点评

诗共三章，前两章内容基本相同，只改了三个字。把“北风其凉”改为“北风其喈”，意在反复强调北风的寒凉。而改“雨雪其雱”为“雨雪其霏”，无非是极力渲染雪势的盛大密集。把“携手同行”改为“携手同归”，也是强调逃离的意向。复沓的运用产生了强烈的艺术效果。

静女

静女其姝①，俟我于城隅②。爱而不见，搔首踟蹰。
静女其娈③，贻我彤管④。彤管有炜⑤，说怿女美⑥。
自牧归荑⑦，洵美且异⑧。匪女之为美⑨，美人之贻。

诗

经

注解

①静:文静温柔。

②俟:等候。

③娈:美好的样子。

④贻:赠送。

⑤炜(wěi):有光彩。

⑥说怿(yuèyì):喜爱。说,同悦。女:古"汝"字,你。

⑦归:同馈,赠送。荑(tí):白嫩的茅草。

⑧洵:实在。

⑨匪:通"非",不是。

译文

温柔的姑娘多么美,约我城角楼上来相会。故意藏起身影不见我,惹我挠头又徘徊。

温柔的姑娘多么好,赠我一枝红管草。红草鲜艳放光辉,我爱草儿心欢喜。

赠我白茅嫩又鲜,草儿美丽不平凡。不是这草儿不平凡,美人手赠心里甜。

点评

诗是从男子一方来写的,但通过他对恋人外貌的赞美,对她待自己情义之深的宣扬,也可见出未直接在诗中出现的那位女子的人物形象,甚至不妨说她的形象在男子的第一人称叙述中显得更为鲜明。而这又反过来使读者对小伙子的痴情加深了印象。

新 台

新台有泚[①]，河水弥弥[②]。燕婉之求[③]，籧篨不鲜[④]！
新台有洒[⑤]，河水浼浼[⑥]。燕婉之求，籧篨不殄[⑦]！
鱼网之设，鸿则离之[⑧]。燕婉之求，得此戚施[⑨]！

注解

①新台：卫宣公所建行宫名。台址当在今河北省临漳县古黄河故道附近，为齐、卫交通必经之处。泚：《说文》引作“玼”，鲜明的样子。

②弥弥：水盛大的样子。

③燕婉：安顺的样子。代指如意郎君。

④籧篨（qú chú）：古代指用竹或苇编的粗席。比喻粗陋、丑恶之人。鲜：美。不鲜，即不美。

⑤洒（cuǐ）：《说文》段注以为系“䜁”之假借字，高峻的样子。

⑥浼（miǎn）浼：水满而平的样子。

⑦殄：《郑笺》谓殄当作“腆”。腆，善也。

⑧鸿：据闻一多考证，是“苦蜑”的合音，苦蜑就是蛤蟆。

⑨戚施：蛤蟆。

译文

黄河呀，水漫漫，河上的新台空自灿烂。只说嫁个美少年，谁知嫁得粗陋鄙俗之人！

黄河呀，泪滔滔，河上的新台空自光耀。只说嫁个美少年，谁知嫁得肤浅乏善之辈！

架起渔网想打鱼，谁知打得一个癞蛤蟆！只说嫁个美少年，谁知嫁得一个驼背爷！

点评

诗人大赞“新台有泚”“新台有洒”，正言欲反，其兴味在于：新台是美的，但遮不住老头子干的丑事啊。反形(或反衬)修辞的运用，美愈美，则丑愈丑。

二子乘舟

二子乘舟，汎汎其景①。愿言思子②，中心养养③。
二子乘舟，汎汎其逝④。愿言思子，不瑕有害⑤？

注解

①汎汎：船在水中行走的样子。景：同“憬”，远行的样子。

②愿：思念的样子。言：语气助词，没有实义。

③中心：心中。养养：忧愁不定的样子。

④逝：往。

⑤不瑕：该不会。

译文

两个孩子乘木舟，顺江漂流去远游。时常挂念远游子，心中不安无限愁。
两个孩子乘木舟，顺江漂流去远游。时常挂念远游子，该不遇上险与祸？

点评

全诗无一句比兴，诗中的意象，只有“二子”和一再重现和消逝的小舟。因为画面只有飘飘远逝的二子、船影，其余全为空白，便为读者的联想留下了更多的空间；因为背景全无，甚至也不知道送行者究竟为谁，其表现的情感便突破了特定限制，而适合于“母子”“男女”“友朋”，成为一种具有极大涵盖面的“人间之情”。它能够激发各种身份的读者之共鸣，而与诗人一起欷歔、一起牵挂，甚至一起暗暗祷告，也就毫不奇怪了。

鄘风

鄘(yōng),也作庸。周代诸侯国名,今河南新乡县西南的鄘城即古鄘国。周武王灭商后,使其弟管叔、蔡叔、霍叔为三监,蔡叔居鄘。一说管叔居鄘。《鄘风》即鄘地民歌,包括《柏舟》《墙有茨》等十篇,多数是东周作品。春秋时人认为《邶风》《鄘风》也都是卫诗。

柏舟

汎彼柏舟①,在彼中河②。髧彼两髦③,实维我仪④。之死矢靡他⑤。母也天只!不谅人只!

汎彼柏舟,在彼河侧。髧彼两髦,实维我特⑥。之死矢靡慝⑦。母也天只!不谅人只!

注解

①汎:漂浮。

②中河:河中。

③髧(dàn):头发下垂之状。髦:指古时男女未成年时的发式,即头发从中间分开,梳成双髻,垂在两边,为之髦。

④仪:“偶”的假借,配偶。

⑤之:至。矢:借为“誓”。

⑥特:匹,配偶。

⑦慝(tè):更改。

译文

柏木船儿飘荡，在那河中央。那人的头发分两旁，他才是我的对象。我到死不改心肠。我的娘啊！我的天啊！人家的心思你就看不见啊！

柏木船儿飘荡，在那河边上。他的头发分两旁，我和他天生一双。我到死不变主张。我的娘啊！我的天啊！人家的心思你就看不见啊！

点评

主人公原是一个待嫁的姑娘，她选中的对象是一个不到二十的少年郎，只消看他披着两髦，尚未加冠就可以知道。姑娘的选择未能得到母亲的同意，所以她满腔怨恨，发誓要和母亲对抗到底。

墙有茨

墙有茨[①]，不可埽也[②]。中冓之言[③]，不可道也。所可道也，言之丑也。

墙有茨，不可襄也[④]。中冓之言，不可详也[⑤]。所可详也，言之长也。

墙有茨，不可束也[⑥]。中冓之言，不可读也[⑦]。所可读也，言之辱也。

茨

注解

①茨：草本植物，果实有刺。

②埽（sǎo）：同“扫”，意思是除去。

③中冓(gòu):宫室内部。

④襄:消除。

⑤详:详细讲述。

⑥束:捆扎。

⑦读:宣扬。

译文

墙头长满蒺藜草,不可除去根子牢。宫室之中男女事,不可向外对人谈。如果真要谈出来,让人听了觉害臊。

墙头长满蒺藜草,不可除去根子牢。宫室之中男女事,不可向外详细讲。如果详细讲出来,说来话长讲不完。

墙头长满蒺藜草,不可捆扎无处放。宫室之中男女事,不可向外去张扬。如果一定要张扬,让人听了觉耻辱。

点评

本来,当时卫国宫闱丑闻是妇孺皆知的,用不着明说,诗人特意点到为止,以不言为言,调侃中露讥刺,幽默中见辛辣,比直露叙说更有情趣。全诗皆为俗言俚语,六十九个字中居然有十二个“也”字,相当今语“呀”,读来节奏绵延舒缓,意味俏皮而不油滑,与诗的内容相统一。三章诗排列整齐,韵脚都在“也”字前一个字,且每章四、五句韵脚同字,这种押韵形式在《诗经》中少见,译诗力求保留这一韵味。

君子偕老

君子偕老,副笄六珈①。委委佗佗,如山如河,象服是宜②。子之不淑,云如之何。

玼兮玼兮,其之翟也③。鬒发如云④,不屑髢也⑤。玉之瑱也⑥,象之揥也⑦,扬且之皙也⑧。胡然而天也,胡然而帝也。

瑳兮瑳兮,其之展也⑨。蒙彼绉絺,是绁袢也⑩。子之清扬,扬且之颜也。展如之人兮,邦之媛也。

注解

①副笄：古代贵族妇女的首饰。编发作假髻叫副，插在发髻上的簪叫笄，笄上的玉饰叫珈。

②象服：古代王后及诸侯夫人所穿的服装，上画日月星辰或野鸡羽毛等形象作为装饰。

③翟：翟衣。贵族夫人所穿的绣画有野鸡花纹的衣服。

④鬒（zhěn）：黑发。

⑤髢（dì）：假发。

⑥瑱（tiàn）：用丝绳与首饰相系的耳旁垂玉，左右各一。下端有穗，垂至胸部。

⑦揥（tì）：可作搔头用的簪子。

⑧扬：额角方广、丰满。

⑨展：展衣。一种细纱制成的红色夏衣。

⑩绁袢（xiè fán）：暑天所穿的白色内衣。

译文

她和老爷共白头，玉簪首饰插满头。举止大方又从容，如河之深如山重，穿了华服很漂亮。然而你却不善良，这又叫人怎样讲。

真鲜艳啊真鲜艳，穿上彩绣衣几件。黑发如云长又美，不屑用那假发佩。美玉耳环垂两旁，象牙发插插头上，额头宽广肤如玉。怎么好像天仙哟，怎么好像上帝哟。

真艳丽啊真艳丽，上穿朱红绉纱衣。内罩上衣葛布衫，这是夏日白内衫。你既眉清目又秀，额角方广貌不丑。像你这样的人儿啊，应是国中的美女啊。

点评

全诗反复铺陈咏叹宣姜服饰容貌之盛美，是为了反衬其内心世界的丑恶与行为的污秽，铺陈处用力多，反衬处立意妙，对比鲜明，辛辣幽默，具有强烈的讽刺效果。

桑 中

爰采唐矣[1]，沫之乡矣。云谁之思，美孟姜矣。期我乎桑中[2]，要我乎上宫[3]，送我乎淇之上矣[4]！

爰采麦矣，沫之北矣。云谁之思，美孟弋矣。期我乎桑中，要我乎上宫，送我乎淇之上矣！

爰采葑矣[5]，沫之东矣。云谁之思，美孟庸矣。期我乎桑中，要我乎上宫，送我乎淇之上矣！

注解

①爰：在哪里。

②期：约。

③要：邀。上宫：楼上。

④淇：卫之水名。

⑤葑：蔓菁，即今之芜菁。

女萝

译文

哪里能把女萝采？到那朝歌旷野外。心里常把谁挂怀？孟姜美丽惹人爱。约我桑田里相会，请我楼上诉衷情，送我淇水上啊手分开！

哪里能把麦穗采？到那朝歌北郊外。心里常把谁挂怀？孟弋美丽惹人爱。约我桑田里相会，请我楼上诉衷情，送我淇水上啊手分开！

哪里能把蔓菁采？到那朝歌东郊外。心里常把谁挂怀？孟庸美丽惹人爱。约我桑田里相会，请我楼上诉衷情，送我淇水上啊手分开！

麦穗

点评

本篇在今天看来虽然格调不那么高，但音韵谐和，读来圆美流转，朗朗上口。若依自古以来的"用诗"体例，抛开其隐含的本意，作为一首热烈活泼的情歌来看，也无不可。

鹑之奔奔

鹑之奔奔①，鹊之彊彊。人之无良②，我以为兄！

鹊之彊彊，鹑之奔奔。人之无良，我以为君！

鹑

注解

①鹑（chún）：鸟名，鹌鹑。奔奔：指成双成对地飞翔，与"彊彊"义同。

②无良：没有善行，即无耻之徒的意思。

译文

鹌鹑双双飞，喜鹊对对配。这人没德性，反称为长辈！

喜鹊对对配，鹌鹑双双飞。这人没德性，反居国君位！

点评

讽刺在位的君主品行丑恶，据考证是指卫公子顽与父亲卫宣公的夫人宣姜姘居生子的事。以鹌鹑、鹊鸟雌雄相随反兴宣姜的乱伦无耻。

定之方中

定之方中①，作于楚宫②。揆之以日③，作于楚室。树之榛栗④，椅桐梓漆，爰伐琴瑟⑤。

升彼虚矣⑥，以望楚矣。望楚与堂⑦，景山与京⑧。降观于桑。卜云其吉⑨，终然允臧⑩。

灵雨既零⑪，命彼倌人。星言夙驾⑫，说于桑田。匪直也人，秉心塞渊⑬。𫘧牝三千⑭。

注解

①定：星名，即营室星，二十八宿之一。方中：正中。定星于每年十月的黄昏时出现于南方天空的正中。古人在这时开始营造房屋。

②楚宫：楚丘的宫庙。楚丘在今河南省滑县东北。春秋时，卫国曾迁都于此。《左传·僖公二年》："诸侯城楚丘而封卫焉。"

③揆（kuí）：审度，测量，察看。

④树：动词，种植。榛栗：树名（古人建国，在宗庙官府皆植名木）。

⑤爰：介词，于是。

⑥虚：同"墟"，故城。指漕墟，与楚丘相邻。

⑦堂：楚丘的旁邑。

⑧景：同"憬"，用作动词，远行。京：高丘。

⑨卜：占龟卜，是我国上古时的一种迷信活动。

⑩允：信，确实。臧：善，好。

⑪灵雨：好雨。零：落。

⑫星：清晨早起，天上尚见星辰。言：便。夙：早。

⑬塞渊：充实深远。

⑭牝（pìn）：雌马。

梓漆

译文

十月定星照天中，搬到楚丘造新宫。察看日影定方位，兴建住宅破土功。房前屋后种榛栗，还有梓漆和椅桐，成材伐作琴瑟用。

登上那座旧城上，把那楚丘来眺望。望遍楚丘与堂邑，历尽山陵和高岗。下到地里看蚕桑。占卜预示大吉祥，果然是好地方。

及时好雨落了欢，吩咐那个小马倌。披星戴月把车赶，劝农歇在桑田岸。操劳非独为百姓，用心良苦谋深远。三千骏马诚可贵。

点评

卫文公受命于危亡之际，兢兢业业励精图治，卫国日渐强盛。前642年，邢与狄合兵攻卫，卫文公率兵击退敌军，次年又讨伐邢国，其国力与懿公时不可同日而语。卫文公不乏文治武功，称得上是卫国的中兴之君，《定之方中》对他进行颂扬可谓相人得宜。

蝃蝀

蝃蝀在东①，莫之敢指②。女子有行③，远父母兄弟。

朝隮于西④，崇朝其雨⑤。女子有行，远父母兄弟。

乃如之人也，怀昏姻也⑥。大无信也⑦，不知命也⑧！

注解

①蝃蝀(dìdōng):虹的别名,借指桥。比喻才华横溢。
②莫:没有谁。
③有行:出嫁。
④隮(jì):虹。
⑤崇朝:崇,终;崇朝即终朝,指天亮到吃早饭时这一段时间。
⑥怀:想。昏:同"婚"。
⑦信:贞洁信义。
⑧命:天命,正理。

译文

早晨的虹在东方,没有谁敢指着它。一个女子要出嫁,远离自己的父母兄弟。

早晨的虹升起在西方,从天亮到吃早饭时一直下着雨。一个女子要出嫁,远离自己的父母兄弟。

她竟是这样的一个人呀,一心想着要去嫁人。极端地不顾贞洁信义,也不管什么天命正理啦!

点评

这是一首对某个私奔女子的讽刺诗。作诗者的意图很明白,是想通过反面说教,以规范当时的礼仪制度。按现代人的眼光来看,这个不从母命的私奔女子,其实正是一个反抗礼教制度、争取婚姻自由的勇敢女性。

相鼠

相鼠有皮①,人而无仪②。人而无仪,不死何为?
相鼠有齿,人而无止③。人而无止,不死何俟④?
相鼠有体⑤,人而无礼。人而无礼,胡不遄死⑥?

注解

①相：看。
②仪：供人取法的行为。
③止：行止。
④俟：等待。
⑤体：肢体。
⑥胡：为什么。遄（chuán）：快。

译文

看老鼠还有毛皮长着鼠相，人却没有人相礼仪荒唐。人如果没人相礼仪荒唐，不快点死还存什么妄想？

看老鼠还有牙齿长着鼠相，人却没有人相行止乖张。人如果没人相行止乖张，不快点死还拖什么时光？

看老鼠还有肢体长着鼠相，人却不讲礼义行为猖狂。人如果没礼义行为猖狂，为什么还不快快死亡？

点评

本诗尽情怒斥，通篇感情强烈，语言尖刻，所谓“痛呵之词，几于裂眦”；每章四句皆押韵，并且二、三句重复，末句又反诘进逼，“意在笔先，一波三折”，既一气贯注，又回流激荡，增强了讽刺的力量与风趣。

干旄

孑孑干旄，在浚之郊[1]。素丝纰之[2]，良马四之。彼姝者子，何以畀之[3]？

孑孑干旟，在浚之都[4]。素丝组之[5]，良马五之。彼姝者子，何以予之？

孑孑干旌，在浚之城⑥。素丝祝之⑦，良马六之。彼姝者子，何以告之⑧？

注解

①孑孑(jié)：特出之貌。指旗显眼，高挂干上。干旄(máo)：以牦牛尾饰旗杆，树于车后，以状威仪。干：通“竿”“杆”。浚：地名。旄，同“牦”，牦牛尾。

②纰(pí)：连缀。在衣冠或旗帜上镶边。

③姝：美好。畀(bì)：给，予。

④旟(yú)：画有鸟隼的旗。都：古时地方的区域名。毛传“下邑曰都”，下邑，近城。

⑤组：编织。

⑥旌(jīng)：旗的一种。挂牦牛尾于竿头，下有五彩鸟羽。城：陈奂：“凡诸侯封邑大者，皆谓之都城也。”

⑦祝：“属”的假借字，编连缝合。

⑧告：请，求。

译文

高高飘扬牦牛旗，行行来到浚郊区。雪白丝绳镶旗边，良马四匹为前驱。那个美丽女子啊！用些什么赠送伊？

画着隼鸟那旟旗，行行来到那浚邑。雪白丝绳镶旗边，良马五匹为前驱。那个美丽女子啊！用些什么赠给伊？

鸟羽为饰是干旌，行行来到浚城里。雪白丝绳镶旗边，良马六匹为前驱。那个美丽女子啊！用些什么聘娶伊？

点评

从诗艺上说，“在浚之郊”“在浚之都”“在浚之城”，由远而近，“良马四之”“良马五之”“良马六之”由少而多，章法是很严谨的，而“何以畀之”“何以予之”“何以告之”用疑问句代陈述句，摇曳生姿，真觉“踌躇有神”，反映访贤大夫求贤若渴的心理可谓妙笔生花。

载驰

载驰载驱[1]，归唁卫侯[2]。驱马悠悠，言至于漕[3]。大夫跋涉，我心则忧。

既不我嘉[4]，不能旋反[5]。视尔不臧[6]，我思不远。既不我嘉，不能旋济[7]。视尔不臧，我思不閟[8]。

陟彼阿丘[9]，言采其蝱[10]。女子善怀[11]，亦各有行[12]。许人尤之[13]，众稚且狂[14]。

我行其野，芃芃其麦[15]。控于大邦[16]，谁因谁极[17]？大夫君子，无有我尤。百尔所思，不如我所之。

注解

①载：语气词，没有实义。驰、驱：车马奔跑。

②唁：哀吊失国。

③漕：卫国的邑名。

④嘉：嘉许，赞成。

⑤旋反：返回。

⑥臧：善。

⑦济：止，停止，阻止。

⑧閟：同“毖”，意思是谨慎。

⑨阿丘：一边倾斜的山丘。

⑩蝱：药名，贝母。

⑪善怀：多愁善感。

⑫行：道路。

⑬许人：许国的人。尤：怨恨，责备。

⑭稚：幼稚。狂：愚妄。

⑮芃芃：草木茂盛的样子。

⑯控：告诉。

⑰因：亲近，依靠。极：至，到。

译文

车马疾驰快奔走，回国慰问我卫侯。马行归途路悠悠，行旅匆匆到漕邑。大夫跋涉来追赶，我心哀伤又忧愁。

没人赞成我赴卫，要我返回万不能。你们想法都不好，不是我思不深远。没人赞成我回卫，想要阻止也不能。你们想法都不好，不是我思不谨慎。

登上高高的山冈，采集贝母解愁肠。女子多愁又善感，各人心里有主张。许国大夫责怪我，实在幼稚且张狂。

我在郊野忙行驶，麦子繁盛又茂密。前往大国去求援，依靠谁来帮我忙？许国大夫君子们，不要再把我责备。你们纵有百般计，也不如我亲自去。

点评

女诗人为适应自己在驱马返国、无端受阻和冲破阻挠、进入祖国原野时感情上的张弛、起伏，不断地改换句式。或低吟，或陈述；或慨叹，或斥责；舒缓的抒情，突而又化作热切的呼告；中间还时时交替运用散句和排句。这就使全诗像潮水一样，呈现出种种飞卷、澎湃、跌宕的气势，一阵又一阵地冲击着读者的心弦。读着这首诗，人们不能不与女诗人一起，为祖国的危难而焦虑，为无端受阻而愤慨，为冲破阻挠而欢欣，为确定救国之计而充满希望。

卫风

卫，周代诸侯国名。开国君主是周武王弟康叔。周公平定武庚叛乱，把原属邶、鄘的地区都划给卫国，都朝歌（今河南省淇县朝歌城），卫成为当时的诸侯大国。公元前660年，卫被狄人击败，文公徙居楚丘。从此卫变成小国。《卫风》是卫地民歌，包括《淇奥》等十篇。其实《邶风》《鄘风》也都是卫国境内的诗。

淇奥

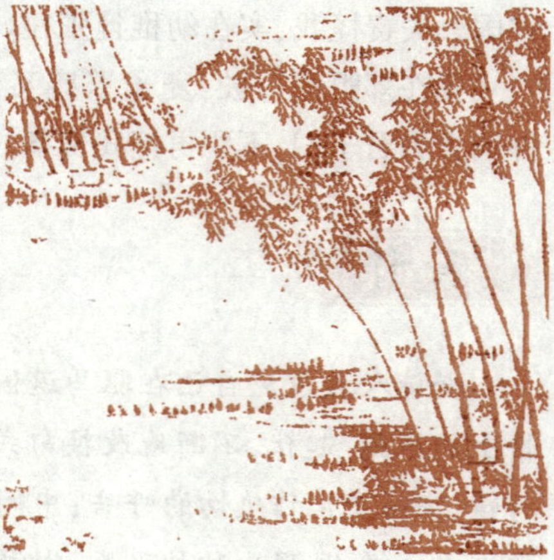

瞻彼淇奥[1]，绿竹猗猗[2]。有匪君子[3]，如切如磋，如琢如磨[4]。瑟兮僩兮[5]，赫兮咺兮[6]，有匪君子，终不可谖兮[7]！

瞻彼淇奥，绿竹青青[8]。有匪君子，充耳琇莹[9]，会弁如星[10]。瑟兮僩兮，赫兮咺兮，有匪君子，终不可谖兮！

瞻彼淇奥，绿竹如箦[11]。有匪君子，如金如锡。如圭如璧[12]，宽兮绰兮[13]。猗重较兮[14]，善戏谑兮，不为虐兮[15]！

注解

①淇：卫国水名。奥：水曲。

②猗猗：茂盛葱绿的样子。

③匪：通“斐”，文采。

④切、磋、琢、磨：整治骨器、象牙、翠玉、美石的不同工艺。

⑤瑟：庄重。僩：威武。

⑥赫：光明。咺：盛大。

⑦谖：忘。

⑧青青：茂盛的样子。

⑨充耳：古代贵族冠上垂在耳际用来塞耳的玉。琇：宝石。

⑩会：皮帽的缝合处。弁：皮帽。

⑪箦：积，茂密。

⑫圭：长方形的玉器，上尖。璧：圆形中有孔的玉器，贵族朝会时，手持圭璧。

⑬宽：宽厚。绰：温柔。

⑭猗：通“倚”。重较：古代车上横木两端伸出的弯木。

⑮虐：刻薄伤人。

译文

河湾头淇水流过，看绿竹多么婀娜。美君子文采风流，似象牙经过切磋，似美玉经过琢磨。你看他庄严威武，你看他光明磊落。美君子文采风流，常记住永不泯没！

河湾头淇水流清，看绿竹一片菁菁。美君子文采风流，充耳垂宝石晶莹，帽上玉亮如明星。你看他威武庄严，你看他磊落光明。美君子文采风流，我永远牢记心铭！

河湾头淇水流急，看绿竹层层密密。美君子文采风流，论才学精如金锡，论德行洁如圭璧。你看他宽厚温柔，你看他登车凭倚。爱谈笑说话风趣，不刻薄待人平易！

点评

赞美德才兼备、宽和幽默的君子，充分展示了男子真正的美在于气质品格，才华修养，表达永远难以忘怀的情感。一说歌颂卫武公的文采品德。

考槃

考槃在涧[①],硕人之宽[②]。独寐寤言[③],永矢弗谖[④]。
考槃在阿[⑤],硕人之薖[⑥]。独寐寤歌,永矢弗过[⑦]。
考槃在陆[⑧],硕人之轴[⑨]。独寐寤宿,永矢弗告[⑩]。

注解

①考槃:逗留,盘桓。
②硕人:贤人。宽:宽宏。
③寐:睡着。寤:醒来。
④矢:誓。谖:忘记。
⑤阿:山坳。
⑥薖:宽和。
⑦过:失,忘记。
⑧陆:高而平的地方。
⑨轴:游玩不愿离去。
⑩告:表达。

译文

逗留盘桓在山涧,贤人心宽又悠闲。独睡醒来独自语,此中乐趣永不忘。
逗留盘桓在山阿,贤人心宽又快活。独睡醒来独自歌,此中乐趣永不忘。
逗留盘桓在高地,贤人游玩不离去。独睡醒来独自居,此中乐趣无法说。

点评

诗歌每章一韵,使四言一句,四句一章的格式,在整齐中见出变化。特别是可歌的《诗经》,在吟唱中音韵的变化,就使歌声抑扬有序,载着作者的赞美之情,充盈空间,不绝于耳了。

硕人

硕人其颀[①]，衣锦褧衣[②]。齐侯之子，卫侯之妻。东宫之妹[③]，邢侯之姨，谭公维私[④]。

手如柔荑[⑤]，肤如凝脂，领如蝤蛴[⑥]，齿如瓠犀[⑦]。螓首蛾眉[⑧]，巧笑倩兮[⑨]，美目盼兮[⑩]！

硕人敖敖[⑪]，说于农郊[⑫]。四牡有骄[⑬]，朱幩镳镳[⑭]。翟茀以朝[⑮]，大夫夙退，无使君劳。

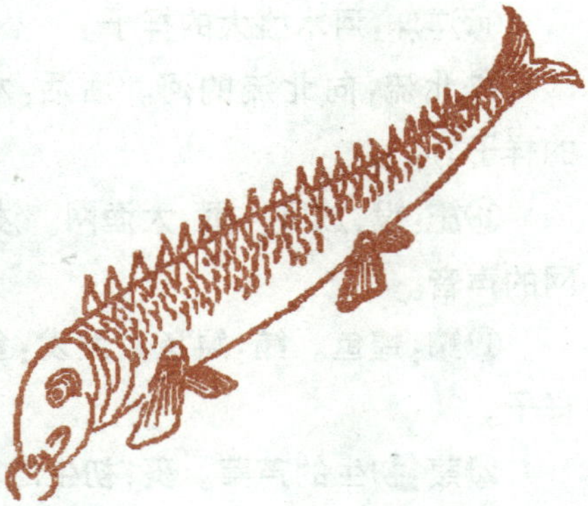

鳣

河水洋洋[⑯]，北流活活[⑰]。施罛涉涉[⑱]，鳣鲔发发[⑲]，葭菼揭揭[⑳]，庶姜孽孽，庶士有朅。

注解

①硕：美。颀：身材修长的样子。

②褧：麻布制的罩衣，用来遮灰尘。

③东宫：指太子。

④私：姊妹的丈夫。

⑤荑：白茅初生的嫩芽。

⑥领：脖子。蝤蛴：天牛的幼虫，身体长而白。

⑦瓠犀：葫芦籽，洁白整齐。

⑧螓：蝉类，头宽广方正。蛾：蚕蛾，眉细长而黑。

⑨倩：笑时脸颊现出酒窝的样子。

⑩盼：眼睛里黑白分明。

⑪敖敖：身材苗条的样子。

⑫说：同“税”，停息。农郊：近郊。

⑬牡：雄，这里指雄马。骄：指马身体雄壮。

⑭朱：红色。幩：马嚼铁外挂的绸子。镳镳：马嚼子。

⑮翟茀：茀后遮挡围子上的野鸡毛，用作装饰。

⑯洋洋：河水盛大的样子。

⑰北流：向北流的河。活活：水奔流的样子。

⑱施：设，放下。罛：大渔网。涉涉：撒网的声音。

⑲鳣：蝗鱼。鲔：鲟鱼。发发：鱼多的样子。

⑳葭：初生的芦苇。菼；初生的荻。揭揭：长的样子。

译文

美人身材真苗条，穿着锦衣罩布衣。她是齐庄公的女，又是卫庄公的妻。齐国太子的妹妹，邢国诸侯的小姨，谭公还是她妹夫。手指柔软如茅芽，肌肤细滑如脂膏。脖子雪白如蝤蛴，齿白齐整如瓜子。前额方正眉细弯，轻轻一笑酒窝生，两眼顾盼似秋波。

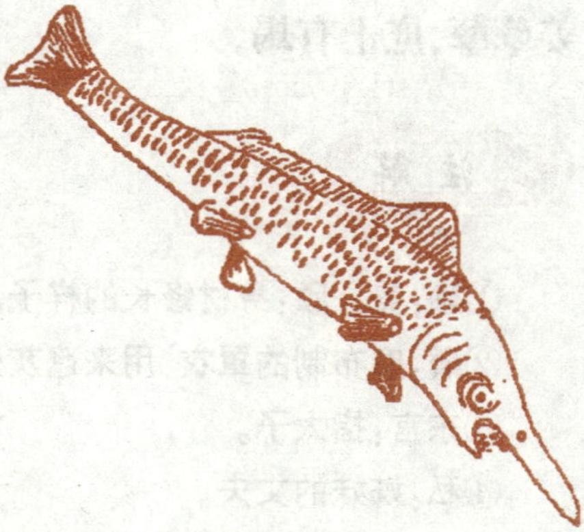

鲔

美人身材好苗条，停车休息在近郊。四匹公马多雄壮，红绸挂在马嚼旁。羽饰车驾到王宫，大夫无事早退朝，莫使新人太疲劳。

黄河之水浩荡荡，激越奔流向北方。撒网入河沙沙响，蝗鱼鲟鱼捕在网。初生芦荻长又长，随嫁姜女尽盛装，陪送男子也雄壮。

点评

赞美卫庄公夫人庄姜，点明她的高贵出身、美丽容颜和出嫁的盛况。“传神写照,正在阿堵”,这原是六朝画家所总结出的创作经验,它也适用于其他艺术创造活动。此“阿堵”即眼睛。眼睛是心灵的窗户,表现人物莫过于表现眼睛。

氓

氓之蚩蚩①,抱布贸丝②,匪来贸丝,来即我谋。送子涉淇,至于顿丘。匪我愆期③,子无良媒。将子无怒④,秋以为期。

乘彼垝垣⑤,以望复关⑥。不见复关,泣涕涟涟⑦。既见复关,载笑载言。尔卜尔筮⑧,体无咎言⑨。以尔车来,以我贿迁。

桑之未落,其叶沃若⑩。于嗟鸠兮⑪,无食桑葚!于嗟女兮,无与士耽!士之耽兮,犹可说也。女之耽兮,不可说也。

桑之落矣,其黄而陨。自我徂尔⑫,三岁食贫。淇水汤汤,渐车帷裳⑬。女也不爽,士贰其行。士也罔极⑭,二三其德⑮。

三岁为妇,靡室劳矣⑯。夙兴夜寐⑰,靡有朝矣。言既遂矣,至于暴矣。兄弟不知,咥其笑矣⑱。静言思之⑲,躬自悼矣⑳。

及尔偕老,老使我怨。淇则有岸,隰则有泮。总角之宴,言笑晏晏。信誓旦旦,不思其反。反是不思,亦已焉哉!

注解

①氓:民,男子。蚩蚩:同“嗤嗤”,笑嘻嘻的样子。

②布:布泉,古钱币名。贸:买。

③愆期:过期,失期。

④将:愿,请。

⑤乘:登上。垝垣:残破的墙。一说,垝、危相通,高也。

⑥复关:指回来的车。复,返。关,车厢。

⑦涕:泪。涟涟:泪流的样子。

⑧卜:用火灼龟甲,从其裂纹来判断吉凶。筮:用蓍草排比推算来占卦。

⑨体:兆体、卦体,指占卜后所显示的现象。无咎言:没有不吉利的话。

⑩沃若:犹“沃然”,润泽茂盛的样子。

⑪于嗟：感叹词。于，通“吁”。

⑫徂尔：到你家，嫁给你。徂，往，到。

⑬渐：浸湿。帷裳：车上的布幔。

⑭罔极：无常，没有定准。罔，无。极，中，引申为标准。

⑮二三其德：行为前后不一致。二三，此作动词用。

⑯靡室劳矣：没一样家务劳动不干的。靡，无。室劳，家务劳动。

⑰夙兴夜寐：早起晚睡。

⑱咥其：犹“燉然”。咥，大笑的样子。

⑲静言思之：即“静而思之”。言，语助词。

⑳躬：自身，自己。悼：伤心。

译文

那个男子笑嘻嘻，抱着布泉来买丝。原来不是真买丝，来了就打我主意。送你渡过这淇水，直到顿丘才别辞。不是我在拖日子，你无良媒怎办事。请你别生我的气，就把秋天做婚期。

登上那边残破墙，朝你来的车子望。不见回来车子影，珠泪滚滚往下淌。望见你的车子来，有笑有说心花放。你占卜来你问卦，兆体卦体都吉祥。驾着你的大车来，搬走我的新嫁妆。

桑树还未叶落时，叶儿繁茂多光润。哎呀斑鸠小鸟儿，可不要去吃桑葚！哎呀年轻姑娘啊，别与男子迷恋深！男子要是迷恋深，还可一甩脱开身。女子要是迷恋深，到时可就难脱身。

桑树到了叶落时，叶儿枯黄全飘零。自从我到你家去，多年受苦度寒贫。淇水滔滔送我回，溅湿布幔冷冰冰。妻子自问无二意，丈夫变心太无情。丈夫心思没定准，前后不一无德行。

做你媳妇这多年，家务杂事一人担。起早睡晚勤劳作，累死累活非一天。家业有成如心愿，渐渐对我施暴残。家中兄弟不知情，见我回来嬉笑言。静静思来默默想，独自伤悼好惨然。

当年曾说同偕老，今想此话更恼怨。淇水虽阔有堤岸，洼地虽大也有边。回忆年幼共欢乐，温和可亲笑开颜。诚诚恳恳发过誓，谁料翻脸违誓言。违背誓言不再想，就此拉倒无挂牵！

点评

叙述了一个女子从恋爱、结婚、受虐到被弃的过程，感情悲愤，态度决绝，深刻反映了当时社会男女不平等的婚姻制度对女子的压迫和损害。

竹竿

籊籊竹竿[①]，以钓于淇[②]。岂不尔思[③]？远莫致之[④]。
泉源在左[⑤]，淇水在右。女子有行[⑥]，远父母兄弟[⑦]。
淇水在右，泉源在左。巧笑之瑳[⑧]，佩玉之傩[⑨]。
淇水滺滺[⑩]，桧楫松舟[⑪]。驾言出游，以写我忧[⑫]。

注解

①籊籊：长而细的样子。

②淇：淇水，自卫都朝歌城北屈转而西而南。

③不尔思：不思尔。否定句式宾语提到动词前面。尔，你，指淇水。

④致：到达。

⑤泉源：水名。《水经·淇水注》："泉有二源，一曰马沟，二曰美沟，皆出朝歌西北。"

桧

⑥行：女子出嫁为行。

⑦远：远离，用作动词。

⑧瑳：《说文》："玉色鲜白也。"这里指牙齿洁白如玉。

⑨傩：通"娜"。指女子走路时腰身婀娜多姿。

⑩滺滺：河水荡漾的样子。

⑪桧楫松舟：桧木制的桨，松木做的船。桧，又叫子孙柏、刺柏。楫，古又称桡或棹。

⑫写：古"泻"字，宣泄、消除的意思。

译文

竹竿竹竿细又长，当年钓鱼淇水上。难道旧游我不想？路途遥远难还乡。

左边呀，泉源头，右边呀，淇水流。姑娘出嫁到别国，远离家人怎不愁。

右边呀，淇水流，左边呀，泉源头。巧笑露齿少年游，行动佩玉有节奏。

淇水悠悠照样流，桧桨松船也依旧。只好驾车且出游，解除心里思乡愁。

点评

四章诗歌，分别从回忆与推想两个不同角度，写出一位远嫁外地的女子思乡怀亲的强烈感情。这种感情虽然不是大悲大痛，但却缠绵往复，深沉地蕴藉于心怀之间，像悠悠的淇水，不断地流过读者的心头。

芄兰

芄兰之支①，童子佩觿②。虽则佩觿，能不我知？容兮遂兮③！垂带悸兮④！

芄兰之叶，童子佩韘⑤。虽则佩韘，能不我甲⑥？容兮遂兮！垂带悸兮！

注解

①芄（wán）兰：草本植物，即萝藦，有藤蔓生。支：同“枝”。

②觿（xī）：解发结的用具，用象骨制成，供成年男子使用和佩带。

③容、遂：指傲慢放肆的样子。

④悸：带子下垂的样子。

⑤韘：拉弓弦的用具，俗称“扳指”。

⑥甲：胜过。

译文

芄兰有枝尖又尖，儿童解锥带在身。虽然解锥带在身，哪里懂的大人事？大摇大摆摆架势！飘带长垂难收拾！

芄兰有叶似半圆，儿童扳指带在身。虽然扳指带在身？哪里有力胜大人！大摇大摆摆架势，飘带长垂难收拾！

点评

全诗两章重叠，实际只有三个字不同，寥寥数语，就把"童子"态度的变化及姑娘的恼怒心理描摹出来了，清牛运震《诗志》评论说："'能不我知''能不我甲'，讽刺之旨已自点明矣。末二句只就童子容仪咏叹一番，而讽意更自深长。诗情妙甚。"每章前四句一韵，后两句一韵，从乐歌的角度考察，后两句大约是附歌。

河 广

谁谓河广①？一苇杭之②。谁谓宋远？跂予望之③。
谁谓河广？曾不容刀④。谁谓宋远？曾不崇朝⑤。

注解

①河：黄河。
②杭：通"航"。
③跂：通"企"，踮起脚尖。予：我。
④曾：乃；却。刀：通"舠"，小船。
⑤崇朝：终朝，一个早晨。

译文

谁说黄河广又广？一根芦苇就能航。谁说宋国远又远？踮起脚尖望得见。

谁说黄河广又广？一条小船难容放。谁说宋国远又远？不用一朝到那边。

点评

诗人不但运用设问与夸张的语言加以渲染，而且还以排比、迭章的形式来歌唱。通过这样反复问答的节奏，就把宋国不远、家乡易达而又思归不得的内心苦闷倾诉出来了。

伯兮

伯兮朅兮①，邦之桀兮。伯也执殳②，为王前驱。

自伯之东，首如飞蓬③。岂无膏沐④，谁适为容⑤！

其雨其雨，杲杲出日⑥。愿言思伯⑦，甘心首疾。

焉得谖草？言树之背。愿言思伯，使我心痗⑧。

注解

①朅：健壮威武的样子。

②殳：古代兵器，长一丈二尺，竹质或木质。

③蓬：草名。枝叶易折，随风飞旋，故称"飞蓬"。

④膏沐：润头发的油膏。

⑤适：悦，乐意。

⑥杲杲：明亮的样子。
⑦愿言：愿然，沉思的样子。
⑧痗：病。

译文

我的哥啊多英勇，在咱卫国数英雄。我哥手上拿殳杖，为王打仗做先锋。打从我哥东方去，我的头发乱蓬蓬。香油、香膏哪缺少，叫我为谁来美容！好像天天盼下雨，天天太阳像火盆。一心只把哥来想，哪怕想得脑袋疼。哪儿去找忘忧草？为我移到北堂栽。一心只把哥来想，病到心头化不开。

点评

描写在家思妇想念出外远征的丈夫，表达了无法忍受的强烈情感。

有狐

有狐绥绥[①]，在彼淇梁[②]。心之忧矣，之子无裳。
有狐绥绥，在彼淇厉[③]。心之忧矣，之子无带。
有狐绥绥，在彼淇侧。心之忧矣，之子无服。

注解

①狐：在这里比喻男子。绥绥：独自慢走求偶的样子。
②淇：河名。梁：桥梁。
③厉：水边浅滩。

译文

狐狸独自慢慢走，走在淇水桥上头。我的心中多伤悲，他连裤子都没有。

狐狸独自慢慢走，走在淇水浅滩头。我的心中多伤悲，他连衣带也没有。

狐狸独自慢慢走，走在淇水岸上头。我的心中多伤悲，他连衣服都没有。

点评

这三章诗充分而细致地表露了这位年轻寡妇的真挚爱心，即事抒怀，不做内心的掩蔽，大胆吐露真情，自是难得的佳作。在旧时代，遭逢丧乱，怨女旷夫，在各自失去配偶之后，想重建家庭，享受室家之爱，这是人生起码的要求，自然是无可非议的。

木瓜

投我以木瓜①，报之以琼琚②。匪报也，永以为好也。

投我以木桃，报之以琼瑶③。匪报也，永以为好也。

投我以木李，报之以琼玖④。匪报也，永以为好也。

注解

①投：投送。

②琼：美玉。琚：佩玉。

③瑶：美玉。

④玖：浅黑色的玉。

译文

你用木瓜送给我，我用美玉回报你。美玉不单是回报，也是为求永相好。

你用木桃送给我，我用琼瑶做回报。琼瑶不单是回报，也是为求永相好。

你用木李送给我，我用琼玖做回报。琼玖不单是回报，也是为求永相好。

点评

你赠给我果子，我回赠你美玉，与“投桃报李”不同，回报的东西价值要比受赠的东西大得多，这体现了一种人类的高尚情感（包括爱情，也包括友情）。这种情感重的是心心相印，是精神上的契合，因而回赠的东西及其价值的高低在此实际上也只具有象征性的意义，表现的是对他人、对自己的情意的珍视，所以说“匪报也”。

王风

王风，周平王宜臼（公元前770~前720年）东迁洛邑（也称王城，今河南洛阳），势力衰落，名义上是王，实际地位和列国相等。《王风》就是东周洛邑一带的民歌。包括《黍离》等十篇，都是东周的作品。

黍离

彼黍离离[1]，彼稷之苗[2]。行迈靡靡[3]，中心摇摇[4]。知我者谓我心忧，不知我者谓我何求。悠悠苍天，此何人哉？

彼黍离离，彼稷之穗。行迈靡靡，中心如醉。知我者谓我心忧，不知我者谓我何求。悠悠苍天，此何人哉？

彼黍离离，彼稷之实。行迈靡靡，中心如噎[5]。知我者谓我心忧，不知我者谓我何求。悠悠苍天，此何人哉？

注解

①黍：谷物名。离离：成排成行的样子。

②稷：谷物名。

③行迈：前行。靡靡：步伐缓慢的样子。

④中心：心中。摇摇：心中不安的样子。

⑤噎：忧闷已极而气塞，无法喘息。

译文

地里黍禾长成排，稷苗长得绿如绣。前行步子多迟缓，心中忧郁神恍惚。理解我的说我忧，不理解的说我有所求。苍天高高在头上，是谁造成这景象？

地里黍禾长成排，稷谷扬花正吐穗。前行步子多迟缓，心中迷乱如酒醉。理解我的说我忧，不理解的说我有所求。苍天高高在头上，是谁造成这景象？

地里黍禾长成排，稷谷已经结了籽。前行步子多迟缓，心中郁闷气哽咽。理解我的说我忧，不理解的说我有所求。苍天高高在头上，是谁造成这景象？

点评

这首诗作于西周灭亡后，一位周朝士大夫路过旧都，见昔日宫殿夷为平地，种上庄稼，不胜感慨，写下了这篇哀婉悲伤的诗，表达了对国家昔盛今衰的痛惜伤感之情。

君子于役

君子于役①，不知其期。曷至哉②？鸡栖于埘③，日之夕矣，羊牛下来。君子于役，如之何勿思？

君子于役，不日不月④。曷其有佸⑤？鸡栖于桀⑥，日之夕矣，羊牛下括⑦。君子于役，苟无饥渴⑧？

注解

①君子：古时妻子对丈夫的敬称。于：往。役：徭役。

②曷：何。曷至哉：什么时候回来啊？

③埘：凿墙做成的鸡窠叫作“埘”。

④不日不月：没有准期。

⑤有：又。佸：相会。

⑥桀：鸡栖的木架。

⑦括：来。

⑧苟：或许，也许。

译文

丈夫服役去远方，谁知还要当几年兵。哪天哪月回家乡？鸡儿回窠来过夜,夕阳西下夜色降临,牛羊纷纷走下山岗。丈夫当兵去远方,怎能不叫我把他想?

丈夫当兵去远方,多少月呀多少天的离别。几时团来几时圆?鸡儿跳上木架歇,夕阳西下夜色降临,牛羊纷纷走下山岗。丈夫当兵去远方,也许他粗茶淡饭不为难?

雄鸡

点评

这诗的两章几乎完全是重复的,这是歌谣最常用的手段——以重叠的章句来推进抒情的感动。但第二章的末句也是全诗的末句,却是完全变化了的。它把妻子的盼待转变为对丈夫的牵挂和祝愿:不归来也就罢了,但愿他在外不要忍饥受渴吧。这也是最平常的话,但其中包含的感情却又是那样善良和深挚。

君子阳阳

君子阳阳①,左执簧②,右招我由房③。其乐只且④?
君子陶陶⑤,主执翿⑥,右招我由敖⑦。其乐只且?

注解

①阳阳:得意的样子。
②簧:古时的一种吹奏乐器。
③由:同"游"。房:同"放"。由房:游乐。
④只、且:语气助词,没有实义。
⑤陶陶:快乐的样子。
⑥翿:羽毛做成的舞具。
⑦敖:同"邀"。由敖:游遨。

译文

君子得意喜洋洋,左手拿簧高声唱,右手招我去游乐。尽情歌舞真快乐?

君子快乐乐陶陶,左手拿羽把舞跳,右手招我去游玩。尽情歌舞真快乐?

点评

戍边战士思念家中妻子的诗歌。周平王母家申国邻楚,数被侵伐,因遣戍守申,使人民家室离散,国人作诗讽之。

扬之水

扬之水,不流束薪。彼其之子[1],不与我戍申。怀哉怀哉!曷月予还归哉[2]?

扬之水,不流束楚。彼其之子,不与我戍甫。怀哉怀哉!曷月予还归哉?

扬之水,不流束蒲。彼其之子,不与我戍许。怀哉怀哉!曷月予还归哉?

注解

①彼其:那子,女子。

②曷:何。

译文

悠悠河水向东流,一捆柴草漂不走。想起那个意中人,不能同把申地守。日思夜想无时休!啥时回家能自由?

悠悠河水流向东,一捆黄荆漂不动。想起那个意中人,我守甫地不相逢。日思夜想情难控!啥时我能回家中?

悠悠河水流不已，一捆蒲草漂不起。想起那个意中人，不能同我守许地。日思夜想愁无比！啥时我能回故里？

点评

诗的格调流美。所演奏的是房中宴乐，乐曲比较轻快，而演奏者本人也自得其乐，《程子遗书》："阳阳，自得。陶陶，自乐之状。皆不任忧责，全身自乐而已。"想见舞师与乐工是乐在其中。诗人为乐工，故诗中"我"在描写歌舞场面时也就比较轻快，清牛运震《诗志》评曰："读之有逸宕不群之慨。"这与《王风》其他篇章那种苍凉的风格迥然不同。

中谷有蓷

中谷有蓷①，暵其干矣②。有女仳离③，慨其叹矣④。慨其叹矣，遇人之艰难矣！

中谷有蓷，暵其修矣⑤。有女仳离，条其啸矣⑥。条其啸矣，遇人之不淑矣⑦！

中谷有蓷，暵其湿矣⑧。有女仳离，啜其泣矣⑨。啜其泣矣，何嗟及矣⑩！

注解

①蓷：益母草。

②暵：蔫。干：枯槁。

③仳离：离散。

④慨：慨叹。

⑤修：干枯、败坏。

⑥条：深长。啸：撮口出声。

⑦淑：善。

⑧湿：朽烂（用胡承珙说）。

⑨啜：哽咽。

⑩何嗟及：同"嗟何及"（用胡承珙说）。

译文

有棵益母草长在山边，蔫蔫地都快枯死折断。有个女子遭离弃，唉声长叹心里烦。唉声长叹心里烦，嫁个男人太艰难！

有棵益母草长在山边，蔫蔫地都快枯死发烂。有个女子遭人遗弃离散，哀哀的一声声长长呼喊叹息。哀哀的一声声呼喊叹息，嫁个好人竟是如此无用！

有棵益母草长在山边，蔫蔫地都快发霉焦烂。有个女子遭人遗弃离散，小声地让一滴滴眼泪滴落。小声地让一滴滴眼泪滴落，悔恨莫及啊空有长叹！

点评

全诗三章，每章的意思都差不多，反复吟咏，突出主题：女子遇人不淑，最终痛苦、悲伤、愤怒。妇女在战国时代被男子遗弃的情况，说明男权主义在那个时代已经成为社会伦理观念的主流。女子择偶不慎，嫁了个忘恩绝情的丈夫，最终被抛弃，落得个自怨自艾的下场。可见中国妇女地位的低微，已经有两千年以上的历史了。

兔爰

有兔爰爰[1]，雉离于罗[2]。我生之初，尚无为[3]；我生之后，逢此百罹[4]！尚寐无吪[5]！

有兔爰爰，雉离于罦[6]。我生之初，尚无造[7]；我生之后，逢此百忧！尚寐无觉[8]。

有兔爰爰，雉离于罿[9]。我生之初，尚无庸[10]；我生之后，逢此百凶！尚寐无聪[11]！

注解

①爰爰：同"缓缓"，悠闲自得的样子。
②离：同"罹"，遭。罗：网罗。
③为：古与"繇"通，徭役。
④百罹：犹百凶、百忧。
⑤寐：长眠。吪：动。
⑥罦：有机轮的网罗。
⑦造：指劳役。
⑧觉：醒。
⑨罿：网罗。
⑩庸：用，劳苦。
⑪聪：听觉。

译文

看那狡兔不慌不忙，野鸡不幸落进网。我刚出世那个时光，还没有事故没灾殃；偏偏在我出生后，百种忧患都碰上！但愿长眠眼不张！

看那狡兔不慌不忙，野鸡不幸落进网。我刚出世那个时光，还没这深重的劳役奔忙；偏偏在我出生后，百种忧患都碰上！但愿长眠睡不醒！

看那狡兔不慌不忙，野鸡不幸落进网。偏偏在我出生后，还没这无穷劳苦奔忙；偏偏在我出生后，百种灾难都碰上！但愿长眠听不见！

点评

伤时感事诗。周桓王失信天下，引起了诸侯的背叛，诸侯因怨恨而引发战祸，周王师战败。

葛藟

绵绵葛藟[1],在河之浒[2]。终远兄弟,谓他人父。谓他人父,亦莫我顾[3]。

绵绵葛藟,在河之涘[4]。终远兄弟,谓他人母。谓他人母,亦莫我有。

绵绵葛藟,在河之漘[5]。终远兄弟,谓他人昆[6]。谓他人昆,亦莫我闻[7]。

注解

①绵绵:延长不断的样子。

②浒:水边。

③顾:亲近,亲爱。

④涘:水边。

⑤漘:河岸缺口处。

⑥昆:兄,哥哥。

⑦闻:问,问候。

译文

延绵不断葛藟藤,长在河水涯边上。远离我的兄弟们,称呼他人为父亲。虽然称他为父亲,他却不把我亲近。

延绵不断葛藟藤,长在河水岸边上。远离我的兄弟们,称呼他人为母亲。虽然称她为母亲,她却不当我存在。

延绵不断葛藟藤,长在河水岸边上。远离我的兄弟们,称呼他人为哥哥。虽然称他为哥哥,他却不闻不问我。

点评

诗人流落到黄河边上，见到河边葛藤茂盛，绵绵不断，不禁触景伤情，联系到自己远离兄弟、漂泊异乡的身世，感到人不如物。他流落他乡，六亲无靠，生活无着，不得不乞求于人，甚至觍颜“谓他人父”。处境之艰难，地位之卑下，可见一斑。但是即便如此，也未博得人家的一丝怜悯。

采葛

彼采葛兮，一日不见，如三月兮。
彼采萧兮①，一日不见，如三秋兮②。
彼采艾兮，一日不见，如三岁兮。

注解

①萧：芦荻，用火烧有香气，古时用来祭祀。
②三秋：这里指三季。

译文

心上人啊去采葛，一天不见她的影，好像隔了三月久。
心上人啊采芦荻，一天不见她的影，好像隔了三秋久。
心上人啊采香艾，一天不见她的影，好像隔了三年久。

点评

诗抒情是合理的艺术夸张，合理在热恋中情人对时间的心理体验，一日之别，逐渐在他或她的心理上延长为三月、三秋、三岁，这种对自然时间的心理错觉，真实地映照出他们如胶似漆、难分难舍的恋情。这一悖理的“心理时间”由于融进了他们无以复加的恋情，所以看似痴语、疯话，却能妙达离人心曲，唤起不同时代读者的情感共鸣。

大车

大车槛槛[1]，毳衣如菼[2]。岂不尔思？畏子不敢。
大车哼哼[3]，毳衣如璊[4]。岂不尔思？畏子不奔。
穀则异室[5]，死则同穴。谓予不信，有如皦日[6]。

注解

①槛槛：车辆行驶的声音。
②毳衣：毛织的衣服。菼：初生的芦荻。
③哼哼：车行迟缓的声音。
④璊：红色的玉。
⑤穀：活着。
⑥皦：同“皎”，意思是明亮。

译文

大车上路声坎坎，绣衣色绿如荻苗。难道我不思念你？怕你不敢和我好。
大车上路声迟缓，绣衣色红如美玉。难道我不思念你？怕你不敢奔相随。
活着虽然不同室，死后但愿同穴埋。如若说我不诚信，对着太阳敢发誓。

点评

这首诗，将环境气氛与人物心情相结合相衬托，把故事按情节发展而安排诗章，以心理推想取代完整故事结局，都有特色。千年之下，读者感受到的，仍然是那两颗充满忠贞爱情的年轻的心。

丘中有麻

丘中有麻①,彼留子嗟②;彼留子嗟,将其来施施③。
丘中有麦,彼留子国;彼留子国,将其来食。
丘中有李,彼留之子;彼留之子,贻我佩玖④。

注解

①丘:小山。
②子嗟:人名。
③将:请。
④贻:赠送。玖:美玉。

译文

在坡上麻林中等多久时光,等我那在留地居住的儿郎;等我那在留地居住的儿郎,我想到你来我就非常的高兴开怀。

小麦生长在山丘上,谁人把那子国留;谁人把那子国留,快来饮食情意投。

李子长在山丘上面,等我那在留地居住的儿郎;等我那在留地居住的儿郎,你送我的佩玉我永远不忘。

点评

这首诗情绪热烈大胆,敢于把与情郎幽会的地点一一唱出,既显示姑娘的纯朴天真,又表达俩人的情深意绵。敢爱,敢于歌唱爱,这本身就是可敬的;而这一点,也正是后代理学先生们所不能正视的。

郑风

郑风，周宣王封其弟姬友于郑(今陕西华县)，是为郑桓公。幽王时，桓公任王朝司徒。犬戎侵周，杀死幽王和桓公。桓公的儿子武公建国于东方，仍称郑，都新郑(今河南新郑县)，疆土包括今河南中部一带。《郑风》即郑地民歌，共二十一篇，都是东周至春秋时期的作品。

缁衣

缁衣之宜兮[①]，敝，予又改为兮。适子之馆兮[②]，还，予授子之粲兮[③]。

缁衣之好兮，敝，予又改造兮。适子之馆兮，还，予授子之粲兮。

缁衣之蓆兮[④]，敝，予又改作兮。适子之馆兮，还，予授子之粲兮。

注解

①缁衣：黑色的衣服。古代卿大夫到官署治事时所穿。

②馆：官舍。

③还：回来。粲：通“餐”。

④蓆：宽大。

译文

黑色官服多合适啊，破了，我为你做新衣。你去你的官邸去办事吧，回来后，我给你把美食准备啊。

黑色官服很是美好啊，破了，我再为你来改造一个新的。往你的官衙把工作做啊，回来，我给你把美食准备啊。

黑色官服宽大舒服啊，破了，我再为你来改作成新的。往你的官衙忙你的公务啊，回来，我给你把美食准备啊。

点评

全诗共三章，直叙其事，属赋体。采用的是《诗经》中常见的复沓联章形式。诗中形容缁衣之合身，虽用了三个形容词："宜""好""蓆"，实际上都是一个意思，无非是说，好得不能再好；准备为丈夫改制新的朝衣，也用了三个动词："改为""改造""改作"，实际上也都是一个意思，只是变换语气而已。每章的最后两句都是相同的。全诗用的是夫妻之间日常所说的话语，一唱而三叹，把主人公对丈夫无微不至的体贴之情刻画得淋漓尽致。

将仲子

将仲子兮[①]，无逾我里[②]，无折我树杞[③]。岂敢爱之[④]，畏我父母。仲可怀也，父母之言，亦可畏也。

将仲子兮，无逾我墙，无折我树桑。岂敢爱之，畏我诸兄。仲可怀也，诸兄之言，亦可畏也。

将仲子兮，无逾我园，无折我树檀[⑤]。岂敢爱之，畏人之多言。仲可怀也，人之多言，亦可畏也。

檀

注解

①将（qiāng）：请，愿。仲子：诗中男子的名字。

②逾：越过。里：宅院，院子。

③杞：树木名，即杞树。

④爱:吝惜,痛惜。

⑤檀:檀树。

译文

仲子哥啊求求你,不要翻进我院里,不要攀折杞树枝。哪里是我吝惜它,只是害怕我爹妈。仲子哥啊我想你,爹妈知道要责骂,叫我心里真害怕。

仲子哥啊求求你,不要翻进我墙里,不要攀折桑树枝。哪里是我吝惜它,只是害怕我兄长。仲子哥啊我想你,兄长知道要责骂,叫我心里真害怕。

仲子哥啊求求你,不要翻进我园子,不要攀折檀树枝。哪里是我吝惜它,只是害怕人闲话。仲子哥啊我想你,别人知道要闲话,叫我心里真害怕。

点评

全诗纯为内心独白式的情语构成。但由于女主人公的抒情,联系自家住处的庭园墙树展开,并用了向对方呼告、劝慰的口吻,使诗境带有了絮絮对语的独特韵致。

叔于田

叔于田[①],巷无居人。岂无居人,不如叔也,洵美且仁[②]。

叔于狩[③],巷无饮酒。岂无饮酒,不如叔也,洵美且好。

叔适野[④],巷无服马[⑤]。岂无服马,不如叔也,洵美且武。

注解

①田:田猎。

②洵:实在,确实。仁:仁爱。

③狩:冬猎。

④适:往。野:郊外。

⑤服马:驾马。

译文

阿叔外出去打猎，大街小巷没有人。难道真的没有人，却是无人比阿叔，实在英俊又敦诚。

阿叔外出去狩猎，街巷无人来饮酒。难道真无饮酒人，却是无人比阿叔，实在英俊又清秀。

阿叔去郊外打猎，街巷无人驾车马。难道真无人驾马，却是无人比阿叔，实在英俊又勇武。

点评

诗分三章，纯用赋法，但流畅谐美中有起伏转折，人物形象呼之欲出，则与假比兴曲笔描写者异曲同工，难分轩轾。它的成功之处，除了运用《诗经》中常见的章段复沓的布局外，还在于运用设问自答、对比夸张的艺术手法。

大叔于田

叔于田[①]，乘乘马[②]。执辔如组[③]，两骖如舞[④]。叔在薮[⑤]，火烈具举[⑥]。袒裼暴虎[⑦]，献于公所。"将叔勿狃[⑧]，戒其伤女[⑨]！"

叔于田，乘乘黄[⑩]。两服上襄[⑪]，两骖雁行[⑫]。叔在薮，火烈具扬[⑬]。叔善射忌，又良御忌[⑭]。抑磬控忌[⑮]，抑纵送忌[⑯]。

叔于田，乘乘鸨[⑰]。两服齐首，两骖如手[⑱]。叔在薮，火烈具阜[⑲]。叔马慢忌，叔发罕忌[⑳]，抑释掤忌，抑鬯弓忌。

注解

①叔：一个男子的表字。田：打猎。

②乘乘马：四马叫作乘（shèng）。上"乘"字是动词，就是驾。

③执辔如组：见《邶风·简兮》篇。

④两骖（cān）：四马驾车，外边的两匹马叫骖。如舞：行列不乱。

⑤薮（sǒu）：低地，多草木，禽兽聚居之处。郑国有大薮名圃田。"在薮"言

已到田猎的所在。

⑥烈:“迾”的借字。就是遮。猎时放火烧草,遮断群兽逃散的路叫作“火烈”。具举:齐起。火烈具举:是说几方面同时举火。

⑦袒裼(tǎnxī):脱去衣服露出肉体。暴虎:空手与虎搏斗。

⑧狃(niǔ):习以为常的意思。

⑨女:通“汝”,指叔。诗人警告叔别常干这种冒险的事。

⑩乘黄:四匹黄马。

⑪服:驾车的马在中央夹辕者。上:犹“前”。襄(xiāng):驾。两服上襄:是说中央的两马在骖马之前并驾。

⑫两骖雁行:两骖马比服马稍后,像飞雁的行列。

⑬扬:起。

⑭忌:语助词。下同。

⑮抑:发语词。下同。磬控:双声联绵词,就是控制马不让它前进。

⑯纵送:叠韵联绵词,就是放纵马使它奔驰。以上两句承“良御”。

⑰鸨(bǎo):黑白杂毛的马,又叫作“驳”。

⑱如手:言两骖在旁稍后,像人的两只手,和上章“雁行”意思相同。

⑲阜:盛。

⑳发:发箭。罕:稀。

译文

叔到围场去打猎,四匹马儿拉车跑。一把缰绳像丝组,两匹骖马像舞蹈。叔在湖边草地,几处猎火齐烧。赤膊空拳捉虎,捉虎献给公爵。“不要常常这样,防它将你伤着!”

叔到围场去打猎,四马拉车毛色黄。中央两马领前奔,两旁马儿像雁行。叔在湖边草地,一片猎火高扬。叔是射箭神手,赶车他又高强。一会勒马不进,一会马蹄奔放。

叔到围场去打猎,四匹花马来拉车。中央两马头并头,两旁马似左右手。叔在湖边草地,猎火高高烧起。马蹄越跑越闲,箭杆越飞越稀。箭筩(tǒng)盖儿打开,弓儿装进袋里。

点评

叔不但打死了猛虎，而且扛起来献到了君王面前，像没有事一样。一个英雄勇士的形象活生生显示了出来。这十五个字的描写，可与《三国演义》中“温酒斩华雄”那一段精彩的叙述相媲美。诗人夸赞叔，为他而自豪，又替他担心，希望他不要掉以轻心，这个感情是复杂的。

清人

清人在彭①，驷介旁旁②。二矛重英③，河上乎翱翔④。
清人在消，驷介麃麃⑤。二矛重乔⑥，河上乎逍遥。
清人在轴，驷介陶陶⑦。左旋右抽⑧，中军作好⑨。

注解

①清：郑国邑名。清人，清邑之人。此指高克统率的清邑兵众。彭、消、轴：均为卫国边境邑名，在黄河北岸。

②驷：四马。每辆兵车用马四匹。介：甲衣。驷介，四马披甲。旁旁：“彭彭”的假借字，强壮的样子。

③二矛：建于兵车上的武器，长二丈，一支击刺，一支备用。重：重叠。英：矛上的饰物，用染红的毛羽制成。

④翱翔：犹“逍遥”，悠闲自得的样子。

⑤麃麃：英武的样子。

⑥乔：“鷮”的同假字，野鸡的一种。矛上以鷮羽做饰物。

⑦陶陶：“駣駣”的假借字，马疾驰的样子。

⑧左旋：左手麾旗指挥。抽：《说文》引《诗》作“搯”，抽刃以击刺。

⑨中军：“军中”的倒文。作：故意做作。好：容好，指英武的姿容。

译文

清邑军队守卫彭庄，驷马披着盔甲真强壮。两矛装饰重缨络，黄河边欢畅悠闲。

清邑军队驻守在消，驷马披甲气势豪。两矛上装饰着野鸡毛，黄河边闲逛很是逍遥。

清邑军队驻守在轴，驷马披甲就像风一样的跑。身子向左转又从右抽刀，将军练武的姿态好漂亮。

点评

公元前660年（鲁闵公二年，郑文公十三年），狄人侵入卫国。卫国在黄河以北，郑国在黄河以南，郑文公怕狄人渡过黄河侵入郑国，就派他所讨厌的大臣高克带领清邑的士兵到河上去防御狄人。时间久了，郑文公也不把高克的军队召回，而是任其在驻地无所事事，整天游逛。最后军队溃散而归，高克也逃到陈国去了。这是一首辛辣的讽刺诗，讽刺高克并斥责郑文公的昏庸。

羔裘

羔裘如濡①，洵直且侯②。彼其之子，舍命不渝③。

羔裘豹饰④，孔武有力⑤。彼其之子，邦之司直⑥。

羔裘晏兮，三英粲兮⑦。彼其之子，邦之彦兮⑧。

注解

①濡：润泽。

②洵：均调。直：正直。侯：美，指能为人君长者的气度。

③舍命：舍弃生命。渝：变。

④豹饰：以豹皮为袖口缘饰。

⑤孔：甚。

⑥司直：主正人过失之官。

⑦晏、粲：鲜艳或鲜明的样子。英：羔裘衣饰，即上文的豹饰。饰物凡三列，故曰“三英”。

⑧彦：士之美称。

译文

身穿羔裘润如膏，行为正直品德好。他是那样的好人啊，至死不渝为国效劳。

皮袍袖口饰着豹皮，穿在身上勇武有力。那是一位好人啊，国内专管整饬法纪的人。

羊羔皮袍子美好无比，三列豹皮袖口灿烂鲜丽。那是一位好人啊，国家美士文采第一。

点评

这首诗，从表现手法说，属赋体。作者以衣喻人，从羊羔皮制的朝服的质地、装饰，联想到穿朝服官员的品德、才能，极其自然，也极为高明。因为衣裳总是人穿的，从衣裳联想到人品，再自然不过了。至于一个人的品质、德性要说得很生动、形象，就不那么容易，而本诗作者的聪明之处，也在这里。他用看得见的衣服外表，来比喻看不见、感得到的较为抽象的品行德性，手法是极为高明的。

遵大路

遵大路兮①，掺执子之祛兮②。无我恶兮，不寁故也③。
遵大路兮，掺执子之手兮。无我魗兮④，不寁好也⑤。

注解

①遵：循，沿着。

②掺执：拉着，牵着。祛：袖口。

③寁：快，迅速。故：故人。

④魗：同“丑”，厌恶。

⑤好：旧好。

译文

沿着大路跟你走，拉住你的衣袖口。千万不要厌弃我，故人不要马上丢。

沿着大路跟你走，紧紧拉住你的手。千万不要厌弃我，旧好不要马上丢。

点评

全诗只有两章八句，既没有点明男子离家出走的原因，也没有交代他们之间是什么关系，然而诗人描绘的这幅平常而习见的画面，却是活灵活现的，给人留下的印象难以磨灭。

女曰鸡鸣

女曰：“鸡鸣。”士曰：“昧旦[①]。”“子兴视夜[②]，明星有烂[③]。”“将翱将翔，弋凫与雁[④]。”

“弋言加之[⑤]，与子宜之[⑥]。宜言饮酒，与子偕老。琴瑟在御[⑦]，莫不静好。”

“知子之来之[⑧]，杂佩以赠之[⑨]。知子之顺之[⑩]，杂佩以问之[⑪]。知子之好之，杂佩以报之。”

注解

①昧旦:天快要亮的时候。
②兴:起。视夜:察看天色。
③明星:启明星。烂:明亮。
④弋(yì):射。凫(fú):野鸭。
⑤加:射中
⑥宜:烹调菜肴。
⑦御:弹奏。
⑧来:劳,勤勉。
⑨杂佩:女子佩带的装饰物。
⑩顺:顺从,体贴。
⑪问:赠送。

译文

妻说:“公鸡打鸣了。”夫说:“天色还没亮。”“你快起床看天色,启明星星光明亮。水鸟快要飞出来,去射野鸭和大雁。”

“射中野鸭和大雁,同你一起做美餐。共享佳肴饮美酒,与你恩爱到白头。弹琴鼓瑟相唱和,生活宁静又美好。”

“我知你性本勤勉,把我佩饰送给你。我知你心善体贴,把我佩饰赠给你。我知你对我恩爱,送我佩饰报答你。”

点评

这首赋体诗恰似一幕生活小剧。诗人通过士女对话,展示了三个情意融融的特写镜头。这对青年夫妇和谐的家庭生活和诚笃而热烈的感情,令人羡慕,令人赞叹。

有女同车

有女同车，颜如舜华①。将翱将翔，佩玉琼琚。彼美孟姜，洵美且都②。

有女同行，颜如舜英③。将翱将翔，佩玉将将④。彼美孟姜，德音不忘。

舜华

注解

①舜华：木槿花。

②洵：实在。都：体面，闲雅。

③舜英：木槿花。

④将将：佩玉互相碰击的声音。

译文

我同姑娘乘一车，容貌美如木槿花。步态轻盈如鸟飞，佩戴美玉闪光华。美丽姑娘她姓姜，真是漂亮又端庄。

我同姑娘一道行，容貌美如木槿花。步态轻盈如鸟飞，佩戴美玉响丁当。美丽姑娘她姓姜，德行高尚人难忘。

点评

此诗二章，自宋范处义《诗补传》以下皆以之为赋体。也就是说它是用叙事或铺陈的方法进行描写的，但必须指出，作者在叙写时是饱含感情的。这一点在朗读时便自然而然地感受得到。本诗对于美女的描写，摹形传神，对后世影响很大，清姚际恒《诗经通论》指出宋玉《神女赋》“婉若游龙乘云翔”、曹植《洛神赋》“翩若惊鸿”“若将飞而未翔”等句显然都是滥觞于此。

山有扶苏

山有扶苏，隰有荷华[①]。不见子都，乃见狂且[②]。

山有乔松，隰有游龙。不见子充，乃见狡童。

注解

①隰：低洼的湿地。

②狂且（徂）：马瑞辰《毛诗传笺通释》："且，当为'先'字之省借"，"狂且，谓狂行拙钝之人。"且，一作虚词，闻一多注为"者"。

译文

高山上面有大树，荷花长在低洼地。不见子都美男子，倒碰上一个疯汉。

山头上松树高高，洼地里长着红草。美子充不曾见着，浑小子倒来盯梢。

点评

这首诗写一位女子在与情人欢会时，怀着无限惊喜的心情对自己恋人的俏骂。就是这样一首明白易懂的情歌，却因历代说诗者的刻意求深而蒙上重重烟雾，仿佛诗中真有什么深意似的。

萚兮

萚兮萚兮①！风其吹女②。叔兮伯兮③！倡，予和女④！
萚兮萚兮！风其漂女⑤。叔兮伯兮！倡，予要女⑥！

注解

①萚：落。
②女：汝，指叶；下“女”指叔、伯。
③叔、伯：古代以“伯仲叔季”作为兄弟长幼的次第。
④倡：领唱。
⑤漂：通“飘”。
⑥要：同《礼记·乐记》“要其节奏”之“要”，郑玄注“要，会也”。闻一多阐发郑注说：“歌者以声相会合，即和。”

译文

叶落啦，叶落啦！好风吹你飘飘起。好人儿，亲人儿！领头唱吧我和你！
叶落啦，叶落啦！好风吹你飘飘上。好人儿，亲人儿！你来起头我合唱！

点评

诗人看见枯叶被风吹落，心中自然而然涌发出伤感的情绪；这情绪到底因何而生呢？却也难以明说——或者说出来也没有多大意思，无非是岁月流逝不再，繁华光景倏忽便已憔悴之类。他只是想有人与他一起唱歌，让心中的伤感随着歌声流出。“叔兮伯兮”，恐怕也并无实指之人，不过是对于可能有的亲近者的呼唤罢了。

狡童

彼狡童兮[1]，不与我言兮。维子之故[2]，使我不能餐兮。

彼狡童兮，不与我食兮。维子之故，使我不能息兮[3]。

注解

①狡童：狡猾的孩子。

②维：因为。

③息：安，安宁。

译文

那个狡猾小坏蛋，不肯与我把话谈。都是为了你缘故，使我不能吃下饭。

那个狡猾小坏蛋，不肯与我同吃饭。都是为了你缘故，使我不能睡安然。

点评

一个姑娘生活中最艰巨的任务就是反复证实小伙子的爱情是执著专一，永恒不变的。因而，恋爱中的姑娘永远没有精神的安宁。对方一个异常的表情，会激起她心中的波澜；对方一个失爱的举动，更会使她痛苦无比，寝食难安。

褰裳

子惠思我，褰裳涉溱[1]。子不我思，岂无他人？狂童之狂也且[2]！
子惠思我，褰裳涉洧[3]。子不我思，岂无他士？狂童之狂也且！

注解

①褰(qiān)：用手提起。裳：下身的衣服。溱(zhēn)：河名。
②也且(jū)：语气助词，没有实义。
③洧(wěi)：河名。

译文

要是你还思念我，提起衣裳过溱河。要是你不思念我，难道就没人爱我？你真是个傻小子！

要是你还思念我，提起衣裳过洧河。要是你不思念我，难道就没人爱我？你真是个傻小子！

点评

在爱情生活中，有失去情人而悲泣自怜的弱女子，也有泼辣、旷达的奇女子。在以男子为本位的旧时代，虽然二者均避不开命运的摆弄，但后者毕竟表现出了一种独立、自强的意气，足令巾帼神往。

丰

子之丰兮[1]，俟我乎巷兮[2]。悔予不送兮[3]！
子之昌兮[4]，俟我乎堂兮。悔予不将兮[5]！
衣锦褧衣[6]，裳锦褧裳[7]。叔兮伯兮[8]，驾予与行[9]！
裳锦褧裳，衣锦褧衣。叔兮伯兮，驾予与归。

注解

①丰:指容颜丰满,身材壮美。

②俟:等待。巷:小巷,里弄。

③送:从行,陪行。这里指出嫁。

④昌:意思与“丰”同。

⑤将:意思与“送”同。

⑥衣锦褧衣:见《卫风·硕人》注。

⑦裳:下裙。

⑧叔、伯:古代女子对情人的爱称,实际上指同一个人。

⑨驾:驾车迎接。

译文

你有丰润好面容,迎亲等我弄堂中。后悔我家没有送!

你的体魄多健壮,迎亲等我在堂上。后悔没有跟你往!

身穿锦缎衣和裳,麻纱罩衫披在上。情哥哥啊美男子,驾车接我一同往!

身穿锦缎裳和衣,麻纱单衫上面披。情哥哥啊美男子,驾车接我回家去。

点评

抒发主人公对爱人的感情是深沉的,对自己屈从于父母的意志流露出极度的悔恨,希望爱人重申旧盟心情表达得极其迫切,一句话,直抒胸臆,酣畅淋漓为本诗抒情的一大艺术特色。

东门之墠

东门之墠[①],茹藘[②]在阪[③]。其室则迩,其人甚远。

东门之栗,有践[④]家室[⑤]。岂不尔思?子不我即[⑥]。

注解

茹藘

①墠（shàn）：经过清除平整的土地。一作“坛”。“墠”犹“垣”，指堤。

②茹藘（rú lǘ）：茜草，绛色染料。

③阪（bǎn）：斜坡。头两句说东门外有堤，堤有阪，阪有茜草。

④践：齐，指排列整齐。《集传》：“践，排列貌。”

⑤家室：指诗中女主人公自家的居室。

⑥即：接触。

译文

东门长堤一道，坡上长着茜草。那屋子近在眼前，那人儿可真遥远。

栗树挨着东门，小屋齐齐整整。怎么不巴望你来？望你来你偏不肯。

点评

本诗两章的头两句应合观，诗人点明她所热恋的男子住处及周围环境。诗人爱屋及乌，在他的心目中这儿是多么优美、多么迷人啊！我们随着她那深情的目光，可以看到城东那块开阔的土坪，这是用人工开拓出来的，不消说，这也有着她所爱者的辛勤汗水，也许正因为这样，她才特别用了一个“墠”字。紧挨着土坪有座小山坡，沿着山坡长满了茜草，附近还有茂密成荫的栗树，她那朝思暮想的心上人的小屋就坐落其中。

风雨

风雨凄凄，鸡鸣喈喈[①]。既见君子，云胡不夷[②]！
风雨潇潇，鸡鸣胶胶[③]。既见君子，云胡不瘳[④]！
风雨如晦[⑤]，鸡鸣不已。既见君子，云胡不喜！

注解

①喈喈(jiē)：鸡叫的声音。
②云：语气助词，无实义。胡：怎么。夷：平。
③胶胶：鸡叫的声音。
④瘳(chōu)：病好，病痊愈。
⑤晦：昏暗。

译文

风吹雨打多凄凄，雄鸡啼叫声不停。既已见到意中人，心中怎能不宁静！
风吹雨打多潇潇，雄鸡啼叫声不停。既已见到意中人，心病怎能不治好！
风吹雨打天地昏，雄鸡啼叫声不停。既已见到意中人，心中怎能不欢喜！

点评

这是一首风雨怀人的名作。在一个"风雨如晦，鸡鸣不已"的早晨，这位苦苦怀人的女子，"既见君子"之时，那种喜出望外之情，真可谓溢于言表。难以形容，唯一唱三叹而长歌之。三章叠咏，诗境单纯。而艺术的辩证法恰恰在于愈单纯而愈丰富。从诗艺、诗旨看，《风雨》都具有丰富的艺术意蕴。

子衿

青青子衿①,悠悠我心②。纵我不往③,子宁不嗣音④?
青青子佩⑤,悠悠我思。纵我不往,子宁不来?
挑兮达兮⑥,在城阙兮⑦。一日不见,如三月兮!

注解

①子:古时对男子的美称,这里是诗中女主人公对她情人的称谓。衿:衣领。青衿,古代学生穿的服装。

②悠悠:思念的样子。形容相思之情不绝。

③纵:纵然。

④宁不:何不,为何。嗣:寄或给的意思。音:音信。

⑤佩:指佩玉用的绶带。

⑥挑、达:往来相见的样子。挑兮达兮:形容往来走动,心神不安的样子。

⑦城阙:城门两侧的角楼,此指男女幽会的场所。

译文

青青的是你的衣领,悠悠的是我的心境。纵然我不曾去会你,难道你就此断音信?

青青的是你的佩带,悠悠的是我的情怀。纵然我不曾去会你,难道你不能主动来?

来来往往张眼望啊,在这高高城楼上啊。一天不见你的面啊,好像已有三月长啊!

点评

这首诗写一个女子在城楼上等候她的恋人。全诗三章，采用倒叙手法。前两章以“我”的口气自述怀人。“青青子衿”，“青青子佩”，是以恋人的衣饰借代恋人。对方的衣饰给她留下这么深刻的印象，使她念念不忘，可想见其相思萦怀之情。

扬之水

扬之水①，不流束楚②。终鲜兄弟③，唯予与女④。无信人之言，人实诳女⑤。

扬之水，不流束薪⑥。终鲜兄弟，维予二人。无信人之言，人实不信。

注解

①扬：水流缓慢的样子。

②束：捆扎。楚：荆条。

③鲜：少，缺少。

④女：同“汝”，你。

⑤诳(kuáng)：意思是欺骗。

⑥薪：柴。

译文

河中之水缓缓流，成捆荆条冲不走。没兄没弟没亲人，世间只有我和你。别信他人的谗言，他们其实在骗你。

河中之水缓缓流，成捆柴火冲不走。没兄没弟没亲人，世间只有我二人。别信他人的谗言，他人的话不可信。

点评

此诗运用了有较确定蕴含的兴词，表现含蓄而耐人寻味。第一句作三言，第五句作五言，与整体上的四言相搭配，节奏感强，又带有口语的韵味，显得十分诚挚，有很强的感染力。

出其东门

出其东门，有女如云。虽则如云，匪我思存①。缟衣綦巾②，聊乐我员③。

出其闉阇④，有女如荼⑤。虽则如荼，匪我思且⑥。缟衣茹芦⑦，聊可与娱。

注解

①匪：非。存：心中想念。

②缟（gǎo）衣：白色的绢制衣服。綦巾：茜青色佩巾。

③聊：且。员：同“云”，语气助词，没有实义。

④闉阇（yīn dū）：曲折的城墙重门。这里指城门。

⑤荼（tú）：白色茅花。

⑥且：语气助词，没有实义。

⑦茹芦（lú）：茜草，可做红色染料。这里借指红色佩巾。

译文

信步走出东城门，美女熙熙多如云。虽然美女多如云，没有我的意中人。只有白衣绿佩巾，才能赢得我的心。

信步走出城门外，美女熙熙如茅花。虽然美女如茅花，没有我的意中人。只有白衣红佩巾，才能同我共欢娱。

点评

诗章之开篇对东门外"如云""如荼"美女的赞叹，其实都只是一种渲染和反衬。当诗情逆转时，那盛妆华服的众女，便全在"缟衣綦巾"心上人的对照下黯然失色了。这是主人公至深至真的爱情所投射于诗中最动人的光彩，在它的照耀下，贫贱之恋获得了超越任何势利的价值和美感！

野有蔓草

野有蔓草[①]，零露漙兮[②]。有美一人，清扬婉兮[③]。邂逅相遇[④]，适我愿兮。

野有蔓草，零露瀼瀼[⑤]。有美一人，婉如清扬。邂逅相遇，与子偕臧[⑥]。

注解

①蔓：延。

②零：滴落。漙（tuán）：露水多的样子。

③清扬：眉清目秀的样子。婉：美好。

④邂逅（xièhòu）：无意中相见。

⑤瀼：露水多的样子。

⑥臧：善，美好。

译文

郊野青草遍地生，露珠盈盈满草叶。有个美丽的姑娘，眉清目秀好动人。不期而遇见到她，正如我心情所愿。

郊野青草遍地生，露珠盈盈满草叶。有个美丽的姑娘，眉清目秀好动人。不期而遇见到她，与她同行共欢乐。

点评

这是多么浪漫而自由的爱情：良辰美景，邂逅丽人；一见钟情，便携手藏入芳林深处。恰如一对自由而欢乐的小鸟，一待关关相和，便双双比翼而飞。率真的爱情，形诸牧歌的笔调，字字珠玉，如歌如画。诗分二章，重复叠咏。每章六句，两句一层；分写景、写人、抒情三个层次。而典型环境、典型人物与典型感情，可谓出之无心而天然合作。

溱洧

溱与洧[1]，方涣涣兮[2]。士与女，方秉蕑兮[3]。女曰："观乎？"士曰："既且[4]。""且往观乎？"洧之外，洵訏且乐[5]。维士与女，伊其相谑[6]，赠之以勺药。

溱与洧，浏其清矣。士与女，殷其盈矣。女曰："观乎？"士曰："既且。""且往观乎。"洧之外，洵訏且乐。维士与女，伊其将谑，赠之以勺药。

勺药

注解

①溱、洧：溱水和洧水，郑国的两条河名，在今河南境内。

②涣涣：春水荡漾的样子。

③蕑：古"兰"字，兰草的一种。当地习俗，以为手持兰草可袚除不祥。

④且：同"徂"，前往。

⑤洵：确实。

⑥伊：语助词。谑：调笑。

译文

溱水长，洧水长，溱水洧水哗哗地流淌着。小伙子，大姑娘，人人手里握兰花很香。妹说："去瞧热闹怎么样？"哥说："已经去一趟。""再去一趟也不妨。"洧水边上，地方宽敞人儿喜洋洋。女伴男来男伴女，你说我笑心花怒放，送你一把勺药非常的芬芳。

溱水流，洧水流，溱水洧水清如镜。男也游，女也游，挤挤碰碰的在水边走。妹说："咱们去把热闹瞧？"哥说："已经去一遭。""再走一遭好不好？"洧水边上，地方宽敞人们都很快乐的样子。男伴女来女伴男，男女之间相互说着笑着，送你香草名儿叫芍药。

蕳

点评

郑国风俗，三月上巳之辰，采兰水上，祓除不祥。这首诗写男女游历之乐，尤其是女方非常主动，邀请男子再去观赏。

齐风

齐，周代诸侯国名，姜姓，周武王封大臣吕望（即姜太公）于此。疆土包括今山东中部和北部。春秋时，齐桓公任管仲为相，国势强大。《齐风》即齐地民歌，共十一篇。大约是东周初年到春秋时期的作品。

鸡鸣

“鸡既鸣矣，朝既盈矣”①。“匪鸡则鸣，苍蝇之声”。

“东方明矣，朝既昌矣”。“匪东方则明，月出之光。”

“虫飞薨薨②，甘与子同梦。会且归矣③，无庶予子憎④！”

注解

①朝：朝堂，国君听政、君臣聚会议论国事之所。盈：满，指人多。下文“昌”，与此同义。

②薨薨：飞虫声，即“苍蝇飞的声音”。

③会：朝会。归：解散。

④庶：众，指参加朝会的卿大夫。予：我，夫人自称。子：陈奂《诗毛氏传疏》以为系“于”字之误。

译文

你听雄鸡已经在报晓，大夫都已去上早朝。不是雄鸡在报晓，那是苍蝇嗡嗡叫的声音。

你瞧东方已经开始亮了，大夫已经满朝堂。不是东方的天开始发亮，那是明月发出的一片光。

虫飞发出嗡嗡的声音，我的睡意正浓，甘愿与你同入梦乡。会朝大夫快散归，我岂不被人骂成是懒虫！

点评

本诗句式以四言为主，杂以五言，句式错综，接近散文化。押韵亦有其特点，头两章四句皆用韵，而首句与次句韵脚同在第三字，而末尾是语助词“矣”，也算韵，王力先生称这为“富韵”。另外第一、二章首句与第三句韵脚同字。第三章则是第一、二、四句押韵，也可见本诗用韵富有变化。

还

子之还兮①，遭我乎猱之间兮②。并驱从两肩兮③，揖我谓我儇兮④。

子之茂兮⑤，遭我乎猱之道兮。并驱从两牡兮⑥，揖我谓我好兮。

子之昌兮⑦，遭我乎猱之阳兮⑧。并驱从两狼兮，揖我谓我臧兮。

注解

①还(xuán)：身体轻捷的样子。

②遭：相遇。猱(náo)：山名。

③从：追赶。肩：三岁的兽。

④揖：相见时做拱手状的礼节。儇(xuān)：敏捷灵便。

⑤茂：美好。

⑥牡：雄兽。

⑦昌：强壮勇武。

⑧阳：山的南面。

译文

你真敏捷又矫健，咱们相遇在猱山。共同追赶两野兽，向我行礼夸我好。

你真英俊又貌美，咱们相遇猱山道。共同追赶两雄兽，向我行礼夸我好。

你真强壮又勇武，咱们相遇猱山南。共同追赶两只狼，向我行礼夸我好。

点评

全诗句句用韵，每章一韵，押在每句末尾第二字上：首章还、间、肩、儇为韵；次章茂、道、牡、好为韵；末章昌、阳、狼、臧为韵，句尾都以“兮”字收束，组成“富韵”，加上四、六、七言并用的参差句法，造成了舒缓的音节，读起来有一唱三叹的韵味，在《诗经》中堪称佳作。

著

俟我于著乎而①，充耳以素乎而②，尚之以琼华乎而③！
俟我于庭乎而，充耳以青乎而，尚之以琼莹乎而！
俟我于堂乎而，充耳以黄乎而，尚之以琼英乎而！

注解

①著：通“宁”。古代富贵者的宅院，大门内有屏风，大门和屏风之间的地方叫作“著”。

②充耳：古代男子的一种装饰品，它挂在冠的两边，垂在耳旁。充耳系在冠上的丝绳上，其丝绳用白、青、黄三色的三股丝线编成，叫作“竑”。丝绳上挂着一个绵球叫作“纩”，绵球下挂着玉，叫作“烟”。

③尚：加。

译文

新郎在门屏间等我，充耳白丝垂帽边，晶莹红玉光彩添！
新郎在院庭等我，冠边充耳丝线是青色的，红玉晶莹色泽很是明亮！
新郎在厅堂等我，冠边充耳丝线黄，晶莹红玉容颜很是好看！

点评

这首诗风格与《还》相近，也是三章全用赋体，句句用韵，六言、七言交错，但每句用“乎而”双语气词收句，又与《还》每句用常见的“兮”字收句不同，使全诗音节轻缓，读来有余音袅袅的感觉。在章法上它与《诗经》中的典型篇章是那么不一样，而又别具韵味，无怪乎清代学者牛运震要称它是“别调隽体”。

东方之日

东方之日兮，彼姝者子，在我室兮。在我室兮，履我即兮①！
东方之月兮，彼姝者子，在我闼兮②。在我闼兮，履我发兮③！

注解

①履：踩踏。即：高亨曰：“借为第，席子。古人无病不设床，就地铺上席子，人坐卧在席上。”

②闼：夹室，寝室左右的小屋。高亨曰：“此言女子已进入秘室。”

③发：高亨曰：“借为茷，苇席。”

译文

东方红太阳啊，那美丽的好姑娘，来到我房中啊。来到我房中啊，相亲相爱不离分啊！

东方月儿亮啊，那美丽的好姑娘，来到我的卧室啊。来到我卧室啊，恩恩爱爱永远不分开啊！

点评

本诗押韵有其特色，每章皆是一、三、四、五句押韵，并且都与“兮”字组成“富韵”，三句与四句又是重复的，读起来音节舒缓而绵延，有着流连咏叹的情味。全诗八个“兮”字韵脚，《正韵》称为“联章韵”。

东方未明

东方未明，颠倒衣裳[1]。颠之倒之，自公召之[2]。

东方未晞[3]，颠倒裳衣。颠之倒之，自公令之。

折柳樊圃[4]，狂夫瞿瞿[5]。不能辰夜[6]，不夙则莫[7]。

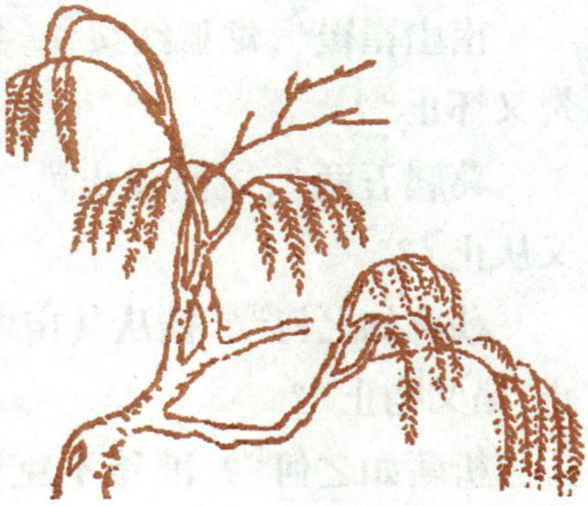

柳

注解

①衣：上身穿的衣服。裳：下身穿的衣服。
②公：指王公贵族。
③晞（xī）：破晓。
④樊：篱笆。圃：菜园。
⑤瞿瞿：瞪着眼睛看的样子。
⑥不能：不能分辨。辰：白天。
⑦夙（sù）：早。莫：同“暮”，晚。

译文

东方黑暗天没亮，急忙穿衣搞颠倒。颠来倒去穿不好，只因国君命令到。
东方黑暗天没亮，慌忙颠倒穿衣裳。颠来倒去穿不好，只因国君召唤忙。
折柳编篱围菜园，狂夫监工瞪着眼。不分白天和夜晚，不是起早就睡晚。

点评

作者从奴隶的身世遭际出发，抒发对于现实的愤懑，带有强烈的感情色彩，因此对统治阶级确实有一种活生生的鞭辟入里的揭露和批判作用，使读者产生感情上的共鸣。

南山

南山崔崔①，雄狐绥绥②。鲁道有荡③，齐子由归④。既曰归止⑤，曷又怀止⑥？

葛屦五两⑦，冠緌双止⑧。鲁道有荡，齐子庸止⑨。既曰庸止，曷又从止⑩？

蓺麻如之何⑪？衡从其亩⑫。取妻如之何？必告父母⑬。既曰告止，曷又鞠止⑭？

析薪如之何⑮？匪斧不克⑯。取妻如之何？匪媒不得。既曰得止，曷又极止⑰？

注解

①南山：牛山。崔崔：山势高峻的样子。

②雄狐：指淫兽，以雄狐比喻荒淫无度的齐襄公。齐襄公早与其异母妹文姜有染，后文姜嫁鲁桓公。十五年后，鲁桓公带文姜返齐探亲，在此期间，鲁桓公发现了这桩丑事，于是严词斥责文姜，齐襄公恼羞成怒，派遣公子彭生杀死了鲁桓公，齐人因唱此歌讽刺。绥：慢慢走。一说求比之貌，即雄狐寻找雌狐的样子。

③鲁道：到鲁国去的大道。荡：平坦。

④齐子：指文姜。陈奂《诗·毛氏传疏》解之曰："文姜称齐子者，犹云齐侯之子，为鲁侯之妻也。"由：从此。归：出嫁。

⑤止：语助词。

⑥怀：来、回来。一说想念。

⑦葛屦：用葛布做的鞋。五两：五作"菸"，同"午"，交叉缠结的模样。两，古"裲"字，指用来系鞋的带子，系鞋带必须两条带子交叉系。

⑧冠緌双止：緌，系帽子的带子，结在下巴下面的下垂部分。双，系帽须用两根带子，所以叫"双"。

⑨庸：用。

⑩从：由，指由此大道返齐。

⑪蓺麻：种麻。

⑫衡从：通“横纵”，东西为横，南北为纵。亩：垄，用作动词。

⑬必告父母：古人娶妻，父母在则告其人，父母死则告其庙或神主。

⑭鞠：穷尽，指纵容文姜用净他的所有。一说借为造，至、来到。

⑮析薪：劈柴。

⑯匪：通“非”。克：能，成功。

⑰极：至也，来到。

译文

巍巍的南山非常高大，雄狐慢慢跨着步子。鲁国大道很是平坦坦，文姜从这里去出嫁。既然她已嫁给了鲁侯，为啥你还依依不舍想着她？

两只葛鞋一起放，一对帽带颈下垂。鲁国大道很是平坦坦，文姜从这里去出嫁。既然她已嫁给了鲁侯，为啥你又再一次的盯上她？

农家怎么才能种好大麻？田垄横直有一定的章法。青年怎么才能娶妻子？必定要先告诉爹妈。告了爹妈以后才能娶妻子，为啥还要放纵她？

靠什么才能劈木柴？不用斧头的话就没办法。靠什么娶妻子？没有媒人就不要想她。既然妻子已经娶到手，为啥让她又回到了娘家？

点评

每章的最后两句，句法语气完全一样，只有一二个字的变化，其含义也相似或相近。这正是便于反复咏唱，易于记忆吟诵，寓意比较单纯的民歌式作品。此外，从这首诗里，也反映了男女婚姻必须通过父母之命，媒妁之言这样的封建礼教，早在两三千年以前就已经深入人心了。

甫田

无田甫田①，维莠骄骄②。无思远人，劳心忉忉③。

无田甫田，维莠桀桀④。无思远人，劳心怛怛⑤。

婉兮娈兮[6]，总角丱兮[7]。未几见兮，突而弁兮[8]。

注解

①无田：没有力量耕种。甫田：很大的田地。

②莠：田间的杂草。骄骄：杂乱茂盛的样子。

③忉忉（dāo）：忧愁的样子。

④桀桀：杂乱茂盛的样子。

⑤怛怛（dá）：悲伤的样子。

⑥婉：貌美。娈：清秀。

⑦总角：小孩头两侧上翘的小辫。丱（guàn）：两角的样子。

⑧弁（biàn）：帽子。古时男子成人才戴帽子。

译文

无力耕种大块田，杂草长得高又密。不要思念远行人，思念起来愁煞人。

无力耕种大块田，杂草长得密麻麻。不要思念远行人，思念起来心伤悲。

当初年少多秀美，小辫翘起像牛角。几年没见他的面，转眼成人戴上帽。

点评

本诗第一、第二章是隔句交错押韵，即田、人属上古真部韵，骄、忉属上古宵部韵，桀、怛属上古月部韵。第三章四句连韵，属上古元部韵，并皆有“兮”字收尾。译文尽量保留原诗韵式及叠词的运用。

卢令

卢令令[①]，其人美且仁[②]。
卢重环，其人美且鬈[③]。
卢重鋂[④]，其人美且偲[⑤]。

注解

①卢：黑色猎狗。令令：铃铃，狗脖子上铃铛的响声。
②其人：指猎人。仁：仁爱的美德。
③鬈：勇壮。
④重鋂：大环上套着两个小环。
⑤偲：多才。

译文

黑色猎狗脖铃响丁当，那人漂亮而且心胸又坦荡。
黑色猎狗颈上有套环，那人长得很是漂亮勇武又精悍。
黑色猎狗项套着双环，那人漂亮多才而且又能干。

点评

诗中所赞美的猎人，是个文武双全、才貌出众的人物，以致引起旁观者(包括作者)的羡慕、敬仰和爱戴。从感情的角度看是真实的，从当时所崇尚的民风看，也是可信的。

敝笱

敝笱在梁①,其鱼鲂鳏②。齐子归止③,其从如云④。
敝笱在梁,其鱼鲂鲔⑤。齐子归止,其从如雨。
敝笱在梁,其鱼唯唯⑥。齐子归止,其从如水。

注解

①敝:破。笱:竹制的捕鱼器具,口有倒刺,鱼能进不能出。《邶风·谷风》三章:"毋逝我梁,毋发我笱。"梁:鱼梁,拦鱼的堤坝。

②鲂鳏:鳊鱼和鲲鱼。

③齐子:指鲁桓公之妻,鲁庄公之母文姜。

④如云:形容随从文姜人员之多。下二章"如雨""如水"义同。

⑤鲔:鲢鱼。

⑥唯唯:游鱼自由往来的样子。

译文

破篓被搁在鱼梁上,编鲲游鱼自由自在地闯来闯去。文姜回齐见到了兄长,前呼后拥如云一般多而不可数。

破篓被搁在鱼梁上,编鲢游鱼自由自在的闯来闯去。文姜回齐见到兄长,宾从杂沓就像雨一样疯狂。

破篓被搁在鱼梁上,游鱼往来没有什么阻挡。文姜回齐见兄长,随从人员就像水一样的流淌。

点评

三章内容基本相同,为了协韵,也为了逐层意思有所递进,各章置换了少数几个字眼,这是典型的一唱三叹的《诗经》章法。

载　驱

载驱薄薄[①],簟茀朱鞹[②]。鲁道有荡,齐子发夕[③]。

四骊济济[④],垂辔沵沵[⑤]。鲁道有荡,齐子岂弟[⑥]。

汶水汤汤[⑦],行人彭彭[⑧]。鲁道有荡,齐子翱翔。

汶水滔滔,行人儦儦[⑨]。鲁道有荡,齐子游遨。

注解

①薄薄:车行快速的声音。

②簟:方而有文采的竹席。

③发夕:天将亮、日未出的辰光。

④骊:黑马。济济:美盛的样子。

⑤沵沵:柔和的样子。

⑥岂弟:开明。

⑦汶水:水名,在今山东省境内。汤汤:水势浩大的样子。

⑧彭彭:众多。

⑨儦儦:众多的样子。

译文

车儿走得啪啪地响,花席的车门像红皮帐一样。齐鲁大道平坦坦的很好走啊,文姜出发的时候天快亮。

四匹黑马很是好看漂亮,柔软的缰绳垂到下方。齐鲁大道平坦坦很好走啊,文姜出发天才刚刚亮。

汶水涨得一片汪洋,路上行人熙熙攘攘。齐鲁大道平坦坦,文姜在这儿游逛玩耍。

汶水一样流得浩浩荡荡,路上行人走路踉踉跄跄。齐鲁大道平坦坦,文姜在这儿游荡。

点评

从诗的技巧上看，清人陈震《读诗识小录》的评析很有见地，他说："（全诗）只就车说，只就人看车说，只就车中人说，露一'发'字，而不说破发向何处，但以'鲁道''齐子'四字，在暗中埋针伏线，亦所谓《春秋》之法，微而显也。"因此虽然此诗纯用赋体而没有比兴成分，却仍是婉而多讽，韵味浓厚。

猗嗟

猗嗟昌兮[①]！颀而长兮！抑若扬兮[②]！美目扬兮！巧趋跄兮[③]！射则臧兮！

猗嗟名兮[④]！美目清兮！仪既成兮！终日射侯[⑤]，不出正兮[⑥]！展我甥兮[⑦]！

猗嗟娈兮[⑧]！清扬婉兮！舞则选兮[⑨]！射则贯兮！四矢反兮[⑩]！以御乱兮！

注解

①猗嗟：叹息声。昌：盛，美。

②抑：美色。

③跄：趋。

④名：昌盛。

⑤侯：箭靶。

⑥正：靶心。

⑦展：诚，真是。

⑧娈：壮美。

⑨选：出众。

⑩反：反复中的。

译文

啊呀，真精壮啦！身材高大而又颀长！脸蛋长得真漂亮啦！眼睛光亮亮诱人啦！走路多矫健啦！射箭多熟练啦！

啊呀，真漂亮好看啦！眼睛多明朗啦！仪式已经举行啦！整天射那个箭靶，不出红圈圈啦！真是我的好女婿啦！

啊呀，真美好啦！眼睛光耀耀啦！舞姿真是太出色啦！箭箭穿箭靶啦！四箭中一点啦！真能抵御敌人啦！

点评

这首诗每章均以“猗嗟”发端。按“猗嗟”为叹美之词，相当于现代汉语中的“啊”或“啊呀”。用这种叹美词语开头的诗句，具有一种先声夺人的艺术效果，提醒读者注意诗人所要赞美的人或事。它在描写少年射手的形象和技艺时，起到一种渲染烘托的作用。

魏风

魏，周诸侯国名，姬姓，故城在今山西芮城县。公元前661年为晋献公所灭。《魏风》是魏国境内民歌，共七篇，大多产生于魏亡以前。

葛屦

纠纠葛屦[①]，可以履霜[②]。掺掺女手[③]，可以缝裳[④]。要之襋之[⑤]，好人服之[⑥]。

好人提提[⑦]，宛然左辟[⑧]，佩其象揥[⑨]。维是褊心[⑩]，是以为刺[⑪]。

注解

①屦(jù):鞋。纠纠:犹“缭缭”,绳索缠结缭绕之状。形容屦上的绚(qú,屦头上的装饰)或綦(qí,系屦的绳)。绚是一条丝线打的带子,从屦头弯上来,成一个小纽,超出屦头三寸。绚上有孔,从后跟牵过来的綦便由这孔中通过,又绕回去,交互地系在脚上。

②履:践踏。葛屦是夏季所用(冬用皮屦),“可以履霜”是说它不透寒气,也就是形容它的工细精致。

③掺掺(xiān):一作“扦扦(qiān)”,形容女人手指纤细。这里的“女手”有所指,就是制葛屦的手,也就是缝裳的手。

④裳:下裙。这里以“裳”与“霜”叶韵,举裳也包括衣。

⑤要:就是衣裳的腰。襋(jí):衣领。两字都用作动词,言一手提领一手提腰。

⑥好人:犹“美人”。在这首诗里似属讥讽之词。以上二句是说缝裳之女将缝成的衣裳拿给“好人”去穿。

⑦提提:《尔雅》注引作“媞媞(tí)”,细腰貌。

⑧宛然:回转貌。辟:通“避”。“左避”犹“回避”。

⑨象揥(tì):象牙所制的发饰。女子用揥搔头,同时用来做装饰。

⑩褊心:心地狭隘。

⑪刺:讥刺。末二句诗人自道其作诗的用意。

译文

葛布鞋儿丝绳绑,葛鞋穿来不怕霜。巧女十指根根细,细手缝出好衣裳。一手提腰一手捏在领儿上,请那美人儿试新装。

只见美人儿腰肢细,一扭腰儿转向里,戴她的象牙发针不把人搭理。好个小心眼儿大脾气,待我编支歌儿刺刺她。

点评

全诗共两章，前章先着力描写缝衣女之穷困：天气已转寒冷，但她脚上仍然穿着夏天的凉鞋；因平时女主人对她的虐待和吝啬，故她不仅受冻，而且挨饿，双手纤细，瘦弱无力。尽管如此，她还是必须为女主人缝制新衣。自己受冻，所做新衣非但不能穿身，还要服侍他人试穿，此何凄惨！

汾沮洳

莫

彼汾沮洳①，言采其莫②。彼其之子③，美无度。美无度，殊异④乎公路⑤。

彼汾一方，言采其桑。彼其之子，美如英。美如英⑥，殊异乎公行⑦。

彼汾一曲⑧，言采其蕢⑨。彼其之子，美如玉。美如玉，殊异乎公族⑩。

注解

①汾(fén)：汾水。在今山西省，西南流入黄河。沮洳(jū rù)：低湿之地。《集传》："沮洳，水浸处下湿之地。"

②莫(mù)：野菜名，其味酸。《正义》引陆玑疏："莫……五方通谓之酸迷，冀州人谓之干绛，河汾之间谓之莫。"

③之子：《集疏》："之子，指采菜之贤者。"

④殊异：《传疏》："殊亦异也，乎犹于也。"

⑤公路：掌管王公车驾的官吏。

⑥英：花。此处意为"英华"，指神采之美。

⑦公行：掌管王公军队的官吏。

⑧曲：河湾。

⑨蕢(xù)：泽泻草，亦名水舄菜。

⑩公族：掌管王公宗族事务的官吏。

译文

在那汾河低湿地，采来酸迷装筐里。我瞧那个采菜人，潇洒漂亮没法比。潇洒漂亮没法比，他跟公路很不一。

在那汾河另一方，采来桑叶装进筐。我瞧那个采桑人，漂亮更比花儿强。漂亮更比花儿强，他跟公行不一样。

在那汾河水湾边，采来泽泻多新鲜。我瞧那个采菜人，美如琼玉光艳艳。美如琼玉光艳艳，他跟公族不一般。

荬

点评

这首诗在篇章结构上，是《诗经》中常见的叠句重章、反复吟咏的艺术形式。三章字句变化无多，而诗意却层层递进。“美无度”是对所思男子之美的概括描写；“美如英”是对所思男子的仪表之赞美；“美如玉”是对所思男子人品的赞美。而又以“公路”“公行”“公族”加以具体映衬，这就更加凸显了“彼其之子”的美的形象。

园有桃

园有桃，其实之[①]殽。心之忧矣，我歌且谣[②]。不我知者[③]，谓我士[④]也骄。彼人[⑤]是哉？子曰何其[⑥]？心之忧矣，其谁知之！其谁知之！盖亦勿思[⑦]！

园有棘[⑧]，其实之食。心之忧矣，聊以行国[⑨]。不我知者，谓我士也罔极[⑩]。彼人是哉？子曰何其？心之忧矣，其谁知之！其谁知之！盖亦勿思！

注解

①之：犹“是”。《集传》：“肴，食也。”食桃和下章的食棘似是安于田园，不慕富贵的表示。

②我：诗人自称。谣：行歌。《毛传》：“曲合乐曰歌，徒歌曰谣。”

③不我知者：唐石经作“不我知”，一本作“不知我者”。下章同。

④士：旁人谓歌者。《通释》：“我士，即诗人自谓也。”

⑤彼人：指“不我知者”。《郑笺》：“彼人，谓君也。”

⑥子：歌者自谓。其(jī)：语助词。《集传》：“其，语词。”

⑦盖：同“盍(hé)”，就是何不。亦：语助词。这句是诗人自解之词，言不如丢开别想。

棘

⑧棘：酸枣。

⑨行国：周行国中。这二句言心忧无法排遣，只得出门浪游。

⑩罔极：无常。《集传》：“极，至也。罔极，言其心纵恣无所至极。”已见《卫风·氓》篇。

译文

园里长着桃树，我拿桃子当饱。心里塞着烦恼，嘴里哼着歌谣。不相识的人，说我狂傲。他说的是吗？我自问对不对号？我心里的烦恼，有谁知道！有谁知道！别想它岂不更好！

园里长着酸枣，酸枣饱我饥肠。心里满是忧伤，我在国里游荡。不相识的人说我失常，他说的是吗？我自家说是怎样？我心里的忧伤，有谁知道！有谁知道！何不丢开别想！

点评

本诗两章复沓,前半六句只有八个字不同;后半六句则完全重复。两章首二句以所见园中桃树、枣树起兴,诗人有感于它们所结的果实尚可供人食用,味美又可饱腹,而自己却无所可用,不能把自己的"才"贡献出来,做一个有用之人。因而引起了诗人心中的郁愤不平,所以三、四句接着说"心之忧矣,我歌且谣",他无法解脱心中忧闷,只得放声高歌,聊以自慰。

陟岵

陟彼岵兮①,瞻望父兮②。父曰:"嗟!予子行役,夙夜无已。上慎旃哉③!犹来无止④。"

陟彼屺兮⑤,瞻望母兮。母曰:"嗟!予季行役⑥,夙夜无寐。上慎旃哉!犹来无弃⑦。"

陟彼冈兮,瞻望兄兮。兄曰:"嗟!予弟行役,夙夜必偕⑧。上慎旃哉!犹来无死。"

注解

①陟(zhì):登高。岵(hù):有草木的山。《毛传》:"山无草木曰岵。"《孔颖达疏》:"《释山》云:'多草木,岵;无草木,屺。'传言'无草木曰岵',下云'有草木曰屺',与《尔雅》正反,当转写误也。"

②瞻:视。以上二句叙行役者登高,遥望家人所在的方向。第二、三章仿此。

③上:"尚"的借字。"尚"犹"庶几"。旃(zhān):犹"之"。

④犹来:言还能够回家来。无止:言别永留外乡。《集传》:"犹可以来归,无

止于彼而不来也。”以上四句是行役者想象他的父亲在说。下二章仿此。

⑤岵(qǐ):无草木的山。

⑥季:少子。

⑦弃:谓弃家不归。姚际恒《诗经通论》:“无弃,谓无弃我而不归也。”

⑧偕(古读如几):犹“俱”。夙夜必偕:是说兼早与晚。《集传》:“必偕,言与侪(chái,同辈)同作同止,不得自如也。”

译文

登上草木青青的山啊,登高要把爹来看啊。爹说:“咳!我儿当差啊出门远行,早沾露水晚披星。多保重啊多保重!树叶儿归根记在心。”

登上那光秃秃的山顶啊,想娘要望娘的影啊。娘说:“咳!小子当差啊奔走他乡,朝朝夜夜不挨床。多保重啊多保重!千万别丢了你的娘。”

登上那高高的山冈啊,遥望我哥在哪方啊。哥说:“咳!我弟当差啊东奔西走,日日夜夜不能休。多保重啊多保重!别落得他乡埋骨头。”

点评

抒写征人登高思念家中的亲人之情。此诗被誉为“千古羁旅行役诗之祖”,开创了中国古代思乡诗的一种独特抒情模式。

十亩之间

十亩之间兮①,桑者闲闲兮②,行与子还兮③。

十亩之外兮,桑者泄泄兮④,行与子逝兮⑤。

注解

①十亩:《通释》:“古者民各受公田十亩,又庐舍二亩半,环庐舍种桑麻杂菜。……凡田十二亩半,诗但言十亩者,举成数耳。”

②桑者：采桑者。采桑的劳动通常由女子担任。闲闲：犹“宽闲”，紧张忙碌的反面。《集传》：“闲闲，往来者自得之貌。”

③行：且。《集传》：“行，犹将也。还，犹归也。”或在“行”字读断，作为动词，也可通。以上三句是说这个区域里采桑的人已经不紧张工作（将收工）了，我和你回去吧。

④泄泄（yì）：迟缓、疏散之貌。《毛传》：“泄泄，多人之貌。”

⑤逝：去。《集传》：“逝，往也。”这一章是说这区域以外的采桑者也都不再紧张。准备息了，咱们走吧。

译文

十亩青青桑树间，采桑女儿多悠闲，行吧咱们回家园。

十亩青青桑林坡，采桑女儿人数多，行吧咱们回村落。

点评

魏国地处北方，“其地陋隘而民贫俗俭”（朱熹语）。然而，华夏先民是勤劳而乐观的，《魏风·十亩之间》即勾画出一派清新恬淡的田园风光，抒写了采桑女轻松愉快的劳动心情。

伐檀

坎坎伐檀兮[1]，寘之河之干兮[2]，河水清且涟猗[3]。不稼不穑[4]，胡取禾三百廛兮[5]？不狩不猎[6]，胡瞻尔庭有县貆兮[7]？彼君子兮，不素餐兮[8]！

坎坎伐辐兮[9]，寘之河之侧兮。河水清且直猗[10]。不稼不穑，胡取禾三百亿兮[11]？不狩不猎，胡瞻尔庭有县特兮[12]？彼君子兮，不素食兮！

坎坎伐轮兮，寘之河之漘兮[13]。河水清且沦猗[14]。不稼不穑，胡取禾三百囷兮[15]？不狩不猎，胡瞻尔庭有县鹑兮[16]？彼君子兮，不素飧兮[17]！

注解

①坎坎：伐木声。

②寘（zhì）：搁，即“置”。见《周南·卷耳》篇。干：岸。

③涟：大波，即“澜”。猗（yī）：托声字，犹“兮”。

④稼、穑（jià sè）：稼，耕种。穑，收获。

⑤廛（chán）：古代一家之居，即二亩半。三百：言其很多，不一定是确数。下二章仿此。《毛传》：“一家之居曰廛。”《正义》：“谓一夫之田百亩也。”

⑥狩：冬猎。

⑦尔：指“不稼不穑”“不狩不猎”的人，也就是下文的“君子”。貆（huán）：兽名，就是貒（tuān），今名猪獾。

⑧素餐：言不劳而食。素就是白，就是空，就是有其名无其实。上文“不稼不穑”四句正是说那“君子”不劳而食，这里“不素餐”是以反语为讥讽。

⑨辐：车轮中的直木。伐辐：伐取制辐的木材，承上伐檀而言。下章“伐轮”仿此。

⑩直：方玉润《诗经原始》：“苏氏辙曰：水平则流直。”

⑪亿：“繶”的假借，犹“缠”。

⑫特：三岁之兽。一说兽四岁为特。

⑬漘（chún）：水边。

⑭沦：水纹有伦理，即小波浪。

⑮囷（qūn）：“稛（kǔn）”的假借，捆。稛：用绳索捆束。《正义》“方者为仓，故圆者为囷。”

⑯鹑：鸟名，俗名鹌鹑。

⑰飧（sūn）：熟食。

译文

丁丁冬冬来把檀树砍，砍下檀树放河边，河水清清水上起波澜。栽秧割稻你不管，凭什么千捆万捆往家搬？上山打猎你不沾，凭什么你家满院挂猪獾？那些个大人先生啊，可不是白白吃闲饭！

做车辐丁冬砍木头，砍来放在河埠头，河水清清河水直溜溜。栽秧割稻你闲瞅，凭什么千捆万捆你来收？别人打猎你抄手，凭什么满院挂野兽？那些个大人先生啊，可不是无功把禄受！

做车轮儿砍树丁冬响，砍来放在大河旁，河水清清圈儿连得长。下种收割你不忙，凭什么千捆万捆下了仓？上山打猎你不帮，凭什么你家鹌鹑挂成行？那些个大人先生啊，可不是白白受供养！

点评

全诗直抒胸臆，叙事中饱含愤怒情感，不加任何渲染，增加了真实感与揭露力量。另外诗的句式灵活多变，从四言、五言、六言、七言乃至八言都有，纵横错落，或直陈，或反讽，也使感情得到了自由而充分的抒发，称得上是杂言诗最早的典型。

硕鼠

硕鼠硕鼠①，无食我黍！三岁贯女②，莫我肯顾。逝将去女③，适彼乐土。乐土乐土，爰得我所④。

硕鼠硕鼠，无食我麦！三岁贯女，莫我肯德⑤。逝将去女，适彼乐国。乐国乐国，爰得我直⑥。

硕鼠硕鼠，无食我苗！三岁贯女，莫我肯劳⑦。逝将去女，适彼乐郊。乐郊乐郊，谁之永号⑧？

注解

①硕鼠：就是《尔雅》的鼫（shí）鼠，又名田鼠，啮（niè）齿类动物，穴居河川沿岸，吃豆粟等物。今北方俗称地耗子。这里用来比喻剥削无厌的统治者。“硕鼠”解作“肥大的鼠”亦可。《郑笺》：“硕，大也。大鼠大鼠者，斥其君也。”

②贯：侍奉。三岁贯女：就是说侍奉你多年，三岁言其久。女：汝，指统治者。方玉润《诗经原始》：“三岁，言其久也。”

③逝：读为“誓（《公羊传》徐彦疏引作誓）”。去女（汝）：言离汝而去。杨树达《小学述林》卷一：“此诗本表示决绝之辞。三家作誓，用本字也。《毛诗》作

逝，用假字也。”

④爰：犹“乃”。所：指可以安居之处。

⑤德：恩惠。

⑥直：通“值”。得我直：就是说使我的劳动得到相当的代价。

⑦劳：慰问。

⑧之：犹“其”。永号：犹“长叹”。末二句言既到乐郊，就再不会有悲愤，谁还长吁短叹呢？

译文

大老鼠啊大老鼠，千万莫吃我黄黍！三年小心服侍你，无人肯把我照顾。发誓就要离开你，去那遥远新乐土。新乐土啊新乐土，那儿有我好住处！

大老鼠啊大老鼠，千万莫吃我麦子！三年小心服侍你，我的恩德谁记起。发誓就要离开你，去那遥远新乐地。新乐地啊新乐地，我的价值在哪里。

大老鼠啊大老鼠，千万莫吃我禾苗！三年小心服侍你，无人肯把我慰劳。发誓就要离开你，去那遥远新乐郊。新乐郊啊新乐郊，谁人还会长哀号？

点评

全诗三章，意思相同。头两句直呼剥削者为“硕鼠”，并以命令的语气发出警告：“无食我黍（麦、苗）！”老鼠形象丑陋又狡黠，性喜窃食，借来比拟贪婪的剥削者十分恰当，也表现诗人对其愤恨之情。三四句进一步揭露剥削者贪得无厌而寡恩：“三岁贯女，莫我肯顾（德、劳）。”诗中以汝、我对照：我多年养活汝，汝却不肯给我照顾，给予恩惠，甚至连一点安慰也没有，从中揭示了汝、我关系的对立。

唐风

唐，周代诸侯国名。周成王封其弟姬叔虞于此。其子燮父，因境内有晋水，改国名为晋，包括今山西汾水流域一带地方。《唐风》实即晋国民歌，共十二篇，都是春秋前期的作品，大约产生于公元前8世纪到公元前6世纪二百年间。

蟋蟀

蟋蟀在堂①，岁聿其莫②。今我不乐，日月其除③。无已大康④，职思其居⑤。好乐无荒⑥，良士瞿瞿⑦。

蟋蟀在堂，岁聿其逝。今我不乐，日月其迈⑧。无已大康，职思其外⑨。好乐无荒，良士蹶蹶⑩。

蟋蟀在堂，役车其休⑪。今我不乐，日月其慆⑫。无已大康，职思其忧⑬。好乐无荒，良士休休⑭。

注解

①蟋蟀在堂：古人以候虫纪时。《豳风·七月》篇云："七月在野，八月在宇，九月在户，十月蟋蟀入我床下。"在宇、在户、入床下就是本篇所谓"在堂"。"在堂"是对"在野"而言。蟋蟀本在野地，由野而堂是为了避寒，所以诗人用此句表示岁将暮的光景。

②聿（yù）：同"曰"，语助词。莫："暮"的古写。"其暮"，言将尽。

③除：过去。以上两句是说这时候如再不寻乐，可乐的日子就要过去了。

④已：过甚。大：读“泰”。“泰康”，安乐。

⑤职：当。居：谓所处的地位。以上两句是预先警戒之词，言享乐别过分了，得想到自己的职务。

⑥荒：废弛。

⑦瞿瞿：惊顾貌。这里用来表示警惕之意。以上两句言良士时时警惕，所以为乐而不致荒废业务。“好乐无荒”承“无已大康”，“良士瞿瞿”承“职思其居”。

⑧迈：行。

⑨外：本位以外的工作。苏辙《诗集传》：“既思其职，又思其职之外。”

⑩蹶蹶：动作勤勉之貌。

⑪役车：车名，方箱驾牛，农家收获时用来装载谷物。役车其休：言农事已毕。

⑫慆：“滔”的借字。滔滔是行貌，这里单用一个字，词义相同。

⑬忧：《郑笺》：“忧者，谓邻国侵伐之忧。”

⑭休休：宽容。这句和“职思其忧”相应。惟其“思忧”，所以能心宽无忧。

译文

蟋蟀搬进屋里，一年快要到底。如今再不行乐，时光所剩无几。可别过分安逸，本分不要忘记！寻乐不荒正业，良士都能警惕。

蟋蟀搬进屋里，一年还剩几分。如今再不行乐，时光不肯等人。可别过分安逸，别忘其他责任！寻乐不荒正业，良士个个勤奋。

蟋蟀

蟋蟀搬进屋里，往来牛车都停。如今再不行乐，时光都要溜尽。可别过分安逸，还该想着苦境！寻乐不荒正业，良士所以宽心。

点评

全诗是有感脱口而出，直吐心曲，坦率真挚，以重章反复抒发，语言自然中节，不加修饰。押韵与《诗经》多数篇目不同，采用一章中两韵交错，各章一、五、七句同韵；二、四、六、八句同韵，后者是规则的间句韵。译诗保留原押韵格式。

山有枢

山有枢①，隰有榆②。子有衣裳，弗曳弗娄③。子有车马，弗驰弗驱。宛④其死矣，他人是愉。

山有栲，隰有杻⑤。子有廷⑥内，弗洒弗埽⑦。子有钟鼓，弗鼓弗考⑧。宛其死矣，他人是保⑨。

山有漆，隰有栗。子有酒食，何不日鼓瑟？且以喜乐，且以永日⑩。宛其死矣，他人入室。

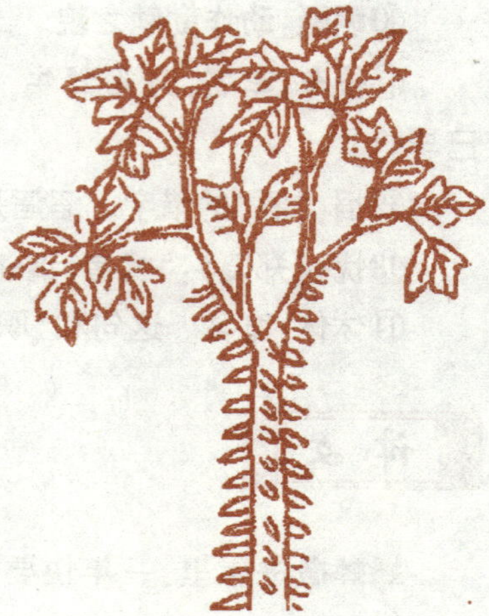

枢

杻

注解

①枢（shū）、榆（yú）、栲（kǎo）、杻（niǔ）：皆为树木名。

②榆：《集传》："枢，荎（chí），今刺榆也。"陈藏器《本草拾遗》："《诗》之枢，即刺榆；《诗》之榆，即大榆，白榆。"

③曳（yè）：拖。娄：通"搂"，用手把衣服拢着提起来。《正义》："曳娄俱是着衣之事。"

④宛：通"菀"，萎死貌。

⑤栲：《毛传》："栲，山樗（chū，臭椿）。

杻,檍(yì)也。"《传疏》:"山栲与栲不同。……叶如栎木,皮厚数寸,可为车辐,或谓之栲栎。"

⑥廷:指宫室。

⑦埽(sǎo):通"扫"。

⑧考:敲。

⑨保:占有。

⑩永:《集传》:"永,长也。……饮食作乐,可以永长此日也。"

译文

山坡上面有刺榆,洼地中间白榆长。你有上衣和下裳,不穿不戴箱里装。你有车子又有马,不驾不骑放一旁。一朝不幸离人世,别人享受心舒畅。

山上长有臭椿树,菩提树在低洼处。你有庭院和房屋,不洒水来不扫除。你家有钟又有鼓,不敲不打等于无。一朝不幸离人世,别人占有心舒服。

山坡上面有漆树,低洼地里生榛栗。你有美酒和佳肴,怎不日日奏乐器?且用它来寻欢喜,且用它来度时日。一朝不幸离人世,别人得意进你室。

栲

点评

三章诗句文字基本相近,只改换个别词汇。一章的衣裳、车马,二章的廷内、钟鼓,三章的酒食、乐器,概括了贵族的生活起居、吃喝玩乐。诗歌讽刺的对象热衷于聚敛财富,却舍不得耗费使用,可能是个悭吝成性的守财奴,一心想将家产留传给子孙后代。所以诗人予以辛辣的讽刺。

扬之水

扬之水[1]，白石凿凿[2]。素衣朱襮[3]，从子于沃[4]。既见君子，云何不乐？

扬之水，白石皓皓[5]。素衣朱绣，从子于鹄[6]。既见君子，云何其忧[7]？

扬之水，白石粼粼[8]。我闻有命，不敢以告人[9]。

注解

①扬之水：悠扬缓慢的流水。《通释》："此诗'扬之水'，盖以喻晋昭微弱不能制桓叔，而转封沃以使之强大。则有如以水之激石，不能伤石而盖使之鲜洁。故以'白石凿凿'喻沃之强盛耳。"

②凿凿：鲜明貌。

③襮（bó）：绣有花纹的衣领。

④子、君子：均指桓叔。《集传》："子，指桓叔也。"《郑笺》："君子，谓桓叔。"沃：地名。《集传》："沃，曲沃也。"

⑤皓皓：洁白。

⑥鹄（hú）：地名。《毛传》："沃，曲沃邑也。"

⑦云何其忧：《毛传》："云无忧也。"

⑧粼粼：明净貌。《集传》："粼粼，水清石见之貌。"

⑨末句：方玉润《诗经原始》："闻其事已成，将有成命也。"《诗缉》："言不敢告人者，乃所以告昭公。"

译文

悠悠河水流不停，水中白石更鲜明。白色衣服红绣领，随你一道到沃城。桓叔已经得拜见，心中怎不乐盈盈？

悠悠河水流不息，水中白石洁无比。红色绣领白色衣，随你一道到鹄邑。

桓叔已经得拜见，心中还有啥郁抑？

悠悠河水流不停，水中白石真晶莹。我已听得政变令，不敢向人说真情。

点评

诗以“扬之水”开篇，是一种起兴，并以此引出人物，暗示当时的形势与政局，颇为巧妙。而诗的情节与内容，也随之层层推进，到最后才点出其将有政变事件发生的真相。所以，此诗在铺叙中始终有一种悬念在吸引着人，引人入胜。而“白石凿凿（皓皓，粼粼）”与下文的“素衣”“朱襮（绣）”在颜色上亦产生既是贯连又是对比的佳妙效果，十分醒目。并且此诗虽无情感上的大起大落，却始终有一种紧张和担忧的心情，在《诗经》中也可以说是别具一格。

椒聊

椒聊之实①，蕃衍盈升②。彼其之子，硕大无朋③。椒聊且，远条且④。

椒聊之实，蕃衍盈匊⑤。彼其之子，硕大且笃⑥。椒聊且，远条且。

椒

注解

①椒：花椒。古人用椒比喻妇人多子女。聊：助词。一说“聚”。《毛传》：“椒聊，椒也。”

②蕃衍：繁衍。《集传》：“椒之蕃盛，则采之盈升矣。”

③硕：《郑笺》：“硕，谓状貌佼好也。”朋：比。

④远条：长枝条。《毛传》：“条，长也。”《郑笺》：“椒之气日益远长。”且（jū）：语气词。

⑤匊(jū):两手合捧。《毛传》:"两手曰匊。"

⑥笃:忠厚诚实。《毛传》:"笃,厚也。"

译文

花椒子儿生树上,子儿繁盛满升装。那个女子福气好,身材高大世无双。花椒子儿一串串,香气阵阵向上扬。

花椒子儿生树巅,盛满一把真繁衍。那个女子福气好,身材高大又壮健。花椒子儿一串串,香气阵阵散满天。

点评

旧说为讽谏晋昭公并赞美曲沃桓叔势力盛大子孙众多的诗作,今人以为是赞美妇人丰腴,多子多福。

绸缪

绸缪束薪[①],三星在天[②]。今夕何夕[③]?见此良人[④]。子兮,子兮[⑤]!如此良人何[⑥]!

绸缪束刍[⑦],三星在隅[⑧]。今夕何夕?见此邂逅[⑨]。子兮,子兮!如此邂逅何!

绸缪束楚,三星在户[⑩]。今夕何夕?见此粲者[⑪]。子兮,子兮!如此粲者何!

注解

①绸缪(chóu móu):犹"缠绵",紧紧捆缚的意思。诗人似以束薪缠绵比喻婚姻。

②三星:指参星。天:古音 tīn。

③今夕何夕:惊喜庆幸之辞,言今晚是不同寻常的夜晚。

④良人:犹言"好人",这里是男称女。

⑤子兮子兮：诗人感动自呼之辞。

⑥如：犹“奈”。如此良人何：是喜不自禁之辞，言爱这“良人”爱得无可奈何。

⑦刍：草。

⑧隅：房角。三星在隅：言三星稍偏斜，对着房角。《集传》：“昏现之星至此，则夜久矣。”

⑨邂逅：喜悦。这里为名词，谓可悦之人。

⑩在户：言当面而见。《集传》：“户必南出，昏现之星至此，则夜分矣。”

⑪粲：鲜明。粲者：犹言“漂亮人儿”。《通释》：“见此粲者，见其女也。”

译文

柴枝捆得紧紧，抬头正见三星。今晚是啥夜晚？见着我的好人。你看，你看啊！把这好人儿怎么办啊！

紧紧一把刍草，三星正对房角。今晚是啥夜晚？心爱人儿见着。你看，你看啊！把这心爱的怎么办啊！

荆树条儿紧缠，三星照在门前。今晚是啥夜晚？和这美人相见。你看，你看啊！把这美人儿怎么办啊！

点评

诗人以平淡之语，写常见之事，抒普通之情，却使人感到神情逼真，似乎身临其境，亲见其人，领受到闹新房的欢乐滋味，见到了无法用语言形容的美丽新娘，以及陶醉于幸福之中几至忘乎所以的新郎。这充分显示了民间诗人的创造力！

杕杜

有杕之杜①，其叶湑湑②。独行踽踽③，岂无他人？不如我同父④。嗟行之人，胡不比焉⑤？人无兄弟，胡不佽焉⑥？

有杕之杜，其叶菁菁⑦。独行睘睘⑧，岂无他人？不如我同姓⑨。嗟行之人，胡不比焉？人无兄弟，胡不佽焉？

注解

①有:语助词,无实义。杕(dì):独立。杜:赤棠树。

②湑湑(xǔ):草木茂盛貌。

③踽踽(jǔ):孤独貌。《毛传》:"踽踽,无所亲也。"

④同父:同父兄弟。《集传》:"同父,兄弟也。"

⑤比:辅助,亲近。胡不比:俞樾《群经平议》:"盖言彼在涂之人,胡亲比之有。"

⑥佽(cì):助。

⑦菁菁:《毛传》:"菁菁,叶盛也。"

⑧睘睘(qióng):孤单,无所依靠。《毛传》:"睘睘,无所依也。"

⑨同姓:同母兄弟。《通释》:"女生曰姓……同姓,盖谓同母生者。"

译文

高高一棵棠梨树,树上叶儿密密布。只身行走多孤苦,岂是路上没别人?不如同胞亲手足。可叹路上来往客,为啥不肯近我处?人家无兄又无弟,为啥不肯相帮助?

一棵棠树枝干长,叶儿青青生长旺。只身行走多凄凉,岂是路上没别人?不如骨肉亲兄长。可叹路上来往客,为啥不肯近我旁?人家无兄又无弟,为啥不肯来相帮?

点评

起首二句,也可谓"兴而赋也"。第三句"独行踽踽"才是全章的灵魂。整首诗就是描写一个"寻寻觅觅,冷冷清清,凄凄惨惨戚戚"的踽踽独行者的苦闷叹息。此句独立锁住,不加铺叙,以少驭多,浓缩了许多颠沛流离的苦境,给人无限想象空间。此句点出了流浪者,成为前后内容的分水岭,前是流浪者所见,后是流浪者所思。

羔裘

羔裘豹祛[1]，自我人居居[2]。岂无他人？维子之故。
羔裘豹褎[3]，自我人究究[4]。岂无他人？维子之好。

注解

①羔裘：《集传》："羔裘，君纯羔，大夫以羔饰。"祛（qū）：衣袖。《集传》："祛，袂（mèi）也。"

②居居：傲慢貌，即"倨倨"。《毛传》："自，用也。居居，怀恶不相亲比之貌。"

③褎（xiù）：古体袖字。

④究究（qiú）：借为"仇仇"，傲慢状。

译文

豹皮袖口羔皮裘，骄横待我几时休。难道就没别的人，只有你我是故旧？
羔裘袖口饰豹毛，待我恶劣气难消。难道就没别的人，非要同你相处好？

点评

从结构上来看，此诗显得十分简单，艺术上也没有太多的特色，比较明显的也就是反复吟咏、反复唱叹、回环往复的手法。这种手法实际上在《诗经》中已相当普遍，有着民歌民谣的风味，从这也正说明了《诗经》与民歌之间的密切关系。

鸨羽

肃肃鸨羽[①]，集于苞栩[②]。王事靡盬[③]，不能蓺稷黍[④]。父母何怙[⑤]？悠悠苍天，曷其有所[⑥]？

肃肃鸨翼，集于苞棘。王事靡盬，不能蓺黍稷。父母何食？悠悠苍天，曷其有极[⑦]？

肃肃鸨行[⑧]，集于苞桑。王事靡盬，不能蓺稻粱[⑨]。父母何尝？悠悠苍天，曷其有常[⑩]？

鸨

注解

稻

①肃肃：鸨羽之声。鸨（bǎo）：形状像雁的大鸟。属涉禽类。一名野雁。鸨羽，犹“鸨翼”。《集传》：“鸨，鸟名，似雁而大，无后趾。”

②集：鸟类息在树上叫作“集”。苞：草木丛生为“苞”。栩：栎树。鸨的脚上没有后趾，在树上息不稳，所以颤动羽翼，肃肃有声。这里以鸨栖树之苦，比人在劳役中的苦。

③王事：见《邶风·北门》篇注。靡盬（gǔ）：没有停息的时候。王引之《经义述闻》：“盬者，息也。”

④蓺（yì）：通“艺”，种植。

⑤怙（hù）：依靠。

⑥所：居处。曷其有所：言何时才能安居。

⑦极：止。曷其有极：言何时才是苦尽之时。

⑧行：行列。一说行指鸟翮（hé，鸟的翅膀）。《通释》：“鸨行（háng），犹雁行也。雁之飞有行列，而鸨似之。”

⑨粱:《集传》:"粱,粟类,有数色。"

⑩曷其有常:言何时恢复正常。《集传》:"常,复其常也。"

译文

野雁沙沙响一阵,栎树丛里息不稳。王差不得息,庄稼种不成!饿死爹妈谁来问?老天啊老天!哪天小民得安身?

野雁沙沙翅儿颤,酸枣丛里息不安。王差不得息,庄稼完了蛋!我爹我妈准饿饭!老天啊老天!哪儿有个了啊哪儿有个完?

野雁成行响飕飕,息在一丛桑树头。王差不得息,庄稼不能收!爹妈拿什么来糊口?老天啊老天!太平年头几时有?

粱

点评

王室的差事没完没了,回家的日子遥遥无期,大量的田地荒芜失种。老弱妇孺饿死沟壑,这正是春秋战国时期各国纷争、战乱频仍的现实反映,所以诗人以极其怨愤的口吻对统治者提出强烈的抗议与控诉,甚至呼天抢地,表现出人民心中正燃烧着熊熊的怒火,随时随地都会像炽烈的岩浆冲破地壳的裂缝喷涌而出,掀翻统治阶级的宝座。

无衣

岂曰无衣七兮①?不如子之衣,安且吉兮②!
岂曰无衣六兮③?不如子之衣,安且燠兮④!

注解

①七：七节之衣。代贵族之礼服。《毛传》："侯伯之礼七命，冕服七章。"

②安：妥善，合适。吉：吉利。

③六：六节之衣。代贵族之礼服。《毛传》："天子之卿六命，车旗衣服以六为节。"

④燠(yù)：温暖。《毛传》："燠，暖也。"

译文

难道我就少衣裳？跟你做的比不上，你的舒适又漂亮！

难道我的衣不多？跟你做的比不过，你的舒适又暖和！

点评

赞美晋武公请求命服的事。曲沃武公攻灭晋侯缗，占有晋国，其大夫请求周王正式任命他为晋侯，并作此诗赞美之。一说借衣着的比较来抒发情怀。

有杕之杜

有杕之杜[①]，生于道左[②]。彼君子兮，噬肯适我[③]？中心好之，曷饮食之[④]？

有杕之杜，生于道周[⑤]。彼君子兮，噬肯来游[⑥]？中心好之，曷饮食之？

注解

①有杕(dì)：相当于"杕杕"，高耸挺立的样子。

②道左：《郑笺》："道左，道东也。"

③噬(shì)：发语词，无意义。适：来，到。

④曷：何不。饮食：吃。这里比喻“相就”“到来”。闻一多《诗选与校笺》：“饮食是性交的象征廋语。”（廋：音 sōu，隐藏，藏匿）。

⑤道周：道西，道右。《释文》：“周，《韩诗》作右。”

⑥来游：来交往。

译文

一棵棠梨上参天，独自长在路左边。那个青年美男子，可肯来和我相伴？心里实在爱恋他，啥时能与共缠绵？

一棵棠梨上参天，独自长在路右边。那个青年美男子，可肯和我去游览？心里实在爱恋他，啥时能与共缠绵？

点评

诗共两章，各六句。每章的开头均为“兴之比也”（何楷《诗经世本古义》）。杜梨长于荒野偏僻处，果小而酸，向来被人冷落，显得孤零零的。作者在此，借物起兴，以物喻人，用触物兴叹的手法引出下文，显得顺理成章。

葛生

葛生蒙楚[①]，蔹蔓于野[②]。予美亡此[③]，谁与独处[④]？

葛生蒙棘，蔹蔓于域[⑤]。予美亡此，谁与独息？

角枕粲兮[⑥]，锦衾烂兮[⑦]。予美亡此，谁与独旦[⑧]？

夏之日，冬之夜。百岁之后[⑨]，归于其居[⑩]。

冬之夜，夏之日。百岁之后，归于其室[⑪]。

注解

①蒙：覆盖。首句言葛藤蔓延，覆盖荆树。上古“死则裹之以葛，投诸沟壑”（《法言·重黎篇》注），其后仍有以葛缠棺之俗（《墨子·节葬篇》）。诗人悼亡用“葛生”起兴，或许与古俗有联想。《通释》：“蒙楚、蒙棘、蒙野、蒙域，盖以喻

妇人失其所依。”

②蔹(liǎn):葡萄科植物,蔓生,草本。蔓:延。以上二句互文,葛和蔹同样生与野,同样可以言“蒙”、言“蔓”。《集传》:“蔹,草名,似括楼,叶盛而细。”

蔹

③予美:诗人称她的亡夫,犹言“我的好人”。亡:不在。此:指人世间。

④谁与独处:应在“与”字读断,和“不远,伊迩”句法相似。言予美不在人世而在地下,谁伴着他呢?还不是独个儿在那里住!《诗辑》:“我其谁与乎?处独而已。茕(qióng,孤单,孤独)然无所依矣!”

⑤域:葬地。

⑥角枕:用牛角制成或用角装饰的枕头。据《周礼·玉府》注,角枕是用来枕尸首的。

⑦锦衾:彩丝织成的被。殓尸用单被。

⑧旦:读为“坦”,就是安。“独坦”犹“独息”,都是独寝之意。《诗缉》:“独旦,独宿至旦也。”

⑨百岁之后:犹言“死后”。

⑩其居:指死者的住处,就是坟墓。以上二句言待死后和“予美”同穴。《郑笺》:“居,坟墓也。”

⑪其室:犹“其居”。《郑笺》:“室犹冢圹(kuàng,墓穴)。”

译文

葛藤藤把荆树盖,蔹草蔓生在野外。我的好人儿去了,谁伴他呀?独个儿待!

酸枣树上葛藤披,蔹草爬满坟园地。我的好人儿去了,谁伴他呀?独个儿息!

漆亮的牛角枕啊,闪光的花锦被。我的好人儿去了,谁伴他呀?独个儿睡!

天天都是夏月的天,夜夜都是冬天的夜。百年熬到头,到他身边相会。

夜夜都是冬天的夜,天天都是夏月的天。百年熬到头,回到他的身边。

点评

全诗五章,每章四句,从结构上看,可分两大部分,前一部分为有“予美亡此”句的三章,后一部分为有“百岁之后”句的两章。对后一部分是用赋法,诸家无异议,但对前一部分,除第三章皆认为是赋外,第一、二两章却有“兴”“比而赋”“赋”三种说法。

采苓

采苓采苓[①],首阳之巅[②]。人之为言[③],苟亦无信。舍旃舍旃[④],苟亦无然[⑤]。人之为言,胡得焉?

采苦采苦[⑥],首阳之下。人之为言,苟亦无与[⑦]。舍旃舍旃,苟亦无然。人之为言,胡得焉?

采葑采葑[⑧],首阳之东。人之为言,苟亦无从。舍旃舍旃,苟亦无然!人之为言,胡得焉?

注解

①苓:《通释》:“苓为甘草,而《尔雅》为大苦,则甘者名苦矣。”

②首阳:首阳山。在今山西永济县南。

③为(wěi):“伪”的借字。为言:伪言。《传疏》:“古为、伪、讹三字同。《毛诗》本作为,读作伪也。为言,即谗言。”

④旃(zhān):之,代词。

⑤苟:且。无然:不要相信真是这样。然,是,对。

⑥苦:《集传》:“苦,苦菜,生山田及泽中。”

⑦与:用,采用。《集传》:“与,许也。”

⑧葑:《毛传》:“葑(fēng),菜名也。”

译文

采甘草啊采甘草，在那首阳高山顶。有人专爱说假话，千万不要胡乱听。抛弃谣言别理睬，一切假话莫答应。有人专爱说假话，到头自己陷困境！

采苦草啊采苦草，在那首阳山脚跟。有人专爱说假话，千万不要胡乱信。抛弃谣言别理睬，一切假话莫当真。有人专爱说假话，到头徒自招怨恨！

采蔓菁啊采蔓菁，一直采到首阳东。有人专爱说假话，千万不能乱听从。抛弃谣言别理睬，一切假话毫无用。有人专爱说假话，到头希望全落空！

点评

诗分三章，每章以托物起兴的表现手法开篇。所谓“兴”，依朱熹的解释就是“先言他物以引起所咏之词”。第一章的“采苓采苓，首阳之颠”，第二章的“采苦采苦，首阳之下”，第三章的“采葑采葑，首阳之东”等，都是用“先言他物”的手法以引起下文的。

秦风

秦，周代诸侯国名。周孝王时，封伯益的后裔非子为附庸，与以秦邑。东周初，平王封秦襄公为诸侯，秦国开始建立。《秦风》是秦地民歌，共十篇，大多是东周到春秋时期的作品。

车邻

有车邻邻[①]，有马白颠[②]。未见君子，寺人之令[③]。

阪有漆，隰有栗[④]。既见君子，并坐鼓瑟[⑤]。今者不乐，逝者

其耋[⑥]。

阪有桑，隰有杨。既见君子，并坐鼓簧[⑦]。今者不乐，逝者其亡。

注解

①邻邻：车行声。《毛传》："邻邻，众车声也。"

②颠(zhēn)：额。《集传》："白颠，额有白毛，今谓之的颡(sǎng)。"

③寺人：侍人。《毛传》："寺人，内小臣也。"

④隰(xí)：《毛传》："陂(pō)者为阪，下湿曰隰。"

⑤瑟：古时弦乐器，似琴。

⑥逝：焦循《毛诗补疏》："逝，谓年岁之逝，言时易去而老矣。"耋(dié)：衰老。八十岁为耋。《毛传》："耋，老也。八十曰耋。"

⑦簧：《毛传》："簧，笙也。"

桑

译文

车儿辚辚响不停，白额马儿齐嘶鸣。还未见到君子时，先叫寺人传命令。

漆树生在山坡前，洼地栗树长成片。我今见到君子面，同坐奏乐弹丝弦。今日行乐不及时，转眼衰老时已晚。

山坡上面有柔桑，低洼地带长白杨。我今见到君子面，同坐奏乐吹笙簧。今日行乐不及时，转眼死去多凄凉。

点评

本诗"今者"两句尽管情调有点消极，但放在朋友间相互劝乐的场合，袒露襟怀，以诚待友，在酒席上流露出人生短促的感伤，本可以理解，不必非要斥之以"腐朽""没落"不可。

驷驖

驷驖孔阜[1],六辔在手。公之媚子[2],从公于狩[3]。
奉时辰牡[4],辰牡孔硕。公曰"左之![5]"舍拔则获[6]。
游于北园[7],四马既闲[8]。辅车鸾镳[9],载猃歇骄[10]。

注解

①驷(sì):应从《说文》所引作"四"。驖(tiě):又作"铁",赤黑色的马。孔:甚。阜(fù):肥硕。首句言驾车用四匹很肥大的黑马。

②公:指秦君。媚:爱。媚子:谓秦君所爱的人。

③狩:冬猎。

④奉:言虞人(掌苑囿的官)驱群兽到猎场待射。时:同"是"。辰牡:应时的牡兽。四季所需的兽不同,所以虞人所奉也就按时节而不同。

⑤左之:使御者转车向兽的左方。群兽被虞人驱逐奔来,猎者迎上去,这时车子就要转向兽的左方以便射中兽的左体。(射兽必须使箭从兽的左体穿进,才能命中心脏,迅速杀死。一说古人祭祀多半用兽的右半体,射左方能保持右体的完整。)

⑥舍:放。拔:箭末衔弦处,或名为括。则:犹"即"。这句是说秦君善射,一发而得兽。

⑦北园:似是游息的地方而不是田猎的苑囿(秦国著名的苑囿叫作具圃,未闻有北园)。这句是写猎后的事。

⑧四马:就是首章的"驷驖"。既闲:言猎罢不再驰逐,显得从容闲暇。

⑨辅(yóu)车:轻车。鸾(luán):当作"銮"。镳(biāo):是马衔的两端,出于马口之外。两端各系一銮铃,所以叫作"鸾镳"。

⑩猃(xiǎn):长喙猎犬。歇骄:《尔雅》作"猲獢(xiē xiāo)",短喙猎犬。猎后载犬车上,使犬休息。

译文

四匹壮马黑得像铁，六根缰绳手里紧捏。公爷心爱的那小子，跟着公爷出来打猎。

应时的牡兽已经赶出，牡兽奔来体大膘足。公爷下令："向它左侧"，一箭离弦牡兽倒伏。

公爷来到北园游息，四匹公马跑得从容。一辆轻车响着镳铃，车上坐着两种猎狗。

点评

全诗叙事取景高度浓缩，突出典型场景和人物，抓住富于表现力的瞬间和细节，因而虽只窥豹一斑，却能使人想见全豹，其艺术概括力很值得借鉴。《诗经》中写狩猎的名篇有二，即《大叔于田》与本篇，前者反复铺张，以繁见长，后者精要简约，以简著称，而这恰恰代表了我国文学的两大传统手法。

小戎

小戎俴收①，五楘梁辀②。游环胁驱③，阴靷鋈续④。文茵畅毂⑤，驾我骐异⑥。言念君子，温其如玉。在其板屋，乱我心曲。

四牡孔阜，六辔在手。骐骝是中，騧骊是骖。龙盾之合，鋈以觼軜。言念君子，温其在邑。方何为期？胡然我念之！

俴驷孔群⑦，厹矛鋈錞⑧。蒙伐有苑⑨，虎韔镂膺⑩。交韔二弓，竹闭绲縢⑪。言念君子，载寝载兴。厌厌良人⑫，秩秩德音⑬。

注解

①小戎：轻装兵车。俴（jiàn）：浅。收：车厢板。《毛传》："小戎，兵车也。俴，浅。收，轸（zhěn）也。"《传疏》："车广六尺六寸，舆深四尺四寸。其四面束舆之木谓之轸，《诗》则谓之收。收，聚也，谓聚众材而收之也。"

②五楘(mù):五条花皮革。梁辀(zhōu)、胁驱、觼軜(jué nà):皆为马具。

③游环:《传疏》:“设环流于服马背上,谓之游环。”

④阴靷(yǐn)、鋈(wù)续:皆为车上饰物。

⑤文茵:虎皮垫子。畅毂(gǔ):长毂。毂,车轮中心的圆木,用以插轴。

⑥骐(qì)、异(zhù)、骝(liú)、騧(guā):分指黑、白、赤、黄等马。

⑦俴驷:《毛传》:“俴驷,四公马也。”群:协和。

⑧厹(qiú)矛:三隅矛。錞(duì):矛戟柄末的平底金属套。

⑨蒙:杂色。伐:盾。苑(yuàn):花纹美丽的样子。

⑩韔(chàng):弓囊。镂膺:马的镂金胸带。

⑪闭:弓架。绲(gǔn):绳。縢(téng):缠束。

⑫厌厌(yān):安静,和悦。

⑬秩秩:有礼节的样子。

译文

小小兵车浅车厢,五道皮条缠辕上。游动环儿控骖马,银环皮条系稳当。虎皮垫褥车轴长,驾上花马真雄壮。想起我的好夫君,温和如玉多贤良。住在西戎木板房,心乱如麻情难忘。

四匹马儿高又大,六条缰绳拿手间。青马红马在中间,黄马黑马驾两边。画龙盾牌合一处,缰绳套住白铜环。想起我的好夫君,性情温和住边关。哪年哪月是归期?叫我如何不思念。

披甲四马多协调,三棱矛杆白铜包。杂色盾牌画羽毛,虎皮弓袋雕花巧。两弓交叉放袋中,竹制弓柲绳缠牢。想起我的好夫君,起卧不宁思如潮。温和安静好夫君,名声美好德行高。

点评

这是一首妻子怀念征夫的诗。秦师出征时，家人必往送行，征人之妻当在其中。事后，她回忆起当时丈夫出征时的壮观场面，进而联想到丈夫离家后的情景，回味丈夫给她留下的美好形象，希望他建功立业，博得好名声，凯旋归来。字里行间，充满着仰慕之心和思念之情。

蒹葭

蒹葭苍苍[①]，白露为霜。所谓伊人[②]，在水一方[③]。溯洄从之[④]，道阻且长[⑤]。溯游从之[⑥]，宛在水中央[⑦]。

蒹葭萋萋[⑧]，白露未晞[⑨]。所谓伊人，在水之湄[⑩]。溯洄从之，道阻且跻[⑪]。溯游从之，宛在水中坻[⑫]。

蒹葭采采[⑬]，白露未已。所谓伊人，在水之涘[⑭]。溯洄从之，道阻且右[⑮]。溯游从之，宛在水中沚[⑯]。

注解

①蒹(jiān)：荻。葭(jiā)：芦。苍苍：鲜明貌。《传疏》："蒹葭，即萑(huán)苇之未秀者。"《毛传》："苍苍，盛也。"

②所谓：所念。伊人：犹"是人"或"彼人"。指诗人所思念追寻的人。《集传》："伊人，犹言彼人也。"

③在水一方：在水的另一边。方，边。

④溯(sù)：逆水而行。这里是说傍水走向上游。看下文"道阻且跻"可知是陆行而非水行。洄：回曲盘纡的水道。从：就。

⑤阻：难。

⑥游：通“流”，流是直流的水道。

⑦宛：可见貌，犹言“仿佛是”。从以上四句见出彼人所在的地点似是一条曲水和一条直流相交之处。诗人如沿直流上行，就看见彼人在曲水的彼方，好像被水包围着；如走向曲水的上游，虽然可绕到彼人所在的地方，但道路艰难而且遥远。

⑧萋萋：犹“苍苍”。

⑨晞（xī）：干。

⑩湄（méi）：水草交接之处。

⑪跻（jī）：升，升高。

⑫坻（chí）：水中高地。

⑬采采：犹“萋萋”。

⑭涘（sì）：水边。

⑮右：古读为“已”，迂曲。

⑯沚（zhǐ）：小渚（zhǔ），水中间的小块陆地。

译文

芦花一片白苍苍，清早露水变成霜。心上人儿他在哪，人儿正在水那方。逆着曲水去找他，绕来绕去道儿长。逆着直水去找他，像在四边不着水中央。

芦花一片白翻翻，露水珠儿不曾干。心上人儿他在哪，那人正在隔水滩。逆着曲水去找他，越走越高道儿难。逆着直水去找他，像在小小洲上水中间。

一片芦花照眼明，太阳不出露水新。心上人儿他在哪，隔河对岸看得清。逆着曲水去找他，曲曲弯弯道儿拧。逆着直水去找他，好像藏身小岛水中心。

蒹

点评

抒发了对在水一方美人的深切相思之情，“古之写相思，未有过之《蒹葭》者。”

终南

终南何有？有条有梅①。君子至止，锦衣狐裘。颜如渥丹②，其君也哉③！

终南何有？有纪有堂④。君子至止，黻衣绣裳⑤。佩玉将将⑥，寿考不忘⑦！

注解

①条：山楸。《毛传》：“条，槄（tāo）；梅，楠也。”

②渥（wò）：丰润。

③君：指秦襄公。

④纪：借为“杞”。堂：借为“棠”。

⑤黻（fú）衣：黑白花纹的衣服。

⑥将将（qiāng）：锵锵。

⑦寿考：长寿。忘：亡，结束。

译文

终南山上有什么？既有山楸又有楠。君王受封来此山，锦衣狐裘身上穿。脸色红润像涂丹，君王气度真不凡。

终南山上有什么？既有枸杞又有棠。君王受封来山上，锦衣狐裘身上穿。身上佩玉声锵锵，祝君大寿万年长。

点评

诗的"美",主要是颂美秦公的容颜、服饰和仪态。还写到了饰物的佩声锵锵,那身上琳琅的美玉挂件叮当作响,音韵悦耳。这就见出诗所描摹的形象是动态的,行进中的,仿佛让人感觉到秦公步履雍容来到终南山祭祀行礼。诗通过视觉、听觉形象的勾勒,至少在外观上透出富贵气派和令人敬仰感。

黄鸟

交交黄鸟[1],止于棘。谁从穆公[2]?子车奄息[3]。维此奄息,百夫之特[4]。临其穴[5],惴惴其慄[6]。彼苍者天!歼我良人[7]!如可赎兮,人百其身[8]。

交交黄鸟,止于桑。谁从穆公?子车仲行[9]。维此仲行,百夫之防[10]。临其穴,惴惴其慄。彼苍者天!歼我良人!如可赎兮,人百其身。

交交黄鸟,止于楚。谁从穆公?子车鍼虎[11]。维此鍼虎,百夫之御[12]。临其穴,惴惴其慄。彼苍者天!歼我良人!如可赎兮,人百其身。

注解

①交交:读为"咬咬",鸟声。黄鸟:见《周南·葛覃》篇注。

②穆公:春秋时秦国之君,名任好。卒于周襄王三十一年(公元前621年),以一百七十七人殉葬。从:谓从死,就是殉葬。

③子车奄息:子车是氏,奄息是名。一说字奄名息。

④夫:男子之称。特:匹。这句是说奄息的才能可以为百男的匹敌。

⑤穴:指墓圹。

⑥惴惴:恐惧貌。慄:"栗"的异体字,恐惧战栗。以上二句是说奄息身临墓穴时的恐怖。

⑦歼(jiān):灭尽。良人:善人。诗人以子车氏三子为本国的良士,所以称

为“我良人”。这里合三子而言,所以说“歼”。

⑧人:言每人。百其身:谓百倍其身。以上二句是说:如允许旁人代死以赎取三子的生命,对于每一人都值得以百人之身来代替。“百夫之特”和“人百其身”两“百”字相应。

⑨仲行:一作“中行”,人名,或上字下名。

⑩防:当,比。百夫之防:犹“百夫之特”。

⑪鍼(qián)虎:人名,或上字下名。(鍼:又音 zhēn,是“针”的异体字。)

⑫御:犹“防”。

译文

黄雀叽叽,酸枣树上息。谁跟穆公去了?子车家的奄息。说起这位奄息,一人能把百人敌。走近了他的坟墓,忍不住浑身哆嗦。苍天啊苍天!我们的好人一个不留!如果准我们赎他的命,拿我们一百换他一个。

黄雀叽叽,飞来桑树上。谁跟穆公去了?子车家的仲行。说起这位仲行,一个抵得五十双。走近了他的坟墓,忍不住浑身哆嗦。苍天啊苍天!我们的好人一个不留!如果准我们赎他的命,拿我们一百换他一个。

黄雀叽叽,息在牡荆树。谁跟穆公去了?子车家的鍼虎。说起这位鍼虎,一人当百不含糊。走近了他的坟墓,忍不住浑身哆嗦。苍天啊苍天!我们的好人一个不留!如果准我们赎他的命,拿我们一百换他一个。

点评

诗分三章。第一章悼惜奄息,分为三层来写。首二句用“交交黄鸟,止于棘”起兴,以黄鸟的悲鸣兴起子车奄息被殉之事。

晨风

鴥彼晨风[①],郁彼北林[②]。未见君子,忧心钦钦[③]。如何如何,忘我实多[④]!

山有苞栎[⑤],隰有六駮[⑥]。未见君子,忧心靡乐[⑦]。如何如何,忘

我实多！

山有苞棣[8]，隰有树檖[9]。未见君子，忧心如醉。如何如何，忘我实多！

檖

注解

①鴥(yù)：亦作"鹬(yù)"，疾飞貌。晨风：一作"鷐(chén)风"，鸟名。即鹯(zhān)，鸷(zhì)鸟类。一说晨风亦名天鸡，雉类。后一说从者较少，但说到见雉闻雉而思配偶，在《诗经》中例子却较多，如《邶风・雄雉》和《邶风・匏有苦叶》中都有。

②郁：形容树林的茂密。一说高出貌。北林：林名。

③钦钦：忧貌。

④忘：犹"弃"。多：犹"甚"。

⑤苞栎(lì)：成丛的栎树。或作"枹(bāo)栎"，两字合为树名，即橡栗。

⑥隰：低洼地。六駮(bó)："駮"亦作"驳"，木名，即赤李。"六"表示多数。一说"六"读为"蓼(liǎo)"，长貌。

⑦乐：读为"疗"，即疗。靡疗言不可治疗。

⑧棣(dì)：棣棠，落叶灌木。

⑨树：竖立。檖(suì)：山梨。

駮

译文

鷐风鸟飞得急急，北林树长得茂密。见不着我的人儿，我的心犹思重叠。为什么为的什么？丁点儿也不想我！

山头上丛生栎树，赤李树长在低处。见不着我的人儿，心里闷有药难除。为什么为的什么？丁点儿也不想我！

棣棠在山上成丛，山梨儿洼地挺生。见不着我的人儿，好像是醉酒昏昏。为什么为的什么？丁点儿也不想我！

点评

全诗三章，章六句。用鹑鸟归林起兴，也兼有赋的成分。鸟倦飞而知返，还会回到自己的窝里，而人却忘了家，不想回来。这位女子望得情深意切。

无衣

岂曰无衣？与子同袍①。王于兴师②，修我戈矛③。与子同仇④。
岂曰无衣？与子同泽⑤。王于兴师，修我矛戟⑥。与子偕作⑦。
岂曰无衣？与子同裳。王于兴师，修我甲兵。与子偕行。

注解

①袍：长衣。行军者日以当衣，夜以当被。就是今之披风，或名斗篷。“同袍”是友爱之辞。

②于：语助词，犹“曰”或“聿”。兴师：出兵。秦国常和西戎交兵。秦穆公伐戎，开地千里。当时戎族是周的敌人，和戎人打仗也就是为周王征伐，秦国伐戎必然打起“王命”的旗号。

③戈矛：都是长柄的兵器，戈平头而旁有枝，矛头尖锐。

④仇：《吴越春秋》引作“雠”。“雠”与“仇”同义。与子同仇：等于说你的雠敌就是我的雠敌。

⑤泽：汗衣。

⑥戟：兵器名。古戟形似戈，具横直两锋。

⑦作：起来。

译文

谁说没有衣服穿？你我共同披战袍。国王兴兵要作战，修好我们戈和矛，同仇敌忾赴战壕。

谁说没有衣服穿？你我共同穿汗衫。国王兴兵要作战，修好我们矛和戟，并肩携手齐向前。

谁说没有衣服穿？你我共同穿战裙。国王兴兵排战阵，修好我们甲和兵，同心协力杀敌人。

点评

诗共三章，采用了重叠复沓的形式。每一章句数、字数相等，但结构的相同并不意味简单的、机械的重复，而是不断递进，有所发展的。如首章结句“与子同仇”，是情绪方面的，说的是我们有共同的敌人。二章结句“与子偕作”，作是起的意思，这才是行动的开始。三章结句“与子偕行”，行训往，表明诗中的战士们将奔赴前线共同杀敌了。这种重叠复沓的形式固然受到乐曲的限制，但与舞蹈的节奏起落与回环往复也是紧密结合的，而构成诗中主旋律的则是一股战斗的激情，激情的起伏跌宕自然形成乐曲的节奏与舞蹈动作，正所谓“长言之不足，故嗟叹之。嗟叹之不足，故不知手之舞之足之蹈之也。”

渭阳

我送舅氏，曰至渭阳①。何以赠之？路车乘黄②。
我送舅氏，悠悠我思③。何以赠之？琼瑰玉佩④。

注解

①曰：发语词。渭阳：咸阳一带。《传疏》：“水北曰阳，渭阳在渭水北，送舅氏至渭阳，不渡渭也。”

②路车乘黄：《集传》：“路车，诸侯之车也。乘黄，四匹马皆黄也。”

③悠悠我思：《正义》：“悠悠我思，念母也。因送舅氏而念母，为念母而作诗。”

④琼瑰：《毛传》：“琼瑰，石而次玉。”玉佩：《诗缉》：“曹氏曰：玉佩，珩(héng)、璜、琚(jū)、瑀(yǔ)之属。”

译文

我送舅父回家乡,直到渭水北岸傍。拿啥礼物赠给他,四匹黄马车一辆。

我送舅父回家乡,思绪绵绵无限长。拿啥礼物赠给他,宝石佩玉有一箱。

点评

全诗虽然只有两章八句,但章法变换、情绪转移都有可圈点处。在形式上,两章结构相同,用韵有别,诗歌的整体气氛由高昂至抑郁均可找到形式上的依据,是妙手偶得,还是刻意为之,读者当细心品味。

权舆

於!我乎[①],夏屋渠渠[②],今也每食无余。於嗟乎!不承权舆[③]!

於!我乎,每食四簋[④]。今也每食不饱。於嗟乎!不承权舆!

注解

①於(wū):叹词。乎:语助词。

②夏屋:大屋。一说夏屋是大俎(zǔ),食器。渠渠:亦作"蘧蘧",高貌。

③承:继。权舆:本是草木的萌芽,引申为事物的起始。

④簋(guǐ):食器名。《释文》:"内方外圆曰簋,以盛黍稷。外方内圆曰簠(fǔ),用贮稻粱,皆容一斗二升。"

译文

唉!我呀,曾住过大屋高房。如今啊这顿愁着那顿粮。唉唉!比起当初真是不一样!

唉!我呀,一顿饭菜四大件。如今啊肚子空空没法填。唉唉!这般光景怎么比当年!

点评

诗的前后两章虽然相近，但些微变化间显示出歌唱者前后待遇的落差之大，第一章里提及的变化还只是从大碗饭食到每食无余，到第二章里已经从“每食四簋”到“每食不饱”了，于是作者一唱三叹，“于嗟乎！不承权舆”，这嗟叹声中充满了失望和希望：对遭受冷遇的现实的失望和对康公恢复先王礼贤下士之风的希望。从诗中我们无法看到诗作者慨叹之后待遇能否得到改变，但从歌“长铗归来乎，食无鱼”的战国齐孟尝君食客冯谖身上或可看到他的影子。

陈风

陈，周代诸侯国名，妫(guī)姓，周武王封舜的后人妫满于此。包括河南省东南部和安徽省亳(bó)县一带。《陈风》是陈国民歌，共十篇，大多与恋爱婚姻有关，时代以东周为主。

宛丘

子之汤兮①，宛丘之上②。洵有情兮，而无望兮③。
坎其击鼓④，宛丘之下。无冬无夏，值其鹭羽⑤。
坎其击缶⑥，宛丘之道。无冬无夏，值其鹭翿⑦。

注解

①子：指那在宛丘跳舞的女子。汤：《楚辞》王逸注引作“荡”，“汤”“荡”古通用。荡是摇摆，形容舞姿。

②宛丘：作为普通名词就是中央宽平的圆形高地。这里的宛丘已经成为专名，又叫辒丘，是陈国人游观之地。

③这二句指诗人自谓对彼女有情而不敢抱任何希望。望：或读为“忘”，亦可。

④坎：击鼓与击缶之声。

⑤值：通“持”，或“戴”。鹭羽：就是下章的“鹭翿”，舞者有时执在手中，有时戴在头上。这二句是说彼人无分冬夏都在跳舞。

⑥缶(fǒu)：瓦盆，用为乐器。

⑦鹭翿(dào)：用鹭鸶的羽毛做成伞形，舞者所用。

译文

姑娘啊轻摇慢舞，就在那宛丘高处。我的情意啊深长，却把希望啊埋葬。

响冬冬皮鼓谁敲，就在那宛丘山脚。不管是寒冬热夏，戴她的鹭鸶羽毛。

敲打起瓦盆当当，就在那宛丘道上。不管是热夏寒冬，鹭鸶毛戴在头上。

点评

此诗三章，首章感情浓烈，开篇两句写诗人为巫女优美奔放的舞姿而陶醉，情随舞起，第二、三章全用白描手法，无一句情语，但所描绘的巫舞场景，仍处处可感受到诗人情之所系。

东门之枌

东门之枌[①]，宛丘之栩[②]。子仲之子[③]，婆娑其下[④]。

榖旦于差[⑤]，南方之原[⑥]。不绩其麻，市也婆娑[⑦]。

榖旦于逝[⑧]，越以鬷迈[⑨]。视尔如荍[⑩]，贻我握椒[⑪]。

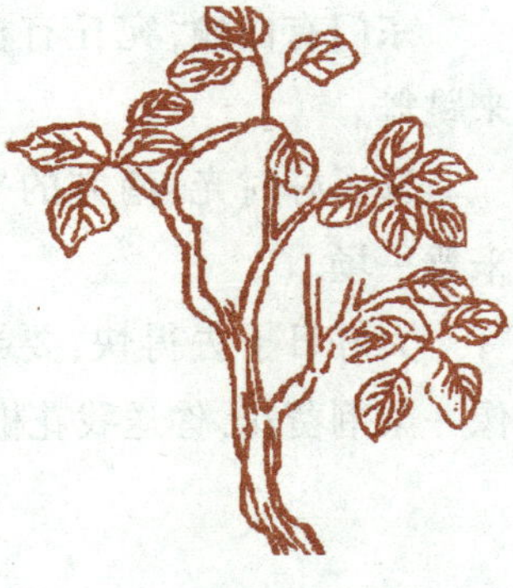

枌

注解

①枌(fén):木名,即白榆。

②栩(xǔ):柞木。

③子仲之子:子仲氏之女。

④婆娑:舞貌。

⑤穀旦:指好天气的早晨。穀,善。于:语助词。差:择。

⑥南方之原:指东门和宛丘。原,高而平阔的土地。那是歌舞聚乐的地方,同时是市井所在的地方。

⑦市:买卖货物的场所。《潜夫论》引作"女"。

⑧逝:往。这句是说趁好日子往跳舞之处。

⑨越以:发语词。鬷迈:是说去的次数很多。鬷(zōng),频。迈,行。《传疏》:"此云'越以',皆合二字为发语之词。"《集传》:"鬷,众。迈,行也。"

⑩荍(qiáo):植物名,又名荆葵,草本,花淡紫红色。这句是诗人以荆葵花比所爱的女子。《集传》:"荍,芘芣(pí fú)也,又名荆葵,紫色。椒,芬芳之物也。"

⑪握椒:一把花椒。赠椒是表示结恩情,和"赠之以芍药"意思相同。

译文

东门有白榆,宛丘有栎树,子仲家的姑娘,树下来跳舞。

选了好时光,南方的平原上,麻也不用绩,市上来舞一场。

大好日子去得快,要寻欢乐多多来。我看你好像一朵荆葵花,你送我花椒子儿一大把。

荍

点评

这是一首描写男女爱情的情歌，它反映了陈国当时尚存的一种社会风俗。朱熹《诗集传》曰："此男女聚会歌舞，而赋其事以相乐也。"

衡门

衡门之下[①]，可以栖迟[②]。泌之洋洋[③]，可以乐饥[④]。
岂其食鱼，必河之鲂[⑤]？岂其取妻[⑥]，必齐之姜[⑦]？
岂其食鱼，必河之鲤？岂其取妻，必宋之子[⑧]？

注解

①衡门：横木为门，门上无屋，言其简陋。衡，"横"的假借字。一说东西曰横，横门就是东向或西向的城门。

②栖迟：叠韵联绵词，栖息盘桓之意。以上二句言负郭陋室也可以居住。

③泌：指泌丘下的水。洋洋：水流不竭貌。

④乐："疗"的省借。疗，治疗。《韩诗外传》作"疗"。"疗饥"等于说充饥解饿。清水解饿当然是夸张之辞，和一、二两句都表示自甘贫陋。

⑤鲂：鱼名，就是鳊。鳊是肥美的鱼，黄河的鳊尤其名贵。

⑥取：通"娶"。

⑦齐之姜：姜姓是齐国当时最上层贵族之一。以上四句上二句是下二句的比喻，言娶妻不必选齐姜这样的名族，正如吃鱼不一定要吃黄河的鲂。下章仿此。

⑧必宋之子：宋君是殷之后，子姓。

译文

支起横木就算门，横木底下好栖身。泌丘有水水洋洋，清水填肠也饱人。

难道吃鱼，一定要吃黄河大鳊鱼？难道娶妻，一定要娶齐国姜家女？

难道吃鱼，一定要吃黄河鲤鱼尝？难道娶妻，一定要娶宋国子家大姑娘？

鲤

点评

本诗在章法上也较独特，先是叙事，由叙事引发议论。“兴”没有放在诗首，而是放在议论之前，且与所兴之事又共同构成旨意相同的议论，使议论充满了形象感而未流于枯燥，无疑加厚了诗意。

东门之池

东门之池，可以沤麻①。彼美淑姬②，可与晤歌③。

东门之池，可以沤纻④。彼美淑姬，可与晤语。

东门之池，可以沤菅⑤。彼美淑姬，可与晤言。

纻

注解

①沤（òu）：洗，浸泡。

②姬：《正义》：“美女而谓之姬者，以黄帝姓姬，炎帝姓姜，二姓之后，子孙昌盛，齐家之

女，美者尤多，遂以姬、姜为妇人之美称。”

③晤（wù）：《郑笺》：“晤犹对也。”

④纻（zhù）：苎麻。

⑤菅（jiān）：菅草。《释文》：“茅已沤为菅。”

译文

城东门外护城河，河水可以泡麻葛。一位美丽好姑娘，可以和她来对歌。

城东门外护城河，河水可以泡苎麻。一位美丽好姑娘，可以和她来谈话。

城东门外护城河，河水可以泡菅茅。一位美丽好姑娘，可以和她把话聊。

菅

点评

这是一首欢快的劳动对歌。可以想象，一群青年男女，在护城河里浸麻、洗麻、漂麻。大家在一起，一边干，一边说说笑笑，甚至高兴得唱起歌来。小伙子豪兴大发，对着爱恋的姑娘，大声地唱出这首《东门之池》，表达对姑娘的情意。

东门之杨

东门之杨，其叶牂牂①。昏以为期，明星煌煌②。

东门之杨，其叶肺肺③。昏以为期，明星晢晢④。

注解

①牂牂（zāng）：枝叶在风中摩擦之声。

②明星：星名，即金星，又名太白、启明、长庚。《小雅·大东》《毛传》："日且出，谓明星为启明；日既出，谓明星为长庚。"煌煌：明亮貌。

③肺肺：风吹枝叶之声。

④晳晳(zhé)：明貌。犹"煌煌"。

译文

东门有个白杨林，白杨叶儿沙沙响。约郎约在黄昏后，长庚星儿亮堂堂。

东门有个白杨林，叶儿拍拍响声轻。约郎约在黄昏后，闪闪烁烁长庚星。

杨

点评

倘若将"明星"视为夜晚升空的众多星辰，这首诗的情致便当是欢乐的：当黄昏将临，月儿尚未朗照，夜空上开放灿烂如花的第一朵明星时，约会的情人便要到来——这时的主人公，隐身在"牂牂""肺肺"的白杨树荫下，心中该漾动着几多期盼的喜悦！

墓门

墓门有棘①，斧以斯之②。夫也不良③，国人知之④。知而不已⑤，谁昔然矣⑥！

墓门有梅⑦，有鸮萃止⑧。夫也不良，歌以讯之⑨。讯予不顾⑩，颠倒思予⑪！

注解

①墓门:墓道的门。一说是陈国的城门。棘是恶树,诗人用来比他所憎恨的人。

②斯:碎裂。这是咒骂之辞,言须把它碎劈了才称心。

③夫也:犹言"彼人",指作者所讥讽的人。

④国人知之:言其不良行为已成人所共知的事。

⑤不已:不停止。此处指不改正。《郑笺》:"已犹去也。"苏辙《诗集传》:"夫指佗(tuó)也。佗之不良,国人莫不知之者。知而不知去,昔者谁为此乎?"

⑥谁昔:指畴昔。畴昔有久(较远的过去)和昨(较近的过去)两义,这里应该是后者。以上两句是说彼人虽知恶行已经暴露,还是不改,直到最近还是这样。

⑦梅:《楚辞》王逸注引作"棘"。

⑧鸮(xiāo):鸱鸮,恶声之鸟,指猫头鹰。诗人似以恶鸟比助彼人为恶者。萃(cuì):止息。"萃止"的"止"是语尾助词。

⑨讯:又作"谇(suì)",二字互通。谇是数说责问之意。"讯之"的"之"应依《广韵》所引作"止"。和上句的"止"字是相应的语助词。

⑩予:虚字,犹"而"。"讯予不顾"和"知而不已"句法相同。

⑪颠倒思予:犹"颠倒思而",言其思想颠倒黑白,不辨好歹。《传疏》:"颠倒,乱也。"

译文

墓门有棵酸枣树,拿起斧子劈了它。那人不是好东西,全国人人知道他。知道他他也不改正,昨儿个还是这模样。

墓门有棵酸枣树,猫头鹰儿守着它。那人不是好东西,编只歌儿劝告他。劝告他他还是不改,心里头万事颠倒看。

点评

作为一首政治讽刺诗,此诗仅两章十二句,短小精悍,四字齐言的诗句斩截顿挫，传达出指斥告诫的口吻。两章的开头以动植物起兴，其象征意义耐人寻味，表现出诗人对恶势力的鄙夷、痛斥，但国家依然坏人当道，多行不义，故每章的四、五两句以“顶针”手法将诗意推进一层，转为感叹，忧国之意可感。此诗可谓在率直指斥中不乏含蓄深沉。

防有鹊巢

防有鹊巢①，邛有旨苕②。谁侜予美③？心焉忉忉④。
中唐有甓⑤，邛有旨鹝⑥。谁侜予美？心焉惕惕⑦。

注解

①防：堤坝。

②邛(qióng)：土丘。苕(tiáo)：紫云英，野蚕豆。

③侜(zhōu)：欺骗，说谎。予美：丈夫。此句意为有人在丈夫面前挑拨。

④忉忉(dāo)：忧思貌。

⑤唐：道路。甓(僻 pì)：砖。《集传》：“庙中路谓之唐。”《通释》：“甓为砖，亦得为瓦称。”

⑥鹝(yì)：草名。《毛传》：“鹝，绶草也。”

⑦惕惕：同“忉忉”，忧思貌。

译文

堤上喜鹊来筑窝，苕草长在土山坡。谁在欺蒙我爱人？担惊受怕烦恼多。

院中通道铺方砖，绶草长在土丘边。谁在欺蒙我爱人？担惊受怕多心烦。

点评

这首歌以猜测、推想、幻觉等不平常的心理活动，表达平常的爱慕之情。正因为作者爱之愈深，所以他也忧之愈切。有没有第三者来蒙骗所爱者的感情呢？并无实指，或者干脆没有。然而，作者不管有没有第三者，就公开了他的担忧，这正是爱得深也疑得广。这一微妙的爱情心理，通过作者第一人称手法的歌吟，表达得淋漓尽致。

月　出

月出皎兮①，佼人僚兮②。舒窈纠兮③，劳心悄兮④！

月出皓兮⑤，佼人懰兮⑥。舒忧受兮⑦，劳心慅兮⑧！

月出照兮，佼人燎兮⑨。舒夭绍兮⑩，劳心惨兮⑪！

注　解

①皎：洁白光明。《文选》注引作"皦"，字通。

②佼人：美人。佼，或作"姣"。僚（liǎo）：美好貌。

③舒：徐。窈纠：详见下"夭绍"注。这句是说"佼人"行步安闲，体态苗条。

④劳心：忧心。悄：犹"悄悄"，忧貌。这句是诗人自道其由爱情而生的烦闷。二、三章仿此。

⑤皓：犹"皎"。

⑥懰（liǔ）：《埤苍》作"嬼"，妖冶。

⑦忧受：详见下"夭绍"注。

⑧慅：犹"慅慅"，动。

⑨燎：明，言彼人为月光所照。

⑩夭绍：汉赋里往往写作"要绍"，曲貌。"窈纠""忧受""夭绍"都是形容女子行动时的曲线美，就是曹植《洛神赋》所谓"婉若游龙"。

⑪惨：读若"懆（cǎo）"，声近义同。"懆"犹"懆懆"，不安。《集传》："惨当作懆，忧也。"

译　文

月儿出来亮晶晶啊，照着美人儿多么俊啊。安闲的步儿苗条的影啊，我的心儿不安宁啊！

月儿出来白皓皓啊，照着美人儿多么俏啊。安闲的步儿灵活的腰啊，我的心儿突突跳啊！

月儿高挂像灯盏啊，美人儿身上银光满啊。腰身柔软脚步儿闲啊，我的心上浪涛翻啊！

点评

全诗三章中，如果说各章前三句都是从对方设想，末后一句的"劳心悄兮""劳心慅兮""劳心惨兮"，则是直抒其情。这忧思，这愁肠，这纷乱如麻的方寸，都是在前三句的基础上产生，都由"佼人"月下的倩影诱发，充满可思而不可见的怅恨。其实这怅恨也已蕴含在前三句中：在这静谧的永夜，"佼人"为何月下独自地长久地徘徊，一任夜风拂面，一任夕露沾衣？难道不是也在苦苦地思念着自己？这真是"此时相望不相闻，愿逐月华流照君"（《春江花月夜》）！

株林

胡为乎株林[①]？从夏南[②]。匪适株林，从夏南！
驾我乘马，说于株野[③]。乘我乘驹[④]，朝食于株。

注解

①株：夏姬住地。

②从：追逐。夏南：夏姬之子。夏姬与陈灵公私通，此诗即讽刺陈灵公去见夏姬。夏南在这里影射夏姬。

③说（shuì）：停留，停车休息。《集传》："说，舍也。"

④驹：《郑笺》："马六尺以下曰驹。"

译文

他为什么去株林？是跟夏南散散心。原来他到株林去，为的是把夏南寻！

我的四马齐驾起，株邑郊外好休息。驾上四匹马驹子，早餐要在株邑吃。

点评

上层统治者的政治腐败,往往又是与生活上的荒淫相伴而行的。这后一方面,当然也逃不过民众雪亮的眼睛。国风民歌中对这类秽行的揭露屡见不鲜,即是有力的证明。

泽陂

彼泽之陂[1],有蒲与荷[2]。有美一人,伤如之何[3]。寤寐无为[4],涕泗滂沱[5]。

彼泽之陂,有蒲与蕑[6]。有美一人,硕大且卷[7]。寤寐无为,中心悁悁[8]。

彼泽之陂,有蒲菡萏[9]。有美一人,硕大且俨[10]。寤寐无为,辗转伏枕。

注解

①陂(bēi):湖边。

②有蒲与荷:《郑笺》:"蒲以喻所说男之性,荷以喻所说女之容体也。"

③伤如之何:《郑笺》:"我思此美人,当如之何得而见之。"伤,思念。

④寤寐无为:闻一多《风诗类钞》:"为,成也。寤寐无为,言不能成寐。"

⑤涕泗:《毛传》:"自目曰涕,自鼻曰泗。"

⑥蕑(jiān):兰草,也作莲。

⑦硕大:身材高大。卷(quán):同"婘",美好貌。

⑧悁悁(yuān):忧愁貌。

蒲

⑨菡萏（hàndàn）：荷花。

⑩俨（yǎn）：庄重貌。

译文

在那池塘水岸边，蒲草荷叶生长繁。那里有个美人儿，如何才能再见面。躺在床上睡不着，心中想念泪涟涟。

在那池塘水岸坡，蒲草莲蓬生长多。那里有个美人儿，身高体大真不错。躺在床上睡不着，心中想念多难过。

池塘边上水坝长，荷花蒲草生长旺。那里有个美人儿，身高体大又端庄。躺在床上睡不着，翻来覆去增忧伤。

点评

这是一首水泽边女子思念一位小伙子的情歌。全诗三章，都用生于水泽边的植物香蒲、兰草、莲花起兴，蓬蓬勃勃的植物，波光潋滟的池水，呼唤着生命的旺盛发展。女子目睹心感，自然而然地想起所思恋的男子了。

桧风

桧（kuài），也作“郐”，周代诸侯国名。妘（yún）姓，祝融氏之后。疆土包括今河南密县、新郑、荥阳等地。公元前769年（周平王二年）为郑武公所灭。《桧风》为桧地民歌，共四首。都是桧国灭亡前后即西周末年东周初的作品，格调低沉。

羔裘

羔裘逍遥,狐裘以朝①。岂不尔思?劳心忉忉!
羔裘翱翔②,狐裘在堂③。岂不尔思?我心忧伤!
羔裘如膏,日出有曜④。岂不尔思?中心是悼⑤!

注解

①朝:上早朝。《毛传》:"羔裘以逍遥,狐裘以适朝。"
②翱翔:犹"逍遥"。
③堂:《毛传》:"堂,公堂也。"
④曜(yào):光。《毛传》:"日出照耀,然后见其如膏。"
⑤悼:哀伤。《郑笺》:"悼犹哀伤也。"

译文

穿上羔裘好逍遥,穿上狐裘好上朝。难道我不想念你?心中无奈徒烦恼。
穿上羔裘好遨游,公堂上面穿狐裘。难道我不想念你?心中无奈徒忧愁。
羔裘润滑像油膏,太阳出来光泽耀。难道我不想念你?心中悲伤受煎熬。

点评

全诗没有风诗中常用的比兴手法,叙事也显得急切且繁复,但从这近乎祥林嫂式的絮叨中确实可以感受出诗作者的深切思虑。

素冠

庶见素冠兮①,棘人栾栾兮②,劳心慱慱兮③!
庶见素衣兮,我心伤悲兮,聊与子同归兮。
庶见素韠兮④,我心蕴结兮。聊与子如一兮。

注解

①庶：有幸。

②棘人：棘，急。后人居父母丧时，自称棘人。此处为妇人自谓。栾栾(luán)：瘦瘠貌。

③博博(tuán)：忧思不宁。

④韠(bì)：朝服的蔽膝。

译文

幸而见你戴白冠，瘦骨伶仃容颜变，心中忧伤不得安！

幸而见你穿白衫，心中忧伤苦难言，但愿随你归黄泉。

幸而见你围蔽膝，愁肠百结心郁悒，但愿生死在一起。

点评

全诗人物形象鲜明，诗人情感深厚，每句均以语气词"兮"字煞尾，悲音缭绕，不绝于耳。在险恶的政治环境中，当贤臣遭受迫害斥逐之时，诗人毫无避忌之心，明确表示自己的同情心和与之同归的态度，此种精神难能可贵，于世情友道颇有教益。由此可知，诗人也是一位贞良之士。

隰有苌楚

隰有苌楚[①]，猗傩其枝[②]。夭之沃沃[③]。乐子之无知[④]。

隰有苌楚，猗傩其华。夭之沃沃。乐子之无家[⑤]。

隰有苌楚，猗傩其实。夭之沃沃。乐子之无室[⑥]。

注解

①苌(cháng)楚：植物名，又名羊桃，花赤色，子细如小麦，形似家桃，柔弱

蔓生。

②猗傩(ě nuó):有柔顺和美盛二义,在这里是形容苌楚枝条柔弱,从风而靡。二、三章对于华、实也称猗傩,似兼有美盛的意思。

苌楚

③夭:草木未长成者。这里似用为形容词,就是少而壮盛之貌。之:犹"兮"。沃沃:犹"沃若(见《卫风·氓》篇)"。《集传》:"夭,少好貌。沃沃,光泽貌。……政烦赋重,人不堪其苦,叹其不如草木之无知而无犹也。"

④乐:爱悦。子:指苌楚。以上四句,前三句写苌楚猗傩随风,少壮而有光泽。末一句诗人自叹其不如草木之无知。言外之意是说倘若苌楚有知,一定像我似的忧伤憔悴,不能这样欣欣向荣了。

⑤无家:言其无累。下章仿此。

⑥无室:犹"无家"。

译文

低地里生长羊桃,羊桃枝随风荡摇。你多么少壮啊多么美好。羡慕你无知无觉。

低地里生长羊桃,羊桃花一片红霞。你多么少壮啊多么美好。羡慕你无室无家。

低地里生长羊桃,羊桃树结满果实。你多么少壮啊多么美好。羡慕你无家无室。

点评

全诗三章,每章二、四句各换一字,重复诉述着一个意思,这是其感念之深的反映。首两句起兴,把羊桃的枝、花、实分解各属一章,这是《诗经》重叠形式之一种，即把同一事物分开说，合起来才是整体。三、四句脱口而出，既似是自语，又像是与羊桃对话。这与首两句侧重客观描写不同，第三句赞叹羊桃充满生机，渗透了主观情感；第四句更变换了人称，直呼羊桃为“子”，以物为人，以人为物，人与物对话，人与物对比（这与一般拟人不同，因为首章末句诗人点明羊桃“无知”）。羊桃不仅在诗人心中活了起来，而且诗人还自叹活得不如羊桃！不如在哪里？就在“知”与“家”上。

匪风

匪风发兮[1]，匪车偈兮[2]。顾瞻周道[3]，中心怛兮[4]。
匪风嘌兮，匪车嘌兮[5]。顾瞻周道，中心吊兮[6]。
谁能亨鱼[7]？溉之釜鬵[8]。谁将西归[9]？怀之好音[10]。

注解

①匪：读为“彼”，“彼风”犹“那风”。下同。发：犹“发发”，风声。

②偈：犹“偈偈”，驰驱貌。

③周道：大道或官路。

④怛（dá）：忧伤。

⑤嘌（piāo）：又作“票”。轻疾貌。

⑥吊：犹“怛”。

⑦亨：就是“烹”字，煮。

⑧溉：应依《说文》所引作“摡（gài）”。摡训“拭”，训“涤”，又训“与”，均可通。鬵（zèng）：大锅。

⑨西归：言回到西方的故乡去，这是桧国人客游东方者的口气，“西”就指桧。

⑩怀：训“遗”，送给。以上四句是说如有人能煮鱼我就给他锅子请他煮，如有人西归我就请他向家里送个消息。上二句是下二句之比。

译文

那风发发的响，车儿像飞一样。回头瞧瞧大道，心里多么凄惶。
那风打着旋转，车儿快快地赶。回头瞧瞧大道，心里好不凄惨。
有谁能够煮鱼，小锅大锅我办。有谁回转西方，请他捎个“平安”。

点评

风起尘扬，车马急驰，游子触景生情，深感有家归不得，悲伤之中，只希望有个西归的人，能托他带个平安信。

曹风

曹，周代诸侯国名，在今山东西南定陶、菏泽、曹县一带。周武王封其弟叔振铎于此，都陶丘(今定陶县)。《曹风》是曹国境内民歌，共四篇，大都是东周和春秋时期的作品。

蜉蝣

蜉蝣之羽[①]，衣裳楚楚[②]。心之忧矣，于我归处[③]。
蜉蝣之翼，采采衣服[④]。心之忧矣，于我归息。
蜉蝣掘阅[⑤]，麻衣如雪。心之忧矣，于我归说[⑥]。

注解

①蜉蝣(fú yóu)：虫名。

②楚楚:《毛传》:"楚楚,鲜明貌。"闻一多《风诗类钞》:"蜉蝣之羽,衣裳楚楚,犹言楚楚的衣服,有如蜉蝣之羽。"

③于我归处:《郑笺》:"君当于何依归乎?"

④采采:犹"楚楚",鲜明貌。

⑤阅:洞穴。《正义》:"蜉蝣之虫,初掘地而出,皆鲜说(悦)也。"

⑥说(shuì):休息。《集传》:"说,舍息也。"

译文

蜉蝣翅膀薄又轻,衣裳华丽真鲜明。我的心里多忧愁,可怜何处是归程!

蜉蝣展翅翩翩舞,华丽鲜明好衣服。我的心里多忧愁,可怜何处是归宿。

蜉蝣穿洞向外飞,双膀洁白似麻衣。我的心里多忧戚,我的归宿在哪里?

点评

这诗的情调自然是有点消沉的。但人一旦追问自己:"你是谁?你往哪里去?"深入骨髓的忧伤根本上是无法避免的。特别是在缺乏强有力的宗教的古代中国,由于不能对生死的问题给出令人心安的解答,人心格外容易被忧伤笼罩。但从另一个角度说,对死的忧伤、困惑、追问,归根结底是表现着对生的眷恋,这也是人心中最自然的要求。

候人

彼候人兮,何戈与祋[①]。彼其之子,三百赤芾[②]。
维鹈在梁,不濡其翼[③]。彼其之子,不称其服[④]。
维鹈在梁,不濡其咮[⑤]。彼其之子,不遂其媾[⑥]。
荟兮蔚兮,南山朝隮[⑦]。婉兮娈兮,季女斯饥[⑧]。

注解

①候人:担任在国境和道路上守望及迎送宾客职务的人,总数有一百多人,

除少数低级官僚外都属普通兵卒。本诗中的候人是指一般供役的兵卒。何：即“荷”，肩负。祋（duì）：兵器名，杖类，即殳（shū）。

鹈

②彼：指曹国朝廷。其（jì）：语助词。之子：指下文“三百赤芾”“不称其服”的那些人。赤芾（fú）：红色熟牛皮所制的蔽膝，即“韠（bì）”，卿大夫朝服的一部分。曹是小国，而朝中高官厚禄者多至三百人。

③鹈（tí）：水鸟名，即鹈鹕，食鱼。梁：鱼梁，即拦鱼坝。濡：湿。鹈鹕以鱼为食却不曾濡湿翅膀，说明不曾下水。这两句是比喻，如果是比朝中的贵人，就是说这些人不是自己求食，而是高高在上，靠别人供养；如是比候人自己，就是说候人值勤辛苦，连吃饭都顾不上。第一章上二句写候人，下二句写朝中贵人，这里也以上二句指候人较顺。下章同此。

④服：指赤芾。这句说“三百”着“赤芾”的人才德和地位不相称。

⑤咮（zhòu）：鸟嘴。这句和“不濡其翼”比喻的意思相同。

⑥遂：和“对”古同音互训，“不对”也就是“不称”的意思。媾：读为遘（gòu），厚待，宠爱。这句也是说才德和地位不相称。

⑦荟（huì）、蔚（wèi）：都是聚集的意思，这里指云彩浓密。隮（jī）：出现在西方的虹。这两句说南山早晨有浓云升起。

⑧婉、娈：形容女孩子姣好之词。季（稚）女：幼小的女儿。这一章写候人值勤到天明，看见南山朝云，惦记小女儿在家没有早饭吃。

译文

那个候人啊，扛着长矛和长棍。那些张三李四们，大红蔽膝三百人。
鹈鹕守在鱼梁上，不曾沾湿两翅膀。那些张三李四们，不配他的好衣裳。
鹈鹕守在鱼梁上，不曾沾湿他的嘴。那些张三李四们，高官厚禄他不配。
一会青啊一会紫，南山早上云升起。多么娇啊多么小，幼小女儿忍着饥。

点评

这四章赋比兴手法全用上，由表及里，以形象显示内涵，同情候人、季女，憎恶无德而尊、无才而贵的当权官僚；对高才沉下僚，庸俗居高位的现实尽情地揭露谴责。

鸤鸠

鸤鸠在桑[①]，其子七兮。淑人君子，其仪一兮[②]。其仪一兮，心如结兮[③]。

鸤鸠在桑，其子在梅。淑人君子，其带伊丝[④]。其带伊丝，其弁伊骐[⑤]。

鸤鸠在桑，其子在棘。淑人君子，其仪不忒[⑥]。其仪不忒，正是四国[⑦]。

鸤鸠在桑，其子在榛。淑人君子，正是国人，正是国人。胡不万年！

注解

①鸤（shī）鸠：布谷鸟。

②仪：容貌举止。

③结：固结不散。

④伊：助词。

⑤弁（biàn）：冠冕。骐（qí）：古代帽上的玉饰。《郑笺》："骐当作琪，以玉为之。"

⑥不忒：不疑。无差错。

⑦正：法则。一解领导，做……官长。

译文

布谷筑巢桑林里，孵下雏鸟数有七。那位君子品德好，坚守礼仪言行一。坚守礼仪言行一，心如磐石不可移。

布谷桑间来筑巢，雏鸟飞上梅树梢。那位君子仪容好，丝织大带系在腰。丝织大带系在腰，彩玉装饰皮礼帽。

布谷筑巢桑树间，雏鸟飞上酸枣巅。那位君子心地善，言行端正无过愆。言行端正无过愆，心如磐石不可移。

布谷筑巢桑树上，雏鸟学飞榛树傍。那位君子心善良，能做国人好官长。能做国人好官长，祝他万寿永无疆。

点评

诗四章，都以鸤鸠及其子起兴，实包含两层意思。一是鸤鸠即布谷鸟，该鸟仁慈，"布谷处处催春耕"，裨益人间。又喂养众多小鸟，无偏无私，平均如一。二是"鸤鸠在桑"，始终如一，操守不变，正以兴下文"淑人君子""其仪一兮""其仪不忒"的美德，与那些小鸟忽而在梅树，忽而在酸枣树，忽而在各种树上的游移不定形成鲜明对照。显然小鸟尚未成熟，故行动尚无一定之规。因此，各章的起兴既切题旨又含义深长。

下泉

洌彼下泉①，浸彼苞稂②。忾我寤叹③，念彼周京④。

洌彼下泉，浸彼苞萧⑤。忾我寤叹，念彼京周⑥。

洌彼下泉，浸彼苞蓍⑦。忾我寤叹，念彼京师。

芃芃黍苗⑧，阴雨膏之。四国有王，郇伯劳之⑨。

注解

①洌：《毛传》："洌，寒也。下泉，泉下流也。"洌当作冽。《诗辑》："洌旁三

点者,从水也,清也,洁也。旁二点者,从冰也,寒也。"

②苞(bāo):丛生。稂(láng):一种野草。

③忾(kài):叹息。

④周京:《集传》:"周京,天子所居也。"

⑤萧:艾蒿。

⑥京周:《集传》:"京周,犹周京也。"

⑦蓍(shī):草名。古代常用以占卜。

⑧芃芃(péng):《毛传》:"芃芃,美貌。"《正义》:"此苗所以得盛者,由上天以阴雨膏泽之故也。"

稂

⑨郇(xún)伯:周文王之子。闻一多《风诗类钞》:"四方诸侯之所以有王者,以郇伯勤劳之故也。"

译文

地下泉水冷如冰,浸得杂草难出生。夜不成寐长叹息,一心想念周王城。

地下泉水冰样凉,浸得蒿草难生长。夜不成寐长叹息,镐京时时缠心上。

地下泉水透骨寒,浸得蓍草生长难。夜不成寐长叹息,一心只把京师念。

蓬勃一片黍子苗,雨水滋润生长高。天下有王谁人保,全靠郇伯来操劳。

蓍

点评

此诗的前三章,是《诗经》中典型的重章叠句结构,各章仅第二句末字"稂""萧""蓍"不同,第四句末二字"周京""京周""京师"不同,而这又恰好在换韵的位置,易字目的只是通过韵脚的变化使反复的咏唱不致过于单调,而三章的意思则是完全重复的，不存在递进、对比之类句法关系。第四章在最后忽然一转，这种转折不仅在语句意义上，而且在语句结构上都显得很突兀。因此古往今来，不乏对此特加注意的评论分析。

豳 风

豳风，“豳”同“邠”，古都邑名，在今陕西郴县。豳风共七篇，多描写农家生活，表现辛勤力作的情景，是我国最早的田园诗。

七 月

七月流火[①]，九月授衣[②]。一之日觱发[③]，二之日栗烈。无衣无褐，何以卒岁！三之日于耜，四之日举趾。同我妇子，馌彼南亩，田畯至喜[④]。

七月流火，九月授衣。春日载阳[⑤]，有鸣仓庚。女执懿筐，遵彼微行，爰求柔桑[⑥]。春日迟迟，采蘩祁祁[⑦]。女心伤悲，殆及公子同归[⑧]。

七月流火，八月萑苇[⑨]。蚕月条桑，取彼斧斨，以伐远扬，猗彼女桑。七月鸣鵙，八月载绩，载玄载黄。我朱孔阳，为公子裳。

四月秀葽，五月鸣蜩。八月其获，十月陨萚。一之日于貉，取彼狐狸，为公子裘。二之日其同，载缵武功。言私其豵[⑩]，献豜于公。

五月斯螽动股[⑪]，六月莎鸡振羽。七月在野，八月在宇，九月在户，十月蟋蟀入我床下。穹窒熏鼠，塞向墐户。嗟我妇子，曰为改岁，

入此室处。

八月载绩

八月萑苇

六月食郁及薁，七月亨葵及菽。八月剥枣，十月获稻。为此春酒[12]，以介眉寿。七月食瓜，八月断壶，九月叔苴。采茶薪樗，食我农夫。

九月筑场圃，十月纳禾稼。黍稷重穋，禾麻菽麦。嗟我农夫，我稼既同，上入执宫功。昼尔于茅，宵尔索绹，亟其乘屋，其始播百谷。

五月斯螽动股

十月纳禾稼

二之日凿冰冲冲，三之日纳于凌阴。四之日其蚤，献羔祭韭。九月肃霜，十月涤场[13]。朋酒斯飨[14]，曰杀羔羊。跻彼公堂[15]，称彼兕觥，万寿无疆！

注解

①七月：指夏历七月。流：下行。火：星名，或称大火，即心宿。每年夏历五

月，黄昏时候，这星当正南方，也就是正中和最高的位置。过了六月就偏西向下了，这就叫作“流”。

②授衣：谓授人以衣，使有所御寒。一说将裁制冬衣的工作交给妇女们。

九月授衣

③一之日：十月以后第一个月的日子。以下二之日、三之日等仿此。为豳历纪日法。觱发：寒风触物声。

④田畯：农官，亦叫农正或田大夫，古代领主派往田间监督劳动的下级官吏。

⑤载：开始。一说为“则”。阳：温暖。

⑥爰：于是。犹“曰”。一说为语助词。柔桑：初生的桑叶。

⑦蘩：白蒿。古人用于祭祀，女子在嫁前有“教成之祭”。一说用蘩“沃”蚕子，则蚕易出，所以养蚕者需要它。其法未详。祁祁：众多(指采蘩者)。因昼长，故所采之蘩众多。一说，指采蘩的女子很多。

⑧殆及：犹言“将与”。公子：指国君之子。殆及公子同归：是说怕被公子强迫带回家去。一说指怕被女公子带去陪嫁。归：嫁。

⑨萑苇：蒹葭，也叫芦荻。此作动词用，指收割萑苇。

⑩言：语助词。私，归猎者私人所有。豵：一岁小猪，这里用来代表比较小的兽。私其豵：言小兽归猎者私有。

⑪斯螽：虫名，蝗类，即蚱蜢、蚂蚱。旧说斯螽以两股相切发声。动股：言其发出鸣声。

⑫春酒：冬天酿酒经春始成，叫作“春酒”。枣和稻都是酿酒的原料。

⑬涤场：清扫场地。这句是说十月农事完全结束，将场地打扫干净。一说“涤场”即“涤荡”，“十月涤荡”是说到了十月草木摇落无余。

⑭朋酒：两樽酒。飨：通“享”，享用。

⑮跻：登。公堂：公共场所。

译文

七月里火星落向西边，九月人家寒衣分。冬月北风刮得紧，腊月寒气添。粗布衣服无一件，怎么挨过年！正月里把农具修，二月里忙着下田头。女人孩子一起干，送汤送饭到田地里，田官老爷露笑脸。

七月里火星落向西边，九月里该发下寒衣。春天天气暖和了，黄莺儿叫得忙。姑娘们手拿深竹筐，顺着小道把路行，要去采摘那嫩桑。春天的太阳走得慢吞吞，白蒿子采得真正多。姑娘们心里却正发愁，怕为公子陪嫁带了走。

七月里火星落向西边，八月里苇秆好收成。三月里修桑枝，把那圆、方的斧头都拿起；太长的枝儿全砍去，拉着枝条采嫩桑。七月里伯劳还在叫，八月里绩麻更要忙，染出丝来有黑也有黄。我染的红色最漂亮，得给那公子做衣裳。

五月鸣蜩

貉

四月里远志把子结，五月里知了叫不歇。八月里收谷，十月里落树叶。冬月里打貉子，还得捉狐狸，要给公子做皮袍。腊月里大伙再聚结，又到野外去打猎。小的野兽归自己，大的野兽献公爷。

五月里斯螽弹腿响，六月里纺织娘抖翅膀。七月里蛐蛐儿在野外，八月里到屋檐下来。九月里在门口转，十月里往床下钻。火烟熏老鼠，窟窿都堵起，塞好北窗户，柴门涂上泥。叫唤儿子和老伴，如今快过年，才往屋里搬。

八月剥枣

六月里吃山楂樱桃，七月里煮葵菜豆角。八月里打枣，十月里煮稻。做成甜酒，老人家喝了精神饱。七月把瓜吃，八月把葫芦摘，九月把麻籽拾。拣些苦菜砍些柴，咱农夫把嘴糊起来。

九月翻好打谷场，十月谷子好上仓。早谷晚谷高粱米，小米豆麦芝麻满满装。咱们这些泥腿郎，才把庄稼送进仓，还要服役修宫房。白天割的茅草多，晚上打得草索长，赶快盖好房，又要开始去播谷了。

十二月凿冰冲冲响，正月里抬冰窖里藏。二月取冰来上祭，献上韭菜和羊羔。九月里下霜，十月里清扫打谷场。先捧两樽酒，再杀一只羊。大家一齐上公爷堂，牛角杯子举头上，祝一声"万寿无疆"！

点评

中国古代诗歌一向以抒情诗为主，叙事诗较少。这首诗却以叙事为主，在叙事中写景抒情，形象鲜明，诗意浓郁。通过诗中人物娓娓动听的叙述，又真实地展示了当时的劳动场面、生活图景和各种人物的面貌，以及农夫与公家的相互关系，构成了西周早期社会一幅男耕女织的风俗画。《诗经》的表现手法有赋、比、兴三种，这首诗正是采用赋体，"敷陈其事""随物赋形"，反映了生活的真实。

鸱　鸮

鸱鸮鸱鸮[①]！既取我子，无毁我室。恩斯勤斯[②]，鬻子之闵斯[③]！迨天之未阴雨[④]，彻彼桑土[⑤]，绸缪牖户[⑥]。今女下民[⑦]，或敢

侮予。

予手拮据⑧，予所捋荼⑨。予所蓄租⑩，予口卒瘏⑪，曰予未有室家。

予羽谯谯⑫，予尾翛翛⑬，予室翘翘⑭。风雨所漂摇，予维音哓哓⑮。

注解

①鸱鸮：猫头鹰。

②斯：语助词。恩、勤：意即辛勤。

③鬻：同“育”。闵：病。

④迨：及。

⑤彻：剥取。桑土：桑树根。

⑥绸缪牖户：剥取桑根的皮来修补鸟巢。

⑦下民：指树下过往的人们。

⑧拮据：手因劳累过度而不能屈伸自如。

⑨荼：茅草花。

⑩租：积聚。

⑪卒瘏：因病而手口剥裂。

⑫谯谯：形容羽毛不丰满。

⑬翛翛：形容羽毛枯槁。

⑭翘翘：形容鸟巢危险不安定。

⑮哓哓：由于恐惧而发的叫声。《毛传》：“哓哓，惧也。”《郑笺》：“音哓哓然，恐惧告诉之意。”

译文

猫头鹰啊猫头鹰！你已经抓走我的孩子，别再毁坏我的家了。我辛苦劳碌，累坏了自己就为养育孩子！

趁着还没有天阴下雨，赶紧剥取些桑根皮，修补好门和窗。如今树下的人们，或许会把我欺。

我的双手早发麻，还得去捡那茅草。聚了又聚，加了又加，我的嘴巴磨坏了,我的巢儿还没修好。

我的羽毛已经稀少,我的尾巴又枯又焦。我的巢儿晃晃摇摇,风吹雨打快要倒了,直吓得我喳喳乱叫。

点评

以小鸟的口吻诉说生活的艰辛。寓言是一种借说故事以寄寓人生感慨或哲理的特殊表现方式。它的主角可以是现实中人,也可以是神话、传说中的虚幻人物,而更多的则是自然界的虫鱼鸟兽、花草木石。这种表现方式,在战国的诸子百家之说中曾被广为运用,使古代的说理散文由此增生了动人的艺术魅力,放射出奇异的哲理光彩。

东　山

我徂东山[①],慆慆不归[②]。我来自东,零雨其濛。我东曰归,我心西悲。制彼裳衣,勿士行枚[③]。蜎蜎者蠋[④],烝在桑野[⑤]。敦彼独宿[⑥],亦在车下。

我徂东山,慆慆不归。我来自东,零雨其濛。果臝之实[⑦],亦施于宇[⑧]。伊威在室[⑨],蟏蛸在户[⑩]。町畽鹿场[⑪],熠燿宵行[⑫]。不可畏也?伊可怀也!

我徂东山,慆慆不归。我来自东,零雨其濛。鹳鸣于垤[⑬],妇叹于室。洒扫穹窒[⑭],我征聿至[⑮]。有敦瓜苦,烝在栗薪。自我不见,于今三年。

我徂东山,慆慆不归。我来自东,零雨其濛。仓庚于飞[⑯],熠燿其羽。之子于归,皇驳其马[⑰]。亲结其缡[⑱],九十其仪[⑲]。其新孔嘉[⑳],其旧如之何[㉑]?

鹳

注解

①徂:往。东山:当时军土戍守的战地。在今山东境内,周公伐奄驻军之地。

②慆慆:长久。

③行枚:古代行军时,横衔口中的小木棍,以防出声。

④蜎蜎:蠕动的样子。蠋:一种野蚕。

⑤烝:乃。

⑥敦:团。敦本是器名,形圆如球。

⑦果臝:葫芦科植物,一名栝楼或瓜蒌。(臝是"裸"的异体字)。

⑧施:移。宇:屋檐。

⑨伊威:虫名。椭圆而扁,多足,灰色,今名土鳖,常在潮湿的地方。《本草》一作"蛜蝛"。

⑩蟏蛸:喜蛛。

⑪町畽:野外。

⑫熠耀:闪闪发光。

⑬鹳:鸟名,涉禽类,形似鹤,又名冠雀。俗名又叫"老等",因其常在水边拧(伫)立,等待游鱼。垤:小土堆。

⑭穹窒:尽行堵塞。

⑮聿:乃。

⑯仓庚:黄鹂。

⑰皇驳:黄白相间和红白相间的颜色。

⑱缡:佩巾。古代女子出嫁,由母亲将佩巾系在女儿身上,所以结婚又称为结缡。

⑲九十其仪:形容婚礼仪式盛多。

⑳其新:指新夫妻。孔嘉:很美好。

㉑其旧:指老夫妻。

译文

打我远征到东山，一别家乡好几年。才说要从东山归，心儿西飞奔家乡。家常衣裳缝一件，从此不再把兵当。山蚕屈曲树上爬，久在田野桑林中。人儿团团独自睡，睡在哪儿车底下。

打我远征到东山，一别家乡好几年。栝楼藤上结了瓜，藤蔓爬到屋檐下。屋内潮湿生地虱，喜蛛儿做网拦门挂。场上鹿迹深又浅，磷火闪闪夜间流。家园荒凉不可怕，越是如此越想家。

打我远征到东山，一别家乡好几年。白鹳丘上轻叫唤，我妻在房把气叹。快把屋子收拾起，盼我早早回家转。团团葫芦剖两半，撂在柴堆没人管。旧物置闲我不见，算来到今已三年。

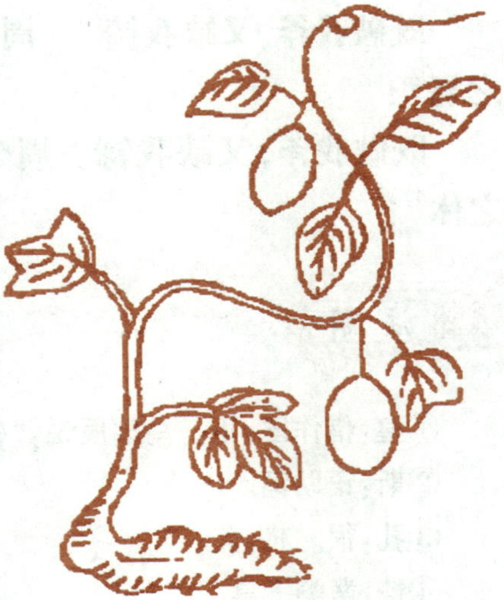

果蠃

打我远征到东山，一别家乡好几年。如今我从东山回，满天小雨雾濛濛。当年黄莺正飞翔，翅儿闪闪映太阳。那人过门做新娘，迎亲骏马白透黄。娘为女儿结佩巾，婚仪繁缛多过场。回想新娘真够美，重逢又该美成什么样！

点评

全诗四章，章首四句叠咏，文字全同，构成了全诗的主旋律。咏的是士卒在归来的途中，遇到淫雨天气，在写法上与《小雅·采薇》末章"昔我往矣。杨柳依依；今我来思，雨雪霏霏"相近。王夫之说"以乐景写哀，复以哀景写乐，一倍增其哀乐"，这里既是"以哀景写乐"，又不全是。盖行者思家，在雨雪纷飞之际会倍感凄迷，所以这几句也是情景交融，为每章后面几句的叙事准备了一个颇富感染力的背景。

破 斧

既破我斧，又缺我斨。周公东征，四国是皇[①]。哀我人斯[②]，亦孔之将[③]！

既破我斧，又缺我锜[④]。周公东征，四国是吪[⑤]。哀我人斯，亦孔之嘉[⑥]！

既破我斧，又缺我銶。周公东征，四国是遒[⑦]。哀我人斯，亦孔之休[⑧]！

注解

①皇：借作匡，正。马瑞辰说："《诗考》引董氏云：皇，《齐诗》作匡。"

②斯：语助词。

③孔：很。将：美。

④锜：凿类工具。

⑤吪：变化。指以武力促成其变。

⑥嘉：美。

⑦遒：聚，指心向周王朝。

⑧休：美。

译文

我的斧头已砍破，方孔铜斧也损伤。周公出征去东方，匡正四国军威旺。可叹我们这些兵，万幸命大未阵亡！

我的斧头已砍破，我的锜子又缺口。周公出征去东方，感化四国天下安。可叹我们这些兵，万幸命好能生还！

我的斧头已砍破，我的銶子又缺折。周公出征去东方，平定四国安王朝。可叹我们这些兵，能回家乡真命好！

点评

周武王灭纣，据有天下，封纣子武庚于殷，再封自己的弟弟姬鲜、姬度、姬处于管、蔡、霍以监视武庚。武王死，成王年幼，由周公辅政，武庚、管、蔡、徐、奄等国叛周。周公率兵东征，历时三年，平定叛乱。管、蔡、殷、奄四国之民因作此歌以赞美周公。全诗三章，采用复沓形式，各章仅有几个字不同。

伐柯

伐柯如何①？匪斧不克②。取妻如何？匪媒不得。

伐柯伐柯，其则不远③。我觏之子④，笾豆有践。

注解

①伐柯：砍取斧柄。柯：斧柄。

②克：能。

③则：准则，榜样标准。

④觏：遇合。

译文

要砍斧把怎么样？没有斧头不可能。要娶妻子怎么样？没有媒人不得成。

砍斧把啊砍斧把，斧把法则在眼前。我今遇见这个人，酒菜整齐摆满案。

点评

从文本语义来说，《伐柯》以砍伐一支合式的斧头柄子做比喻，说男子找一个心目中的妻子，如斧头找一支合适的柄子一般，要有一定的方法程序，也要有媒人、迎亲礼等基本的安排。因此,这首诗实在是讲诗人见到一位中意的女子,就央告媒人去说项,终于姻缘得定,安排了隆重的迎亲礼,把女子娶了过来。心中的得意,情绪的兴奋,都凝聚在这首自得自悦的欢歌中。

从引申隐喻义来说,重点落在“伐柯伐柯,其则不远”这两句诗上。这里的伐柯,已经不是丈夫找妻子那样狭义的比喻,而是广义地比喻两种事物的协调关系:砍伐树枝做斧头柄,有斧与柄的协调关系;做其他事情,也有两方面的协调关系。如何协调两方面的关系做到好的柄子配上好的斧头呢?“其则不远”,那就是不能背离基本的原则方法。

九罭

九罭之鱼①,鳟鲂②。我觏之子,衮衣绣裳③。
鸿飞遵渚④,公归无所⑤。于女信处⑥。
鸿飞遵陆,公归不复⑦,于女信宿。
是以有衮衣兮⑧,无以我公归兮⑨,无使我心悲兮!

注解

①九罭(yù):捕捉小鱼的细眼网。九,虚数,言其多。

②鳟鲂:鳟,鳞细,眼赤之鱼。鲂,鳞银灰色,尾赤之鱼。鳟鲂:“皆鱼之美者也”(《诗集传》)。诗中以鱼喻客人之尊贵。

③衮衣:绘龙的上衣,古代王和公侯的礼服。

④鸿:大雁。渚:水中小沙洲。

⑤无所:闻一多《风诗类钞·乙》:“无所,无定处。”

⑥女:通“汝”。信:《毛传》:“再宿曰信。”

⑦复:再来。

⑧有:《风诗类钞·乙》:“有,藏之也。”

⑨以:使。

译文

捕鱼要用细眼网,捕的尽是鳟和鲂。我看那人不寻常,画龙上衣绣花裳。

天鹅沿着小洲翔,公回去没地方。住此两夜莫着忙。

天鹅沿着陆地旋,公回去不再还。住此两夜不算晚。

藏起周公绣龙衣,不要让公回西去,不要让公伤心啊!

点评

结构安排的层层推进,按时序的叙述,使这首诗取得较强烈的抒情效果。

狼跋

狼跋其胡①,载疐其尾②。公孙硕肤③,赤舄几几④。

狼疐其尾,载跋其胡。公孙硕肤,德音不瑕?

注解

①跋:脚踩。胡:颔下悬肉。

②疐:绊倒。

③公:指周公。孙:通“逊”。硕:大。肤:美。

④赤舄:以金为饰的红色鞋子。几几:步履稳重的样子。

译文

狼前进踩住了颔下悬肉,后退又会被尾巴绊住。周公谦逊有着大美风度,步履安重当政十分稳固。

狼后退被它的尾巴绊住,前进又踩住颔下悬肉。周公逊位体现他的美德,令名卓著岂会犯有错误?

点评

这首诗是对公孙的调侃,本来,这样的调笑,对于公孙来说,也确有颇为不恭之嫌的。但此诗的分寸把握得也好,一边大笑着比画老狼前颠后踬的体态为喻,一边即又收起笑容补上一句:"您那德性倒也没什么不好!""德音不瑕"句的跳出,由此化解了老狼之喻的揶揄分量,使之向着"开玩笑"的一端倾斜,而不至于被误解为讥刺。所以其所造成的整首诗的氛围,便带上了一种特有的幽默感。

小雅

雅,《雅》是周代朝廷贵族用的乐歌,包括《小雅》和《大雅》两部分。《小雅》七十四篇,大部分是西周作品,也有东周的作品。以厉、宣、幽时期为最多。

鹿鸣之什

鹿鸣

呦呦鹿鸣[①],食野之苹[②]。我有嘉宾,鼓瑟吹笙。吹笙鼓簧[③],承筐是将[④]。人之好我[⑤],示我周行[⑥]。

呦呦鹿鸣,食野之蒿。我有贵宾,德音孔昭[⑦]。视民不恌[⑧],君子是则是效[⑨]。我有旨酒[⑩],嘉宾式燕以敖[⑪]。

呦呦鹿鸣,食野之芩[⑫]。我有嘉宾,鼓瑟鼓琴。鼓瑟鼓琴,和乐且湛[⑬]。我有旨酒,以燕乐嘉宾之心。

注解

①呦呦：鹿的叫声。

②苹：草名，叫皤蒿。

③簧：乐器中用以发声的片状振动体，这里指乐器。

④承：捧着。将：献上。

⑤好：关爱。

⑥周行：大路。

⑦德音：美德。孔：很，十分。昭：鲜明。

⑧视：示，昭示。恌：轻佻。

⑨则：榜样。效：模仿。

⑩旨酒：美酒。

⑪式：语气助词，无实义。燕：同"宴"。敖：同"遨"意思是游玩。

⑫芩：草名，属蒿类植物。

⑬湛：快活得长久。

苹

译文

野鹿呦呦不停叫，在那野外吃青苹。我有高贵的宾客，相邀弹瑟又吹笙。吹笙鼓簧悦宾客，礼品成筐送上来。众位宾客关爱我，为我指路多广阔。

野鹿呦呦不停叫，在那野外吃青蒿。我有高贵的宾客，品德高尚声名好。教人忠厚不轻佻，君子循规要仿效。我备美酒和佳肴，宾客宴饮乐陶陶。

野鹿呦呦不停叫，在那野外吃芩草。我有高贵的宾客，弹瑟奏琴勤相邀。弹瑟奏琴初相邀，融洽欢欣乐尽兴。我备美酒和佳肴，宴乐宾客心愉悦。

鹿

点评

诗共三章，每章八句，开头皆以鹿鸣起兴。在空旷的原野上，一群麋鹿悠闲地吃着野草，不时发出呦呦的鸣声，此起彼应，十分和谐悦耳。诗以此起兴，便营造了一个热烈而又和谐的氛围，如果是君臣之间的宴会，那种本已存在的拘谨和紧张的关系，马上就会宽松下来。君臣之间限于一定的礼数，等级森严，形成思想上的隔阂。通过宴会，可以沟通感情，使君王能够听到群臣的心里话。而以鹿鸣起兴，则一开始便奠定了和谐愉悦的基调，给与会嘉宾以强烈的感染。

蒿

四牡

四牡騑騑，周道倭迟[①]。岂不怀归？王事靡盬，我心伤悲[②]。

四牡騑騑，啴啴骆马[③]。岂不怀归？王事靡盬，不遑启处。

翩翩者鵻[④]，载飞载下，集于苞栩[⑤]。王事靡盬，不遑将父。

翩翩者鵻，载飞载止，集于苞杞。王事靡盬，不遑将母。

驾彼四骆，载骤骎骎[⑥]。岂不怀归？是用作歌，将母来谂[⑦]。

栩

注解

①倭(wēi)迟:《毛传》:"倭迟,历远之貌。"

②伤悲:《毛传》:"思归者,私恩也;靡盬者,公义也;伤悲者,情思也。"《郑笺》:"无私恩,非孝子;无公义,非忠臣也。"

③啴啴(tān):喘气的样子。骆马:白身黑鬣(liè)的马。

④骓(zhuī):鹁鸪。

⑤栩(xǔ):《诗缉》:"栩,柞也、栎也、杼(zhù)也。"

⑥骎骎(qīn):马飞跑貌。

⑦谂(shěn):思念。

译文

四匹马儿跑得慌,大路弯曲远又长。难道不想回家乡?王家差事没个完,我的心里多悲伤。

四匹马儿快如飞,黑鬃白马直喘气。难道不想回家去?王家差事没个完,哪有闲暇得休息。

鹁鸪鸟儿翩翩飞,时上时下任翱翔,落在丛生栎树上。王家差事没个完,老父无暇来奉养。

鹁鸪鸟儿翩翩飞,时而飞来时而止,落在丛生杞树枝。王家差事没个完,老母无暇来侍奉。

四匹白马驾车行,马儿快快奔前方。难道不想回家乡?有心作了这首歌,深深怀念老娘亲。

点评

从谋篇布局来看,首章"我心伤悲"是定调,二章"启处"是安居乐业尽孝的基础,三、四章写父、母,"父天母地"是古人的观念,次序不能移易。末章念母,是承四章而来,以母概父。全诗层次井然。末章结句"是用作歌,将母来谂",是篇末揭旨,道出不能尽孝的悲哀。手法与《小雅·四月》末两句"君子作歌,维以告哀"相同。

皇皇者华

皇皇者华，于彼原隰。駪駪征夫[①]，每怀靡及。

我马维驹，六辔如濡[②]。载驰载驱，周爰咨诹[③]。

我马维骐[④]，六辔如丝。载驰载驱，周爰咨谋。

我马维骆[⑤]，六辔沃若。载驰载驱，周爰咨度[⑥]。

我马维骃[⑦]，六辔既均。载驰载驱，周爰咨询。

注解

①駪駪：同“莘莘”，急急忙忙之态。征夫：行人，使者。

②濡（rú）：湿润的样子。

③诹（zōu）：聚集讨论。

④维骐：维，语助词。骐，青色而有黑纹的马。

⑤骆（luò）：尾和鬣毛为黑色的白马。

⑥度（duó）：酌量。

⑦骃：浅黑色间有白毛的马。

译文

花儿朵朵真漂亮，平地洼地尽开放。使臣一行奔走忙，纵有私怀顾不上。

我的马儿高六尺，六条缰绳多光泽。驾着车儿快快跑，四处访问求良策。

我的马儿黑又青，缰绳如丝多洁净。驾着车儿快快跑，四处访问寻方法。

我的白马鬃毛黑，六条缰绳多光滑。驾着车儿快快跑，四处访问细调查。

我的马儿名叫骃，六条缰绳多均匀。驾着车儿快快跑，四处访问细征询。

点评

诗的语言气象开朗，生动蓬勃。首章以“皇皇者华”起兴，落响超迈，命意笼罩全诗。二章以次，语词变动，错落有致，命义相近而不显其重复，语音协调，可诵性甚强。另外诗用意恳切，不论君之教使臣，以至使臣对国家明命之反应，字里行间，都非常感人。君之使臣以敬，臣之受命以庄，这虽是古语，还是有借鉴意义的。

常棣

常棣之华[1]，鄂不韡韡[2]。凡今之人，莫如兄弟。
死丧之威[3]，兄弟孔怀[4]。原隰裒矣[5]，兄弟求矣。
脊令在原[6]，兄弟急难。每有良朋，况也永叹[7]。
兄弟阋于墙[8]，外御其务[9]。每有良朋，烝也无戎[10]。
丧乱既平，既安且宁。虽有兄弟，不如友生[11]。
傧尔笾豆[12]，饮酒之饫[13]。兄弟既具，和乐且孺[14]。
妻子好合，如鼓瑟琴。兄弟既翕[15]，和乐且湛[16]。
宜尔室家，乐尔妻帑[17]。是究是图[18]，亶其然乎[19]！

注解

①常棣：常梨树。华：花。
②鄂：同“萼”，花萼。韡：花色鲜明的样子。
③威：畏惧。
④孔怀：十分想念。
⑤裒：堆积。
⑥脊令：水鸟名，即鹡鸰。
⑦况：增加。永叹：长叹。
⑧阋于墙：在家里面争吵。阋，争吵。

⑨务:同“侮”,欺侮。

⑩烝:乃。戎:帮助。

⑪生:语气助词,没有实义。

⑫傧:陈设,陈列。

⑬饫:酒足饭饱。

⑭孺:亲近。

⑮翕:聚和。

⑯湛:长久。

⑰帑:儿女。

⑱究:思虑。图:谋划。

⑲亶:诚然,确实。

译文

常梨树上花朵朵,花型灼灼放光华。试看如今世上人,无人相亲如兄弟。
死丧到来最可怕,只有兄弟最关心。原野堆土埋枯骨,兄弟坟前寻求苦。
鹡鸰飞落原野上,兄弟相救急难中。虽有亲朋和好友,只会使人长感叹。
兄弟在家虽争吵,遇上外侮共抵抗。虽有亲朋和好友,不会前来相帮助。
死丧祸乱平息后,日子安乐又宁静。虽有亲兄和亲弟,相亲反不如朋友。
摆好碗盏和杯盘,宴饮酒足饭吃饱。兄弟亲人全团聚,融洽和乐相亲近。
妻子儿女和睦处,就像琴瑟声和谐。兄弟亲人相团聚,欢快和睦长相守。
你的家庭安排好,妻子儿女乐陶陶。仔细考虑认真想,道理还真是这样。

点评

《常棣》是《诗经》中的名篇杰作,它不仅是中国诗史上最先歌唱兄弟友爱的诗作,也是情理相融富于理趣的明理典范。“常棣之华”“莫如兄弟”“兄弟阋墙,外御其务”,作为具有原型意义的意象、母题和典故,对后世“兄弟诗文”的创作产生了深刻的影响。

伐木

伐木丁丁①,鸟鸣嘤嘤。出自幽谷,迁于乔木。嘤其鸣矣,求其友声。相彼鸟矣②,犹求友声;矧伊人矣③,不求友生?神之听之,终和且平!

伐木许许,酾酒有芎④。既有肥羜⑤,以速诸父。宁适不来?微我弗顾!於粲洒埽⑥!陈馈八簋⑦。既有肥牡,以速诸舅。宁适不来?微我有咎!

伐木于阪,酾酒有衍⑧。笾豆有践,兄弟无远!民之失德,干糇以愆⑨。有酒湑我,无酒酤我。坎坎鼓我,蹲蹲舞我。迨我暇矣,饮此湑矣!

注解

①丁(zhēng)丁:伐木声。
②相:视。
③矧:况。
④酾酒:筛酒。芎(xù):甘美。或释为“溢貌”。
⑤羜(zhù):小羊。
⑥粲:鲜明的样子。埽:同“扫”。
⑦簋:古时食器。
⑧衍:满、溢的意思。
⑨糇(hóu):干粮。愆:过失。

译文

砍树响丁丁,鸟儿叫嘤嘤。出了深谷底,飞上高树顶。鸟儿为何叫嘤嘤,要把朋友声音找。请看鸟儿多殷勤,要把朋友声音找;人比鸟儿更有情,反而不把朋友交?人的友爱神听着,既保平安又和好!

锯树呼呼响，筛酒扑鼻香。我家宰了小肥羊，众位伯叔请来尝。哪儿去了还不来？可别不肯来赏光！打扫屋子生光彩，八大件儿席上摆。我把肥壮公羊宰，众位长亲请过来。哪儿去了还不来？千万别见我的怪！

砍树砍倒山坡上，筛酒漫出酒缸边。盘儿碗儿排齐整，老哥老弟别疏远！有些人伤和气，饮食小事成祸源。咱们有酒把酒筛啊，没酒也得把酒买啊。咱们咚咚打起鼓啊，蹦蹦跳跳一齐舞啊。趁着今儿有工夫啊！来把清酒喝个足啊！

点评

综观全诗，理想—现实—理想，三重境界的转换，既生动地表达了作者顺人心、笃友情的愿望，又造成了诗歌虚实相生的意境美。还给我们提供了一种以意境的营造为手段的构思方法。此诗对友情的歌颂给后世留下了极为深远的影响，以致“嘤鸣”一词常被人用做朋友间同气相求或意气相投的比喻。

天保

天保定尔[①]，亦孔之固[②]。俾尔单厚[③]，何福不除[④]？俾尔多益，以莫不庶[⑤]。

天保定尔，俾尔戬穀[⑥]。罄无不宜[⑦]，受天百禄。降尔遐福[⑧]，维日不足。

天保定尔，以莫不兴。如山如阜[⑨]，如冈如陵。如川之方至，以莫不增。

吉蠲为饎[⑩]，是用孝享[⑪]。禴祠烝尝[⑫]，于公先王[⑬]。君曰卜尔[⑭]，万寿无疆！

神之吊矣[⑮]，诒尔多福[⑯]。民之质矣，日用饮食。群黎百姓[⑰]，遍为尔德[⑱]。

如月之恒[⑲]，如日之升。如南山之寿，不骞不崩[⑳]。如松柏之茂，无不尔或承[㉑]。

注解

①保：保佑。一说安抚，《郑笺》："保，安。"

②孔：甚。固：巩固。

③俾：使。单、厚：马瑞辰《毛诗传笺通释》："单、厚同义，皆为大也。"

④除：施予。《通释》："除、余古通用。……余、予古今字，余通为予我之予，即可通为赐予之予。"

松

⑤庶：《毛传》："庶，众也。"

⑥戬（jiǎn）榖：《毛传》"戬，福。扪，禄。"

⑦罄：尽。

⑧遐（xiá）："遐，远也。"

⑨阜：土山。

⑩吉、蠲（juān）、饎：《毛传》："吉，善。蠲，洁也。饎，酒食也。"

⑪享：《毛传》："享，献也。"《传疏》："《尔雅》：享，孝也。是孝亦享也。"

⑫禴（yuè）祠烝尝：四时祭祀宗庙的祭名。《毛传》："春曰祠，夏曰悦，秋曰尝，冬曰燕。"

⑬公、先王：《诗集传》："公，先公也。谓后稷以下至公叔祖类也。先王，太王以下也。"按：公叔祖类为古公亶父的父亲，太王即古公亶父，周文王的祖父，见《史记·周本纪》。

⑭君：指先公、先王的神灵。卜：期，给予。

⑮吊：《诗集传》："吊，至也。神之至矣，犹言祖考来格也。"

⑯诒：赠送。

⑰群黎：众民。百姓：百官。

⑱为：感化。《毛诗传笺通释》："为，当读如'式讹尔心'之讹。讹，化也。"

⑲恒：陈奂《诗毛氏传疏》："恒者，月上弦之貌。"

⑳骞（qiān）：亏损。

㉑或：有。承：继承。

译文

老天爷保佑你，皇权巩固永不移。使你国家能强大，哪样幸福不赐给？使你福气日益多，物产丰富样样齐。

老天爷保佑你，让你不断增福禄。万事安排都适宜，接受老天百种福。大福大禄降给你，每天还恐给不足。

老天爷保佑你，事事处处都兴旺。就像大山大土丘，就像峻岭和高岗。就像江河洪水涌，没有一样不增长。

美好清洁设酒浆，祭享祖先齐献上。春夏秋冬按时祭，祭我先公与先王。先公先王传话说，赐你万寿永无疆。

祖宗神灵已光临，送你幸福多如林。人民朴实无虚伪，每日吃饱就安心。无论贵族或平民，都受教化感君恩。

你像上弦月渐明，你像朝阳常东升。你像南山寿命长，永不亏损永不崩。你像松柏长茂盛，福禄代代有继承。

点评

在表现方法上，作者恰如其分地使用了一些贴切新奇的比喻，“如山如阜，如冈如陵，如川之方至”及“如月之恒，如日之升，如南山之寿”等，既使得作者对新王的深切期望与美好祝愿得到了细致入微的体现，也使得全诗在语言风格上产生了融热情奔放于深刻含蓄之中的独特效果。

采薇

采薇采薇[①]，薇亦作止[②]。曰归曰归，岁亦莫止[③]。靡室靡家，猃狁之故[④]。不遑启居[⑤]，猃狁之故。

采薇采薇，薇亦柔止[⑥]。曰归曰归，心亦忧止。忧心烈烈，载饥载渴。我戍未定，靡使归聘[⑦]。

采薇采薇，薇亦刚止[⑧]。曰归曰归，岁亦阳止[⑨]。王事靡盬[⑩]，不遑启处。忧心孔疚[⑪]，我行不来。

彼尔维何[12]，维常之华。彼路斯何[13]，君子之车。戎车既驾，四牡业业[14]。岂敢定居，一月三捷[15]。

驾彼四牡，四牡骙骙[16]。君子所依，小人所腓[17]。四牡翼翼[18]，象弭鱼服[19]。岂不日戒，猃狁孔棘[20]。

昔我往矣，杨柳依依[21]。今我来思，雨雪霏霏[22]。行道迟迟，载渴载饥。我心伤悲，莫知我哀。

注解

①薇：一种野菜。

②亦：语气助词，没有实义。作：初生。止：语气助词，没有实义。

③莫：同"暮"，晚。

④猃狁(xiǎn yǔn)：北方少数民族戎狄。

⑤遑：空闲。启：坐下。居：住下。

⑥柔：软嫩。这里指初生的薇菜。

⑦聘：问候。

⑧刚：坚硬。这里指薇菜已长大。

⑨阳：指农历十月。

⑩盬(gǔ)：止息。

⑪疚：病。

⑫尔：花开茂盛的样子。

⑬路：辂，大车。

⑭业业：强壮的样子。

⑮捷：获胜，打胜仗。

⑯骙骙(kuí)；马强壮的样子。

⑰腓(féi)：隐蔽，掩护。

⑱翼翼：排列整齐的样子。

⑲弭(mǐ)：弓两头的弯曲处。鱼服：鱼皮制的箭袋。

⑳棘：危急。

㉑依依：茂盛的样子。

㉒霏霏：纷纷下落的样子。

译文

采薇菜啊采薇菜，薇菜刚才长出来。说回家啊说回家，一年又快过去了。没有妻室没有家，都是因为猃狁故。没有空闲安定下，都是因为猃狁故。

采薇菜啊采薇菜，薇菜初生正柔嫩。说回家啊说回家，心里忧愁又烦闷。心中忧愁像火烧，饥渴交加真难熬。我的驻防无定处，没法托人捎家书。

采薇菜啊采薇菜，薇菜已经长老了。说回家啊说回家，十月已是小阳春。战事频仍没止息，没有空闲歇下来。心中忧愁积成病，回家只怕难上难。

光彩艳丽什么花？棠棣开花真烂漫。又高又大什么车？将帅乘坐的战车。兵车早已驾好了，四匹雄马真强壮。哪敢安然定居下，一月多次打胜仗。

驾驭拉车四雄马，四匹雄马高又大。乘坐这车是将帅，兵士用它做屏障。四匹雄马排整齐，鱼皮箭袋象牙弭。怎不天天严防范，猃狁猖狂情势急。

当初离家出征时，杨柳低垂枝依依。如今战罢回家来，大雪纷纷漫天下。行路艰难走得慢，饥渴交加真难熬。我的心中多伤悲，没人知道我悲哀。

点评

前三章追忆思归之情，叙述难归原因。四、五章追述行军作战的紧张生活。写出了军容之壮，戒备之严，全篇气势为之一振。其情调，也由忧伤的思归之情转而为激昂的战斗之情。从全诗表现的矛盾情感看，这位戍卒既恋家也识大局，似乎不乏国家兴亡匹夫有责的责任感。因此，在漫长的归途上追忆起昨日出生入死的战斗生活，是极自然的。

出车

我出我车，于彼牧矣[①]。自天子所，谓我来矣。召彼仆夫[②]，谓之载矣。王事多难，维其棘矣[③]。

我出我车，于彼郊矣。设此旐矣，建彼旄矣[④]。彼旟旐斯[⑤]，胡不旆旆[⑥]？忧心悄悄[⑦]，仆夫况瘁。

王命南仲[⑧]，往城于方[⑨]。出车彭彭[⑩]，旂旐央央[⑪]。天子命我，城彼朔方。赫赫南仲[⑫]，玁狁于襄[⑬]。

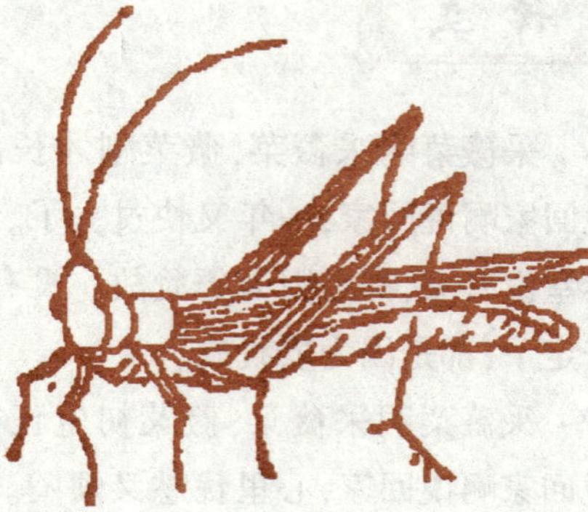

阜螽

昔我往矣，黍稷方华。今我来思，雨雪载涂[⑭]。王事多难，不遑启居。岂不怀归？畏此简书[⑮]。

喓喓草虫[⑯]，趯趯阜螽[⑰]。未见君子[⑱]，忧心忡忡[⑲]。既见君子，我心则降[⑳]。赫赫南仲，薄伐西戎。

春日迟迟，卉木萋萋。仓庚喈喈，采蘩祁祁。执讯获丑，薄言还归。赫赫南仲，玁狁于夷。

注解

①于：往。牧：郊外。

②仆夫：御夫，驾驭战车的人。

③棘：通“急”。

④建：竖立。旄（máo）：杆顶饰有旄牛尾的旗。

⑤旟（yú）：画有鹰隼图像的旗。斯：语气词。

⑥旆（pèi）旆：（旗帜）飘动的样子。

⑦悄悄：忧愁的样子。

⑧南仲：周宣王时大臣、将领。

⑨城：筑城。方：指朔方。

⑩彭彭：盛多的样子。
⑪旐：绘有蛟龙图像的旗。
⑫赫赫：威名显耀的样子。
⑬襄：通“攘”，排除。
⑭载：充满。涂：泥浆。
⑮简书：天子策命，即告急文书。
⑯喓(yāo)喓：虫鸣声。草虫：蝈蝈。
⑰趯(tì)趯：蹦跳的样子。阜螽(zhōng)：蚱蜢。
⑱君子：这里指丈夫(征夫)。指南仲将军。
⑲忡(chōng)忡：忧愁不安的样子。
⑳降：下，放心。

译文

派出战车套上马，集合到遥远郊区地方。有人从天子的地方来，告诉我率军离乡。招来车夫快装载，叫他送我上前方。王朝有很多艰难的事情，紧急行动保家邦。

我派出我的战车，集合到城郊地方。龟蛇旗帜插车上，旄牛尾旗竖两旁。那壮观的鹰隼旗，怎能不随风飘扬？忧虑战事我内心不安，车夫憔悴赶车忙。

周王命令南仲帅，筑城御敌往北方。战车发出彭彭的声音，军旗鲜明迎风扬。圣明天子授命于我，在北方边境修筑工事。威名赫赫南仲帅，逐尽玁狁军威扬。

往昔北征别家乡，黍稷青青正扬花。如今队伍往回转，大雪满路化泥浆。王朝有难多外患，巡回御敌奔跑忙。难道不想念家乡而想回家乡？怕有军令又换防。

青青草丛蝈蝈叫，绿绿野地蚱蜢跳。很长时间没有见到南仲将军，忧心忡忡。如今已见到南仲将军，心里平静不烦躁。威名显赫南仲帅，轻取西戎军民笑。

春日白昼渐渐长，草木茂盛色青青。黄莺欢快地在树上鸣叫，采蘩村姑喜盈盈。逮来俘虏割耳朵，凯旋见乡邻。声名赫赫南仲帅，平定玁狁立奇勋。

点评

和正面描写战争的诗篇所不同的是,《出车》的作者在材料的选择上,紧紧抓住了战前准备和凯旋这两个关键性的典型场景,高度概括地把一场历时较长、空间地点的转换较为频繁的战争浓缩在一首短短的诗里。

杕杜

有杕之杜①,有睆其实②。王事靡盬③,继嗣我日④。日月阳止⑤,女心伤止,征夫遑止⑥!

有杕之杜,其叶萋萋。王事靡盬,我心伤悲。卉木萋止,女心悲止,征夫归止!

陟彼北山⑦,言采其杞。王事靡盬,忧我父母。檀车幝幝⑧,四牡痯痯⑨,征夫不远!

匪载匪来⑩,忧心孔疚⑪。期逝不至,而多为恤⑫。卜筮偕止⑬,会言近止⑭,征夫迩止⑮!

注解

①杕(dì)杜:独生的棠梨树。

②睆(huǎn):果实浑圆的样子。

③盬(gǔ):止息。

④继嗣:继续。

⑤日月:时序,季节。阳:指农历十月。止:语气词。

⑥遑:闲暇。

⑦陟(zhì):登。

⑧幝(chǎn)幝:破敝的样子。

⑨四牡:四匹拉车的公马。痯(guǎn)痯:疲惫不堪的样子。

⑩匪:通"非"。载:车载,引申为捎带物品或信件。

⑪孔：大，甚。疚(jiù)：病，苦恼。

⑫恤：忧愁。

⑬卜：指以龟甲卜吉凶。筮(shì)：以蓍草卜吉凶。

⑭会言：都说。

⑮迩：近。

译文

一株棠梨生路旁，果实累累挂枝上。国王差事无休止，服役期限又延长。日子已到十月头，满心忧伤想我郎，征人有空当回趟家乡！

一株棠梨生路旁，叶儿青青长势很是茂盛。国王差事无休止，我的心里很是伤悲。草木繁茂春又深，心儿忧碎愁断肠，征人哪天能还乡！

登上北山我彷徨，手采枸杞心想郎。国王差事无休止，心里很是挂念我的父母亲。檀木车子已破烂，四马疲劳步发颤，征夫归期该不长！

人不回来信不来，忧心忡忡苦怀想。役期早过不回来，最是忧愁最惆怅。占卜卦辞说吉祥，聚会的日期正临越近，征人很快就回乡！

点评

全诗感情真挚、深切，爱意专一恒久，体现古代妇女高尚的人格和纯洁的情爱，当然也反映出长期的戍役给下民带来的痛苦。

鱼丽

鱼丽于罶①，鲿鲨②。君子有酒，旨且多。
鱼丽于罶，鲂鳢③。君子有酒，多且旨。
鱼丽于罶，鰋鲤④。君子有酒，旨且有。
物其多矣⑤，维其嘉矣⑥。
物其旨矣，维其偕矣⑦。
物其有矣，维其时矣⑧。

注解

①丽：同“罹”，遭遇，落入。罶（liǔ）：竹制的捕鱼工具。
②鲿（cháng）：鱼名。
③鲂（fáng）：鱼名。鳢（lǐ）：鱼名。
④鰋：鱼名。
⑤多：指应有尽有。
⑥维其：因为如此。
⑦偕：指品种齐全。
⑧时：适时。

译文

鱼儿钻进捕鱼篓，有鲿鱼啊有小鲨。君子厨中备有酒，酒味醇美多又多。
鱼儿钻进捕鱼篓，有鲂鱼啊有鳢鱼。君子厨中备有酒，又丰足来又甘醇。
鱼儿钻进捕鱼篓，有鰋鱼啊有鲤鱼。君子厨中备有酒，酒味醇美样样有。
食物应有尽有啊，全是美味佳肴啊。
食物滋味真美啊，品种真是齐全啊。
食物样样都有啊，全部都是时鲜啊。

点评

《小雅·鱼丽》，为周代燕飨宾客通用之乐歌。诗中盛赞宴享时酒肴之甘美盛多，以见丰年多稼，主人待客殷勤，宾主共同欢乐的情景。诗中所称的“君子”，是宾客对主人美称。全诗六章，显示欢乐的气氛，在赞美酒肴丰富的同时，并于后三章进而赞美年丰物阜，故而在宴会当中，宾主得以尽情享受。

南有嘉鱼之什

南有嘉鱼

南有嘉鱼，烝然罩罩①。君子有酒，嘉宾式燕以乐②。
南有嘉鱼，烝然汕汕③。君子有酒，嘉宾式燕以衎④。
南有樛木⑤，甘瓠累之⑥。君子有酒，嘉宾式燕绥之⑦。
翩翩者雏⑧，烝然来思⑨。君子有酒，嘉宾式燕又思⑩。

注解

①烝然：众多的样子。罩罩：鱼儿摆着尾巴摇而又摇的样子。

②式：用。燕：宴。

③汕汕：鱼儿在水里悠闲的样子。

④衎：欢乐。

⑤樛：朱熹《诗集传》："木下曲曰樛。"

⑥累：缠挂。

⑦绥：安好。

⑧雏：鹁鸪鸟。

⑨思：语气词。

⑩又：通"侑"，劝也。这里指劝酒。

译文

南方江汉鱼儿美，摇着尾巴在水里一起游。君子席上有醇酒，宴饮嘉宾心欢喜。

南方江汉鱼儿美,成群结队的鱼儿时散时聚地游玩。君子席上有醇酒,用宴的宾客兴致高。

南方的木头又弯又高,甜瓠藤儿相缠绕。君子席上有醇酒,宴饮嘉宾皆安好。

翩翩起飞鹁鸪鸟,成群结队的飞落在树梢上。君子席上有醇酒,宴饮嘉宾兴正豪。

点评

诗是从水、陆、空三个角度来描绘宾客们初饮、宴中、酣饮时的形态。起初是营造气氛,随着酒筵的渐进,酒兴渐浓,宾客也渐趋热情奔放,人们的视线也随之渐高。在写作手法上,诗人运用了兴中有比,赋比结合的手法。在章法、句式上,不仅采用重章叠唱的手法,而且在每章诗最末一句添了两个虚词,延长了诗句,便于歌者深情缓唱、抒发感情,同时也使诗看起来不呆板,显得余味不绝。

南山有台

南山有台[①],北山有莱[②]。乐只君子[③],邦家之基[④]。乐只君子,万寿无期!

南山有桑,北山有杨。乐只君子,邦家之光。乐只君子,万寿无疆!

南山有杞,北山有李。乐只君子,民之父母。乐只君子,德音不已[⑤]!

南山有栲,北山有杻[⑥]。乐只君子,遐不眉寿[⑦]。乐只君子,德音是茂!

南山有枸[⑧],北山有楰[⑨]。乐只君子,遐不黄耇[⑩]。乐只君子,保艾尔后[⑪]。

莱

注解

①台：莎草，可做蓑衣。

②莱：藜菜，叶香可食。

③乐：指周王以广得君子而乐。君子：指有贤德的人。

④邦家：国家。

⑤德音：很好的声誉。已：止。

⑥杻（niǔ）：檍树。

⑦遐：何。遐不：何不。眉寿：长寿。人老，眉中长有毫毛，叫秀眉。故称高寿为眉寿。

枸

⑧枸：木名，即枳椇，夏月开花，实如鸡爪，味甘可食。

⑨楰：灌木名称，苦楸。

⑩黄耇：古代称老寿的成语。黄，指黄发，高寿者白发转黄。

⑪保艾：当作"艾保"。艾，长。保，安。尔：你，指君子。后：子孙。

译文

南山上长着绿萋萋的莎草，北山上的藜菜铺满了整个山野。得到君子真快乐啊，国家大业有根基！得到君子真快乐啊，祝你寿命无限长。

南山上坡坡长着柔桑，北山坳里长白杨。得到君子真快乐啊，国家因为有你这样的人得以有光耀！得到君子真快乐啊，祝你万寿永无疆！

南山上长满了杞树，北山上有结满了新鲜果子的李树。得到君子真快乐啊，民之父母就是你！得到君子真快乐啊，你的美名传万年！

台

南山上处处都长着栲树，北山上有长着碧油油的杻树。得到君子真快乐啊，怎不愿你活的长寿！得到君子真快乐啊，你的名声很大！

南山上长满了枳枸，北山到处有长楸。得到君子很开心，愿你黄发永高寿！得到君子很开心，永保子孙福泽厚！

杞

点评

这首诗的内容虽单纯，但结构安排相当精巧，五章首尾呼应，回环往复，语意间隔粘连，逐层递进，具有很强的层次感与节奏感。选词用字，要言不烦，举重若轻，颇耐咀嚼，表现出歌词作者的匠心独运。作为宴享通用之乐歌，其娱乐、祝愿、歌颂、庆贺的综合功能是显而易见的。

蓼萧

蓼彼萧斯①，零露湑兮②。既见君子③，我心写兮④。燕笑语兮⑤，是以有誉处兮⑥。

蓼彼萧斯，零露瀼瀼⑦。既见君子，为龙为光⑧。其德不爽⑨，寿考不忘⑩。

蓼彼萧斯，零露泥泥⑪。既见君子，孔燕岂弟⑫。宜兄宜弟⑬，令德寿岂⑭。

蓼彼萧斯，零露浓浓。既见君子，鞗革冲冲⑮。和鸾雝雝⑯，万福攸同⑰！

注解

①蓼：长大的样了。萧：艾蒿，菊科香草，可供祭祀。

②零：落。湑：形容露水很多。

③君子：指周天子。

④写：宣泄。《郑笺》："我心写者，舒其情意，无留恨也。"

⑤燕：燕飨。

⑥誉：通"豫"，欢快。处：安。

⑦瀼瀼：露水很大的样子。

⑧龙：古"宠"字，恩宠。

⑨其德：指周天子对诸侯的恩德。爽：差。

⑩不忘：犹"不已"。

⑪泥泥：露湿的样子。

⑫孔燕：非常安详。岂弟：同"恺悌"，和乐平易。

⑬宜：融洽。

⑭寿岂：同"寿恺"，长寿快乐。

⑮鞗：当作"鋚"，金制马勒的饰物。革："勒"的借字，马络头。冲冲：鋚下垂的样子。

⑯和鸾：车铃。在车轼上的叫"和"，在镳(马嚼子)上的叫"鸾"。雍雍：《齐诗》作"枉枉"，鸣声和谐。

⑰攸：所。同：归聚。

译文

青绿的香蒿长得又长又高，串串的露珠与日亮相辉映。今日得见周天子，畅谈心事很愉快，宴饮又谈笑，君臣喜洋洋！

青绿的香蒿长得又高又长，露水泱泱闪银光。今天得见到周天子，恩宠优渥增荣光。精诚又专一，长寿无期限！

青绿的香蒿长得又高又长，甘露滋润真美好。今天得见到周天子，安详平易乐陶陶。兄弟朋友间的友谊很深，德美又寿考！

香蒿青青郁葱茏，天上降了又大又重的霜露。今日得见周天子，马辔金饰摇冲冲。鸾铃和鸣声美美，万福一全归属于主公！

点评

诗四章，全以萧艾含露起兴。萧艾，一种可供祭祀用的香草，诸侯朝见天子，“有与助祭祀之礼”，故萧艾以喻诸侯。露水，常被用来比喻承受的恩泽。故本诗起兴以含蓄、形象的笔法巧妙地点明了诗旨所在：天子恩及四海，诸侯有幸承宠。如此，也奠定了全诗的情感基调：完全是一副诸侯感恩戴德、极尽颂赞的景仰口吻。

湛露

湛湛露斯[①]，匪阳不晞[②]。厌厌夜饮[③]，不醉无归。
湛湛露斯，在彼丰草。厌厌夜饮，在宗载考[④]。
湛湛露斯，在彼杞棘。显允君子[⑤]，莫不令德。
其桐其椅，其实离离[⑥]。岂弟君子[⑦]，莫不令仪。

注解

①湛湛：露水很大很多的样子。
②阳：借作晹，日出。
③厌厌：借作栝栝，安闲的样子。《韩诗》作“愔愔”。
④考：成，指成礼。
⑤君子：指参加酒宴的各个诸侯。
⑥离离：下垂的样子，指果实又大又多，压得树枝下弯。
⑦岂弟：同“恺悌”，和蔼可亲。

译文

很大的露水凝成了一串串水珠，太阳不出来它是干不了的。夜间安闲好饮酒，酒不喝醉就不回去。

重重露水凝成珠，在茂密的草丛里挂着。夜里寂静以便喝酒，设席宗庙礼隆重。

重重露水凝成珠，挂在枸杞与酸枣。威望很大被民爱戴的好君子，莫不人人品德好。

那个油桐和梧桐，有重又大的果实压得树枝很低。友善亲切的君子，莫不遵礼又谦恭。

梧桐

点评

除了隔句式押韵外，前两章以一、三句句头的"湛湛"与"厌厌"呼应，去和二、四句句尾的脚韵共构成回环之美；至后两章则改为顶真式谐音，表现为"杞棘"的准双声与"显允"的准叠韵勾连，而"离离"的双叠也与"岂弟"的叠韵勾连（作为过渡，三章"湛湛"与"显允"的尾音也和谐呼应）。

彤弓

彤弓弨兮[①]，受言藏之[②]。我有嘉宾，中心贶之[③]。钟鼓既设，一朝飨之[④]。

彤弓弨兮，受言载之。我有嘉宾，中心喜之。钟鼓既设，一朝右之。

彤弓弨兮，受言櫜之[⑤]。我有嘉宾，中心好之。钟鼓既设，一朝酬之。

注解

①弨：松弛。

②言：焉。

③贶：善。马瑞辰说："中心贶之，正谓中心善之。"（《毛诗传笺通释》）

④飨：设宴款待。

⑤櫜：弓箭袋，此指用袋套上。

译文

红色弓儿松了哟，诸侯受赐珍藏它。我有这样好的宾客，心里宠爱赞赏他。钟鼓乐器已陈列，摆设一天的宴会奖励他。

红色的弯弓儿变得松了啊，诸侯受赐载回它。我这里有如此的好客人，心底高兴称赞他。钟鼓乐器已陈列，摆设一天的宴会来款待他。

红色弓儿松了哟，诸侯受赐套起它。我这里有如此的好客人，心底是非常的爱惜他。钟鼓乐器已陈列，摆设一天的宴会来鼓励他。

点评

全诗三章不涉比兴纯用赋法，语言简练而准确。虽是歌功颂德，却不显得呆板，叙述跌宕起伏使全诗透露出一丝灵气，给读者留下了深刻的感受。

菁菁者莪

菁菁者莪[1]，在彼中阿[2]。既见君子[3]，乐且有仪。

菁菁者莪，在彼中沚[4]。既见君子，我心则喜。

菁菁者莪，在彼中陵[5]。既见君子，锡我百朋[6]。

汎汎杨舟[7]，载沉载浮。既见君子，我心则休[8]。

莪

注解

①菁菁:茂盛的样子。莪:又名莪蒿、萝蒿,亦称抱娘蒿。

②中阿:指“阿中”。下文“中址”“中陵”同。阿,大的丘陵。

③君子:指掌握政教全权的统治者,古者君师合一,政教不分。

④沚:水中的小沙洲。

⑤陵:大土山。

⑥锡:赐。百朋:货币两百串。朋,古人以贝壳作为货币,五贝为一串,两串为一朋。

⑦汎汎:同“泛泛”,飘浮不定的样子。杨舟:杨木制作的船。

⑧休:喜。

译文

萝蒿茂盛密又长,在那边的山冈上长着。已经见到那君子,愉快并且有礼貌。

萝蒿茂盛密又长,长在水中小洲上。已经见到那君子,我的心里真欢畅。

萝蒿茂盛密又长,在那边土山上生长着。已经见到那君子,胜过千串赏钱。

水中荡着杨木舟,或沉或浮任漂流。已经见到那君子,我的心情很愉快。

点评

这首诗虽然只有短短十六句,但把一个美妙动人的爱情故事表现得引人入胜。和《蒹葭》相比,《蒹葭》在水乡泽国的氛围中有一缕渺远空灵、柔婉缠绵的哀怨之情,把一腔执著、艰难寻求但始终无法实现的惆怅之情,寄托于一派清虚旷远、烟水蒙蒙的凄清秋色之中。而《菁菁者莪》处处烘托着清朗明丽的山光和灵秀迷人的水色,青幽的山坡,静谧的水洲,另是一番情致。两首诗可谓珠联璧合,各有千秋。如此绝妙的天地里,一对有情人相遇相识、相偎相依,此情此景,真令人如饮醇醪,心神俱醉。

六月

六月栖栖[①]，戎车既饬[②]。四牡骙骙[③]，载是常服[④]。玁狁孔炽[⑤]，我是用急[⑥]。王于出征，以匡王国[⑦]。

比物四骊[⑧]，闲之维则。维此六月，既成我服。我服既成，于三十里[⑨]。王于出征，以佐天子。

四牡修广，其大有颙。薄伐玁狁，以奏肤公。有严有翼[⑩]，共武之服[⑪]。共武之服，以定王国。

玁狁匪茹，整居焦获[⑫]。侵镐及方[⑬]，至于泾阳。织文鸟章[⑭]，白旆央央[⑮]。元戎十乘，以先启行。

戎车既安，如轾如轩[⑯]。四牡既佶，既佶且闲。薄伐玁狁，至于大原。文武吉甫[⑰]。万邦为宪。

吉甫燕喜，既多受祉。来归自镐，我行永久。饮御诸友，炰鳖脍鲤[⑱]。侯谁在矣，张仲孝友[⑲]。

注解

①栖栖：忙碌不安的样子。

②饬：整。既饬，已经准备好了。

③骙骙：马强壮的样子。

④常：古旗帜名。服：军服。

⑤玁狁：民族名，在周之北方。孔炽：孔，甚、大；炽，势盛。

⑥是用：因此。

⑦匡：请求帮助。

⑧比物：齐其力。骊：黑色的马。

⑨于：往。三十里：古行军三十里为一舍而安营扎寨。

⑩严：威严，威慑。翼：敬慕。

⑪共：供。一说共为恭，恭谨也。服：事。

⑫整居：整军。居，居住、占据。焦获：周地名，即焦获泽，在今陕西泾阳县

西北。

⑬镐、方:均为古代北方地名。方:朔方。

⑭织文鸟章:织同“帜”;文,花纹;鸟章,鸟隼之章。全句的意思为旌旗上画着飞鸟的花纹。

⑮白旆:白,帛也;旆,古时旗末状如燕尾的垂旒,即旗的飘带。央央:鲜明的样子。

⑯轾、轩:轾,车子前面低后面高;轩,车子前面高后面低。

⑰吉甫:尹吉甫,周宣王时大臣,其人能文能武。故谓文武吉甫。

⑱炰:烹煮。脍:把肉、鱼切成薄片或者是细丝。

⑲张仲孝友:张仲,周之名臣,为尹吉甫之良友,其人以孝著称,故称孝友。

译文

六月匆匆忙忙,兵车整顿妥当。很强壮的四匹公马,旌旗插在车上。猃狁如此嚣张,我们一定要防备。天王马上出兵,挽救国家存亡。

四匹黑马齐壮,训练应该符合规章。在这一个六月,制成我的军装。我穿上军衣,即日三十里行。天王这就出兵,吉甫辅佐天王。

四匹公马肥壮,大呀大得那样。讨伐那些猃狁,一定要成大功。要认真,要严谨,谨慎面对战争。小心对待战争,国家方能稳定。

猃狁真不自量,到焦获来扩张。犯我镐京北方,一直到了泾阳。飞鸟画在旌旗上,绸旆多么鲜明。有十辆冲锋兵车,冲过敌人的防线。

兵车行驶稳当,前前后后一高一低。四匹公马齐壮,既齐壮又快当。这就讨伐猃狁,直到大原那方。能文能武的吉甫,他是国家的榜样。

吉甫欢宴在堂,接受多式多样的赏赐。他从镐京回来,走了很长的时间。结交一些朋友,脍鲤烤鳖真香。谁呀都在这儿,孝友张仲在场。

点评

记叙周宣王时北伐猃狁的事,通过对这次战争胜利的描写,赞美宣王时的中兴功臣也即这次战争的主帅尹吉甫文韬武略、指挥若定的出众才能,和堪为万邦之宪的风范。从审美的角度统观全诗,这种以追忆开始,以现实作结的方法,使得原本平淡的描写平添了几分回味和余韵。同时,此诗在行文的节奏上,

一、二、三章铺垫蓄势,第四章拔至高潮,第五章舒放通畅,第六章归于宁静祥和,也使诗歌产生了丰富变化的节奏感、灵动感。

采　芑

薄言采芑[1],于彼新田[2],于此菑亩。方叔莅止[3],其车三千,师干之试[4]。方叔率止[5],乘其四骐[6],四骐翼翼[7]。路车有奭[8],簟茀鱼服[9],钩膺鞗革[10]。

薄言采芑,于彼新田,于此中乡。方叔莅止,其车三千,旂旐央央[11]。方叔率止,约軧错衡,八鸾玱玱。服其命服[12],朱芾斯皇[13],有玱葱珩[14]。

芑

鴥彼飞隼[15],其飞戾天,亦集爰止。方叔莅止,其车三千,师干之试。方叔率止,钲人伐鼓[16],陈师鞠旅。显允方叔,伐鼓渊渊,振旅阗阗。

蠢尔蛮荆[17],大邦为仇。方叔元老,克壮其犹。方叔率止,执讯获丑[18]。戎车啴啴,啴啴焞焞,如霆如雷。显允方叔,征伐猃狁[19],蛮荆来威[20]。

注解

①薄、言:都是语助词。芑:野苦菜。

②新田:开垦第二年的田。《尔雅·释地》:“田一岁曰畲,二岁曰新田,三岁曰畬。”

③方叔:周宣王时朝廷元老,受命为将。莅:临。止:之,此,指前线。

④师:众,指士兵。干:借作捍,即捍御。试:用。

⑤止:之,指军队。

⑥骐:身上带有青黑色的好马。

隼

⑦翼翼：严整威武的样子，指训练有素。

⑧路车：大车。路，借作辂。有奭：同“赩赩”，鲜红的样子。

⑨簟：竹帘。茀：遮蔽。鱼服：姚际恒引沈无回说：“此章言车马，不言器械，不当独言矢服。左氏云：‘归夫人鱼轩。’服虔注云：‘鱼，兽名。’则鱼皮可以饰车也。”（《诗经通论》）

⑩钩膺：马颈下的带饰，亦称繁缨。鞗革：鞗革制的铜饰马笼头。

⑪旂：画有蛟龙的旗。旐：画有龟和蛇的旗子。央央：很明显的样子。

⑫命服：天子按照贵族的爵位规定的服装。

⑬芾：蔽膝。斯皇：皇皇，光亮，明亮的样子。

⑭有玱：同“锵锵”。葱：绿色。珩：佩玉的一种，形似磬而小。葱珩为爵位高者所佩戴。

⑮鴥：鸟疾飞的样子。隼：鹞鹰类猛禽。

⑯钲人：古代行军掌管鸣钲击鼓的人。朱熹说：“言钲人伐鼓，互文也。”（《诗集传》）钲，古代乐器。伐：击。

⑰蛮荆：楚蛮。周人称南人为蛮。陈奂说：“荆蛮作蛮荆者误。”

⑱执：擒拿，俘获。讯：审讯，审问。获丑：获，借作馘，“杀而献其左耳”（陈奂疏）。丑：众。

⑲猃狁：西周时北方少数民族，春秋时称北狄，秦汉时叫匈奴。

⑳蛮荆来威：犹“荆蛮是威”，即“威荆蛮”的倒装。来，是，宾语前置标志。

译文

采苦菜呀采苦菜，在那去年新开田，在这初垦田中间。方叔受命上前线，他有三千的兵车，将士保国守边疆。方叔领兵歼敌，用四匹马来驾辕，四匹花马肩并肩。

红艳艳的高大战车，兽皮蒙车挂竹帘，繁缨笼头马胸前。采苦菜呀采苦菜，在那去年新开田，在这一块田中央。方叔接受指令来到前沿，他有三千的兵车，龟蛇龙旗光闪闪。

方叔带兵去沙场，车毂横梁饰花样，八个车铃响丁当。大将官服穿身上，红色蔽膝好辉煌，葱绿佩玉铿锵响。飞行极快那隼鸟，一飞直冲上云天，又忽落下来休息。

方叔紧急受命而来，他有三千兵车，士卒为国捍边疆。方叔率领军队上前沿，钲人击鼓把令传，列队训话好威严。方叔的号令明确有威信，战鼓敲响都上前，钲声阗阗个个停。

荆州蛮子太愚蠢，敢与大国结怨仇。方叔原本是周元老，大展谋略显身手。方叔率领着军队来讨伐，俘敌审讯或杀头。战车一片声隆隆，车声吼声相交会，既像响雷也像霹雳。方叔号令明有信，北征猃狁大获胜，风闻荆蛮畏神威。

点评

统观全诗，有两点值得注意，其一是此诗并非实写战争，而是写一次军事演习。这从诗中“师干之试”等处可证。吴闿生《诗义会通》云：“皆误以‘蛮荆来威’为实有其事，不知乃作者虚拟颂祷词。”可谓得诗真义。其二，此诗从头至尾层层推进，专事渲染，纯以气势胜，正如清方玉润《诗经原始》所评：“振笔挥洒，词色俱厉，有泰山压卵之势。”

车攻

我车既攻①，我马既同②。四牡庞庞③，驾言徂东④。
田车既好⑤，四牡孔阜⑥。东有甫草⑦，驾言行狩⑧。
之子于苗⑨，选徒嚣嚣⑩。建旐设旄⑪，搏兽于敖⑫。
驾彼四牡，四牡奕奕⑬。赤芾金舄⑭，会同有绎⑮。
决拾既佽⑯，弓矢既调。射夫既同⑰，助我举柴⑱。
四黄既驾，两骖不猗⑲。不失其驰⑳，舍矢如破。
萧萧马鸣，悠悠旆旌。徒御不惊，大庖不盈。
之子于征，有闻无声。允矣君子，展也大成！

注解

①攻：通“工”，整治，修理。

②同：整齐。

③庞庞：健壮肥大的样子。

④驾：驾车。言：语气助词。徂：往。东：指东都雒邑。雒邑在周都镐京之东。

⑤田车：狩猎乘坐的车子。田，通“畋”，打猎。

⑥孔阜：极为肥大健壮。

⑦甫草：广大丰茂的草地。甫，《韩诗》作“圃”。一说甫为地名，即圃田，一名原圃，在今河南中牟县西南。宣王时在五畿内，后归郑国。

⑧狩：特指冬日狩猎。春猎为蒐，夏猎为苗，秋猎为狝，冬猎为狩。这里指打猎烧田放火。

⑨于：往。

⑩选：通“算”，清点。一说具备的意思。徒：步卒。嚣嚣：形容声音杂乱。

⑪建：树，竖。旐：画着龟蛇的旗。设：陈。旄：旗杆顶端饰牦牛尾的旗帜。

⑫搏兽：“薄狩”的假借字。薄，语助词。敖：山名，在今河南成皋县西北。

⑬奕奕：形容马行快而从容。

⑭赤芾：朱芾，红色蔽膝，诸侯之服。金舄：赤舄，黄红色的金头厚底鞋，诸侯所穿。

⑮会同：古代诸侯觐见天子的专称。这里指诸侯参加宣王的狩猎活动。有绎：犹“绎绎”，形容有众多的人，接连不断。

⑯决：同“抉”，扳指，用象牙或兽骨制成，射箭时套在右拇指上，用以钩弦。拾：又名臂呴，用皮革制成，套在左臂上，射箭时用以护臂。佽：齐备。

⑰射夫：射箭的人。同：协同。一说，同，聚集。

⑱举柴：指堆积动物尸体。柴，“骴”的假借字，积，指动物积尸。

⑲猗：应作“倚”，倾斜的意思。

⑳驰：指驱驰的法则。

译文

猎车修理已完工,马儿同速队伍齐。四匹公马多强壮,驾驶猎车向东驶。

猎车修得很完好,四匹公马大又高。东都甫田有草原,驾车行猎走一遭。

君王夏天狩猎讲究场面,清点随员闹洋洋。树起旗子插上旄,到敖山狩猎场去。

诸侯驾着四马来,四匹轻快又从容的良马。大红蔽膝金头鞋,共同会猎好气派。

扳指臂响都齐备,强弓利矢两相配。猎罢射手都集中,助拣猎物抬又背。

四匹黄马已驾上,两旁骖马不偏向。来往驰去序不乱,射出一箭就杀伤。

耳听马鸣声萧萧,眼望旌旗悠悠飘。驭手机警又严肃,野味满厨充佳肴。

国王猎罢归京城,人马寂静排列整。真是明智好君王,会猎胜利大有成!

点评

《车攻》是《诗经》中的名篇,对后世产生了很大影响。《石鼓文》中的“吾车既工,吾马既同”显然是因袭本诗而来。方玉润《诗经原始》云:“‘马鸣’二语,写出大营严肃气象,是猎后光景。杜诗‘落日照大旗,马鸣风萧萧’本此也。”可见一代诗圣杜甫也深受此诗的影响。

吉日

吉日维戊[①],既伯既祷[②]。田车既好[③],四牡孔阜[④]。升彼大阜[⑤],从其群丑[⑥]。

吉日庚午[⑦],既差我马[⑧]。兽之所同[⑨],麀鹿麌麌[⑩]。漆沮之从[⑪],天子之所[⑫]。

瞻彼中原[⑬],其祁孔有[⑭]。儦儦俟

俟[15]，或群或友[16]。悉率左右[17]，以燕天子[18]。

既张我弓[19]，既挟我矢。发彼小豝[20]，殪此大兕[21]。以御宾客[22]，且以酌醴[23]。

注解

兕

①戊：古人以甲、乙、丙、丁、戊、己、庚、辛、壬、癸十个天干和子、丑、寅、卯、辰、巳、午、未、申、酉、戌、亥十二地支顺序配合以记日。《郑笺》："戊，刚日也。"所谓刚日，即指单日。

②伯：祭马神、马祖。祷：祈祷，祝福。

③田车：猎车。

④阜：肥壮。

⑤大阜：高的陆地，大的土山。

⑥从其群丑：从，追逐。群，兽三只为一群。丑，众，这里指众多禽兽。

⑦庚午：刚日，初七日。

⑧差：选择，对马匹的选择，要步伐跑得一样快的。

⑨同：聚。

⑩麀：牝鹿，雌鹿。麌麌：很多的意思，鹿群居的样子。

⑪漆沮：二水名。均在今陕西省境内。从：逐，指追逐野兽。

⑫所：处所。言该地是田猎的好地方。

⑬中原：中央平旷的地方。

⑭祁：原野广大。一说指大兽。孔：甚。

⑮俟俟：行走或慢行的样子。

⑯群、友：兽三只以上在一起为群，两只在一起为友。

⑰悉率：悉，统统。率，带领。

⑱燕：安，保。在狩猎时，为保护天子须尽率左右之人随之，以防猛兽伤及天子。一说安乐。

⑲张：张弦于弓。古人用弓则加弦，是为张；不用弓则解弦，是为弛。

⑳发：射箭。豝：小野猪，泛指小兽。

㉑殪：中箭被射死。兕：古代犀牛一类的兽名。

㉒御:进献饮食。

㉓酌醴:喝甜酒。酌,喝酒。醴,甜酒。

译文

时逢戊辰日子好,马祖祭了又祈祷。猎车坚固更灵巧,四匹公马满身膘。驾车登上大土坡,追逐群兽飞快跑。

庚午吉日时辰巧,已经选择好猎马。查看聚集群兽地,鹿儿来往真不少。驱逐漆沮岸旁兽,赶向周王打猎道。

放眼远望原野头,地方广大物富有。或走或跑野兽多,三五结队成群游。统统把它赶出来,等待周王显身手。

按好我的弓上弦,拔出箭儿拿在手。小野猪一箭命中,又射死一大野牛。烹调猎物宴宾客,佳肴做成好下酒。

点评

全诗大部分章节记叙田猎活动的准备过程以及随从驱赶野兽供天子射猎的情景,间及群兽的各种状态,以作烘托,具体写天子射猎只有四句:"既张我弓,既挟我矢。发彼小豝,殪此大兕。"这种点面结合的写法,既叙述了田猎的过程,描写了田猎的场面,透露了轻松的气氛;更突出了天子的形象,增强了天子的威严,使全诗有很强的感染力。

鸿雁之什

鸿　雁

鸿雁于飞，肃肃其羽①。之子于征②，劬劳于野③。爰及矜人④，哀此鳏寡⑤。

鸿雁于飞，集于中泽⑥。之子于垣⑦，百堵皆作⑧。虽则劬劳，其究安宅⑨。

鸿雁于飞，哀鸣嗷嗷。维此哲人⑩，谓我劬劳。维彼愚人，谓我宣骄⑪。

注解

①肃肃：翅膀飞动的声音。

②之子：这个人。征：出行。

③劬（qú）劳：辛苦劳累。

④爰：语气助词，没有实义。矜人：可怜的人。

⑤鳏（guān）寡：年老无妻叫鳏，年老无夫叫寡。

⑥中泽：泽中，水中。

⑦垣：墙头。

⑧堵：墙壁。古时一丈墙叫板，五板叫堵。

⑨究:穷。宅:居。

⑩哲人:明理的人,聪明的人。

⑪宣骄:外表骄傲、逞强。

译文

大雁成群天上飞,翅膀哗啦在作响。这个人儿出行去,劳累辛苦在郊野,念及人间可怜人,为那鳏寡心哀伤。

大雁成群天上飞,停落在那水中央。这个人儿云筑墙,高墙百堵全筑起。虽然劳累又辛苦,穷人可以安居了。

大雁成群天上飞,声声哀鸣好悲凉。只有那些明白人,说我辛苦又劳累。但是那些愚昧人,说我骄傲又逞强。

点评

这首诗感情深沉,语言质朴,韵调谐畅,虽是一首抒情诗,但又兼有叙事、议论的成分。然而此诗最大的特点是比兴手法的运用,每章开头都以鸿雁起兴,不仅可以引起丰富的联想,而且兼有比义。鸿雁是一种候鸟,秋来南去,春来北迁,这与流民被迫在野外服劳役,四方奔走,居无定处的境况十分相似。鸿雁长途旅行中的鸣叫,声音凄厉,听起来十分悲苦,使人触景生情,平添愁绪。所以以之起兴,是再贴切不过的了。全诗三章根据所述内容的不同,或是兴而比,或是比而兴。一章以鸿雁振羽高飞兴流民远行的劬劳,二章以鸿雁集于泽中,兴流民聚集一处筑墙。这两章都是兴中有比,具有象征意味。第三章以鸿雁哀鸣自比而作此歌,是比中含兴。比兴意蕴的交融渗透,增强了诗歌的形象性和艺术表现力。由于本诗贴切的喻义,以后"哀鸿""鸿雁"即成了苦难流民的代名词。

另外,此诗每章所写的具体内容虽各不相同,但却有内在的逻辑联系。首章写出行野外,次章写工地筑墙,末章表述哀怨,内容逐层展开,主题得到了升

华。再加上“鸿雁”“劬劳”等词在诗中反复出现，形成了重章叠唱的特点，有一唱三叹的韵味。

庭燎

“夜如何其[①]？”“夜未央[②]，庭燎之光[③]。君子至止[④]，鸾声将将[⑤]。”

“夜如何其？”“夜未艾[⑥]，庭燎晣晣[⑦]。君子至止，鸾声哕哕[⑧]。”

“夜如何其？”“夜乡晨[⑨]，庭燎有辉[⑩]。君子至止，言观其旂[⑪]。”

注解

①其：语气助词，表疑问。

②未央：未中。《说文》：“央，中也。”

③庭燎：大烛，即点燃于庭中用以照明的火炬。

④君子：此指诸侯贵族。

⑤鸾：通“銮”，古代车马所佩的铃。将将：同“锵锵”。

⑥艾：止，尽。

⑦晣晣：明亮的样子。

⑧哕哕：铃声很有节奏。

⑨乡晨：近晓。乡，今作“向”。

⑩辉：烟雾腾腾的样子。朱熹《诗集传》：“火气也，天欲明而见其烟光相杂也。”

⑪旂：旗上绘龙并有铃者。

译文

“现在夜里啥时光？”“长夜未半夜还长，是那火炬烧得旺。诸侯车子将到来,远处车铃叮当响。"

"现在夜里啥时光?""长夜绵绵天未亮,是那火炬光在明晃晃的发亮。诸侯车子快来到,铃声渐近响叮当。"

"现在夜里啥时光?""慢慢的长夜终于快要迎来黎明,火炬渐熄烟缭绕。诸侯车子已来到,只见旌旗随风而飘。"

点评

昧爽视朝,本为定例,但昏庸之君往往有名无实。宣王勤于朝政,纲纪严肃,上下振作,造成中兴气象,由此诗即可看出。诗中虽未用比兴,也无多形容,但其白描的手法既捕捉到最具特点的情景,也细微地反映出诗人的心理活动和当时心情,实近于天籁。

沔水

沔彼流水[1],朝宗于海[2]。鴥彼飞隼[3],载飞载止[4]。嗟我兄弟,邦人诸友[5],莫肯念乱,谁无父母?

沔彼流水,其流汤汤[6]。鴥彼飞隼,载飞载扬[7]。念彼不迹[8],载起载行[9]。心之忧矣,不可弭忘[10]。

鴥彼飞隼,率彼中陵[11]。民之讹言[12],宁莫之惩[13]。我友敬矣[14],谗言其兴[15]。

注解

①沔:涨满水的样子。

②朝宗:诸侯朝见天子。《周礼·春官·大宗伯》:"春见曰'朝',夏见曰'宗'。"这里借指海纳百川。

③鴥:鸟疾飞的样子。隼:又名鹘,鹰类。

④载:又。

⑤邦人:国人。

⑥汤汤:同"荡荡",水大流急的样子。

⑦扬：指高空飞翔。

⑧不迹：不遵循正道，不按法则办事。

⑨载起载行：犹"且起且行"，指忧愁深重，忐忑不安。

⑩弭：停止，消除。

⑪率：沿。中陵：陵中。陵，大土山。

⑫讹言：谣言，谗言。讹，伪。

⑬宁莫之惩：宁莫惩之，宾语前置句式。宁，胡，为何。惩，止，阻止。

⑭敬：同"儆"，警戒。

⑮兴：兴起。

译文

滔滔流水向东流，百川归海成汪洋。隼鸟在天空飞得很快，停停飞飞不着急。可叹同姓诸兄弟，可叹同乡众朋友。无人考虑国家乱，谁人没有爹和娘？

滔滔流水向东流，浩浩荡荡入海洋。天空隼鸟飞得快，挥动着翅膀翱翔在天空。上边做事没有准，我的心里忐忑不安。心忧国事这模样，终日焦虑不能忘。

天空隼鸟飞得快，沿着山坡高翱翔。谣言在民间传纷纷，不去制止真荒唐。忠告朋友要警惕，谗言兴起要提防。

点评

全诗共分三章，第一章写诗人对当权者不制止祸乱深为叹息，指出祸乱发生，有父母的人会更加忧伤。第二章写诗人看到那些不法之徒为非作歹，便坐立不安，忧伤不止。第三章写无人止谗息乱，诗人心中愤慨不平，劝告友人应自警自持，防止为谗言所伤。

鹤鸣

鹤鸣于九皋①，声闻于野。鱼潜在渊，或在于渚②。乐彼之园，爰有树檀③，其下维萚④。它山之石⑤，可以为错⑥。

鹤鸣于九皋，声闻于天。鱼在于渚，或潜在渊。乐彼之园，爰有树檀，其下维榖⑦。它山之石，可以攻玉。

鹤

注解

①皋（gāo）：沼泽。九皋：曲折深远的沼泽。

②渚（zhǔ）：水中的小块陆地。

③爰：语气助词，没有实义。檀：紫檀树。

④萚（tuò）：落下的树叶。

⑤它：别的，其他。

⑥错：磨玉的石块。

⑦榖：楮树。

译文

白鹤鸣叫在深泽，鸣声四野都传遍。鱼儿潜游在深渊，时而游到浅水边。那个可爱的园林，种着高大的紫檀，树下落叶铺满地。其他山上的石块，可以用来磨玉石。

白鹤鸣叫在深泽，鸣声响亮上云天。鱼儿游到浅水边，时而潜游在深渊。那个可爱的园林，种着高大的紫檀，树下长的是楮树。其他山上的石块，可以用来磨玉石。

榖

点评

就诗论诗，不妨认为这是一首即景抒情小诗。在广袤的荒野里，诗人听到鹤鸣之声，震动四野，高入云霄；然后看到游鱼一会儿潜入深渊，一会儿又跃上滩头。再向前看，只见一座园林，长着高大的檀树，檀树之下，堆着一层枯枝败叶。

园林近旁,又有一座怪石嶙峋的山峰,诗人因而想到这山上的石头,可以取作磨砺玉器的工具。诗中从听觉写到视觉,写到心中所感所思,一条意脉贯串全篇,结构十分完整,从而形成一幅远古诗人漫游荒野的图画。这幅图画中有色有声,有情有景,因而也充满了诗意,读之不免令人产生思古之幽情。如此读诗,我们便会受到诗的艺术感染,产生无穷兴趣。若刻意求深,强作解人,未免有高深莫测之感。

祈父

祈父[1]!予王之爪牙。胡转予于恤?靡所止居!

祈父!予王之爪士。胡转予于恤?靡所厎止[2]!

祈父!亶不聪[3]。胡转予于恤?有母之尸饔!

注解

①祈父:同“圻父”,职掌封畿兵马的长官,即司马。

②厎:止。

③亶:诚,信。

译文

领兵官啊大司马!守卫王家的爪牙是我。为何调我到这忧愁之地?把我害得奔走他乡!

领兵官啊大司马!我是守卫王家的武士。为何调我到这忧愁之地?把我害得有家难回。

领兵官啊大司马,你真是昏庸至极。为何调我到这忧愁之地?有老母在家我却不能侍奉!

点评

公元前789年(周宣王三十九年)王师在千亩受挫于姜戎,兵力不足,掌管王朝军事的祈父被迫调遣负责都城防务与治安的王都卫队去前线作战，因而招致卫士们心怀不满。

全诗三章，皆以质问的语气直抒内心的怨恨。风格上充分体现了武士心直口快、敢怒敢言的性格特征。

白驹

皎皎白驹，食我场苗。絷之维之①，以永今朝②。所谓伊人，于焉逍遥。

皎皎白驹，食我场藿。絷之维之，以永今夕。所谓伊人，于焉嘉客！

皎皎白驹，贲然来思③。尔公尔侯，逸豫无期。慎尔优游，勉尔遁思。

皎皎白驹，在彼空谷。生刍一束④，其人如玉。毋金玉尔音⑤，而有遐心！

注解

①絷：用绳子绊住马脚。维：拴住马的缰绳。

②永：延长。

③贲：通“奔”。贲然，马跑得快的样子。

④生刍：用来喂马的绿草。

⑤音：音讯。

译文

浑身皎洁的白马，在我的场上吃豆苗。绊住它啊拴住它，延长欢乐的今朝。所讲到的那位贤士朋友，到这里来逍遥！

浑身皎洁的白马，吃我场上的豆叶。绊住它

啊拴住它，今晚的良辰要延长。所说的那位贤友，我家尊贵的客人！

浑身皎洁的白马，很快地跑到这儿。你是尊贵的客人，这是个十分安逸的地方。谨慎地过优乐的生活，你逃离的念头要控制！

浑身皎洁的白马，回到那空旷的山谷。一束鲜草做饲料，那个人像玉一样美好。帮我捎个口信可别忘了，千万不要把我忘了！

点评

本诗形象鲜明，栩栩如生，给读者留下了深刻印象。刻画人物手法灵活多变，直接描写和间接描写交相使用，值得玩味。

黄鸟

黄鸟黄鸟！无集于榖，无啄我粟！此邦之人，不我肯穀①。言旋②，言归，复我邦族。

黄鸟黄鸟！无集于桑，无啄我粱！此邦之人，不可与明③。言旋，言归，复我诸兄④。

黄鸟黄鸟！无集于栩，无啄我黍！此邦之人，不可与处。言旋，言归，复我诸父。

注解

①穀：养。

②言：语辞。旋：回。

③明：盟，信。

④复：反。

译文

黄鸟呀黄鸟，莫聚楮树上，粟米莫啄光。这地方的人，不肯喂养我。归去呀归去，回我的家乡去。

黄鸟呀黄鸟，莫聚桑树上，黄粱莫啄光。这地方的人，信义没法讲。归去呀归去，去我哥哥的身边。

黄鸟呀黄鸟，莫聚柞树上，黍米莫啄光。这地方的人，在一起的时间不能长。归去呀归去，到我的长辈们的身边去。

点评

在立意方面，这首诗与《魏风·硕鼠》有异曲同工之妙：即以"啄我之粟"的黄鸟发端，类比起兴，以此影射"不可与处"的"此邦之人"，既含蓄生动，又表现了强烈的爱憎感情。

我行其野

我行其野，蔽芾其樗[①]。昏姻之故[②]，言就尔居[③]。尔不我畜[④]，复我邦家。

我行其野，言采其蓫[⑤]。昏姻之故，言就尔宿。尔不我畜，言归斯复[⑥]。

我行其野，言采其葍[⑦]。不思旧姻，求尔新特[⑧]。成不以富[⑨]，亦祇以异[⑩]。

樗

注解

①蔽芾：树叶初生的样子。樗：臭椿树。

②昏：同"婚"。

③言：乃。就：从、归。

④畜：养。一说为喜爱的意思。

⑤蓫：又名羊蹄菜，仲春时生，可采以煮食，但多食则致人下痢，所以被古人

认为是一种“恶菜”。

⑥归：指妇女被休后回到娘家。

⑦葍：多年生野菜，其根可蒸食。

⑧新特：新妇。特，匹、配偶。

⑨成：通“诚”，确实。

⑩祇：只、仅仅。异：变心。

译文

凄然独行郊外路，路旁臭椿叶稀疏。是因为结婚的原因，才和你同住在一起。你呀变心不爱我，返回安居我旧庐。

自己一个人走在凄凉的郊外路上，步履迟迟采臭蓫。因为和你结婚了，所以才到你那里住的。你呀变心不爱我，我就归乡不再来。

自己一人走在凄凉的郊外路上，步履迟迟采恶葍。你呀全忘原配情，贪求新欢太可恶。实在并非她富有，只是因为喜新厌旧。

蓫

点评

原野因人之渺小而愈显其大、愈显其宁静安谧，人因原野之宏大而愈显其小、愈显其躁动不安。抒情主人公被命运抛弃进而抗争无力的悲剧在这里被放大或具体化了。同时，印象的叠加，也引起人们对隐藏于画面背后之故事的强烈探究欲。

葍

斯干

秩秩斯干①，幽幽南山。如竹苞矣②，如松茂矣。兄及弟矣，式相好矣③，无相犹矣④。

似续妣祖⑤，筑室百堵⑥，西南其户⑦。爰居爰处⑧，爰笑爰语。

约之阁阁⑨，椓之橐橐⑩。风雨攸除⑪，鸟鼠攸去，君子攸芋⑫。

如跂斯翼⑬，如矢斯棘⑭，如鸟斯革⑮，如翚斯飞⑯，君子攸跻⑰。

殖殖其庭⑱，有觉其楹⑲。哙哙其正⑳，哕哕其冥㉑。君子攸宁㉒。

下莞上簟㉓，乃安斯寝。乃寝乃兴㉔，乃占我梦。吉梦维何？维熊维罴，维虺维蛇㉕。

大人占之㉖："维熊维罴，男子之祥，维虺维蛇，女子之祥。"

莞

乃生男子㉗，载寝之床，载衣之裳，载弄之璋㉘。其泣喤喤㉙，朱芾斯皇㉚，室家君王㉛。

乃生女子，载寝之地，载衣之裼㉜，载弄之瓦㉝。无非无仪㉞，唯酒食是议，无父母诒罹㉟。

注解

①秩秩：水清而流动的样子。斯：此。干：通"涧"。

②如："有"的意思，在此是枚举之词，第四章的四个"如"字则是比喻之辞。苞：植物丛生的样子。

③式:发语词。

④犹:欺骗,欺诈。

⑤似续:继承。似,通“嗣”。妣:古时对亡母之称。

⑥堵:墙壁。墙一重称一堵,百堵则喻房屋之多。

⑦户:门。

⑧爰:于是。

⑨约之:以绳捆束筑墙板。阁阁:捆板声。

⑩椓之:夯击墙土。橐橐:夯土声。

⑪攸:语助词。

⑫芋:借为“宇”,居住。

⑬跂:同“企”,耸立。斯:语助词。翼:笔直,端正的样子。

⑭棘:通“急”。“如矢斯棘”是说房屋整齐得好似急箭脱弦,出如直线。

⑮革:借为“翱”,鸟翅。

⑯翚:雉。

⑰跻:登。

⑱殖殖:平正的样子。

⑲有觉:高耸直立的样子。楹:柱子。

⑳哙哙:宽敞明亮的样子。正:白昼。

㉑哕哕:深暗的样子。冥:夜晚。

㉒宁:安。

㉓莞:蒲席。簟:竹席。

㉔兴:起床。

㉕虺:毒蛇。

㉖大人:太卜之属,占梦之官。

㉗乃:如果。

㉘璋:玉器。

㉙喤喤:大声。

㉚朱芾斯皇:天子及诸侯的服饰。天子纯朱色,诸侯黄朱色。皇:同“煌”,色彩鲜明。

㉛室家君王:朱熹《诗集传》:“言男子之生于是室者,皆将服朱芾煌煌然,有室有家,为君为王矣。”君指诸侯,王指天子。

㉜裼:婴儿的包被。

㉝瓦:古代的陶制纺锤。

㉞无非:无违。指女子婚后要遵守公婆和丈夫的意思。无仪:指女子不要议论是非,说长道短。仪,通“议”。

㉟诒:通“贻”,留给。罹:忧。

译文

流水清清小溪涧,林木幽幽终南山。绿竹苍翠好形胜,茂密青松满山峦。兄弟住在一起很和睦,相亲相爱互相关心,胸襟坦白不欺瞒。

继承祖先的遗愿,宫室盖起千百间,厢列东西门朝南。兄弟本是住一起,亲人团聚笑语欢。

捆紧木框筑泥墙,用力夯土嗵嗵响。以后不怕有雨有风,麻雀老鼠都赶光,君子住得很舒服。

端正有如人站立,齐整有如利箭急,宽广好似鸟展翼,华丽赛过锦毛鸡,君子登堂心欢喜。

庭院宽阔平而正,屋柱笔直高又挺。白天光线多又亮,夜晚昏暗真幽静。君子住着心安定。

上铺竹席下铺草,无忧无虑无心事。睡得早来起得早,昨夜做梦梦如何?好梦梦见什么了?是熊是罴显吉兆,有虺有蛇好运道。

太卜占梦细细讲:“梦见熊罴有名堂,象征生男有力量;做梦梦到蛇和虺,那是象征生姑娘。”

如果生的是男孩,给他睡张小眠床,给他穿衣又穿裳,把白玉璋给他玩。小孩子的哭声很大,将来盛服定辉煌,不是国君便是王。

如果生的是个小姑娘,铺席让她睡睡地板,一条小被包身上,纺线瓦锤给她玩。教育她要柔顺,不要议论是非,说长道短,料理家务烧烧饭,不要给家人添麻烦。

点评

总观全诗,以描述宫室建筑为中心,把叙事、写景、抒情交织在一起,都能做到具体生动,层次分明,虽然其思想价值不大,但在雅颂诸篇中,它还是比较优秀的作品。

无羊

谁谓尔无羊？三百维群，谁谓尔无牛？九十其犉[①]。尔羊来思，其角濈濈[②]。尔牛来思，其耳湿湿[③]。

或降于阿[④]，或饮于池，或寝或讹[⑤]。尔牧来思，何蓑何笠[⑥]，或负其糇[⑦]。三十维物[⑧]，尔牲则具。

尔牧来思，以薪以蒸[⑨]，以雌以雄。尔羊来思，矜矜兢兢[⑩]，不骞不崩[⑪]。麾之以肱[⑫]，毕来既升[⑬]。

牧人乃梦，众维鱼矣[⑭]，旐维旟矣[⑮]，大人占之，众维鱼矣，实维丰年。旐维旟矣，室家溱溱[⑯]。

注解

①犉(rún)：嘴唇是黑色的黄牛。

②濈濈(jí)：聚集在一起的样子。

③湿湿(qí)：耳朵摇动的样子。

④阿：山坳。

⑤讹：动。

⑥何：同“荷”。

⑦糇：干粮。

⑧物：颜色。

⑨薪：粗柴。蒸：细柴。

⑩矜矜兢兢：强壮的样子。

⑪骞：身体亏损。崩：集体生病。

⑫麾：同“挥”。肱：手臂。

⑬升：登上，这里指人圈。

⑭众：指蝗虫。

⑮旐（zhào）：龟蛇旗。旟（yú）：鸟隼旗。

⑯溱溱（zhēn）：众多的样子。

译文

谁说你家没有羊？一群就有三百头。谁说你家没有牛？黑嘴黄牛九十头。你的羊群走过来，羊角攒动齐聚集。你的牛群走过来，牛头晃动耳朵摇。

羊

有些牛羊下山岗，有些饮水在池旁，有些睡觉有些走。你的牧人归来了，身披蓑衣头戴笠，随身携带着干粮。各色牛羊数十种，祭祖牲畜全备齐。

你的牧人归来了，又是砍柴又割草，还要猎兽和捉鸟。你的羊群走过来，只只肥硕又强壮，没有生病没减少。牧人举手挥一挥，羊儿全都进了圈。

牧人做了一个梦，梦见蝗虫变成鱼，又见龟旗变鸟旗。太卜为他占卦说：梦见蝗虫变成鱼，那是丰年的兆头。梦见龟旗变鸟旗，家族兴旺人丁多。

点评

作诗不借比兴而全用赋法，只要体物入微、逼真传神，一样能创造高妙的诗境。此诗不仅描摹精妙，而且笔底蕴情，在展现放牧牛羊的动人景象时，又强烈地透露着诗人的惊异、赞美之情，表现着美好的展望和祈愿。

节南山之什

节南山

节彼南山[①]，维石岩岩[②]。赫赫师尹[③]，民具尔瞻[④]。忧心如惔[⑤]，不敢戏谈。国既卒斩[⑥]，何用不监[⑦]！

节彼南山，有实其猗[⑧]。赫赫师尹，不平谓何[⑨]！天方荐瘥[⑩]，丧乱弘多[⑪]。民言无嘉，憯莫惩嗟[⑫]！

尹氏大师，维周之氐。秉国之均，四方是维[⑬]。天子是毗，俾民不迷。不吊昊天，不宜空我师[⑭]！

弗躬弗亲，庶民弗信。弗问弗仕，勿罔君子？式夷式已[⑮]，无小人殆？琐琐姻亚，则无膴仕[⑯]？

昊天不傭，降此鞠讻[⑰]！昊天不惠[⑱]，降此大戾！君子如届，俾民心阕。君子如夷，恶怒是违。

不吊昊天，乱靡有定。式月斯生[⑲]，俾民不宁。忧心如酲，谁秉国成？不自为政，卒劳百姓。

驾彼四牡，四牡项领[⑳]。我瞻四方，蹙蹙靡所骋！方茂尔恶，相尔矛矣！既夷既怿，如相酬矣。

昊天不平，我王不宁。不惩其心，覆怨其正。家父作诵，以究王讻。式讹尔心，以畜万邦。

注解

①节：山势高峻的样子。

②岩岩:崖石重积。

③赫赫:显赫尊贵的样子。师尹:太师尹氏。太师是周王朝的首辅。尹姓是周王朝的世卿,祖先尹佚在武王时有功,宣王时尹吉甫佐宣王著勋。

④具:通"俱"。瞻:仰望。"具瞻"一词,后来成了典故,形容朝廷重臣。

⑤惔:"炎"的假借字,意为燃烧。

⑥卒斩:断绝,结束。

⑦监:通"鉴",察觉。

⑧实:满,广大。猗:通"阿",从王引之说,山陵迤逶弯曲处。

⑨谓何:怎么,为什么。

⑩荐瘥:降下瘟疫。荐,进奉、加予;瘥,疾病、瘟疫。

⑪弘:同"宏",广大,甚。

⑫憯:曾经,还是。惩:儆戒。

⑬四方:指诸侯万国,周王朝是宗主,统率四方诸侯。维:掌握,控制。

⑭空我师:使大众穷困的太师。空,使之穷困。

⑮式:发语词。夷:平,删损。此句为后一义;下"如夷""既夷"之"夷"为前一义。已:止,废弃。

⑯膴仕:肥缺。

⑰鞠讻:大灾,元凶。鞠,穷,极。讻,同"凶"。

⑱惠:仁善。

⑲月:"拥"之借字,是折断、损伤的意思。

⑳项领:肥脖子。项,"难"(鸿)的假借字,意为大。领,颈。马久不拉车,则颈子肥大,犹人久不坐鞍,脾肉复生。

译文

那南山又高又大,山上全是垒垒岩石。身份显赫的尹太师,很多双眼睛看着你。满腔忧愤如燃,进言不敢轻率。国家已危矣,为什么还不察见!

那高峻的南山,斜坡委实宽广。身份显赫的尹太师,为什么办事失利!老天将降灾难于人间,满目离乱丧亡。庶民绝无好评,必须要警惕思量!

你姓尹的太师,该是周朝柱石。国家政权被掌握,天下还要靠你掌舵。君主靠你辅佐,给万民将路指。老天爷不爱民,否则不该有使大众穷困的太师!

从不亲身理政,万民怎会信任?对贤人不加纳用,贤人岂不淹滞?因而伤害罢免，难道不是坏人当道吗？无能的裙带亲，不知占去多少好位置？

上天有所不公平，降下这害人虫！老天爷心不善，降下这大灾难！君子掌权执政，民愤自然平靖。正人办事公平，就不会产生民怨。

老天爷不爱民，祸乱老不平定。灾难折磨苍生，让百姓不安宁。心忧像喝醉了一样，朝政谁来掌管？君王不来自理，最后百姓还是遭殃。

驾着那四匹马，马儿肥了脖颈。我向四周看看，天地太窄难驰骋！当你放纵做坏事的时候，看你像杀人矛！忽而心平意悦，却又碰杯相酬。

老天爷不公正，君王不得安宁。这种人不愿认错，反而怨恨谏诤。家父吟此诗篇，追究王朝祸根。希望天子有所悔悟，抚育天下百姓。

点评

全诗十章，共分三部分。首二章以南山起兴，以象征二权臣。以山之险要象征其权之枢要，又以山之不平联系到二臣秉政不平。结合篇末"昊天不平，我王不宁"的呼应来看，天怒人怨，总由师尹秉政不平使然，故"不平"二字为全篇眼目。只是第二部分却一再将不平（不夷）与不己（不自为政）并提而责难，推思其义，全诗是指斥师尹失政在不能持平（夷），而要持平则又须事必躬亲（己），因而全诗结构是起于夷（平）终于夷（平）而介于己。

正月

正月繁霜①，我心忧伤。民之讹言②，亦孔之将③。念我独兮，忧心京京④。哀我小心，癙忧以痒⑤。

父母生我，胡俾我瘉⑥？不自我先，不自我后。好言自口，莠言自口⑦。忧心愈愈⑧，是以有侮。

忧心茕茕⑨，念我无禄⑩。民之无辜，并其臣仆。哀我人斯，于何从禄？瞻乌爰止，于谁之屋？

瞻彼中林，侯薪侯蒸⑪。民今方殆，视天梦梦⑫。既克有定，靡人弗胜。有皇上帝⑬，伊谁云憎？

谓山盖卑⑭？为冈为陵。民之讹言，宁莫之惩。召彼故老，讯之

占梦。具曰“予圣”，谁知乌之雌雄！

谓地盖高？不敢不局[15]。谓地盖厚？不敢不蹐[16]。维号斯言，有伦有脊[17]。哀今之人，胡为虺蜴[18]！

瞻彼阪田[19]，有菀其特[20]。天之抓我，如不我克。彼求我则，如不我得。执我仇仇，亦不我力。

心之忧矣，如或结之。今兹之正，胡然厉矣！燎之方扬，宁或灭之。赫赫宗周，褒姒灭之！

终其永怀，又窘阴雨。其车既载，乃弃尔辅。载输尔载，将伯助予。

无弃尔辅，员于尔辐。屡顾尔仆，不输尔载。终逾绝险，曾是不意。

鱼在于沼，亦匪克乐。潜虽伏矣，亦孔之炤。忧心惨惨，念国之为虐。

彼有旨酒，又有嘉殽。洽比其邻，昏姻孔云。念我独兮，忧心慇慇。

佌佌彼有屋，蔌蔌方有谷。民今之无禄，天夭是椓。哿矣富人，哀此茕独！

注解

①正月：指夏历四月，周历六月。

②讹言：谣言。

③孔：甚。将：大。

④京京：忧虑不止的样子。

⑤癙忧：心上忧惫之病。痒：病。

⑥瘉：病。

⑦莠言：丑话。

⑧愈愈：益甚。

⑨茕茕：忧心的样子。

⑩无禄：无福、不幸。

⑪侯：维。薪：柴。蒸：青草。

⑫梦梦：昏聩不明的样子。
⑬皇：大。
⑭盖："盍"的通假字，何。
⑮局：弯腰、曲身。
⑯蹐：轻轻地走。
⑰伦、脊：《毛传》："伦，道；脊，理。"
⑱虺蜴：毒蛇、四脚蛇，比喻恣意害人者。
⑲阪田：山坡上的田。
⑳菀：茂盛的样子。特：指独生之苗。

译文

下霜在六月是不正常的，这使我的心很悲痛。已经有谣言在民间流传，传得沸沸扬扬的。想起我一身是多么的孤单，萦绕的愁思常惆怅。胆小怕事真可悲，又要生心病一场。

爹娘既然把我生下了，我为什么要受创伤？我正好生在这个乱世，偏碰上乱世灾难，凭他嘴里说好话，坏话任由他去流传。真怕反复无常，被人欺侮更伤心。

满腹愁没有人了解，想到我命苦泪就暗自流下。平民百姓有何罪，国家灭亡就都成了俘虏。我们这些人真可怜，爵位俸禄何处求？看那往下飞的乌鸦，停留在哪家屋脊上？

看那密层层的树林，细细的枝叶与粗粗的树干交错丛生。人民正处在危险境地，上天糊涂又昏暗。你主宰世上一切，违背天命是没有人做到的。皇皇上帝我问你，你究竟恨什么人？

人说山矮像土冢，却是高冈耸半空。谣言在民间已经发生，怎么不加以防备采取行动。招来元老仔细问，再请占梦卜吉凶。老是说自己最英明，不辨乌鸦雌和雄！

是哪位讲过天空很高？走路不敢不弯腰。是谁说那地很厚？走路不敢不蹑脚。人们这些话的喊出，确有道理说得好。如今世上有人真可恨，为何像蛇将人咬？

看那山坡上的田，一片茂密长禾苗。老天拼命折磨我，好像一定要把我压倒。朝廷当初需要我，唯恐找我得不到。邀去却又撂一边，不让我把重担挑。

忧愁憋在心里没办法，好比绳子上结了疙瘩。让我们对今日朝中政拭目以待，为啥暴虐乱如麻？正燃起蓬蓬野火，有谁能够浇熄它？赫赫镐京正兴旺，褒姒一笑灭亡它！

忧伤已经早就藏心里，又逢阴雨更凄凉。车子已经装满货，却把栏板全抽光。等到货物遍地撒，才叫大哥帮帮忙！

车栏板请勿丢掉，还要加粗车轮辐。经常照顾你车夫，莫使失落车上物。这样才能渡险境，你却老是不以为然！

池里虽有鱼儿游，并不能够乐逍遥。虽然潜在深水中，水清仍旧躲不掉。忧虑常使心中不安宁，想到残暴的朝廷！

他有美酒香喷喷，吃着好酒好肉。狐朋狗党互相勾结，亲朋好友周旋忙。想到我一个人没有依靠，忧心忡忡断愁肠。

卑劣小人住好屋，鄙陋家伙有五谷。现在的人民最不幸，天降灾祸命真苦。富人享福哈哈笑，可怜穷人太没有靠山。

点评

全诗四言中杂以五言，便于表现激烈的情感，又显得错落有致。全诗以诗人忧伤、孤独、愤懑的情绪为主线，首尾贯串，一气呵成，感情充沛。其中有很多形象的比喻，如以鱼在浅池终不免遭殃，喻乱世之人不论如何躲藏，也躲不过亡国之祸。还运用了对比手法，如诗的最后两章说，得势之人有酒有菜，有屋有禄，朋党往来，其乐融融；黎民百姓穷苦无依，备受天灾人祸之苦。“哿矣富人，哀此茕独”正像杜甫的“朱门酒肉臭，路有冻死骨”一样，表现了诗人的极大愤慨。

十月之交

十月之交[①]，朔月辛卯[②]。日有食之，亦孔之丑[③]。彼月而微[④]，此日而微。今此下民，亦孔之哀！

日月告凶[⑤]，不用其行[⑥]。四国无政，不用其良。彼月而食，则维其常。此日而食，于何不臧[⑦]！

烨烨震电[⑧]，不宁不令[⑨]。百川沸腾，山冢崒崩[⑩]。高岸为谷，深谷为陵。哀今之人，胡憯莫惩[⑪]！

皇父卿士[⑫]，番维司徒[⑬]，家伯维宰[⑭]，仲允膳夫[⑮]，棸子内史[⑯]，蹶维趣马[⑰]，楀维师氏[⑱]，艳妻煽方处[⑲]。

抑此皇父[⑳]，岂曰不时？胡为我作，不即我谋？彻我墙屋，田卒污莱。曰"予不戕，礼则然矣。"

皇父孔圣，作都于向。择三有事，亶侯多藏。不慭遗一老，俾守我王。择有车马，以居徂向。

黾勉从事，不敢告劳。无罪无辜，谗口嚣嚣。下民之孽，匪降自天。噂沓背憎，职竟由人。

悠悠我里，亦孔之痗。四方有羡，我独居忧。民莫不逸，我独不敢休。天命不彻，我不敢效我友自逸。

注解

①交：指日月交会。

②朔月：月朔，每月的初一。辛卯：周幽王六年十月初一。

③丑：恶。

④微：幽昧不明。

⑤告凶：示人以凶兆。

⑥行：轨迹，轨道。

⑦臧：善。

⑧烨烨：指电光闪烁。

⑨令:善。

⑩冢:指山顶。崒崩:突然崩塌。

⑪憯:曾、何。惩:警告,警戒。

⑫皇父:人名。陈奂《诗毛氏传疏》据《国语·郑语》史伯曰:“夫虢石父谗谄巧从之人也,而立以为卿士……”谈及幽王时事,与此诗相同,疑皇父即虢石父。卿士:总管王朝政事的官。

⑬番:人名。司徒:掌管人口、土地的官。

⑭家伯:人的名字。宰:掌管王家内外事务的官。

⑮仲允:人名。膳夫:掌管国王和后妃饮食的官。

⑯聚子:人名。内史:掌管爵、禄废置等政务的官。

⑰蹶:人的名字。趣马:主管养马的官。

⑱楀:人的名字。师氏:人名,掌管教育贵族子弟的官。

⑲艳妻:指周幽王的美丽宠妃褒姒。煽:意指如火般炽盛的红人。方处:并在王朝最高位置。

⑳抑:同“噫”。

译文

十月反常日月交,本月初一是辛卯。出现灾异有日食,这也真不是一件好事。那月亮啊没有光,这太阳啊也没有光。如今不幸众黎民,无比哀痛怨难伸!

太阳月亮显凶兆,不遵循法度不循规蹈矩。普天之下无善政,良臣不用而用奸佞。那虽有不好的月食,它比日食算平常。这日食,更不好,奈何坏事突然降!

烈电闪闪雷隆隆,受灾天下不安宁。百河千川洪波滔天,崇山峻岭尽碎崩。高高崖岸陷为谷,深深山谷升做陵。可叹今日众奸佞,何不惩罚这暴政!

皇父为首是卿士,司徒是由番氏任,总管是家伯宰父,仲允膳夫掌馐膳,架子内史管人事,蹶氏司马管马匹,禹氏官职为师氏,列居高位,美妻势正炽。

哎呀,这皇父,为何役民不以时?为什么调遣我去服役,不事先跟我商议?就毁我的墙和屋,田间积水长苹变荒芜。却说:“不是我为害,礼法应该是这样。”

人家皇父是大圣,建都向邑土木兴。自选亲信有三卿,他们真是很有钱。老臣一个也不要,使他保卫我王朝。车马被豪富选去,迁往向邑定新居。

尽心竭力去从公，叫苦不敢只能献赤诚。无罪，无事，众口交谗将我诬。黎民百姓受灾殃，灾殃不一定是从天降。当面和气背面恨，祸患都因有坏人。

悠悠绵绵我心伤，积忧成为大病恙。四方之人乐康宁，深陷愁海中只有我自己。人家无不享安逸，我自己不敢稍休息。天命不循法度行，我不敢自图逸乐效众卿。

点评

本诗的语言基本上是直言抒写，喷涌而出，但有的地方也采用反语和冷峻的讽刺，如"艳妻煽方处""皇父孔圣"。有的语言表现力很强，如说皇父等人强霸百姓田产时，用"予不戕，礼则然矣"充分表现了他们的强词夺理、蛮横霸道。

雨无正

浩浩昊天[①]，不骏其德[②]。降丧饥馑，斩伐四国[③]。旻天疾威，弗虑弗图。舍彼有罪，既伏其辜。若此无罪，沦胥以铺[④]。

周宗既灭，靡所止戾。正大夫离居，莫知我勚[⑤]。三事大夫，莫肯夙夜。邦君诸侯，莫肯朝夕。庶曰式臧，覆出为恶。

如何昊天，辟言不信[⑥]。如彼行迈[⑦]，则靡所臻[⑧]。凡百君子，各敬尔身。胡不相畏，不畏于天？

戎成不退[⑨]，饥成不遂。曾我暬御[⑩]，憯憯日瘁[⑪]。凡百君子，莫肯用讯。听言则答，谮言则退。

哀哉不能言，匪舌是出，维躬是瘁。哿矣能言[⑫]，巧言如流，俾躬处休。

维曰于仕，孔棘且殆[⑬]。云不可使，得罪于天子。亦云可使，怨及朋友。

谓尔迁于王都，曰予未有室家。鼠思泣血[⑭]，无言不疾。昔尔出居，谁从作尔室？

注解

①昊天：皇天。

②骏：与“峻”同，总是、经常的意思。

③斩伐：残害。

④沦胥：沦是沉沦，胥是普遍。

⑤勚：疲惫，劳累。

⑥辟言：法言，合理的话。

⑦行迈：行走。

⑧臻：至。

⑨戎：兵戎，战争。

⑩曾：则，含“只有”意。

⑪憯憯：忧伤。瘁：病。

⑫哿：嘉。

⑬棘：急。

⑭鼠思：忧思。泣血：饮泣而至流血。

译文

浩浩的上天请听我讲，你不是经常施恩惠。饥荒和死亡都降下，残伤天下人。上天暴虐实在是不对，不斟酌也不考虑。你总是放过有罪的人，恶行罪状总包庇。无罪的人总是受冤枉，相继受害遭祸殃。

都城如果被攻破，想要栖身没地方。高官大臣都走完了，有谁知我工作忙。三公位高不尽职，不愿每天辅君王。各国的诸侯也是不尽其责，不勤国事臣周邦。总盼周王能变好，谁知反而更荒唐。

上天不能老是这样！忠言逆耳王不听。好比一个行路人，毫无目的向前进。百官群臣不管事，自己小心地保护自己。

为什么不互相尊重，甚至不知畏天命？敌人进犯今未退，饥荒严重将士们都崩溃了。只我侍御亲近臣，每天忧虑身憔悴。百官群臣没有一个敢进言，进谏是怕得罪才不敢。

君王爱听顺耳话，谁进忠言就斥退。有话不讲真是可悲，舌头不是生了疮，是怕自己受损伤。能说会道就吃香,讲些花言巧语像流水,高官厚禄不用愁。

别人劝我把官当,危险确实很大。坏事如果说干不得,那就得罪了国王。坏事如果说可以做,朋友要骂丧天良。

劝你迁回王都吧,推辞那里没有家。对他再次苦苦相劝,对我切齿又咬牙。试问从前离王都,官衙是谁帮你造的?

点评

作者在抒发他那复杂而深厚的思想感情时,通篇采用了直接叙述的方式来表达,少打比喻,不绕弯子,语言质朴,感情真实,层层揭示,反复咏叹,时而夹杂一些议论,颇有一种哀而怨、质而雅的艺术之美,值得我们细细品味。

小旻

旻天疾威[①],敷于下土[②]。谋犹回遹[③],何日斯沮[④]?谋臧不从[⑤],不臧覆用[⑥]。我视谋犹,亦孔之邛[⑦]。

潝潝訿訿[⑧],亦孔之哀。谋之其臧,则具是违[⑨]。谋之不臧,则具是依。我视谋犹,伊于胡底[⑩]。

我龟既厌[⑪],不我告犹。谋夫孔多[⑫],是用不集[⑬]。发言盈庭,谁敢执其咎[⑭]?如匪行迈谋[⑮],是用不得于道。

哀哉为犹[⑯],匪先民是程[⑰],匪大犹是经[⑱]。维迩言是听[⑲],维迩言是争。如彼筑室于道谋[⑳],是用不溃于成。

国虽靡止,或圣或否。民虽靡膴,或哲或谋,或肃或艾。如彼泉流,无沦胥以败。

不敢暴虎,不敢冯河。人知其一,莫知其他。战战兢兢,如临深渊,如履薄冰。

注解

①旻天:上天、老天。这是对天的敬称。疾威:暴虐。

②敷:布,散布。下土:指全国。

③谋犹:谋略、政策。犹,通"猷"。回遹:邪僻。

④沮:停止。

⑤臧:善、好。

⑥覆:反而。

⑦孔:甚、非常、很。邛:病、坏。

⑧潝潝:讨好、附和的样子。訿訿:攻击、毁谤、诋毁。

⑨具:通"俱"。

⑩于:往。底:止。

⑪龟:龟甲,古人占卜时用。

⑫谋夫:出谋划策的人。

⑬集:成功。

⑭执:持、承担。咎:责任。

⑮匪:非、不。行迈:走路。

⑯犹:策略。

⑰先民:先人,古人。程:效法。

⑱大犹:大道。经:行。

⑲迩言:缺乏远见的言论。

⑳于道谋:与过路的人商议。

译文

老天暴虐耍威风,灾祸遍及全天下。政策谋略尽谬误,什么时候停止什么时候结束?政策好的你不用,你盲从于不好的主意。我看如今这政策,弊病百出行不通。

又附和来又诽谤,使人很是悲伤。谋略之中那好的,却被非难弃一旁。不好的谋略,却全照办弗思量。我看现在这政策,不知将变啥模样。

占卜灵龟已厌烦,不肯示我吉和凶。有很多参谋顾问,谈来议去终无功。夸夸其谈人满屋,谁肯肩负这重重的责任?如同问道室中人,难以告知啥路通。

可叹你呀太糊涂,不学圣贤不法古,大道正经路不走。只听庸夫浅陋话,还就此语争赢输。如同盖房问路人,永远无法成新屋。

虽然国家不够大,人有圣哲和平凡。即使百姓不很多,有的聪明并善谋,有的认真又能干。朝政像那流动的泉水，切勿相率使败亡。

空手不敢与虎搏，不敢无船渡河流。人人知道这种危险，其他隐忧脑后丢。每天都战战兢兢，如临深渊心中愁，如履薄冰多危险。

点评

作者以“谋犹回遹”为本诗中心议题，以对国事的忧虑为主线，以感叹的语气贯穿始终，从中把叙述、揭露、讽刺和议论有机地结合在一起来表述，从而形成了本诗主题明确、内容丰富和感情深厚的显著特色。从谋划的正邪、决策的当否，能看到政治的弊端以至国家的命运，表现了作者具有比较敏锐的政治洞察力，并忧心忡忡；如临深渊、如履薄冰地为国事操心，表现了作者具有比较深厚的爱国感情，这些也就是本诗思想价值之所在。

小宛

宛彼鸣鸠[①]，翰飞戾天[②]。我心忧伤，念昔先人。明发不寐[③]，有怀二人[④]。

人之齐圣[⑤]，饮酒温克[⑥]。彼昏不知，壹醉日富[⑦]。各敬尔仪，天命不又[⑧]。

中原有菽，庶民采之。螟蛉有子[⑨]，蜾蠃负之[⑩]。教诲尔子，式穀似之[⑪]。

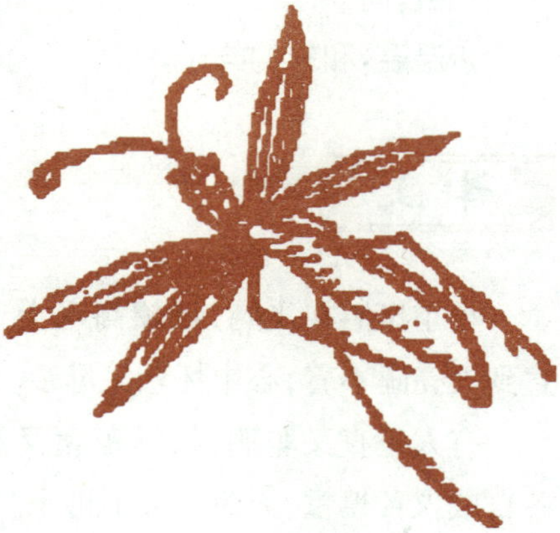

蜾蠃

题彼脊令[⑫]，载飞载鸣。我日斯迈，而月斯征。夙兴夜寐，无忝尔所生[⑬]。

交交桑扈[⑭]，率场啄粟。哀我填寡[⑮]，宜岸宜狱[⑯]。握粟出卜[⑰]，自何能穀。

温温恭人[⑱]，如集于木。惴惴小心，如临于谷。战战兢兢，如履薄冰。

注解

①宛：小的样子。

②翰：高。戾（lì）：至，达到。

③明发：指湖。

④二人：指父母亲。

⑤齐圣：聪明正直。

⑥温克：蕴藉从容。

⑦壹：语气助词，没有实义。富：满。

⑧不又：不再来。

⑨螟蛉：螟蛾的幼虫。

⑩蜾蠃（guǒ luǒ）：细腰蜂。负：背。

⑪式：用。穀：善。似：继嗣。

⑫题：看。

⑬忝：愧，辱没。生：指父母。

⑭交交：飞来飞去的样子。桑扈：鸟名。

⑮填：苦。

⑯岸：牢房。

⑰出：问。

⑱温温：和软的样子。

鹡鸰

译文

小小斑鸠在飞鸣，展翅高飞上天空。我的心中多忧伤，追念故去的先人。直到天亮睡不着，心中怀念父母亲。

有人正直又聪明，饮酒蕴藉又从容。也有昏庸无知者，沉醉酒中难自拔。各自威仪要慎重，天命一去不再来。

田野长着野豆苗，庶人百姓去采摘。螟蛾生子长成虫，细腰土蜂背走它。教导你的亲生子，使他向善长成材。

看看那些小鹡鸰，一边飞来一边鸣。我要天天出门行，你要月月在外奔。

早起晚睡要勤勉，切莫辱没父母亲。

桑扈鸟儿飞去来，沿着禾场啄米粒。可怜我穷无依靠，应吃官司进牢房。抓把小米去问卜，何处能够得吉利。

温和恭顺的人们，好像栖身大树上。忐忑不安多小心，就像面临那深谷。恐惧谨慎战兢兢，就像双脚踏薄冰。

点评

全诗六章，每章六句，而怀念父母的思想感情却或明或暗地贯穿于全诗中。首章直述怀念祖先、父母之情，这是疾痛惨怛的集中表现，也暗含着今不如昔的深切感慨。二章感伤兄弟们的纵酒，既有斥责，也有劝戒，暗示他们违背了父母的教育。三章言代兄弟们扶养幼子，教育他们长大继承祖业家风。四章述自己操劳奔波，以慰藉父母在天之灵。五章说明自己贫病交加，又吃了官司，表现出对命运难卜的焦虑。最后一章，总括了自己诚惶诚恐、艰难度日的心情。各章重点突出，语意恳切；全诗组织严密，层次分明。即使从语言的使用上来看，质朴而又整饬，在雅颂作品中是颇为别具一格的。

小弁

弁彼鸒斯[①]，归飞提提[②]。民莫不穀，我独于罹[③]。何辜于天[④]，我罪伊何？心之忧矣，云如之何？

踧踧周道[⑤]，鞫为茂草[⑥]。我心忧伤，惄焉如捣[⑦]。假寐永叹，维忧用老[⑧]。心之忧矣，疢如疾首[⑨]。

维桑与梓，必恭敬止。靡瞻匪父[⑩]，靡依匪母[⑪]。不属于毛[⑫]，不罹于里[⑬]。天之生我，我辰安在[⑭]？

菀彼柳斯[⑮]，鸣蜩嘒嘒[⑯]。有漼者渊[⑰]，萑苇淠淠[⑱]。譬彼舟流，不

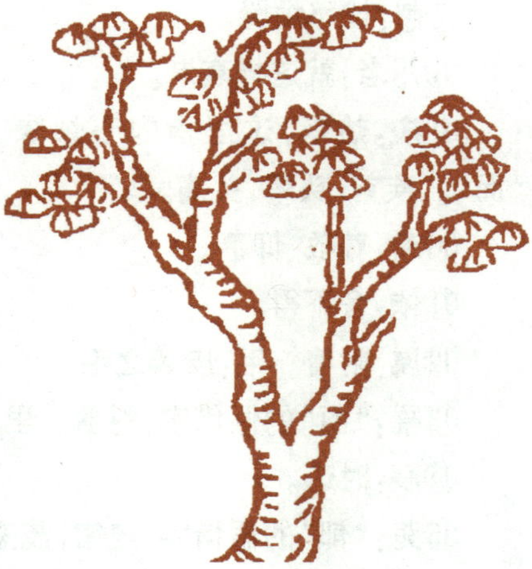

梓

知所届[19]。心之忧矣，不遑假寐[20]。

鹿斯之奔，维足伎伎。雉之朝雊，尚求其雌。譬彼坏木，疾用无枝。心之忧矣，宁莫之知。

相彼投兔，尚或先之。行有死人，尚或墐之。君子秉心，维其忍之。心之忧矣，涕既陨之。

君子信谗，如或酬之。君子不惠，不舒究之。伐木掎矣，析薪扡矣。舍彼有罪，予之佗矣！

莫高匪山，莫浚匪泉。君子无易由言，耳属于垣。无逝我梁，无发我笱。我躬不阅，遑恤我后！

注解

①弁：鼓翅飞翔的样子。鸒：鸟名，即寒鸦。斯：语助词，无实义。

②提提：一起飞过的样子。

③罹：忧愁。

④辜：得罪。

⑤踧踧：平坦。周道：大道。

⑥鞫：阻塞。

⑦惄：忧愁烦躁。

⑧用老：就这样衰老。

⑨疢：热病，这里指内心烦躁。如：同“而”。疾首：头晕，头痛。

⑩瞻：尊敬、仰慕。

⑪依：舍不得。

⑫属：附着。毛：皮裘之毛。

⑬罹：“丽”的假借字，附着。里：指皮裘的里子。

⑭辰：时运。

⑮菀：“郁”的假借字，茂密，茂盛。

⑯嘒嘒：蝉鸣声。

⑰漼：水很深的样子。

⑱萑苇：芦苇。淠淠：草木茂盛的样子。

⑲届：至。

⑳遑：空余，闲暇。

译文

那些寒鸦多快活，安闲翻飞向巢窠。人们生活都美好，独独是我遇灾祸。我对苍天有何罪？我的罪名是什么？忧伤充满我心中，对此我又能如何？

平平坦坦那大道，到处长满青青草。深深忧伤在我心，忧伤如同棒杵捣。和衣而卧哀声叹，忧伤使我容颜老。忧伤充满我心中，头疼心烦真焦躁。

看到桑树梓树林，恭敬顿生敬爱心。无时不尊我父亲，无时不恋我母亲。不连皮裘外面毛，不附皮裘内里衬。老天如今生下我，哪里有我好时运？

株株柳树真茂密，上面蝉鸣声声急。深不见底一潭水，周围芦苇真密集。我像漂流的小舟，不知漂流到哪里。忧伤充满我心中，没空打盹思不息。

看那野鹿快奔跑，扬起四蹄真轻巧。听那野鸡早晨叫，雄鸟尚且求雌鸟。我就像那有病树，病得长不出枝条。忧伤充满在心中，难道就没人知道？

看那野兔入罗网，尚且有人把它放。路上遇到了死人，尚且有人把他葬。父亲大人的居心，为何残忍这模样？忧伤充满我心中，使我眼泪落千行。

父亲大人信谗言，就像任人把酒劝。父亲大人不慈爱，思考事情不周全。伐树得用绳牵引，砍柴刀顺纹理间。放过真正有罪人，罪加我身任意编。

不高就不是山峦，不深就不是水泉。君子不能轻发言，有人耳朵贴墙边。不要把我鱼梁拆，不要把我鱼笼扳。我身已经无处容，后事哪有空挂念！

点评

作者在抒发自己的思想感情时，采取了多样的艺术手法，或正面描述，或反面衬托，或即眼前之景以兴内心之情，或以客观事物的状态以比喻自己的处境。赋、比、兴交互使用，泣诉、忧思结合，内容丰富，感情深厚，给人以具体、形象的感受。

巧 言

悠悠昊天①，曰父母且②。无罪无辜，乱如此幠③。昊天已威，予慎无罪④。昊天泰幠，予慎无辜。

乱之初生，僭始既涵⑤。乱之又生，君子信谗。君子如怒⑥，乱庶遄沮⑦。君子如祉⑧，乱庶遄已。

君子屡盟⑨，乱是用长。君子信盗，乱是用暴。盗言孔甘，乱是用餤⑩。匪其止共，维王之邛⑪。

奕奕寝庙⑫，君子作之。秩秩大猷⑬，圣人莫之⑭。他人有心，予忖度之。跃跃毚兔⑮，遇犬获之。

荏染柔木⑯，君子树之。往来行言⑰，心焉数之。蛇蛇硕言⑱，出自口矣。巧言如簧，颜之厚矣。

彼何人斯，居河之麋⑲。无拳无勇，职为乱阶⑳。既微且尰㉑，尔勇伊何。为犹将多，尔居徒几何？

注解

①悠悠：远大的样子。

②且（jū）：语气助词，没有实义。

③幠（hū）：大。

④慎：诚，确实。

⑤僭（zèn）：谗言。涵：包容。

⑥君子如怒：君子如果听到谗言便发怒。

⑦遄（chuán）：很快。沮（jǔ）：止住。

⑧祉：福。这里指贤人。

⑨盟：在神坛前发誓。

⑩餤（tán）：增加。

⑪邛：病。

⑫奕奕：房屋高大的样子。寝庙：宫室和宗庙。

⑬秩秩：聪明的样子。大猷：大道理。

⑭莫：谋划。

⑮跃跃：跳得很快的样子。毚(chán)兔：狡猾的兔子。

⑯荏(rěn)染：软弱的样子。

⑰行言：流言。

⑱蛇蛇(yí)：轻率的样子。硕言：大言，大话。

⑲麋：水边。

⑳职：主管，职掌。

㉑微：腿骨上生疮。尰(zhǒng)：脚肿。

译文

辽阔高远的苍天，说是人们的父母。人们无罪又无过，祸乱大得真可怕。苍天在上太威严，我实没有犯罪过。苍天在上太暴虐，确实我就是无辜。

祸乱开始出现时，谗言传开被包容。祸乱再次发生时，君子信用进谗人。君子闻谗若发怒，祸乱很快会止住。君子如能用贤人，祸乱也能快平息。

君子多次发誓言，祸乱因此愈增长。君子信用谗言者，祸乱因此更凶暴。谗人巧言好甜蜜，祸乱因此愈增加。不是他们尽职守，是为君王造祸患。

高大宫室和宗庙，是由君子把它造。明智治国的大计，是由圣人来谋划。他人心中有诡计，我能揣度知道它。蹦蹦跳跳的狡兔，遇上猫犬命难逃。

柔软脆弱的树木，是由君子把它栽。传来传去的流言，心中有数分得清。轻率浮浅的大话，都是谗人口中出。花言巧语如丝簧，脸皮真厚太无耻。

他是怎样一个人？住在河流的岸边。没有力量没勇气，只会滋事造祸乱。腿上生疮脚肿大，你的勇气有好多？玩弄诡计多阴谋，你的同伙有几个？

点评

本诗虽是从个人遭谗入手，但并未落入狭窄的个人恩怨之争，而是上升到谗言误国、谗言惑政的高度加以批判，因此，不仅感情充沛，而且带有了普遍的历史意义与价值，这正是本诗能引起后人共鸣的关键之处！

何人斯

彼何人斯？其心孔艰。胡逝我梁，不入我门？伊谁云从？维暴之云。

二人从行，谁为此祸？胡逝我梁，不入唁我[①]？始者不如今，云不我可。

彼何人斯？胡逝我陈[②]？我闻其声，不见其身。不愧于人？不畏于天？

彼何人斯？其为飘风。胡不自北？胡不自南？胡逝我梁？祇搅我心。

尔之安行，亦不遑舍；尔之亟行，遑脂尔车[③]。壹者之来，云何其盱[④]！

尔还而入，我心易也；还而不入，否难知也。壹者之来，俾我祇也[⑤]。

伯氏吹埙[⑥]，仲氏吹篪[⑦]。及尔如贯，谅不我知。出此三物，以诅尔斯。

为鬼为蜮，则不可得；有靦面目[⑧]，视人罔极。作此好歌，以极反侧。

注解

①唁：慰问不幸者。

②陈：堂下至门的过道。

③脂：即"支"字的假借。

④盱：忧伤。

⑤祇：安心、欢喜。

⑥埙：陶制乐器。

⑦篪：竹制乐器。

⑧靦：惭愧的样子。

译文

究竟那是什么人？他的心地很难测。为什么到我鱼梁上去，不进入我的家门来找我？他追求的是什么？对我只是逞暴虐。

你我二人共相从，这苦痛是谁造成的？为何到我鱼梁去，不进家门慰问不幸？以前不像这样冷，如今待我真薄情。

那究竟是什么人？为何来到甬道间？只听见他的言语声，却不见他的身影。难道不知愧对人？难道不知畏苍天？

那究竟是什么人？他像疾风太突然。为什么不在北？为什么不在南？为何到我鱼梁去？我心正因他搅乱。

你如果慢慢地向前行，也无闲暇暂停息；你若匆遽向前行，更不停车暂休息。来到这里的那个人不肯留，我心何其悲又愁！

你回此地进家门，我心平静又欢欣；你回此地不进门，你的心难以测知。其人到这里来共相聚，使我安心又欢愉。

哥哥吹陶埙，弟弟吹横笛。和你好像是一线穿，你待我真的无情义。列出三物猪、犬、鸡，和你盟誓表心迹。

是鬼是蜮皆丑类，难以揣测它的心术。人有面目应知愧，你的表现无准则。苦心作这好歌谣，深究你的不公道。

点评

从诗中透露的消息可知，那位薄情丈夫对女主人公的冷遇，无疑已天长日久。每当她望眼欲穿盼其归来时，丈夫却总是迟迟不归；就是归来，也行迹诡秘、形同飘风，出没于庭院、鱼梁之际，只顾着自身的享受，极少有入房与妻子叙叙的诚意。一对往日的燕尔夫妻，竟变得如同陌路之人！这些景象，当然会深深烙在女主人公脑际而难以抹去。因此，当她辗转反侧之际、神思恍惚之中，往事今情便可能全化作散乱的片断，梦幻般地涌现在眼前。此诗正适应了这一特定背景，采用叠章和问句、跳荡不定和迅速转换的意象，表现了女主人公似忆似梦间的疑惑与惊诧、痛愤和哀伤。

巷伯

萋兮斐兮[①]，成是贝锦。彼谮人者，亦已大甚[②]。
哆兮侈兮[③]，成是南箕[④]。彼谮人者，谁适与谋[⑤]？
缉缉翩翩[⑥]，谋欲谮人。慎尔言也，谓尔不信。
捷捷幡幡[⑦]，谋欲谮言。岂不尔受，既其女迁[⑧]。
骄人好好[⑨]，劳人草草[⑩]。苍天苍天！视彼骄人，矜此劳人！

彼谮人者，谁适与谋？取彼谮人，投畀豺虎[⑪]。豺虎不食，投畀有北[⑫]。有北不受，投畀有昊[⑬]。

杨园之道，猗于亩丘[⑭]。寺人孟子[⑮]，作为此诗。凡百君子[⑯]，敬而听之。

豺

注解

①萋："续"的假借字，文采相错的样子。

②大：同"太"。

③哆：张口的样子。侈：同"哆"。

④南箕：南天上的箕星。古人认为箕星的出现预兆着口舌是非的增多，所以用它比喻进谗的人。

⑤适：同"独"，专门的意思。

⑥缉缉：附耳密语的样子。翩翩：巧佞的样子。

⑦捷捷：信口雌黄的样子。幡幡：一再进谏的样子。

⑧女：同"汝"。

⑨骄人：指诬蔑人者。

⑩劳人：指被诽谤者。

⑪畀：给。

⑫有北：北方寒冷荒芜的地方。

⑬有昊：指老天爷。

⑭猗于：加在……之上。亩丘：有垄界像田亩山丘。

⑮寺人：古代宫廷里的侍御小臣，有似后世的太监。

⑯凡：所有的。百：很多，众多。

译文

彩丝亮啊花线明啊，织成贝纹锦。那个造谣的害人精，真是太狠心了！

张开嘴啊，咧开唇啊，成了簸箕星。那个造谣的害人精，他的智多星是谁？

喊喊喳喳鬼话灵，一心要挖陷阱陷害人。说话劝你加小心，有一天不会再有人相信。

花言巧语舌头长，千方百计来骗诳。并不是人不上当，只怕你自己要遭殃。

骄横人得意忘了形，忧愁长在穷苦人心。苍天你把眼儿睁！那些骄横人你快看看，这些劳苦人真可怜！

那个造谣的坏东西，给他出主意的是谁？捉住那个造谣的，扔给虎狼去充饥！虎狼不肯咽，撵他到遥远的地方！北方不肯要，让老天去发落吧！

一条大路通杨园，路在亩丘丘上边。我是寺人叫孟子，这支歌儿是我编。诸位先生赏个脸，听我认真唱一遍。

点评

造谣之可怕，还在于它是背后的动作，是暗箭伤人。当事人无法及时知道，当然也无法一一辩驳。待其知道，为时已晚。诗中二、三、四章，对造谣者的摇唇鼓舌，喊喊喳喳，上蹿下跳，左右舆论的丑恶嘴脸，做了极形象的勾勒，说他们“哆兮侈兮，成是南箕”“缉缉翩翩，谋欲谮人”“捷捷幡幡，谋欲谮言”。作者对之极表愤慨：“彼谮人者，谁适与谋？”正告他们道：“慎尔言也，谓尔不信！”“岂不尔受？既其女迁！”

谷风之什

谷风

习习谷风[①]，维风及雨。将恐将惧[②]，维予与女。将安将乐，女转弃予。

习习谷风，维风及颓[③]。将恐将惧，置予于怀[④]。将安将乐，弃予如遗[⑤]。

习习谷风，维山崔嵬[⑥]。无草不死，无木不萎[⑦]。忘我大德，思我小怨。

注解

①习习：《郑笺》："习习，和调之貌，东风谓之谷风。"
②将：《传疏》："将犹方也。"
③颓(tuí)：暴风由上而下。《毛传》："颓，风之焚轮者也。"
④置予于怀：《郑笺》："置我于怀，言至亲己也。"
⑤如遗：《郑笺》："如遗者，如人行道遗忘物，忽然不省存也。"
⑥崔嵬：山高貌。
⑦无木不萎：《毛传》："草木无有不死叶萎枝者。"

译文

和暖东风微微起，阴雨连绵下不止。当初恐惧危难时，相依只有我和你。如今安乐生活好，你却把我来抛弃。

和暖东风微微起，忽成旋风吹不已。当初恐惧危难时，把我紧紧搂怀里。如今安乐生活好，弃我如丢烂东西。

山口大风刮不停，一直刮过高山顶。地上百草全枯死，山间树木尽凋零。忘了我的大恩情，只把小怨记分明。

点评

本诗语言凄恻而又委婉，只是娓娓地叙述被遗弃前后的事实，不加谴责骂詈的词句，而责备的意思已充分表露，所谓"怨而不怒"，说明主人公是一位性格善良懦弱的劳动妇女。这也反映了几千年以前，妇女就处在被压迫的屈辱境地，没有独立的人格和地位。

蓼莪

蓼蓼者莪[①]，匪莪伊蒿[②]。哀哀父母[③]，生我劬劳[④]。

蓼蓼者莪，匪莪伊蔚[⑤]。哀哀父母，生我劳瘁[⑥]。

瓶之罄矣[⑦]，维罍之耻[⑧]。鲜民之生[⑨]，不如死之久矣！无父何怙[⑩]？无母何恃？出则衔恤[⑪]，入则靡至。

父兮生我，母兮鞠我[⑫]。拊我畜我[⑬]，长我育我，顾我复我[⑭]，出入腹我[⑮]。欲报之德。昊天罔极[⑯]！

南山烈烈，飘风发发[⑰]。民莫不穀[⑱]，我独何害[⑲]。

南山律律[⑳]，飘风弗弗。民莫不穀，我独不卒！

注解

①蓼（lù）：《毛传》："蓼，长大貌。"莪（é）：莪蒿，野草名。戴震《毛郑诗考

证》："按莪，俗呼抱娘蒿，可知诗之取义矣。"

②伊：是。

③哀哀：《郑笺》："哀哀者恨不得终养父母，报其生长己之苦。"

④劬（qú）：劳苦。

⑤蔚（wèi）：《说文·艸部》："蔚，牡蒿也。"

⑥瘁：《郑笺》："瘁，病也。"

⑦罄（qìng）：尽。

⑧罍（léi）：酒器。《集传》："罄，尽。……瓶罄矣乃罍之耻，犹父母不得其所，乃子之责。"

⑨鲜（xiǎn）：《毛传》："鲜，寡也。"胡承珙（gǒng）《后笺》："鲜民犹言孤子，即下无父无母之谓。"

⑩怙（hù）：依靠。

⑪恤（xù）：忧。

⑫鞠（jū）：养育。

⑬拊（fǔ）：抚摸。

⑭复：往来。

⑮腹：《郑笺》："顾，旋视。复，反复。腹，怀抱也。"何楷《诗经世本古义》："自少至长，卷卷置之于怀，出入以之，不暂释也。鞠、拊、畜三事，次于生之后，皆以养言。育、顾、复三事，次于长之后，皆以教育言。出入腹我，则总括教养而言。"

⑯昊天罔极：王引之《经义述闻》卷六："言我方欲报是德，而昊天罔极，降此鞠凶，使我不得终养也。"

⑰烈烈、发发：《集传》："烈烈，高大貌。发发（bō），疾貌。"

⑱穀：《郑笺》："穀，养也。"

⑲害：忧虑。

⑳律律：犹"烈烈"，高大威壮貌。

译文

我蒿生得长又高，不是我蒿是青蒿。哀痛我的父和母，生儿养女太辛劳。我蒿生长高又肥，不是我蒿却是蔚。可怜我的父和母，生儿养女身憔悴。

小小瓶儿空荡荡，酒坛由此愧难当。孤苦伶仃活世上，不如早日去死亡。

没有父亲依靠谁？没有母亲依傍谁？出门心里含悲伤，进门不见爹和娘。

父啊辛勤生下我，母啊养我劳苦多。抚摸我来爱护我，成长我来教育我，照顾我来挂念我，出出进进抱着我。如今要报二老恩，老天无端降灾祸！

南山险峻难登上，暴风迅猛透骨凉。别人都能养父母，我独为何遭灾殃？

南山高险难登上，暴风迅猛尘土扬。别人都能养父母，我独无法去送葬。

点评

诗人以眼见的南山艰危难越，耳闻的飙风呼啸扑来起兴，创造了困厄危艰、肃杀悲凉的气氛，象征自己遭遇父母双亡的剧痛与凄凉，也是诗人悲怆伤痛心情的外化。四个入声字重叠：烈烈、发发、律律、弗弗，加重了哀思，读来如呜咽一般。

大东

有饛簋飧[①]，有捄棘匕[②]。周道如砥[③]，其直如矢。君子所履，小人所视[④]。睠言顾之[⑤]，潸焉出涕[⑥]。

小东大东[⑦]，杼柚其空[⑧]。纠纠葛屦，可以履霜[⑨]。佻佻公子[⑩]，行彼周行[⑪]。既往既来，使我心疚[⑫]。

有冽氿泉[⑬]，无浸获薪[⑭]。契契寤叹[⑮]，哀我惮人[⑯]。薪是获薪[⑰]，尚可载也。哀我惮人，亦可息也。

东人之子，职劳不来[⑱]。西人之子[⑲]，粲粲衣服。舟人之子[⑳]，熊罴是裘。私人之子，百僚是试。

或以其酒，不以其浆。鞙鞙佩璲，不以其长。维天有汉，监亦有光。跂彼织女，终日七襄。

虽则七襄，不成报章。睆彼牵牛，不以服箱。东有启明，西有长庚。有捄天毕，载施之行。

维南有箕，不可以簸扬。维北有斗，不可以挹酒浆。维南有箕，载翕其舌。维北有斗，西柄之揭。

注解

①饛(méng):食物满器之貌。簋(guǐ),古读如"九",盛食品的器具,圆筒形;飧(sūn),犹"食"。

②捄(qiú):通作"觩",角上曲而长之貌,形容匕柄的形状。匕是饭匙或羹匙。以上二句是说周人饮食丰足。

③周道:大道或官路。砥(dǐ),磨刀石,磨物使平也叫砥。如砥,言其平。

④君子、小人:指贵族与平民。来往于周道的多是有公务的"君子",他们的行动被"小人"所注视。

⑤睠(juàn):"眷"的异体字。回顾之貌。

⑥潸(shān):涕下貌。东方的贡赋就是由这平直大道输送给周人,所以望之生悲。

⑦小东大东:"东"指东方之国,远为大,近为小。

⑧杼柚(zhù zhú):织机上的两个部分。杼持纬线,柚受经线。"杼柚其空"是说所有丝布被周室搜刮将尽。

⑨纠纠葛屦(jù),可以履霜:此二句见《魏风·葛屦》篇。

⑩佻佻(tiáo):《释文》引《韩诗》作"嬥嬥(tiǎo)",美好。

⑪周行:周道。

⑫疚:病痛。那去了又来的佻佻公子就是来搜刮贡赋的人,所以使诗人"心疚"。

⑬冽(liè):寒。氿(guǐ):从旁出,流道狭长的泉叫作"氿泉"。

⑭获薪:已割的柴草。以上二句言获薪不能让水浸湿,湿了就要腐烂,比喻困苦的东人不堪再受摧残。

⑮契契:忧苦。

⑯惮(dàn):亦作"瘅(dàn)"。惮人:疲劳的人。

⑰薪是获薪:前"薪"字是动词,言用来供炊。连下文就是说若要把获薪当薪来使用,还可以用车子载往别处,以免继续被水浸。对疲劳的东人也该让他歇一歇,否则就不堪役使了。

⑱职:专任。来:读为"勑(lài)",慰勉。以上二句是说东方诸国的人专担任劳苦的事而得不着慰勉。

⑲西人:指周人。

⑳舟人:犹"舟子"。

译文

饭盒儿装得满满，饭匙儿长柄弯弯。大路好像磨平，直得好像箭杆。贵人们来来往往，小百姓瞪着两眼。回转头看了再看，忍不住双泪涟涟。

远近的东方之邦，织机上搜刮精光。葛布鞋丝带缠绑，穿起来不怕寒霜。漂亮的公子哥儿，大路上来来往往。来了去去了又来，真叫我看着心伤。

旁流的泉水清冷，别浸着割下的柴薪。为什么苦苦长叹，可怜我疲劳的人。谁要用这些薪柴，还得拿车儿装载。可怜我疲劳的人，休息难道不该。

东方的子弟，穷苦没人慰问。西方的子弟，衣服鲜亮照人。船户的子弟，身穿熊皮轻暖。家奴的子弟，都来当吏当官。

有人不少喝酒，有人喝浆不得。有人佩着宝玉，有人杂佩也没。天上有条银河，照人有光无影。织女分开两脚，一天七次行进。

虽说七次行进，织布不能成纹。牵牛星儿闪亮，拉车可是不成。启明星在东方，长庚星在西方。天毕星柄儿弯长，倒把它张在路上。

南边有座箕星，不能拿来簸糠。北边有座斗星，不能拿来舀酒浆。南边的箕星，舌头不能伸长。北边的斗星，柄儿举向西方。

点评

西周初年，“三监”叛乱，殷商后裔武庚联合东方旧属国奄（今山东曲阜）、蒲姑（今山东博兴）及徐夷、淮夷起兵反周。周公东征，经过三年战争，诛武庚，黜“三监”，攻灭奄等十七国。继而，迁殷顽，封建姬姓大国（鲁、齐、卫、燕）监视东方各小国，实行分区经营。距镐京较近的各小国统称小东，较远的各小国统称大东。为加强控制，从镐京到东方各国修筑一条战略公路，即所谓“周道”或“周行”，用以从西方向东方运输军队和军用物资，运回西方贡赋和征敛的财富。对东方各小国来说，这如同一条吸血管。这首诗所描写的，正是西周统治者通过这条“周道”给被征服的东方人民带来的压榨、劳役、困苦、怨愤和沉痛的叹息。

四月

四月维夏，六月徂暑[①]。先祖匪人[②]，胡宁忍予？

秋日凄凄，百卉具腓[③]。乱离瘼矣[④]，爰其适归。

冬日烈烈[⑤]，飘风发发。民莫不穀[⑥]，我独何害！

山有嘉卉，侯栗侯梅。废为残贼[⑦]，莫知其尤[⑧]。

相彼泉水，载清载浊。我日构祸[⑨]，曷云能穀？

滔滔江汉，南国之纪[⑩]。尽瘁以仕，宁莫我有[⑪]。

匪鹑匪鸢[⑫]，翰飞戾天。匪鱣匪鲔[⑬]，潜逃于渊。

山有蕨薇，隰有杞桋[⑭]。君子作歌，维以告哀。

栗

注解

①徂（cú）：始。《郑笺》："四月立夏矣，至六月乃始盛暑。"

②匪人：王夫之《诗经稗疏》："其云匪人者，犹非他人也。有诗曰'兄弟匪他'，义与此同。犹言'父母生我，胡俾我瘉（yù）'（见《小雅·正月》篇）也。"

③腓（féi）：通"痱"，枯萎。《毛传》："凄凄，凉风也。卉，草也。腓，病也。"《郑笺》："凉风用事而众草皆病，兴贪残之政行而万民困病。"

④离瘼（mò）：《毛传》："离，忧。瘼，病。

桋

适,之也。”

⑤烈烈:《郑笺》:“烈烈,犹栗烈也。发发,疾貌。”

⑥穀:《集传》:“穀,善也。”

⑦废:习惯。残贼:害虫。《毛传》:“废,忕(是 shì)也。”《正义》引《说文》:“忕,习也。”

⑧尤:《郑笺》:“尤,过也。”

⑨构:遘,遭遇。《通释》:“构者遘之假借,构祸犹云遭祸也。”

⑩纪:纲,约束之意。

⑪有:《通释》:“有,当读如相亲有之有。”

⑫鹑(tuán):雕。鸢(yuān):鹰。《毛传》:“鹑,雕也。雕鸢,贪残之鸟也。”

⑬鳣(zhān)、鲔(wěi):鱼名。《尔雅·释鱼》郭璞注:“鳣……今江东呼为黄鱼。”《集传》:“鳣鲔,大鱼也。”

⑭“山有”二句:《郑笺》:“此言草木尚各得其所,人反不得其所,伤之也。”

译文

夏历四月白日长,六月酷暑当骄阳。先祖难道是别人,为何忍心我遭殃?
秋风萧瑟天气凉,百草凋零尽枯黄。世乱人离多病苦,回到哪里向哪方?
冬日天冷草木残,狂风呼啸刺骨寒。人们莫不生活好,为啥我独遭灾难。
山上草木好又多,栗树梅树长满坡。人们习惯为残害,没谁知道是罪过。
瞧那泉水在山坡,有时清来有时浊。我今天天遭灾祸,何时能过好生活。
白浪滔滔江汉水,统领南方众河流。鞠躬尽瘁为国事,没人和我做朋友!
那是大雕那是鸢,展翅高飞上云天。那是黄鱼那是鲤,摆尾潜逃在深渊。
山上长有蕨和薇,杞树桋树洼地生。君子写下这首歌,为诉心头忧伤情。

点评

这首诗脉络清晰,层次井然。在写法上,大抵前两句言景,后两句抒情,景和情能丝丝入扣,融为一体,把“告哀”的主旨表现得真挚深沉,很值得借鉴。

北山

陟彼北山，言采其杞。偕偕士子①，朝夕从事②。王事靡盬③，忧我父母④。

溥天之下⑤，莫非王土。率土之滨⑥，莫非王臣。大夫不均⑦，我从事独贤⑧。

四牡彭彭⑨，王事傍傍⑩。嘉我未老，鲜我方将⑪。旅力方刚⑫，经营四方。

或燕燕居息⑬。或尽瘁事国⑭。或息偃在床⑮。或不已于行⑯。

或不知叫号⑰。或惨惨劬劳⑱。或栖迟偃仰⑲。或王事鞅掌。

或湛乐饮酒。或惨惨畏咎。或出入风议，或靡事不为。

注解

①偕偕：强壮貌。士子：作者自称。

②从事：言办理王事。

③盬(gǔ)：止息。王事靡盬：见《小雅·四牡》篇注释。

④忧我父母：使父母担忧。

⑤溥(pǔ)：犹“普”。《左传》《孟子》《荀子》《韩非子》等书引作“普”。

⑥率：自。滨：水边。古人相信中国四周都有海，“率土之滨”是举外以包内，犹言“四海之内”。

⑦大夫：执政大臣。不均：不公平。

⑧贤：古音 xín。独贤：犹言“独多”“独劳”。

⑨彭彭：不得休息之貌。

⑩傍傍：纷至沓来，无穷尽之貌。

⑪鲜:犹"嘉",善。将:壮。

⑫旅力:膂力。

⑬燕燕:安息貌。居息:言在私居休息。

⑭瘁:劳。"尽瘁"等于说不留余力。

⑮偃:卧。

⑯不已于行:言奔走不停。

⑰叫号:呼叫号哭。不知叫号:言不识人间有痛苦事。

⑱惨:一作"懆(cǎo)",见《陈风·月出》篇注。"懆懆",不安。

⑲栖迟:叠韵联绵词,栖息盘桓之意。见《陈风·衡门》篇。偃仰:犹"息偃"。

译文

登上北山头,为把枸杞采。强壮的士子,早晚都当差。王家的事儿无穷无尽,带累我的父母难解忧怀。

普天之下,哪一处不是王土。四海之内,谁不是王的臣仆。执政大夫不公不平,偏教我独个儿劳碌。

四匹马奔忙路上,王家事纷纷难当。夸奖我说我还不老,重视我因为我正强壮。就因我精力未衰,驱使我奔走四方。

有些人在家里安安逸逸,有些人为国事精疲力竭。有些人吃饱饭高枕无忧,有些人在道路往来奔走。

有些人不晓得人间烦恼,有些人身和心不断操劳。有些人随心意优游闲散,有些人为王事心忙意乱。

有些人贪杯盏终日昏昏,有些人怕得罪人小心谨慎。有些人耍嘴皮只会扯淡,有些人为公家什么都干。

点评

这篇诗在封建社会起到了讽谏作用。《后汉书·杨赐传》记杨赐针对时弊上疏曰:"而今所序用无佗德,有形埶(按,即势)者,旬日累迁,守真之徒,历载不转,劳逸无别,善恶同流,《北山》之诗,所为训作。"等级森严、任人唯亲的宗法等级制度,必然造成如《北山》诗中所描写的上层的腐败和下层的怨愤,统治阶级这种内部矛盾的进一步尖锐化，必将是内部的涣散、解体以至灭亡。所以，清高宗敕撰的《诗义折中》也强调说，劳逸不均就是“逸之无妨”和“劳而无功”，因此就会上层腐败，下层撂挑子，这是关系国家存亡之“大害”。

无将大车

无将大车①，祇自尘兮。无思百忧，祇自疷兮②。
无将大车，维尘冥冥③。无思百忧，不出于颎④。
无将大车，维尘雝兮⑤。无思百忧，祇自重兮⑥。

注解

①将（jiàng）：推。《郑笺》：“将犹扶进也。”《集传》：“大车，平地任载之车。”

②疷（qí）：忧病。

③冥冥：尘飞貌。《郑笺》：“冥冥者，蔽人目明，令无所见也。”

④颎（jiǒng）：光明。《郑笺》：“思众小事以为忧，使人蔽暗不得出于光明之道。”

⑤雝：《郑笺》：“雝犹蔽也。”

⑥重（zhòng）：沉重，劳累。

译文

载重大车不用扶，只会弄得一身土。莫想各种忧心事，只会伤身自吃苦。
不要扶着大车行，尘土飞扬眯眼睛。莫想各种忧心事，伤心过度失光明。
不要扶着大车行，尘土飞扬蔽天空。莫想各种忧心事，负担只会更加重。

点评

此诗采用重章复叠的形式，在反复咏唱中宣泄内心的情感，语言朴实真切，颇具民歌风味，因而虽列于《小雅》，却类似于《风》诗。全诗三章却又非单调的重复，而是通过用词的变化展现诗意的递进和情感的加深。如每章的起兴用“尘”“冥”“雝”三字逐步展现大车扬尘的情景，由掀起尘土到昏昧暗淡，最后达于遮天蔽日，诗人的烦忧也表现得愈加深沉浓烈。诗人以一种否定的口吻规劝世人，同时也是一种自我遣怀，在旷达的背后是追悔和怨嗟，这样写比正面的抒愤更深婉。

小明

明明上天，照临下土。我征徂西，至于艽野[①]。二月初吉[②]，载离寒暑。心之忧矣，其毒大苦。念彼共人[③]，涕零如雨。岂不怀归？畏此罪罟[④]。

昔我往矣，日月方除[⑤]。曷云其还？岁聿云莫[⑥]。念我独兮，我事孔庶[⑦]。心之忧矣，惮我不暇[⑧]。念彼共人，睠睠怀顾[⑨]。岂不怀归？畏此谴怒。

昔我往矣，日月方奥[⑩]。曷云其还？政事愈蹙[⑪]。岁聿云莫，采萧获菽[⑫]。心之忧矣，自诒伊戚[⑬]。念彼共人，兴言出宿[⑭]。岂不怀归？畏此反覆[⑮]。

嗟尔君子，无恒安处[⑯]。靖共尔位[⑰]，正直是与。神之听之，式穀以女[⑱]。

嗟尔君子，无恒安息。靖共尔位，好是正直[⑲]。神之听之，介尔景福[⑳]！

注解

①艽(qiú)野：远郊荒野。

②二月：夏历十二月。初吉：《毛传》：“初吉，朔日也。”《传疏》：“朔日者，谓月朔之日，不必定在始一日，自一至十皆是也。”

③共(gōng)人：《郑笺》“共人，僚友之处者也。”

④罟(gǔ)：网。

⑤日月：时光。除：《郑笺》：“四月为除。”

⑥曷云其还？岁聿云莫：曷（hé）：怎么，何时。聿（yù）：古汉语助词，用在句首或句中。《集传》："今未知何时可还，而岁已暮矣。"

⑦孔庶：《郑笺》："孔，甚。庶，众也。"

⑧惮：《毛传》："惮，劳也。"

⑨睠睠（juàn）：怀念貌。《集传》："睠睠，勤厚之意。"

⑩奥（yù）：暖。

⑪蹙（cù）：急。《传疏》："蹙，促也。"

⑫萧、菽：《传疏》："萧，蒿也。菽，九谷中最后获者。"

⑬戚：《毛传》："戚，忧也。"

⑭兴：《郑笺》："兴，起也。夜卧起宿于外，忧不能宿于内也。"

⑮反覆：《郑笺》："反覆，谓不以正罪见罪。"

⑯恒：《集传》："恒，常也。……无以安处为常。"

⑰靖：审慎。共：通"供"。

⑱穀：《集传》："穀，禄也。以，犹与也。"

⑲好：《郑笺》："好，犹与也。"

⑳介：给予。闻一多《诗经新义》："匄（gài）、乞皆取、予二义，介字亦然。"

译文

光辉明亮天上日，普照天下达四极。当日出征往西去，直达边疆荒凉地。腊月初旬已出发，如今寒来暑又离。心里忧愁说不完，好比毒药苦难吃。思念忠诚老同事，泪如雨下沾衣裳。难道不想回家去？就怕法网担不起。

当日出发往边疆，四月良辰正相当。啥时能够回家乡？年关将近尚无望。想我孤单一个人，公事纷繁日夜忙。心中烦闷多凄凉，终年劳苦没时光。思念忠诚老同事，殷勤眷恋不能忘。难道不想回家去？怕人怪罪乱开腔。

当日出发往边疆，风和日丽暖洋洋。啥时能够回家乡？政事越来越紧张。一年很快过完了，采蒿收豆又该忙。心里忧愁没处说，自寻烦恼自担当。念及忠诚老同事，起床漫步独惆怅。难道不想回家去？怕人诬陷遭祸殃。

哎呀诸位老同事，不要居家常安逸。本职工作须做好，结交朋友要正直。神明听了这一切，定把福禄赐给你。

哎呀诸位老同事，不要居家常逍遥。本职工作须做好，正直君子勤结交。神明听到这消息，赐你大福年寿高。

点评

这首诗采用赋体手法，不借助比兴，而是直诉胸臆，将叙事与抒情融为一体，娓娓道来，真切感人。诗中既多侧面地表现了诗人的内心世界，又展示了他心理变化的轨迹，纵横交织，反覆咏唱，细腻婉转。可以说这首诗与《北山》诗同样表现了不满上层统治者的怨情，但它不像《北山》那样尖锐刻露、对比鲜明，它的措辞较为委婉。

鼓钟

鼓钟将将，淮水汤汤[①]，忧心且伤。淑人君子，怀允不忘[②]。

鼓钟喈喈[③]，淮水湝湝[④]，忧心且悲。淑人君子，其德不回[⑤]。

鼓钟伐鼛[⑥]，淮有三洲，忧心且妯[⑦]。淑人君子，其德不犹[⑧]。

鼓钟钦钦[⑨]，鼓瑟鼓琴，笙磬同音[⑩]。以《雅》以《南》[⑪]，以籥不僭[⑫]。

注解

①将将（qiāng）、汤汤（shāng）：《集传》："将将，声也。汤汤，沸腾之貌。"

②淑、怀、允：《集传》："淑，善。怀，思。允，信也。……思古之君子不能忘也。"

③喈喈（jiē）：钟声。

④湝湝（jiē）：水疾流貌。《说文·水部》："湝湝，水流湝湝也。"《集传》："苏氏曰：始言汤汤，水盛也。中言湝湝，水流也。终言三洲，水落而洲见也。"

⑤回：邪僻。

⑥鼛（gāo）：《毛传》："鼛，大鼓也。"

⑦妯（chōu）：激动。《郑笺》："妯之言悼也。"

⑧犹：缺点，过失。《郑笺》："犹当作愈，愈，病也。"

⑨钦钦：《集传》："钦钦，亦声也。"

⑩笙磬：姚际恒《诗经通论》："笙在堂上，磬在堂下，言堂上堂下之乐皆

和也。”

⑪雅、南:《毛传》:“为雅为南也。”《集传》:“雅,二雅也。南,二南也。”

⑫籥(yuè):排箫。僭(jiàn):乱。《正义》:“以为籥舞。谓吹籥而舞也。”

译文

编钟敲起响叮当,淮水奔腾向东方。心里忧愁又悲伤。古代贤人和君子,实在念念不能忘。

编钟敲起声缭绕,淮水奔腾浪滔滔。心里忧愁又烦恼。古代贤人和君子,品行端正道德高。

敲钟击鼓声悠悠,淮水中间有三洲。心里悲伤又忧愁。古代贤人和君子,道德无瑕品行优。

编钟敲起声钦钦,又弹瑟来又弹琴。笙磬和谐真好听。既有雅乐和南乐,排箫伴奏依次行。

点评

这是一首描写聆听音乐、怀念善人君子的诗。前三章写耳闻钟鼓铿锵,面对滔滔流泻的淮水,不禁悲从中来,忧思萦怀,于是想到了“淑人君子”。对他的美德懿行心向往之。卒章描写钟鼓齐鸣、琴瑟和谐的美妙乐境。

楚茨

楚楚者茨,言抽其棘[①]。自昔何为?我蓺黍稷[②]。我黍与与[③],我稷翼翼。我仓既盈,我庾维亿[④]。以为酒食,以享以祀。以妥以侑[⑤],以介景福。

济济跄跄[⑥],絜尔牛羊[⑦],以往烝尝[⑧]。或剥或亨[⑨],或肆或将。祝祭于祊[⑩],祀事孔明[⑪]。先祖是皇[⑫],神保是

飨[13]。孝孙有庆[14]，报以介福，万寿无疆。

执爨踖踖[15]，为俎孔硕[16]，或燔或炙[17]。君妇莫莫[18]，为豆孔庶[19]。为宾为客。献酬交错[20]，礼仪卒度，笑语卒获。神保是格，报以介福，万寿攸酢。

我孔熯矣，式礼莫愆。工祝致告，徂赉孝孙。苾芬孝祀，神嗜饮食。卜尔百福，如几如式。既齐既稷，既匡既敕。永锡尔极，时万时亿。

礼仪既备，钟鼓既戒，孝孙徂位，工祝致告。神具醉止，皇尸载起。鼓钟送尸，神保聿归。诸宰君妇，废彻不迟。诸父兄弟，备言燕私。

乐具入奏，以绥后禄。尔肴既将，莫怨具庆。既醉既饱，小大稽首。神嗜饮食，使君寿考。孔惠孔时，维其尽之。子子孙孙，勿替引之。

注解

①抽：拔除。《集传》："楚楚，盛密貌。茨，蒺藜也。抽，除也。"

②蓺（yì）：通"艺"，种植。《集传》："古人乃为此事乎，盖将使我于此艺黍稷也。"

③与与：繁盛貌。翼翼：犹"与与"。《集传》："与与、翼翼，皆蕃盛貌。"

④庾（yǔ）：露天谷仓。《毛传》："露积曰庾。"《郑笺》："十万曰亿。"

⑤妥：安坐。侑（yòu）：劝饮劝食。

⑥济济跄跄：恭敬端庄。《集传》："济济跄跄，言有容也。"

⑦絜：使之洁。

⑧烝（zhēng）尝：《郑笺》："冬祭曰烝，秋祭曰尝。"

⑨"或剥"一句：《郑笺》："有肆其骨体于俎者，或奉持而进之者。"

⑩祊（bēng）：庙门。《毛传》："祊，门内也。"

⑪明：《郑笺》："明犹备也、洁也。"

⑫皇：《郑笺》："皇也。先祖以孝子祀礼甚明之故，精气归旺之。"

⑬神保：神明。《集传》："神保，盖尸之嘉号。"

⑭孝孙：《集传》："孝孙，主祭之人也。庆，犹福也。"

⑮爨(cuàn):灶。踖踖(jí):恭敬勤敏。

⑯俎(zǔ):盛肉的礼器。

⑰燔(fán)、炙(zhì):《郑笺》:“燔,燔肉也。炙,肝炙也。”

⑱莫莫:《毛传》:“莫莫,言清静而敬至也。”曾运乾《毛传说》:“天子诸侯之妻称君妇,犹大夫士妻之称主妇。”

⑲豆:《毛传》:“豆,谓肉羞庶羞也。”

⑳献酬:《郑笺》:“始主人酌宾为献;宾既酌主人,主人又自饮酌宾曰酬。”

译文

密密丛生野蒺藜,锄去杂草除荆棘。古今如此为什么?我种高粱和黄米。我的黄米多茂密,我的高粱很整齐。我的粮仓已装满,我的谷囤千万计。用来蒸酒做饭食,进献神灵把祖祭。请尸安席又劝酒,用来祈求大福气。

态度端庄又恭敬,牛羊洗刷多干净。秋祭冬祭都举行。有的剥皮有的烹,摆上桌来端上厅。巫师祭神庙门里,仪式隆重又齐整。先祖到来很赞美,神保品尝真高兴,主祭孝孙有吉庆。神灵报答降大福,赐你万寿无止境。

厨师认真做菜肴,盛肉礼器大又高,肉要烧来肝要烤。主妇小心多辛劳,酒肉满桌真不少,招待客人态度好。宾主劝酒交错行,礼节仪式都周到,笑语得宜不喧闹。神灵大驾已光临,赐你大福相酬报,万寿无疆永不老。

我们态度很恭顺,礼节周到不越分。祝官代神来致词,去把福禄赐孝孙。酒食馨香祭礼勤,神明享受多欢欣,百种福禄赐你身。祭祀及时合标准,行动整齐又快迅,态度端正又谨慎。神明赐你无量福,成万成亿多如林。

祭祀礼仪已齐备,钟鼓乐器同时鸣。孝孙离开主祭位,祝官代尸告礼成。神灵都已醉酩酊,皇尸起立来辞行。打鼓敲钟送神尸,神保告归也启程。诸位厨师和主妇,撤去祭品忙不停。伯叔兄弟在一起,饮酒欢叙骨肉情。

移入寝庙乐齐奏,子孙安享祭后禄。你的菜肴多美好,无人埋怨都庆祝。酒已喝足饭已饱,老幼叩头把话诉:饭菜神灵都爱吃,使你长寿长享福。祭祀适当又适时,已尽孝道合礼数。但愿子孙能保持,永不废弃长如初。

点评

这是一首祭祖祀神的乐歌,记录了祭祀的全过程,从祭前的准备一直写到祭后的宴乐，详细展现了周代祭祀的仪制风貌。作为一首记载古代祭祀活动全过程的诗，它对于古代文化，尤其是文化人类学的研究有着重要的文献价值。

信南山

信彼南山[①]，维禹甸之[②]。畇畇原隰[③]，曾孙田之[④]。我疆我理，南东其亩[⑤]。

上天同云[⑥]。雨雪雰雰[⑦]，益之以霢霂[⑧]。既优既渥，既沾既足[⑨]。生我百谷。

疆场翼翼[⑩]，黍稷彧彧[⑪]。曾孙之穑，以为酒食。畀我尸宾[⑫]，寿考万年。

中田有庐[⑬]，疆场有瓜。是剥是菹[⑭]，献之皇祖。曾孙寿考，受天之祜[⑮]。

祭以清酒，从以骍牡[⑯]，享于祖考。执其鸾刀[⑰]，以启其毛，取其血膋[⑱]。

是烝是享[⑲]，苾苾芬芬[⑳]。祀事孔明，先祖是皇[㉑]。报以介福。万寿无疆！

注解

①信：长远之意。曾运乾《毛传说》："信读如伸，长远貌。"

②甸（diàn）：治田。

③畇畇（yún）：平坦整齐貌。《通释》："畇畇，田已均治之貌。"

④曾孙：《集传》："曾孙，主祭者之称。曾，重也。自曾祖以至无穷，皆得称之也。"

⑤疆、理、亩：《集传》："疆者，为之大界也。理者，定其沟涂也。亩，垄也。"

⑥同：重。《集传》："同云，云一色也，将雪之候如此。"

⑦雰雰（fēn）：纷纷。《毛传》："雰雰，雪貌。丰年之冬必有积雪。"

⑧霡霂(mài mù):小雨。

⑨渥(wò)、沾(zhān):《集传》:“优、渥、沾、足,皆饶洽之意也。”

⑩埸(yì):畔。田界。

⑪彧彧(yù):茂盛貌。《集传》:“埸,畔也。翼翼,整饬(chì)貌。彧彧,茂盛貌。”

⑫畀(bì):给予。尸宾:代表先祖受祭的活人。《郑笺》:“畀,予。……至祭祀齐戒则以赐尸与宾。”

⑬庐:“芦”之假借,即萝卜。郭沫若《从周代农事诗论到周代社会》:“中田有庐与疆埸有瓜为对文,可知庐必然是芦字。”《说文》:“庐,芦菔也。”

⑭菹(zū):盐渍。《毛传》:“剥瓜为菹也。”《集传》:“菹,酢(cù)菜也。”

⑮祜(hù):《郑笺》:“皇,君。祜,福也。”

⑯骍(xīng):毛皮红色的马或牛。《集传》:“骍,赤色,周所尚也。”

⑰鸾刀:《毛传》:“鸾刀,刀有鸾者。”

⑱膋(liáo):脂膏。《郑笺》:“膋,脂膏也。血以告杀,膋以升臭。合之黍稷,实之于萧,合馨香也。”

⑲烝(zhēng):《集传》:“烝,进也。或曰冬祭名。”

⑳苾苾(bì)芬芬:《郑笺》:“既有牲物而进献之,苾苾芬芬然香,祀礼于是则明也。”

㉑皇:赞美,嘉许。

译文

终南山脉延绵长,大禹治水曾开荒。高原洼地都平坦,曾孙耕作种稻粱。画定田界整好地,垄亩向南或向东。

牛

天上乌云密密布,瑞雪纷纷飘四处。更加蒙蒙细雨下,雨量充沛好耕锄。大地滋润水分足,生长百谷极丰富。

田地边界修整好,黄米高粱生长旺。曾孙把它来收获,酿酒做饭甜又香。献给神尸和来宾,祈求福寿万年长。

田中种植有萝卜,田边地头长瓜蔬。剥的剥来腌的腌,献给伟大老先祖。

曾孙寿命长不老，皇天保佑赐福禄。

祭祀神灵用清酒，再献黄牛肥有膘，清酒牛肉敬祖考。手中拿起銮铃刀，拨开牺牲项下毛，取出牛血牛脂膏。

举行冬祭献佳肴，香气四溢真芬芳。祭事办得很漂亮，先祖到来多赞赏。降下大福做报偿，赐你大寿永无疆。

点评

这首诗与上篇《楚茨》同属周王室祭祖祈福的乐歌。但二者也有不同：《楚茨》言“以往烝尝”，乃兼写秋冬二祭；而此篇单言“是烝是享”，则仅写岁末之冬祭，而且它侧重于对农业生产的描绘，表现出周代作为一个农耕社会的文化特色。烝祭是一年的农事完毕以后的最后一次祭典，周人以农立国，奉播植百谷的农神后稷为始祖，那么在这年终的祭歌中着力歌唱农事，也就是很自然的事了。

甫田之什

甫田

倬彼甫田[1]，岁取十千[2]。我取其陈，食我农人。自古有年。今适南亩，或耘或耔[3]。黍稷薿薿[4]，攸介攸止，烝我髦士[5]。

以我齐明[6]，与我牺羊，以社以方[7]。我田既臧[8]，农夫之庆。琴瑟击鼓，以御田祖[9]。以祈甘雨，以介我稷黍，以穀我士女[10]。

曾孙来止，以其妇子[11]。馌彼南亩[12]，田畯至喜。攘其左右[13]，尝其旨否。禾易长亩[14]，终善且有。曾孙不怒，农夫克敏。

曾孙之稼，如茨如梁[15]。曾孙之庾[16]，如坻如京[17]。乃求千斯仓，乃求万斯箱。黍稷稻粱，农夫之庆[18]。报以介福，万寿无疆。

注解

①倬(zhuō):大。甫田:大田。《通释》:"甫田为大田,则倬宜为大貌。"

②十千:《毛传》:"十千,言多也。"

③耘、耔(zǐ):《毛传》:"耘,除草也。耔,雍(壅)本也。"

④薿薿(yǐ):茂繁貌。《集传》:"薿,茂盛貌。"

⑤烝(zhēng):召。髦(mào)士:田官。《集传》:"烝,进也。髦,俊也。"《集疏》:"黄山云:介当读如陈奂说,介,大也,言长大其黍稷也。止,至也,言至于得谷也。田畯,以农夫之俊者为之……农夫献新,田畯致之。"

⑥齐明:祭器所盛的谷物。《集传》:"齐(zī)与粢(zī,古代供祭祀的谷物)同。"《曲礼》:"稷曰明粢。此言齐明,便文以协韵耳。牺羊,纯色之羊也。"

⑦社、方:《郑笺》:"秋祭社与四方,为五谷成熟报其功也。"

⑧臧:《郑笺》:"臧,善也。我田事善,则庆赐农夫。"

⑨御(yà):迎接。田祖:《毛传》:"田祖,先啬也。"

⑩介、榖:《郑笺》:"介,助。榖,养也。"

⑪妇子:曾运乾《毛传说》:"王后无随王劝农之事,妇子自指农夫之妇子。"

⑫馌(yè):送饭。

⑬攘(ràng):《集传》:"攘,取。"

⑭禾易:《通释》:"按易与移一声之转。"《说文》:"移,禾相倚移也。倚移读若阿那,为禾盛之貌。……此诗禾易当为禾移之假借,谓禾蕃竟亩也。"《集传》:"有,多。"

⑮茨(cí):草屋顶。《郑笺》:"茨,屋盖也。"《诗缉》:"未刈(yì,割)之禾曰稼。其稼在田,由高处视之,则稼在下,而见甚密,故如屋茅。由平处视之,则稼在上,而见其高,故曰桥梁。"

⑯庾(yǔ):《郑笺》:"庾,露积谷也。"

⑰坻(chí):《集传》:"坻,水中之高地也。京,高丘也。"

⑱庆:《郑笺》:"庆,赐也。年丰则劳赐农夫益厚,既有黍稷,加以稻粱。"

译文

大田一片广无垠,每年收粮千万斤。我取仓中陈谷子,一一分配养农民,从古都有好收成。今往南亩去视察，农人除草培禾根，黍稷茂盛密如林。庄稼长大得丰收，田官进献多殷勤。

黄米高粱满盆装，更有纯色大公羊，祭祀土地祭四方。我的田地收成好，赏赐农夫喜洋洋。弹奏琴瑟又打鼓，迎接田祖大驾降。祈求老天降甘雨，助我黍稷好成长，我家男女得抚养。

曾孙来到大田里，农夫带领妻和子，齐往南郊送饭食。田官看了心欢喜，取来左右饭和菜，尝尝好吃不好吃。禾苗茂盛长满田，又好又多难数计。曾孙不恼恨满意，农夫敏捷多努力。

曾孙庄稼收成好，厚如屋盖又如桥。曾孙粮囤个个满，好比山丘堆积高。准备粮仓千百间，要求车厢成万套。黍稷稻粱都不少，赏赐农夫乐陶陶。神降大福做回报，万寿无疆永不消。

点评

第一章首述大田农事。第二章即写为了祈盼丰收，虔诚地举行了祭神仪式。第三章进一步写主祭者，也就是周王在仪式之后的亲自督耕。和他一起来到田间的，还有他的妻子儿女。末章则专记丰收景象及对周王的美好祝愿。到了收获的季节，地里的庄稼果然获得了前所未有的大丰收。

大田

大田多稼①。既种既戒②，既备乃事③。以我覃耜④，俶载南亩⑤。播厥百谷，既庭且硕⑥。曾孙是若⑦。

既方既皁⑧，既坚既好，不稂不莠⑨。去其螟螣⑩，及其蟊贼⑪，无害我田稚⑫。田祖有神⑬，秉畀炎火⑭。

有渰萋萋⑮，兴雨祈祈⑯。雨我公田⑰，遂及我私⑱。彼有不获稚⑲，此有不敛穧⑳；彼有遗秉㉑，此有滞穗㉒。伊寡妇

之利[23]。

曾孙来止，以其妇子。馌彼南亩，田畯至喜。来方禋祀[24]，以其骍黑[25]，与其黍稷。以享以祀，以介景福[26]。

注解

①大田：面积广大的田。

②种：选种子。戒（古音jì）：修农具。

③既备：言上述的事已准备停当。乃事：言从事下文所述的工作。这句句法和《大雅·公刘》篇的"既顺乃宣"相同。

④覃：剡（yǎn）字的假借字，锐利。耜（sì）：似犁的农具。

⑤俶（chù）：始。载：从事。亩：古音"米"。这句是说开始工作于南亩。

⑥庭：读为"挺"，生出。这句是说百谷生出而硕大。

⑦曾：犹"重"。孙之子为"曾孙"，以下每代都可以称曾孙。这里指周王。若：顺。这句是说一切顺了王的意愿。

⑧方：房。皁（zào）：谷实才结成的状态。既房是说已生长粟皮，既皁是说已生长谷壳。下句"坚""好"也是指谷粒而言。

⑨稂（láng）：禾粟之生穗而不充实的，又叫"童粱"。莠（yǒu）：草名，叶穗像禾。

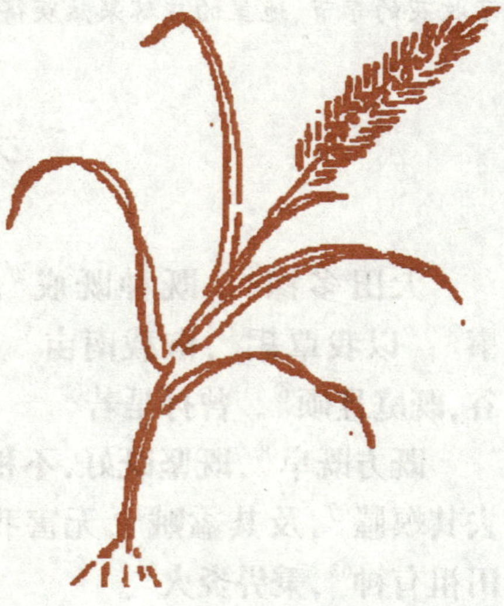

莠

⑩螟（míng）：吃苗心的小青虫，长约半寸。螣（tè）：《说文》作"蟘"，虫名，长一寸许，食苗叶，吐丝。

⑪蟊（máo）：吃苗根的虫。贼：也是虫名，专食苗节，善钻禾秆。

⑫稚：幼禾。

⑬田祖：稷神。神：犹"灵"。

⑭畀（bì）：付。以上二句是希望于稷神之词，言田祖是有灵的，将这些害虫投到火里去吧。

⑮渰（yǎn）：云起貌。萋萋："凄凄"的假借，《韩诗外传》作"凄凄"。注见《郑风·风雨》篇。

⑯祁祁：徐徐。

⑰公田：属于公家的田。

⑱私：属于私人的田。

⑲不获稚：因未成熟而不割的禾。

⑳秭(jì)：收割。不敛穧：已割而未及收的禾。

㉑遗秉：遗漏了的成把的禾。

㉒滞穗：抛撒在田里的穗子。

㉓伊：犹“是”。以上五句是说这里那里都有遗下的穗粒，准许穷苦的寡妇拾取。

㉔方：祭四方之神。禋(yīn)：精洁致祭。

㉕骍(xīng)：赤色牲。黑：古音 hī。

㉖介：读为“丐”，求。景：大。福：古读如“逼”。

译文

大田里多种多收。种子选了农具修，各事齐备来动手。用我锋利的犁头，开始整南田的土壤。播种庄稼多样，生长得棵棵茁壮，顺了周王的希望。

谷粒长了谷壳，长得结实完好，没有稂草莠草。除去青虫丝虫，蝗虫和它的同伙，别祸害我的幼禾。田祖有灵，把它们投进大火。

阴云洋洋飘来，好雨缓缓下了。好雨落在公田，私田同时沾到。那里有未成熟的禾，这里有收不及的谷；那里有遗落的禾把，这里有谷穗抛撒。舍给孤苦寡妇家。

王来看收成，带着妻和子。送饭送到田里，田官来了也欢喜。王来祭祀四方，牺牲有赤有黑，还有稷子黄米。奉请诸神受祭，得福不可估计。

点评

全诗四章，其中第三章最重要也最精彩，其他各章如众星之拱月，绿叶之衬花。第三章实写丰收，前二章起铺垫作用，末章是祭祀套话式的余波。诗主要运用白描手法，为后世勾勒了一幅上古时代农业生产方面的民情风俗画卷。其中的人物，如农人、妇子、寡妇、田畯、曾孙，虽着墨无多，但各有各的身份动作，给人以真实感受。凡此均体现出诗作的艺术魅力，给人无穷回味。

瞻彼洛矣

瞻彼洛矣，维水泱泱①。君子至止②，福禄如茨③。韎韐有奭④，以作六师⑤。

瞻彼洛矣，维水泱泱。君子至止，鞞琫有珌⑥。君子万年，保其家室。

瞻彼洛矣，维水泱泱。君子至止，福禄既同⑦。君子万年，保其家邦。

注解

①泱泱：水深广貌。《集传》："洛，水名，在东都，会诸侯之处也。泱泱，深广也。"

②君子：《集传》："君子，指天子也。"

③茨（cí）：草屋顶，喻多。《郑笺》："茨，屋盖也。如屋盖，喻多也。"

④韎韐（mèi gé）：红色皮制蔽膝。奭（shì）：赤色。

⑤作六师：《集传》："作，犹起也。六师，六军也，天子六军。"

⑥鞞琫（bǐng běng）：有纹饰的刀鞘。珌（bì）：刀鞘的玉饰。

⑦同：会集。《集传》："同，犹聚也。"

译文

看看那条洛水河，汪洋一片真宽广。君王大驾已光临，福如屋盖多无量。熟皮蔽膝赤又黄，六军振作练武忙。

看看那条洛水河，汪洋一片真宽广。君王大驾已光临，刀鞘玉饰真漂亮。君子寿命万年长，永保室家得安康。

看看那条洛水河，汪洋一片真宽广。君王大驾已光临，福禄齐备世无双。君子寿命万年长，永保家富国更强。

点评

全诗三章，用赋体写成，但亦含比义。诸侯既临此会，赞美天子能整军经武，保卫邦家，使周室有中兴气象。疑此诗为周宣王时代之诗。宣王曾用方叔、召虎、仲山甫、尹吉甫等，北伐猃狁，南征荆蛮、淮夷、徐戎，诸侯听命，武功甚盛。可见平时必以讲武为务，在其会诸侯于东都讲武之际，诗人以诗美之。

裳裳者华

裳裳者华①，其叶湑兮②。我觏之子，我心写兮。我心写兮③，是以有誉处兮。

裳裳者华，芸其黄矣④。我觏之子，维其有章矣⑤。维其有章矣，是以有庆矣。

裳裳者华，或黄或白。我觏之子，乘其四骆。乘其四骆，六辔沃若。

左之左之⑥，君子宜之。右之右之，君子有之。维其有之，是以似之。

注解

①裳裳：犹堂堂。一说车上的帷裳；一说常棣。

②湑（xǔ）：盛貌。

③写：通“泻”。

④芸：黄盛也。

⑤章：文章。

⑥左之、右之：君子者。

译文

花儿朵朵在盛开，叶儿繁茂长势旺。我遇见了那个人，我的心啊真舒畅。我的心啊真舒畅，于是有了安乐的地方。

花儿朵朵在盛开，鲜亮艳丽黄又黄。我遇见了那个人，他的服饰有文章。他的服饰有文章，于是有了喜庆的排场。

花儿朵朵在盛开，有黄有白多娇艳。我遇见了那个人，四匹黑鬣白马驾在前。四匹黑鬣白马驾在前，六根缰绳光滑又柔软。

要向左啊就向左，君子应付很适宜。要向右啊就向右，君子发挥有余地。因他发挥有余地，所以后嗣能承继。

点评

整首诗以花起兴，赞颂人物之美，节奏变化有致，结构收束得当，读来兴味盎然，且无阿谀之感，确是一首轻松欢快又不失稳当的雅诗。

桑扈

交交桑扈①，有莺其羽②，君子乐胥③，受天之祜。
交交桑扈，有莺其领④，君子乐胥，万邦之屏。
之屏之翰⑤，百辟为宪⑥，不戢不难⑦，受福不那⑧。
兕觥其觩⑨，旨酒思柔⑩，彼交匪敖⑪，万福来求⑫。

注解

①交交桑扈：交交，飞往来貌；一说小貌。桑扈，鸟名；又名小腊嘴或小桑鹰，亦称窃脂。

②莺：鸟羽有文采。

③乐胥：乐嘉。一说胥，语气助词。

④领：颈。

⑤翰：垣。屏障，喻人才。

⑥辟：君主。

⑦不戢（jí）不难：和且敬也。不，语词。

⑧那（nuó）：多。

⑨觩（qiú）：角上曲貌。

⑩思：语词。

⑪彼：疑为“匪”之误。交：绞，骄。一说侥幸。敖：傲。

⑫求：一说通逑。聚合。

译文

飞来飞去桑扈鸟，美丽身子彩羽毛。诸侯欢宴喜洋洋，福禄寿喜从天降。

飞来飞去桑扈鸟，美丽身子彩颈毛。诸侯欢宴喜洋洋，他们是万国屏障。

这些万国的屏障，是我百官的榜样。既随和来又谨慎，受天赐福乐吉祥。

犀牛角杯弯又弯，美酒佳酿味儿香。相亲相敬不傲慢，万般幸福聚一堂。

点评

从内容来看，这首助兴的劝饮乐歌还真有点政治色彩。它上来便指出君子的快乐，是来自上天所赐的福禄；接着又强调君子也就是与会诸侯对于国家的重要性。前两章的述写在先扬中已暗伏后抑的因素，所以后两章即在此基础上向与饮者提出“不戢不难”和“彼交匪敖”的要求。应该说这种劝说是很尖锐也很严厉的，但由于前面“之屏之翰，百辟为宪”的铺垫，和后面“万福来求”的激励，使之显得从容不迫、合情合理，所以也就更具有理性和感情的说服力。

鸳鸯

鸳鸯于飞①，毕之罗之②。君子万年，福禄宜之③。
鸳鸯在梁④，戢其左翼⑤。君子万年，宜其遐福⑥。
乘马在厩⑦，摧之秣之⑧。君子万年，福禄艾之⑨。
乘马在厩，秣之摧之。君子万年，福禄绥之⑩。

注解

①鸳鸯：鸭科水鸟名。古人以此鸟雌雄双居，永不分离，故称之为"匹鸟"。

②毕：长柄的小网。罗：无柄的捕鸟网。

③宜：《说文解字》："宜，所安也。"引申为享。

鸳鸯

④梁：筑在河湖池中拦鱼的水坝。

⑤戢（jí）：插。

⑥遐：远。

⑦乘（shèng）：四匹马拉的车子。乘马引申为拉车的马。厩：马棚。

⑧摧（cuò）：通"莝"，铡草喂马。郑笺："今莝字也。"《说文解字》："莝，斩刍也。"秣（mò）：用粮食喂马。

⑨艾：养。

⑩绥：安。

译文

鸳鸯双双轻飞翔，遭遇大小罗与网。好人万年寿而康，福禄一同来安享。

鸳鸯相偎在鱼梁，喙儿插进左翅膀。好人万年寿而康，一生幸福绵绵长。

拉车辕马在马房，每天喂草喂杂粮。好人万年寿而康，福禄把他来滋养。

拉车辕马在马槽，每天喂粮喂饲草。好人万年寿而康，福禄齐享永相保。

点评

此诗一、二章以鸳鸯匹鸟兴夫妇爱慕之情。诗的第三、四章以摧秣乘马，兴结婚亲迎之礼，充满了对婚后生活的美好憧憬。前二章赞美男女双方才貌匹配，爱情忠贞；后二章祝福其生活富足美满，无疑更切近诗旨。

頍弁

有頍者弁[①],实维伊何,尔酒既旨,尔肴既嘉。岂伊异人,兄弟匪他,茑与女萝[②],施于松柏[③]。未见君子,忧心奕奕,既见君子,庶几说怿。

有頍者弁,实维何期[④],尔酒既旨,尔肴既时。岂伊异人,兄弟具来,茑与女萝,施于松上。未见君子,忧心怲怲[⑤],既见君子,庶几有臧。

有頍者弁,实维在首,尔酒既旨,尔肴既阜[⑥]。岂伊异人,兄弟甥舅,如彼雨雪,先集维霰[⑦]。死丧无日,无几相见[⑧],乐酒今夕,君子维宴。

注解

①頍(kuǐ):弁貌。一说前倾。弁:皮帽。

②茑(niǎo)与女萝:两种寄生植物。比喻兄弟亲戚相互依附。

③施(yì):蔓延,延续。

④期:通“斯”。语气助词。

⑤怲怲(bǐng):忧盛满也。

⑥阜:丰富。

⑦霰(xiàn):雪米。

⑧无几:没有多少。

译文

鹿皮礼帽真漂亮,为何将它戴头顶?你的酒浆都甘醇,你的肴馔是珍品。来的哪里有外人,都是兄弟非别人。茑草女萝蔓儿长,依附松柏悄攀援。未曾见到君子面,忧心忡忡神不安。如今见到君子面,荣幸相聚真喜欢。

鹿皮礼帽真漂亮,何事将它戴头顶?你的酒浆都甘醇,你的肴馔是佳品。

来的哪里有外人？兄弟都来亲更亲。茑草女萝蔓儿长，依附松枝悄缠绕。未曾见到君子来，忧思绵绵生烦恼。如今见到君子面，满怀喜悦心境好。

鹿皮礼帽真漂亮，端端正正戴头顶。你的酒浆都甘醇，你的肴馔真丰盛。来的哪里有外人？兄弟甥舅是姻亲。如同雪花飘眼前，冰珠阵阵坠满天。死亡日子难预料，时间无多难相见。今夜开怀应畅饮，君子行乐唯欢宴。

点评

全诗以赴宴者的口气写成，不仅描写了宴席的丰盛，也写出了贵族间彼此依附的关系，在表面热闹的气氛中，笼罩着一种悲观失望、及时行乐的情绪。这正是西周末年国家政治和奴隶主贵族走向衰亡的表现。

车舝

间关车之舝兮①，思娈季女逝兮②。匪饥匪渴，德音来括③。虽无好友，式燕且喜④。

依彼平林⑤，有集维鷮⑥。辰彼硕女⑦，令德来教⑧。式燕且誉，好尔无射⑨。

虽无旨酒，式饮庶几⑩。虽无嘉肴？式食庶几。虽无德与女？式歌且舞。

陟彼高冈，析其柞薪。析其柞薪⑪，其叶湑兮⑫。鲜我觏尔⑬，我心写兮⑭。

高山仰止，景行行止⑮。四牡骓骓⑯，六辔如琴⑰。觏尔新昏，以慰我心。

注解

①间关：车轮的摩擦声。舝(xiá)：车轮轴头上的键。

②思娈：思慕美貌。季女：少女。

③德音：好消息。括：会面，见面。

④式：语气助词，没有实义。燕同“宴”。

⑤依：茂密。平林：平地上的树林。

⑥鷮：野鸡。

⑦辰：时刻。这里指出嫁的时刻。硕女：长大了的女子。

⑧令德：好德行。

⑨射（yì）：厌，厌恶。

⑩庶几：勉强可以。

⑪析：砍。柞：树名，栎树。

⑫湑：茂盛。

⑬鲜：善。觏：见到。

⑭写：同“泻”，除尽。

⑮景行：大路，大道。

⑯騑騑（fēi）：排列行走。

⑰辔（pèi）：马缰绳。

译文

车行起来间关响，想那美女要出嫁。不是饥饿也不渴，盼望会面好消息。虽无同好的朋友，宴饮喜庆也欢乐。

那片茂密的平林，林中野鸡来栖息。女子长大要出嫁，美德使我受教益。宴饮相庆又赞誉，爱你永远不厌弃。

虽然我没有美酒，愿你也能喝几杯。虽然我没有佳肴，愿你也能吃几口。虽无美德与你比，也可歌吟舞一回。

登上高高那山冈，砍下栎木当薪柴。砍下栎木当薪柴，树叶茂盛多新鲜。有幸我把你遇见，我心忧愁全不见。

德如高山人景仰，德如大道人遵循。四匹公马并排走，六根缰绳如琴弦。如今新婚遇见你，我心从此得安慰。

点评

这首诗在艺术上的主要特色，首先是结构上的跌宕。其次是抒情手法的多样，或直诉情怀，一泻方快；或以景写情，亦景亦情；或比兴烘托，意境全出。总之，它是《雅》诗中优秀的抒情诗篇。

青蝇

营营青蝇[①],止于樊[②]。岂弟君子[③],无信谗言。
营营青蝇,止于棘。谗人罔极[④],交乱四国。
营营青蝇,止于榛。谗人罔极,构我二人[⑤]。

注解

①营营:苍蝇飞来飞去的叫声。
②樊:篱笆。
③岂弟:性格快活平易。
④罔极:没有定准。
⑤构:离间。

译文

青头苍蝇嗡嗡飞,飞到篱笆上面停。开朗平和的君子,不要相信那谗言。
青头苍蝇嗡嗡飞,飞到酸枣树上边。谗人说话没定准,祸乱四国不安宁。
青头苍蝇嗡嗡飞,飞到樟树的上面。谗人说话没定准,离间咱们两个人。

点评

这是《小雅》中一首著名的谴责诗。它的鲜明特色是借物取喻形象生动,劝说斥责感情痛切。所以从全诗来看,它的特点既包括取喻确切传神,同时也包括对谗言的危害和根源的深刻揭示。而两者相辅相成,共同使“无信谗言”的规劝和警示显得充分有力,从而大大增强了诗的讽刺、谴责的力度。

宾之初筵

宾之初筵，左右秩秩[①]。笾豆有楚[②]，肴核维旅[③]。酒既和旨，饮酒孔偕[④]。钟鼓既设，举酬逸逸[⑤]。大侯既抗[⑥]，弓矢斯张，射夫既同，献尔发功。发彼有的，以祈尔爵。

籥舞笙鼓，乐既和奏。烝衎烈祖[⑦]，以洽百礼[⑧]。百礼既至，有壬有林[⑨]。锡尔纯嘏[⑩]，子孙其湛[⑪]。其湛曰乐，各奏尔能[⑫]，宾载手仇[⑬]，室人入又[⑭]。酌彼康爵[⑮]，以奏尔时[⑯]。

宾之初筵，温温其恭。其未醉止，威仪反反[⑰]。曰既醉止，威仪幡幡[⑱]。舍其坐迁[⑲]，屡舞僊僊[⑳]。其未醉止，威仪抑抑，曰既醉止，威仪怭怭。是曰既醉，不知其秩。

宾既醉止，载号载呶。乱我笾豆，屡舞僛僛。是曰既醉，不知其邮，侧弁其俄，屡舞傞傞。既醉而出，并受其福，醉而不出，是谓伐德。饮酒孔嘉，维其令仪。

凡此饮酒，或醉或否。既立之监，或佐之史。彼醉不臧，不醉反耻，式勿从谓，无俾大怠。匪言勿言，匪由勿语。由醉之言，俾出童羖。三爵不识，矧敢多又。

注解

①秩秩：肃敬。

②楚：列貌。

③肴核维旅：肴，豆食；核，果类食品；旅，陈，摆设。

④孔偕：很好。

⑤逸逸：往来次序也。

⑥大侯：箭靶。抗：举。

⑦烝：进。一说乃。衎（kàn）：乐。烈：美。

⑧洽：合，齐。

⑨壬：大。林：盛。

⑩纯：大。嘏（gǔ）：福。

⑪湛（dān）：喜乐。

⑫奏：献。能：技能。

⑬手：取，择比。仇（qiú）：匹，耦。

⑭室人入又：主人入于次，又射以耦宾也。

⑮康：虚。一说大。

⑯时：谓心所尊者。一说指射中者。

⑰反反：慎重也。

⑱幡幡：失威仪也。

⑲舍其坐迁：舍其当坐当迁之礼。

⑳僊僊（xiān）：舞貌，轻举貌。

译文

宾客来到初入席，主客列坐分东西。食器放置很整齐，鱼肉瓜果摆那里。既然好酒甘又醇，满座宾客快喝起。钟鼓已经架设好，举杯敬酒不停息。大靶已经张挂好，整顿弓箭尽射礼。射手已经集合好，请献你们妙射技。发箭射中那靶心，你饮罚酒我暗喜。

持籥欢舞笙鼓奏，音乐和谐声调柔。进献乐舞娱祖宗，礼数周到情意厚。各种礼节都已尽，隆重丰富说不够。神灵爱你赐洪福，子孙安享乐悠悠。和乐欢快喜气扬，各显本领莫保守。宾客选人互较量，主人又入陪在后。斟酒装满那空杯，献给中的那射手。

宾客来齐初开宴，温良恭谨堪赞叹。他们还没喝醉时，威严庄重自非凡。他们都已喝醉时，威严庄重全不见。离开座位乱跑动，左摇右晃舞蹁跹。他们还没喝醉时，庄重威严皆可观。他们都已喝醉时，庄重威严尽荡然。因为大醉现丑态，不知规矩全紊乱。

宾客已经醉满堂，又叫喊来又吵嚷。把我食器全弄乱，左摇右晃舞踉跄。因为大醉现丑态，不知过错真荒唐。皮帽歪斜在头顶，左摇右晃舞癫狂。如果醉了便离席，主客托福两无伤。如果醉了不退出，这叫败德留坏样。喝酒原为大好事，只是仪态要端庄。

所有这种喝酒人，一些醉倒一些醒。已设酒监来督察，又设酒史来戒警。那些醉的虽不好，不醉反而愧在心。莫再跟着去劝酒，莫使轻慢太任性。不该发问别开言，不合法道别出声。依着醉后说胡话，没角公羊哪里寻。不懂饮礼限三杯，怎敢劝他再满斟？

点评

卫武公讽谏周幽王的诗作。周幽王荒废朝政，亲近佞臣，远斥贤臣，好酒荒淫无度，朝堂上下乌烟瘴气。卫武公朝见周幽王时，见此情景后作诗以为讽谏。

鱼藻之什

鱼藻

鱼在在藻，有颁其首①。王在在镐，岂乐饮酒②。
鱼在在藻，有莘其尾③。王在在镐，饮酒乐岂。
鱼在在藻，依于其蒲④。王在在镐，有那其居⑤。

注解

①颁（fén）：头大的样子。

②岂（kǎi）乐：欢乐。

③莘（shēn）：长貌。

④蒲：香蒲，多年生水生草本植物，叶长而尖，可以编席，根茎可食。

⑤那（nuó）：安闲貌。

译文

鱼在哪儿在水藻，肥肥大大头儿摆。王在哪儿在京镐，欢饮美酒真自在。

鱼在哪儿在水藻，悠悠长长尾巴摇。王在哪儿在京镐，欢饮美酒真逍遥。

鱼在哪儿在水藻，贴着蒲草多安详。王在哪儿在京镐，所居安乐好地方。

点评

通观全诗，“鱼”和“王”，“藻”和“镐”在意象和结构上严格对应，起兴之意昭然。但若止于此，则了无新意。先贤以为此诗“以在藻依蒲为鱼之得所，兴武王之时民亦得所”。诗人歌咏鱼得其所之乐，实则借喻百姓安居乐业的和谐气氛。正是有了这一层借喻关系，全诗在欢快热烈的语言中充分展现了君民同乐的主题。因此，从形式和内容结合的完美程度来考察，这首诗在雅诗中是较优秀之作。

采菽

采菽采菽[①]，筐之筥之[②]。君子来朝，何锡予之？虽无予之，路车乘马[③]。又何予之？玄衮及黼[④]。

觱沸槛泉[⑤]，言采其芹。君子来朝，言观其旂。其旂淠淠[⑥]，鸾声嘒嘒[⑦]。载骖载驷，君子所届[⑧]。

赤芾在股[⑨]，邪幅在下[⑩]。彼交匪纾[⑪]，天子所予。乐只君子[⑫]，天子命之。乐只君子，福禄申之[⑬]。

维柞之枝，其叶蓬蓬。乐只君子，殿天子之邦[⑭]。乐只君子，万福攸同。平平左右[⑮]，亦是率从。

汎汎杨舟，绋纚维之[⑯]，乐只君子，天子葵之[⑰]。乐只君子，福禄膍之[⑱]，优哉游哉[⑲]，亦是戾矣[⑳]。

注解

①菽(shǔ):大豆。

②筥(jǔ):亦筐也,方者为筐,圆者为筥。

③路车:辂车,古时天子或诸侯所乘。

④玄衮(gǔn):古代上公礼服。《毛传》:"玄衮,卷龙也。"黼(fǔ):黑白相间的花纹。

⑤觱(bì)沸:泉水涌出的样子。槛泉:正向上涌出之泉。

⑥淠(pèi)淠:旗帜飘动。

⑦鸾:一种铃。嘒(huì)嘒:铃声有节奏。

⑧届:到。

⑨芾(fú):蔽膝。

⑩邪幅:裹腿。

⑪彼交:不急不躁。彼,通"匪"。交,通"绞",急。纾:怠慢。

⑫只:语助词。

⑬申:重复。

⑭殿:镇抚。

⑮平平:治理。

⑯绋(fú):粗大的绳索。缅(lí):系。

⑰葵:借为"揆",度量。

⑱膍(pí):厚赐。

⑲优哉游哉:悠闲自得的样子。

⑳戾(lì):安定。

译文

采大豆呀采大豆,用筐用筥里面盛。诸侯君子来朝见,王用什么将他赠?纵没什么将他赠,路车驷马给他乘。还用什么将他赠?龙袍绣衣已制成。

翻腾喷涌泉水边,我去采下水中芹。诸侯君子来朝见,看那旗帜渐渐近。他们旗帜猎猎扬,鸾铃传来真动听。三马四马驾大车,远方诸侯已来临。

红色护膝大腿上,裹腿在下斜着绑。不致怠慢不骄狂,天子因此有赐赏。

诸侯君子真快乐，天子策命颁给他。诸侯君子真快乐，又有福禄赐予他。

柞树枝条一丛丛，它的叶子密密浓。诸侯君子真快乐，镇邦定国天子重。诸侯君子真快乐，万种福分来聚拢。左右属国善治理，于是他们都顺从。

杨木船儿水中漂，索缆系住不会跑。诸侯君子真快乐，天子量才用以道。诸侯君子真快乐，福禄厚赐好关照。从容不迫很自在，生活安定多逍遥。

点评

全诗虽时有比兴，但总体上还是用的赋法。从未见君子之思，到远见君子之至，近见君子之仪和最后对君子功绩和福禄的颂扬，可概见赋体端倪。整首诗为我们再现了一幅春秋时代诸侯朝见天子时的历史画卷。

角弓

骍骍角弓[①]，翩其反矣[②]。兄弟昏姻，无胥远矣[③]。
尔之远矣，民胥然矣[④]。尔之教矣，民胥效矣。
此令兄弟[⑤]，绰绰有裕[⑥]。不令兄弟，交相为瘉。
民之无良，相怨一方。受爵不让，至于已斯亡。
老马反为驹[⑦]，不顾其后。如食宜饫[⑧]，如酌孔取。
毋教猱升木，如涂涂附[⑨]。君子有徽猷[⑩]，小人与属[⑪]。
雨雪瀌瀌[⑫]，见晛曰消[⑬]。莫肯下遗[⑭]，式居娄骄[⑮]。
雨雪浮浮[⑯]，见晛曰流。如蛮如髦[⑰]，我是用忧。

注解

①骍骍(xīng)：弓调貌。角弓：以角饰弓也。

②翩：反貌。反：弓之为物，张之则内来，弛之则外反。

③胥：相。

④胥：皆。

⑤令：善。

⑥绰绰：宽裕舒缓貌。裕：宽。

⑦老马反为驹：以教驹者教老马，比喻教之过迟。一说视老马为驹，任之以劳；一说人贪取，自忘其老。

⑧饫（yù）：饱。

⑨毋教猱升木，如涂涂附：疑为古谚语。指有人趋炎附势不用教，巴结人如涂泥，涂了又涂。猱，猿类。

⑩徽：美。猷：道。

⑪小人与属：小人都来依附。

⑫瀌瀌（biāo）：雨雪盛貌。

⑬晛（xiàn）：日气。

⑭莫肯下遗：指小人不肯卑下顺从。

⑮式：用。娄：敛。

⑯浮浮：雨雪盛貌。

⑰蛮、髦：南蛮、夷髦。古代西南少数民族名。

译文

角弓精心调整好，弓弦放松向外反。都是兄弟和亲戚，互相千万莫疏远。

你和兄弟相疏远，人民就都照样办。你教人民做好事，大家也会跟着干。

这是善良好兄弟，相互宽容能包涵。如果兄弟不良善，互相伤害生祸患。

有人行为不善良，互相指责怨对方。贪图爵禄不谦让，到头自己也灭亡。

老马当作驹子养，后果如何他不想。譬如吃饭要吃饱，好比喝酒要尽量。

莫教猴子树上爬，莫在泥上涂泥巴。君子如有好办法，小人就会追随他。

大雪纷纷满天飘，太阳一出自然消。小人不肯自谦让，常常无礼要骄傲。

大雪纷纷飘未休，太阳一出化水流。小人愚昧如蛮夷，我为此事心忧愁。

点评

全诗共八章，取喻多奇，因而给人“光怪陆离，眩人耳目”的感觉，仔细诵读，方可发现各章之间确有内在脉络流动，且有机交融，浑然一体。

菀柳

有菀者柳①，不尚息焉②。上帝甚蹈③，无自暱焉④。俾予靖之⑤，后予极焉⑥。

有菀者柳，不尚愒焉⑦。上帝甚蹈，无自瘵焉⑧。俾予靖之，后予迈焉⑨。

有鸟高飞，亦傅于天⑩。彼人之心，于何其臻⑪。曷予靖之⑫，居以凶矜⑬？

注解

①菀：枝叶十分茂盛的样子。
②尚：庶几。
③蹈：动，指变动无常。
④暱(nì)：亲近。
⑤俾：使。靖：谋划。
⑥极：诛，责罚。
⑦愒(qì)：歇息，休息。
⑧瘵(zhài)：病，生病。
⑨迈：行，指放逐。
⑩傅：到达。
⑪臻：至，到。
⑫曷：为什么。
⑬以：于。凶矜：凶险。

译文

枝叶茂盛的柳树，谁不想在树下歇。君王喜怒太无常，不要与他太亲近。若使我去谋国事，结果必定遭诛杀。

枝叶茂盛的柳树，谁不想在树下歇。君王喜怒太无常，不要与他太接近。若使我去谋国事，结果必定遭放逐。

鸟儿展翅高高飞，一直向上飞到天。那人内心摸不透，何处才是那止境。为何让我谋国事，把我置于凶险地。

点评

《菀柳》是一首揭露王者暴虐无常，诸侯皆不敢朝见的诗。诗人怀才不遇的悲愤、疾恶如仇的性情和命途多舛的遭遇都化作这句“诗眼”，给读者以震撼心魄的力量。

都人士

彼都人士，狐裘黄黄。其容不改，出言有章。行归于周，万民所望。

彼都人士，台笠缁撮[①]。彼君子女，绸直如发[②]。我不见兮，我心不说[③]。

彼都人士，充耳琇实[④]。彼君子女，谓之尹吉[⑤]。我不见兮，我心苑结[⑥]。

彼都人士，垂带而厉[⑦]。彼君子女，卷发如虿[⑧]。我不见兮，言从之迈。

匪伊垂之，带则有余。匪伊卷之，发则有旟[⑨]。我不见兮，云何盱矣[⑩]！

注解

①缁撮：青布冠。

②绸：通"稠"。如发：她们的头发。如发，犹言"乃发"，乃犹"其"。

③说(yuè)：同"悦"。

④琇(xiù)：一种宝石。

⑤尹吉：当时的两个大姓，犹晋时称王谢。

⑥苑(yùn)：一本作"菀"，郁结。

⑦厉：带之垂者。

⑧虿(chài)：蝎类的一种。长尾曰虿，短尾曰蝎。

⑨旟(yú)：上扬。

⑩盱(xū)：忧。

虿

译文

那些京都的人士，狐皮袍子亮黄黄。他们容貌不曾改，说出话来像文章。行为遵循西周礼，正是万民所希望。

那些京都的人士，头上草笠青布冠。那些贵族妇女们，密直头发垂两边。如今我都见不到，心里不快难开颜。

那些京都的人士，玉石坠子耳边加。那些贵族妇女们，姓尹姓吉名气大。如今我都见不到，心中不快好牵挂。

那些京都的人士，衣带下垂两边飘。那些贵族妇女们，卷发如蝎向上翘。如今我都见不到，但愿跟随一起跑。

不是他要把带垂，衣带本该有余长。不是她要把发卷，头发本该向上扬。如今我都见不到，为之四顾心忧伤。

点评

诗人用如此多的篇幅渲染昔日都城男女的仪容之美，意在体现周王朝当年的繁荣昌盛，但从社会发展的角度看，它正反映出社会生产力发展之后，在新旧制度的转换过程中，社会的政治、经济、文化和思想观念的巨大变革。所谓昔日的“仪容之美”，今日的“礼崩乐坏”都是不能适应时代变迁和社会发展的旧式人物不可避免的历史的悲哀。

采绿

终朝采绿，不盈一匊①。予发曲局②，薄言归沐。
终朝采蓝，不盈一襜。五日为期，六日不詹③。
之子于狩，言韔其弓④，之子于钓，言纶之绳。
其钓维何？维鲂及鲊⑤，维鲂及鲊，薄言观者⑥。

注解

①绿：植物名。又名王刍。花色深绿，古时用它的汁作黛色着画。匊（jū）：两手合捧。

②局：卷。

③蓝：染草。襜（chān）：系在衣服前面的围裙。詹：至。

④韔（chàng）：弓袋。作动词用。

⑤鲊（xù）：一种大头鲢。

⑥观：通“贯”。引申为多。一说看。

蓝

译文

整个早上采王刍，王刍不满两只手。我的头发卷又曲，我要回家洗洗头。

整个早上去采蓝，兜起前裳盛不满。他说五天就见面，过了六天不回还。

往后那人去打猎，我要跟他收弓箭。往后那人去钓鱼，我要跟他理丝线。

钓鱼钓着什么鱼？白肚子鲢鱼缩颈子鳊，白肚子鲢鱼缩颈子鳊，他钓我看总不厌。

点评

诗一、二两章以实极写幽怨神理，刻画情思细致入微，三、四两章以虚极言倡随之乐，更显出别离之苦。前为景中情，后为情中景，妇人幽怨深思之情栩栩如在目前。此诗可与《周南·卷耳》篇并读，两篇都有虚实对比之妙，但一是通过角色转换式的设身处地以对方写自身相思之苦，一是通过时空转换式的倡随之乐写现时一言难尽的幽怨之情。

黍苗

芃芃黍苗①，阴雨膏之②。悠悠南行，召伯劳之。
我任我辇，我车我牛。我行既集③，盖云归哉④！
我徒我御，我师我旅。我行既集，盖云归处！
肃肃谢功⑤，召伯营之⑥。烈烈征师，召伯成之。
原隰既平⑦，泉流既清。召伯有成⑧，王心则宁。

注解

①芃芃：草木庄稼茂盛的样子。

②膏：滋润。

③集：完成。

④盖：通“盍”，何不。

⑤谢功：谢城工程。

⑥营：经营。

⑦原：高平之地。

⑧有成：成功。

译文

黍苗蓬勃多喜人，全靠好雨来滋润。南行的路虽然遥远，召伯的慰问却能暖人心。

有的拉车有的扛，马车牛车运输忙。谢城已建设完工，大家为什么都不回家去呢！

你走路来我驾马，编好队伍就出发。建筑谢城已完工，为什么不回家乡安居乐业呢。

快速修建谢邑城，召伯苦心来经营。出工的众人都很积极热情，召伯用心组织成。

地面的高低不平已经解决。泉水河流也都已疏清。召伯大功已告成，宣王不仅高兴，心里还很踏实。

点评

作为一代中兴贤君，周宣王重用了一批贤能之人，如仲山甫、尹吉甫、方叔等，《黍苗》诗中所赞美的召穆公召虎也是当时一位文武双全的贤才。诗中所述召伯营谢的事发生在宣王鼎盛时期。为了有效地加强对南方各族的攻守控制，宣王便封其母舅申伯于谢（在今河南唐县，与湖北枣阳近），并命召伯虎带领徒役之众前往经营谢邑。在营建任务圆满完成的时候，随行者唱出了这首诗歌。

隰桑

隰桑有阿①，其叶有难②。既见君子，其乐如何！
隰桑有阿，其叶有沃③。既见君子，云何不乐？
隰桑有阿，其叶有幽④。既见君子，德音孔胶⑤。
心乎爱矣，遐不谓矣⑥？中心藏之，何日忘之？

注解

①阿:柔美的样子。

②难:通"傩",茂盛的样子。

③沃:光泽的样子。

④幽:微青黑色。

⑤胶:盛。孔胶,甚盛。

⑥遐不:何不。

译文

洼地桑树美呀美,叶子很多,非常的繁茂。我看见了那人儿,我的心里多喜欢!

洼地桑树美呀美,叶儿绿,绿汪汪。我看见了那人儿,心花怎能不开放?

洼地桑树美呀美,叶儿青,青黝黝。我看见了那人儿,多情的话儿说个没完没了。

心里好爱他呀,何不向他说出呀?心里深深藏起他,哪天能够忘记他?

点评

前三章诗人所表现的如火一样炽热的爱情,显得是如此纯真、大胆、袒露,然而这只是她心里所设想的幽会场景,并非所经历的事实如此。所以当诗人从痴想中清醒过来,重新面对现实,她就一下子变得怯弱羞涩起来,第四章所诉述的就是这一爱情苦恼和心理矛盾。本来她深爱着心上人,但又不敢向对方表白自己的爱,她反问自己:既然心里如此爱着他,何不向他和盘托出呢?她也许多次下过决心,一再自我鼓励,但是终于缺乏这种勇气,每当话到嘴边却又咽了回去,至今仍是无可奈何地把"爱"深深藏在心底,然而这已萌芽了的爱情种子自会顽强生长。

白华

白华菅兮[①]，白茅束兮[②]。之子之远，俾我独兮。
英英白云，露彼菅茅。天步艰难，之子不犹。
滮池北流[③]，浸彼稻田。啸歌伤怀，念彼硕人。
樵彼桑薪，卬烘于煁[④]。维彼硕人，实劳我心。
鼓钟于宫，声闻于外。念子懆懆[⑤]，视我迈迈[⑥]。
有鹙在梁[⑦]，有鹤在林。维彼硕人，实劳我心。
鸳鸯在梁，戢其左翼[⑧]。之子无良，二三其德。
有扁斯石，履之卑兮。之子之远，俾我疧兮[⑨]。

注解

①菅：茅的一种，又名芦芒。
②束：捆。
③滮：古水名，在今西安市北。
④卬：我，女子自称。煁：可以移动的行灶。
⑤懆懆：忧愁的样子。
⑥迈迈：疏远不顾之态。
⑦鹙：水鸟，又名秃鹙。
⑧戢：收敛。
⑨疧：忧愁而病。

译文

菅草细细开白花，白茅紧紧捆着它。恨他变心抛弃我，使我一个人守着空房度年华。

天上白云降甘露，地下菅茅受润濡。都怨我命运太不好了，恨他连白云都不如。

寄池水啊向北流，灌得稻田绿油油。边哭边唱心伤痛，他这个冤家却还在我心头。

桑枝本是好柴薪，我烧行灶来暖身。想起那个壮健人，我的心里实在是煎熬。

宫廷里面敲大钟，钟声总要传出宫。想你想得心不安，你却对我怒冲冲。

秃鹫堰边把鱼吞，白鹤挨饿在树林。想起那个壮健人，我的心里实在是煎熬。

堰上鸳鸯雌伴雄，嘴巴插在左翼中。可恨这人没良心，三心二意爱新宠。

扁平垫石地上摆，石头虽贱但还能被他常常踩。恨他变心抛弃我，忧思成病将我害成这样。

点评

《白华》是《诗经》中为数颇多的弃妇诗中的一首，从诗中语气来看，主人公应是一位贵族妇女。诗的首章以咏叹始，三句以“兮”煞尾，末章以咏叹终，亦以“兮”字结句。中间各章语气急促，大有将心中苦痛一口气宣泄干净的气势。缓急之间，颇有章法，诵读之时有余音绕梁之感。

绵蛮

绵蛮黄鸟[①]，止于丘阿[②]。道之云远，我劳如何！饮之食之，教之诲之，命彼后车[③]，谓之载之。

绵蛮黄鸟，止于丘隅。岂敢惮行[④]，畏不能趋[⑤]。饮之食之，教之诲之。命彼后车，谓之载之。

绵蛮黄鸟，止于丘侧。岂敢惮行，畏不能极[⑥]。饮之食之，教之诲之，命彼后车，谓之载之。

注解

①绵蛮：小鸟的模样。

②丘阿：山坳。

③后车：副车，跟在后面的从车。

④惮：畏惧，惧怕。

⑤趋：快走。

⑥极：到达终点。

译文

毛茸茸的小黄鸟，栖息在那山坳中。道路漫长又遥远，我行道路多劳苦。让他吃饱又喝足，教他通情又达理。叫那随从的副车，让他坐上拉他走。

毛茸茸的小黄鸟，栖息在那山角落。哪里是怕徒步走，只怕太慢难走到。让他吃饱又喝足，教他通情又达理。叫那随从的副车，让他坐上拉他走。

毛茸茸的小黄鸟，栖息在那山丘旁。哪里是怕徒步走，只怕不能走到底。让他吃饱又喝足，教他通情又达理。叫那随从的副车，让他坐上拉他走。

点评

全诗共分三章。每章八句，又分为明显的两个部分。前面四句以羽毛细密的小黄雀随意止息，自由自在地停在“丘阿、丘隅、丘侧”反兴作为行役者的诗人在长途跋涉，身疲力乏，不能快走的时候，为了不误行期仍要艰难行进的事实。第二、三两章两用“畏”字，表现出主人公心情沉重却力不从心的尴尬甚至有点狼狈的处境。

瓠叶

幡幡瓠叶①，采之亨之②。君子有酒，酌言尝之③。

有兔斯首④，炮之燔之⑤。君子有酒，酌言献之。

有兔斯首，燔之炙之⑥。君子有酒，酌言酢之⑦。

有兔斯首，燔之炮之。君子有酒，酌言酬之。

注解

①幡幡：反复翻动貌。指葫芦叶经风吹动翻卷的样子。

②亨：烹。

③酌言尝之：主人先斟一杯尝尝，以便待客。

④斯：白。一说语气助词。

⑤炮(páo)：裹烧。涂泥裹烧，用以去毛。燔(fán)：烧。

⑥炙：放肉在火上烤。

⑦酢：报也。回敬酒。

译文

随风飘动瓠瓜叶，把它采来细烹饪。君子家中有淡酒，斟满一杯请客品。

白头野兔正鲜嫩，烤它煨它味道美。君子家中有淡酒，斟满敬客喝一杯。

白头野兔正鲜嫩，烤它熏它成佳肴。君子家中有淡酒，斟满回敬礼节到。

白头野兔正鲜嫩，煨它烤它成美味。君子家中有淡酒，斟满劝饮又一杯。

点评

从诗歌的表现手法和艺术感染力来看，《瓠叶》确实算不上雅诗中的上品，但它却具有一定的历史认识价值，在这首诗中，读者既可以看到中华民族悠久的饮食文化传统，也可以看到礼仪之邦所独有的尚礼民风和谦虚美德。

渐渐之石

渐渐之石①，维其高矣。山川悠远，维其劳矣②？武人东征③，不皇朝矣④。

渐渐之石，维其卒矣⑤。山川悠远，曷其没矣⑥？武人东征，不皇出矣⑦。

有豕白蹢，烝涉波矣[8]。月离于毕，俾滂沱矣[9]。武人东征，不皇他矣[10]。

注解

①渐渐(chán)：山石高峻。

②劳：通“辽”，广阔。

③武人：指将士。

④不皇朝：无暇日。

⑤卒：山高峻而危险。

⑥曷其没矣：言所登历何时可尽矣。

⑦不皇出：但知深入不暇谋出。

⑧有豕白蹢(dí)，烝涉波矣：似为天象。夜半汉中有黑气相连，俗称黑猪渡河，雨候也。蹢，兽蹄。

⑨月离于毕：天象。月儿投入毕星，有雨的征兆。滂沱：大雨貌。

⑩不皇他：无暇顾及其他。

译文

巉巉石崖壁，矗立多么高呀。山遥水又远，跋涉真辛劳呀。将士向东进，出发无暇等破晓呀。

巉巉石崖壁，矗立多么陡呀。山遥水又远，何处是尽头呀。将士向东进，深入无暇顾退走呀。

有猪是白蹄，成群蹚水波呀。月亮近毕星，就怕雨滂沱呀。将士向东进，无暇他顾快通过呀。

豕

点评

本诗情调酷似风诗，可能是下级军官所作，自述东征劳苦，似是途中之作，重在叙述行军艰难而紧张，看不出《序》所言“役久”的意思。全诗三章，以赋叙事抒情，头两章叠唱，意思相仿，诗人在急行军途中，迎面映入眼的是陡崖峭壁，挡住队伍的去路，忍不住惊呼道“维其高矣”“维其卒矣”。

苕之华

苕之华①，芸其黄矣②。心之忧矣，维其伤矣。

苕之华，其叶清清。知我如此，不如无生。

牂羊坟首③，三星在罶④。人可以食，鲜可以饱⑤。

注解

①苕（tiáo）：凌霄花，藤本蔓生植物。
②尝其黄：草木枯黄的样子。
③牂（zāng）羊：母羊。坟：大。
④三星。指星光。罶（liǔ）：捕鱼的小网。
⑤鲜：少。

译文

凌霄花开在藤上，花瓣已经枯黄了。我的心中多忧愁，满心哀伤难诉说。
凌霄花开在藤上，叶色清清花已落。早知我心这样苦，不如当初不降生。
母羊瘦弱头显大，星光照耀着渔网。虽然也算有饭吃，很少有人能吃饱。

点评

全诗三章，前两章开头两句互文见义，说苕华盛开，一片黄色，叶子青青，沃若葱茏。这两句诗人以所见苕的花、叶起兴，苕叶青花黄，充满生机，而荒年的人民呢？却难以为生。诗人由联想导入感慨，两章诗的结尾两句即是所感。诗人痛心身处荒年，人们在饥饿中挣扎，九死一生，难有活路，反不如苕一类植物，活得自在，生命旺盛。为此，他心里忧伤不已，竟至于觉得最大的遗憾就是降生到这个世界上来。天地之下，本以人为贵，今反而羡慕无知觉的植物，乃至说出“不如无生”的话，实在悲哉痛哉！愤极恨极！

苕

何草不黄

何草不黄？何日不行[1]？何人不将[2]？经营四方。

何草不玄[3]？何人不矜[4]？哀我征夫，独为匪民[5]。

匪兕匪虎，率彼旷野[6]。哀我征夫，朝夕不暇。

有芃者狐[7]，率彼幽草。有栈之车[8]，行彼周道。

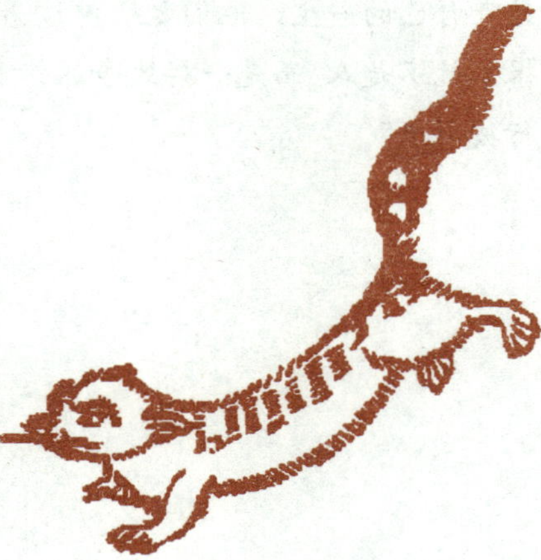

狐

注解

①行：奔，走。指行役，出征。

②将：行。

③玄：赤黑色。草枯烂则成此色。

④矜：通“鳏”，病。一说，矜，通

"鳏"。

⑤匪:通"非"。一说,匪,彼。

⑥率:循,沿着。

⑦有芃:芃芃,兽毛蓬松的样子。

⑧有栈:栈栈,通"廞廞",高大的样子。

译文

哪有草儿不枯黄,哪有一天不奔忙。哪个人能不出征,在各个地方努力经营着生活。

哪有草儿不腐烂,哪个不是单身汉。可怜我们出征人,偏偏不被当人看待。

不是野牛不是虎,为什么总让我们出入旷野。可怜我们出征人,整天劳累如此辛苦。

狐狸尾巴毛蓬松,钻进路边深草丛。高高役车征夫坐,漫长大路没有尽头。

点评

全诗以一征人口吻凄凄惨惨道来,别有一份无奈中的苦楚。一、二两章以"何草不黄""何草不玄"比兴征人无日不在行役之中,似乎"经营四方"已是征夫的宿定命运。三、四两章作者发出了久压心底的怨怼,不过,怨终归是怨,命如草芥,生同禽兽的征夫们并没有改变自己命运的能力,他们注定要在征途中结束自己的一生。他们之所以过着非人的行役生活是因为在统治者眼中他们根本就不是人,而是一群战争的工具而已。所以,怨的结局仍然是"有栈之车,行彼周道"。

大雅

《大雅》多为西周王室贵族的作品，主要歌颂周王室祖先乃至武王、宣王等之功绩，有些诗篇也反映了厉王、幽王的暴虐昏乱及其统治危机。

文王之什

文王

文王在上，於昭于天①。周虽旧邦，其命维新。有周不显②，帝命不时③。文王陟降，在帝左右。

亹亹文王④，令闻不已⑤。陈锡哉周⑥，侯文王孙子。文王孙子，本支百世⑦。凡周之士，不显亦世⑧。

世之不显，厥犹翼翼⑨。思皇多士⑩，生此王国。王国克生⑪，维周之桢⑫。济济多士，文王以宁。

穆穆文王⑬，於缉熙敬止⑭。假哉天命⑮，有商孙子。商之孙子，其丽不亿⑯？上帝既命，侯于周服⑰。

文王

侯服于周，天命靡常[18]。殷士肤敏[19]，祼将于京。厥作祼将[20]，常服黼冔。王之荩臣，无念尔祖。

无念尔祖，聿修厥德。永言配命，自求多福。殷之未丧师，克配上帝。宜鉴于殷，骏命不易。

命之不易，无遏尔躬。宣昭义问，有虞殷自天。上天之载，无声无臭。仪刑文王，万邦作孚。

注解

①昭：明，光亮。

②不：通“丕”，大。下句“不时”，同此。显：明亮，光明。

③时：是。

④亹亹（wěi）：努力，勤勉的样子。

⑤令闻：美好的声誉。

⑥陈：布施。锡：赐。

⑦本：本宗，嫡传子孙。支：旁支，庶族子孙。

⑧亦世：奕世，累世。

⑨犹：计谋。

⑩皇：美好。多士：众多人才。

⑪克：能。

⑫桢：树干，引申为“骨干”。

⑬穆穆：既严肃又和蔼。

⑭缉熙：光明。敬：肃穆庄重。

⑮假：大。

⑯丽：数目。不亿：一亿不止，极言很多。

⑰服：臣服。

⑱靡常：没有常规。

⑲肤敏：壮美敏捷。

⑳祼：祭祀名，也叫“灌祭”。将：行。

译文

文王的神灵在上方呵，在天上显现。岐周虽然是旧邦，它的国运却是新气象。岐周的前途多么光明，它很恰当的受到天命。文王的神灵时升时降，全在老天的左右两旁。

勤勤恳恳的文王，美好的名誉流芳百世。施恩泽开创周朝，王位只传给文王的子孙。文王的子孙，本宗旁支都传百世。所有的周朝诸侯贵族，也显贵到累代累世。

后世后代均显赫，他们的谋划小心翼翼。希望有众多的优秀人才，在这个王国里出生。王国将人才培养，他们都是周朝的栋梁。有了非常多的人才，文王任用他们来安定国邦。

严肃和蔼的文王，正大光明，行为端庄。伟大的天命呀，这商代的子孙臣是服了。商代的子孙，他们的人丁何止万数亿数？上帝把命令已经下了，他们又都臣服于周。

他们又都臣服于周，天命没有永恒之道。殷朝诸臣都很漂亮聪敏，执行灌酒的事助祭于周京。他们执行灌酒的事情，还是穿戴殷朝的衣帽。殷王遗下的群臣，再也不要叨念祖先。

再也不要叨念祖先，你们都要将品德修养。永远修德以配合天命，自然求得福禄多样。当初殷朝没有丧失民众，能够配合天帝的意向。应该对殷的兴亡作为借鉴，知道不容易保持大命。

保持大命可不容易，在你们身上不要毁掉天命。宣明文王的美善声名，又要考虑殷的灭亡由天而定。上天办事情的时候，没有声音，也没有气味。好好效法文王，万国诸侯就会相信、服从。

点评

全诗七章，每章八句。第一章言文王得天命兴国，建立新王朝是天帝意旨；第二章言文王兴国福泽子孙宗亲，子孙百代得享福禄荣耀；第三章言王朝人才众多得以世代继承传统；第四章言因德行而承天命兴周代殷，天命所系，殷人臣服；第五章言天命无常，曾拥有天下的殷商贵族已成为服役者；第六章言以殷为鉴，敬天修德，才能天命不变，永保多福；第七章言效法文王的德行和勤勉，就可以得天福佑，长治久安。

大明

鹰

明明在下，赫赫在上。天难忱斯[①]，不易维王。天位殷适[②]，使不挟四方。

挚仲氏任[③]，自彼殷商，来嫁于周，曰嫔于京[④]。乃及王季，维德之行。大任有身，生此文王。

维此文王，小心翼翼。昭事上帝，聿怀多福[⑤]。厥德不回[⑥]，以受方国。

天监在下，有命既集。文王初载，天作之合。在洽之阳，在渭之涘。文王嘉止，大邦有子。

大邦有子，伣天之妹[⑦]。文定厥祥[⑧]，亲迎于渭。造舟为梁，不显其光[⑨]。

有命自天，命此文王，于周于京。缵女维莘[⑩]，长子维行，笃生武王[⑪]。保右命尔，燮伐大商[⑫]。

殷商之旅[⑬]，其会如林[⑭]。矢于牧野[⑮]："维予侯兴[⑯]，上帝临女[⑰]，无贰尔心！"

牧野洋洋，檀车煌煌，驷騵彭彭[⑱]。维师尚父[⑲]，时维鹰扬[⑳]。凉彼武王，肆伐大商，会朝清明！

注解

①忱：信任。

②适：通“嫡”。嫡子，正妻生的长子。

③挚：殷的属国，在今河南汝宁一带。

④嫔：嫁。

⑤怀：招致，招来。

⑥回：邪僻。

⑦俔：好比。妹：青春少女。

⑧文定：婚。文，礼文，指“纳币”之礼。

⑨丕：通“丕”，大。

⑩缵：“攒”的假借，美好。莘：古国名。

⑪笃：发语词。

⑫燮：“袭”的假借。

⑬旅：众，此指军队。

⑭会：借作“旝”，旌旗。

⑮矢：通“誓”。牧野：古地名，在今河南淇县西南。

⑯侯：乃。

⑰临：监督。

⑱騵：赤毛白腹的马。彭彭：威猛强大的样子。

⑲师：太师。尚父：姜子牙吕望的尊称。

⑳时：是、这。

译文

皇天伟大光辉照人间，光彩卓异显现于上天。天命无常难测又难信，一个国王做好也很难。天命嫡子帝辛居王位，终又让他失国丧威严。

太任是挚国任家姑娘，也可以算是来自殷商。她远嫁来到我们周原，在京都做了王季新娘。就是太任和王季一起，推行德政有着好主张。

太任怀孕将要生儿郎，生下这位就是周文王。这位伟大英明的君主，小心翼翼恭敬而谦让。勤勉努力侍奉那上帝，带给我们无数的福祥。他的德行光明又磊落，因此承受祖业做国王。

上帝在天明察人世间，文王身上天命集中现。就在他还年轻的时候，皇天给他缔结好姻缘。文王迎亲到洽水北面，就在那儿渭水河岸边。

文王筹备婚礼喜洋洋，殷商有位美丽的姑娘。殷商这位美丽的姑娘，长得就像那天仙一样。卜辞表明婚姻很吉祥，文王亲迎来到渭水旁。造船相连作桥渡河去，婚礼隆重显得很荣光。

上帝有命正从天而降，天命降给这位周文王。在周原之地京都之中，又娶来莘国姒家姑娘。长子虽然早早已离世，幸还生有伟大的武王。皇天保佑命令周武王，前去袭击讨伐那殷商。

殷商调来大批的兵将，军旗就像那树林一样。我主武王誓师在牧野，他说："只有我们最兴旺。上帝监视你们众将士，不要有什么二心妄想！"

牧野地势广阔无边垠，檀木战车光彩又鲜明，驾车驷马健壮真雄骏。还有太师尚父姜太公，就好像是展翅飞雄鹰。他辅佐着伟大的武王，袭击殷商讨伐那帝辛，一到黎明就天下清平。

点评

这是一首叙事诗，但它并不平铺直叙地叙事。其中，既有情势的烘托，也有景象的渲染。文王两次迎亲的描述，生动具体；牧野之战的描绘，更显得有声有色。"牧野洋洋，檀车煌煌，驷騵彭彭"一连三个排比句子，真可谓把战争的威严、紧迫的气势给和盘托出了。"殷商之旅，其会如林"，虽然写出了敌军之盛，但相比之下，武王的三句誓师，更显得坚强和有力。"维师尚父，时维鹰扬"，虽然仅仅描写了一句，也似乎让人看到了姜太公的雄武英姿。至于它有详有略、前呼后应的表现手法，更使本篇避免了平铺、呆板和单调，给人以跌宕起伏、气势恢宏而重点突出的感觉。这些，在艺术上都是可取的。诗中的"小心翼翼""天作之合"等句也早已成为著名的成语，在现代汉语中仍有很强的活力。

绵

绵绵瓜瓞[①]，民之初生[②]。自土沮漆[③]，古公亶父。陶复陶穴[④]，未有家室。

古公亶父，来朝走马。率西水浒[⑤]，至于岐下。爰及姜女，聿来胥宇[⑥]。

周原膴膴[⑦]，堇荼如饴。爰始爰谋，爰契我龟[⑧]。曰止曰时，筑室于兹。

乃慰乃止，乃左乃右。乃疆乃理，乃宣乃亩[⑨]。自西徂东，周爰执事。

乃召司空[10]，乃召司徒[11]。俾立室家，其绳则直。缩版以载[12]，作庙翼翼[13]。

捄之陾陾[14]，度之薨薨[15]。筑之登登，削屡冯冯[16]。百堵皆兴，鼛鼓弗胜[17]。

乃立皋门[18]，皋门有伉[19]。乃立应门[20]，应门将将。乃立冢土，戎丑攸行。

肆不殄厥愠，亦不陨厥问。柞棫拔矣，行道兑矣。混夷駾矣，维其喙矣。

虞芮质厥成，文王蹶厥生。予曰有疏附，予曰有先后。予曰有奔奏，予曰有御侮。

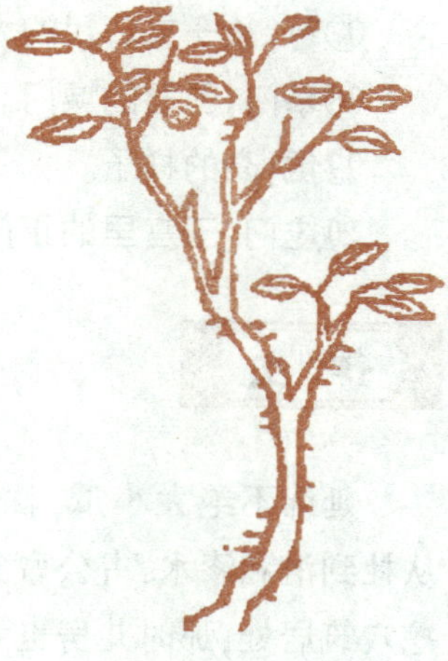

棫

注解

①绵绵：连续不绝的样子。瓞：小瓜。

②民：指周朝的民众。

③土：指杜水。沮、漆都是水名。

④陶：挖掘。复：地室。

⑤水浒：水边。

⑥胥：视察，察看。宇：居住。

⑦周原：地名。膴膴：土地肥美的样子。

⑧契：用火烧龟壳以占卜。

⑨宣：开沟挖渠。亩：耕田种地。

⑩司空：古代掌管土地的官。

⑪司徒：古代掌管役工的官。

⑫缩版：用绳子捆束筑墙的木板。

⑬翼翼：房子高大严正的样子。

⑭捄：把泥土装在器物中。陾陾：人多的样子。

虞芮质厥成

⑮度：把泥土填进夹板中。薨薨：人多嘈杂的声音。

⑯削屡：指修整墙头。冯冯：墙头坚硬的声音。

⑰鼛：长一丈二尺的大鼓。
⑱皋门：国君的城门。
⑲伉：高的样子。
⑳应门：王宫里的正门。

译文

延绵不绝大小瓜，就像周初的民众。从杜到沮和漆水，古公亶父始创业。掘地挖穴筑居处，那时儿房也无屋。

古公迁岐

古公亶父创业初，骑马率领周民逃。沿着西方水边走，一直来到岐山下。带着妃子姜氏女，察看选择定居处。

周土山肥地又美，堇荼苦菜甜如糖。于是谋划又商量，又灼龟壳占卦象。卦说周原可定居，从此筑主安下家。

安下心来住下来，划分左右和东西。又分田界治土地，开沟挖渠种田地。从西一直到东边，周民忙碌建家园。

召来司空管土地，召来司徒管役工。命令周民筑家室，拉绳筑墙直又直。捆好夹板把墙筑，建成宗庙好威严。

柞

众人忙着装泥土，一起填入夹板中。筑墙捣土登登响，削平墙头声呼呼。百堵高墙筑起来，大鼓不敌筑墙声。

于是修建外城门，城门高高入云天。于是修建宫正门，正门高大又严整。于是修建上地庙，周民遇事把神祭。

虽未断绝对敌恨，不废对邻国聘问。拔除柞树和棫树，道路畅通无拦阻。混夷惊恐逃跑走，早已疲惫又困顿。

虞芮们相争平息，文王感动其内心。我有聚众好贤臣，我有引导好贤臣。我有奔走好贤臣，我有御敌好贤臣。

点评

诗章以时间为经，以地点为纬，景随情迁，情缘景发，浑然丰满，情景一体，充满了浓郁的生活气息。自邠至岐，从起行、定宅、治田、建屋、筑庙到文王服虞芮、受天命，莫不洋溢着周人对生活的激情、对生命的热爱、对祖先的崇敬。结构变幻，开合承启不着痕迹，略处点到即止，详处工笔刻画，错落有致。读之使人如闻其声，如临其境。

棫朴

芃芃棫朴①，薪之槱之。济济辟王，左右趣之②。
济济辟王，左右奉璋。奉璋峨峨，髦士攸宜③。
淠彼泾舟④，烝徒楫之⑤。周王于迈，六师及之。
倬彼云汉⑥，为章于天⑦。周王寿考，遐不作人⑧！
追琢其章⑨，金玉其相⑩。勉勉我王，纲纪四方。

注解

①芃芃：堆积。
②趣：趋附。
③髦士：英俊之士。
④淠：舟船行进的样子。
⑤烝：很多。
⑥倬：广大。
⑦章：花纹。
⑧遐不作人："不"字无义。遐作人即远作人。
⑨追："雕"的假借字。
⑩相：本质、品质。

译文

棫朴茂盛丛生多，砍它做柴堆起它。仪容庄重的文王，左右以善趋助他。

仪容庄重的文王，助祭群臣捧圭璋。捧璋群臣仪容盛，个个俊美贤士强。

船儿顺水流泾河，众人用桨划着它。周王出师讨伐去，六军踊跃追随他。

浩渺云河万里连，灿烂明亮满天布。文王享有九十高寿，培育人才往善迁。

雕琢成章是表象，如金如玉是质量。勤勉不倦我文王，张纲立纪教四方。

点评

本诗是《大雅》的第四篇，与前三篇一样，也是赞美周王的作品。但赞美的究竟是哪一位，却不像前三篇那样具体有所指，只是因为诗中提到“周王寿考”，而传说周文王活了九十七岁，所以历来认为非文王莫属。全诗五章，每章四句。除第二章外，其余四章均以兴为发端，这在《大雅》中是罕见的。

旱麓

瞻彼旱麓[1]，榛楛济济。岂弟君子[2]，干禄岂弟[3]。

瑟彼玉瓒[4]，黄流在中。岂弟君子，福禄攸降。

鸢飞戾天[5]，鱼跃于渊。岂弟君子，遐不作人。

清酒既载[6]，骍牡既备。以享以祀，以介景福[7]。

瑟彼柞棫[8]，民所燎矣。岂弟君子，神所劳矣[9]。

莫莫葛藟[10]，施于条枚[11]。岂弟君子，求福不回[12]。

楛

注解

①旱:山名,在今陕西省南郑县。

②岂弟:"恺悌",和乐平易。

③干禄:求得幸福。

④瑟:鲜亮净洁。玉瓒:圭瓒,天子祭神时所用的酒器。以玉圭为柄,柄的一端有勺,用来灌酒祭神。

⑤戾:到,至。

⑥载:陈设。

⑦介:求。景:大。

⑧瑟:很多的样子。

⑨劳:劳来,保佑。

⑩莫莫:繁多,茂密的样子。

⑪施:蔓延。

⑫回:违反,违背。也可解作邪僻。

译文

遥望旱山那山麓,密密丛生榛与楛。平易近人好君子,品德高尚有福禄。

祭神玉壶有光彩,美酒香甜流出来。平易近人好君子,祖宗赐你福和财。

鹞鹰展翅天上飞,鱼儿在深渊跳跃。平易和乐好君子,培养千万人才。

摆好清醇美味酒,备好红色大公牛。虔诚上供祭祖先,祈祷神灵降福。

密密一片柞棫林,砍下烧火祭神灵。平易近人好君子,神灵保佑百事成。

葛藤茂密又长又柔,蔓延缠绕树梢头。平易近人好君子,不违祖德把福求。

点评

本诗全篇共六章,每章四句,以"岂弟君子"一句作为贯穿全篇的气脉。首章前两句以旱山山脚茂密的榛树楛树起兴,也带有比意。因和乐平易而得福,得福而更和乐平易。前事之因适为后事之果,语有深意。

思齐

思齐大任[①],文王之母。思媚周姜[②],京室之妇[③]。大姒嗣徽音[④],则百斯男[⑤]。

惠于宗公[⑥],神罔时怨[⑦]。神罔时恫[⑧],刑于寡妻[⑨]。至于兄弟,以御于家邦[⑩]。

雝雝在宫[⑪],肃肃在庙[⑫]。不显亦临[⑬],无射亦保[⑭]。

肆戎疾不殄[⑮],烈假不瑕[⑯]。不闻亦式,不谏亦入[⑰]。

肆成人有德,小子有造。古之人无斁[⑱]。誉髦斯士[⑲]。

注解

①思:语气助词,没有实义。齐(zhāi):端庄。大任:太任,指周文王的母亲。

②媚:敬爱。周姜:太姜,周文王的祖母。

③京室:周王室。

④大姒(sì):太姒,指周文王的妻子。嗣:继承。徽音:美好的名声。

⑤则百斯男:意思是说子孙众多。

⑥惠:孝顺。宗公:宗庙的先人。

⑦时:是。罔,无。

⑧恫(tōng):伤痛。

⑨刑:法则,这里指做典范。寡妻:周义上的正妻。

⑩御:治理。

⑪雝雝:和谐的样子。宫:家。

⑫肃肃:庄严恭敬的样子。

⑬不显:丕显,指国家大事。临:视察。

⑭射:不明显,隐蔽。保:提防,警惕。

⑮肆:因此,所以。戎疾:大灾难。不:语气助词,没有实义。殄(tiǎn):断绝。

⑯烈假:指大病。瑕:过,去。

⑰入:容纳,采纳。

⑱斁(yì):厌倦。

⑲誉:同“豫”,乐于。髦:选拔。

译文

仪态端庄的太任,就是文王的母亲。德高敬重的太姜,做了王室的主妇。太姒继承好名声,养育了众多的子孙。

文王孝敬先祖宗,神灵对他没怨恨。神灵不使他伤痛,为了家人做表率。自已兄弟也守法,以此治理国和家。

文王在家很和睦,宗庙祭祀也恭敬。国家大事亲视察,隐蔽小事也警惕。

古今大难已断绝,大病灾难不再有。听到善言就采用,下臣进谏便采纳。

古今成人德高尚,弟子孩童可造就。文王诲人永不倦,乐于选拔好人才。

点评

明代薛瑄说:“《思齐》一诗,修身、齐家、治国、平天下之道备焉。”确实,它反映出传统道德在文王身上的完满体现。

皇矣

皇矣上帝①,临下有赫②。监观四方,求民之莫③。维此二国④,其政不获⑤。维彼四国⑥,爰究爰度⑦。上帝耆之⑧,憎其式廓⑨。乃眷西顾⑩,此维与宅。

作之屏之,其菑其翳⑪。修之平之,其灌其栵。启之辟之,其柽其椐⑫。攘之剔之⑬,其檿其柘⑭。帝迁明德,串夷载路⑮。天立厥配,受命既固。

帝省其山,柞棫斯拔⑯。松柏斯兑,帝作邦作对。自大伯王季,维此王季。因心则友,则友其兄。则笃其庆,载锡之光⑰。受禄无丧,奄有四方⑱。

维此王季,帝度其心。貊其德音⑲,其德克明。克明克类,克长克

君。王此大邦，克顺克比。比于文王，其德靡悔。既受帝祉，施于孙子。

帝谓文王，无然畔援[20]。无然歆羡，诞先登于岸。密人不恭，敢距大邦。侵阮徂共，王赫斯怒。爰整其旅，以按徂旅。以笃于周祜，以对于天下。

依其在京，侵自阮疆。陟我高冈，无矢我陵。我陵我阿，无饮我泉。我泉我池，度其鲜原。居岐之阳，在渭之将。万邦之方，下民之王。

柘

帝谓文王，予怀明德。不大声以色，不长夏以革。不识不知，顺帝之则。帝谓文王，询尔仇方。同尔弟兄，以尔钩援。与尔临冲，以伐崇墉。

临冲闲闲，崇墉言言。执讯连连，攸馘安安。是类是祃，是致是附。四方以无侮，临冲茀茀。崇墉仡仡，是伐是肆。是绝是忽，四方以无拂。

注解

①皇：大。

②赫：明显。

③莫：通“瘼”，疾苦。一说，莫，安定。

④二国：上国，指夏、商。

⑤不获：整治不当。

⑥四国：四方之国。

⑦究：思考。度：审。

⑧耆：通“指”，意向。

⑨式廓：扩大。

⑩眷：念。西顾：向西观看。

⑪菑：直立未倒之枯木。翳：倒地的朽木。

⑫柽：红柳。椐：灵寿木，枝多肿节，可作杖。

⑬攘：除。剔：除。

⑭檿：山桑。柘：黄桑。

⑮串夷：昆夷，亦称犬戎。载：则。路：通“露”，失败。

⑯柞：灌木的一种。棫：柞的一种。

⑰锡：赐。

⑱奄：完全。

⑲貊：同“寞”，安静。

⑳无：同“毋”，不要。畔援：放纵暴虐。

译文

上帝光焰万丈长，俯视人间真明亮。洞察全国各个地方的事情，民间疾苦要了解。想起夏商两朝末，违背民心国家要面临灭亡。思量四方诸侯国，天下重任谁能当。上帝意在岐周国，有心扩大他的国土。于是回头望西方，同住岐山佑周王。

将杂树坎掉辟农场，枯枝朽木全扫光。精心修剪枝和叶，灌木丛丛新枝长。修出道路开辟土地，除尽柽椐路通畅。剔去坏树留好树，留下山桑和黄桑。上天是爱护明智的君主的，犬戎败逃走仓皇。上天立他当天子，政权巩固国兴旺。

栵

上帝视察岐山阳，柞棫小树都拔光。直立柏松郁苍苍，上帝建立周王国。太伯王季始开创，这位王季好品德。对兄友爱热心肠，王季热心爱兄长。他使周邦福无疆，上天赐给王位显荣光。永享福禄保安康，统一天下疆域广。

这位王季真善良，天生思想合政纲。他的美名传遍远处，他能明辨是和非。坏人和善良要区别，堪称师范好君王。

在这个大国当天子，上下和顺人心向。到了文王接王位，人民爱戴德高尚。既受上天封赏福禄，子孙万代绵绵长。

上帝启示周文王，不要暴虐休狂妄，不要羡慕他人当自强，先据高位路康庄。密人态度不恭顺，竟敢抗拒周大邦。侵阮袭共太猖狂，文王勃然大震怒。整顿军队去抵抗，制止敌人向莒进攻。周族福气才巩固，民心安稳定四方。

周京军队真强壮，从阮班师凯歌扬。登上岐山远盼望，占我山冈没人敢。高山大陵莽苍苍，饮我泉水没人敢。清泉绿池水汪汪，规划山头和平原。定居岐山面向阳，紧靠渭水河边旁。你为万国做榜样，是天下人民心中的王。

上帝告诉周文王，美好品德我赞赏，从来不会疾言和厉色，遵从祖训依旧章。好像不知又不觉，顺应民意江山稳坐。上帝又对文王说，团结邻国多商量。联合同姓众国王，用你戈刀和大钩。临车冲车赴战场，讨伐崇国削殷商。

临车冲车声势壮，崇国城墙高又长。捉来一大批的俘虏，将耳割下装满筐。祭祀天神祈胜利，安抚残敌招他降。各国不敢看不起周邦，临车冲车威力强。崇国城墙高又广，冲锋陷阵士气旺。崇军消灭有威望，各国不敢再违抗。

点评

全诗中，既有历史过程的叙述，又有历史人物的塑造，还有战争场面的描绘，内容繁复，规模宏阔，笔力遒劲，条理分明。所叙述的内容，虽然时间的跨度很大，但由于作者精心的结构和安排，读起来却又感觉是那么紧密和完整。特别是夸张词语、重叠词语、人物语言和排比句式的交错使用，章次、语气的自然舒缓，更增强本诗的生动性、形象性和艺术感染力。

灵　台

经始灵台[1]，经之营之[2]。庶民攻之[3]，不日成之。经始勿亟[4]，庶民子来。

王在灵囿[5]，麀鹿攸伏[6]，麀鹿濯濯[7]，白鸟翯翯[8]。王在灵沼，於牣鱼跃[9]。

虡业维枞[10]，贲鼓维镛[11]。於论鼓钟[12]，於乐辟雍[13]。

於论鼓钟，於乐辟雍。鼍鼓逢逢[14]，矇瞍奏公[15]。

注解

①经始：计划开始。灵台：周文王所造，由于造得快，有如神助，所以叫灵台。

②经：测量。营：建造。

③攻：用力工作。

④亟：急。

⑤灵囿：灵台下面养鸟兽的花园。

⑥麀（yōu）鹿：母鹿。攸：语气助词，没有实义。

⑦濯濯（zhuó）：鸟兽毛色润泽的样子。

⑧翯翯（hè）：鸟的羽毛白净的样子。

⑨於：语气助词，没有实义。牣（rèn）：满。

⑩虡（jù）：挂钟的直柱子。业：挂钟横梁上的大版。枞（cōng）：崇牙，横梁上像牙一样的挂钟的地方。

⑪贲：大鼓。镛：大钟。

⑫论：同“伦”，依次（演奏）。

⑬辟雍（bì yōng）：水环山的风景区。

⑭鼍（tuó）鼓：鳄鱼皮蒙的鼓。逢逢：和顺的鼓声。

⑮矇：有眼珠的盲人。瞍：无眼珠的盲人。公：同“工”“功”，这里指奏乐。

译文

开始计划造灵台，先是测量后建造。庶民百姓齐努力，不多几天就建成。开始计划本不急，百姓如子齐出力。

文王来到灵囿中，母鹿安静躺伏着。母鹿毛色多润泽，白鸟洁净羽毛白。文王来到灵池旁，鱼儿满池欢蹦跳。

钟鼓支架崇牙耸，挂着大鼓和大钟。依次轮流击钟鼓，君民同乐在辟雍。

依次轮流击钟鼓，君民同乐在辟雍。鳄皮大鼓声和谐，盲人乐师奏颂歌。

点评

本篇共四章，第一、二两章章六句，第三、四两章章四句。第一章写建造灵台。第二章写灵囿、灵沼。第三章、第四章写辟雍。第三章后两句与第四章前两句的完全重复，实是顶针修辞格的特例，将那种游乐的欢快气氛渲染得十分浓烈。

下武

下武维周①，世有哲王②。三后在天③，王配于京④。王配于京，世德作求⑤。永言配命⑥，成王之孚⑦。

成王之孚，下土之式⑧。永言孝思，孝思维则⑨。媚兹一人⑩，应侯顺德。永言孝思，昭哉嗣服⑪！

昭兹来许，绳其祖武⑫。于万斯年⑬！受天之祜⑭。受天之祜，四方来贺⑮。于万斯年！不遐有佐⑯。

注解

①下武：下，后嗣。武，印记，足迹。下武，谓继承先人事业。维：同“惟”，唯有。

②哲：明智。

③三后：指周人的三王——太王、王季和文王。

④王：指武王。配：配天。谓顺从天命。京：镐京，周都。

⑤求：通“逑”，匹敌。

⑥永言：永远。“言”为助词。

⑦孚：信。

⑧式：典范，榜样。

⑨则：法则。

⑩媚：爱。一人：指成王。

⑪昭：章太炎《新方言》去：昭，即今“诏”字。诏，谆谆教诲。嗣服：嗣君，指康王。下章“来许”与此同义。

⑫绳：继也。

⑬于：叹美词。

⑭祜：万福。

⑮四方：谓华夏诸侯。

⑯不遐：远方。“不”为语助词。遐，《毛传》谓“远夷”，即华夏之外的边远之国。佐：辅佐。

译文

能继祖业唯周邦，贤哲王世世都有。三代先君神在天，武王受天命掌握国家大权。武王受命把国掌，能为祖德添荣光。永远继承老天的意思，成王诚信世瞻仰。

成王诚信世瞻仰，四海从风树榜样。永远尊重尽到忠孝，孝思即是法先王。周天子受四海爱戴，能顺祖德大弘扬。永远恭敬尽孝思，诏告后嗣千万不要忘记！

诏告后嗣切勿忘，先祖步武紧跟上。啊，国运万年长！受到上天所赐的福永无量。受天之福永无量，四方来贺王室昌。啊！国运长万年！远国朝周作藩障。

点评

本篇以顶针格串联的前三章组成的赞颂先王的述旧意群，与同以顶针格（或准顶针格）串联的后三章组成的赞颂今王的述新意群，又通过第三、第四章各自的第三句“永言孝思”可以上下维系。这种刻意经营的巧妙结构，几乎是空前绝后的，其韵律节奏流美谐婉，有效地避免了因庙堂文学歌功颂德文字的刻板而造成的审美负效应，使读者面对这一表现《大雅》《周颂》中常见的歌颂周先王、今王内容的文本，仍能产生一定的审美快感。

文王有声

文王有声[①],遹骏有声[②],遹求厥宁[③],遹观厥成。文王烝哉[④]!
文王受命[⑤],有此武功:既伐于崇[⑥],作邑于丰[⑦]。文王烝哉!
筑城伊淢[⑧],作丰伊匹[⑨]。匪棘其欲[⑩],遹追来孝[⑪]。王后维哉[⑫]!
王公伊濯[⑬],维丰之垣[⑭]。四方攸同[⑮],王后烝翰[⑯]。王后烝哉!
丰水东注[⑰],维禹之绩。四方攸同,皇王维辟[⑱]。皇王烝哉!
镐京辟雝[⑲],自西自东。自南自北,无思不服[⑳]。皇王烝哉!
考卜维王,宅是镐京。维龟正之,武王成之。武王烝哉!
丰水有芑,武王岂不仕?诒厥孙谋,以燕翼子。武王烝哉!

注解

①声:威望。

②遹:与“聿”“曰”同,发语词。骏:大。

③厥:其,指百姓。下句中的“厥”指国家。

④烝:美。

⑤受命:指受命于上天。

⑥于:“弼”之假借字,国名。崇:国名。

⑦作邑:迁都。丰:原为崇地,文王自岐迁都于此。故址在今西安市西南沣水西。

⑧淢:“洫”的假借字,护城河。

⑨匹:相称。

⑩棘:通“亟”,急。

⑪追来孝:秉承先祖遗训。来,语助词。

⑫王后:天子。指文王。

⑬王公:王事。公,通“功”。濯:著明。

⑭维:是。

⑮攸:所。

⑯翰:柱子。

⑰丰:河道名,即今西安市郊的沣水,与渭水合流注入黄河。

⑱皇王:指武王。辟,君。

⑲镐京:西周都城,在沣水东岸。辟雝:学宫,行礼乐,兴教化之所。

⑳无思不服:没有不服。"思"为语助词。

译文

文王拥有好名望,泽被四海声远扬,寻找安定的万民术,终见成功兴周邦。啊,文王真是好君王!

文王顺应上天的意思,征讨无道武功强:既伐邘国又灭崇,丰邑成为首都开辟新的疆土。啊,文王真是好君王!

遵循沟洫筑城墙,丰邑的规制刚刚好。个人欲望非所急,敬宗孝祖国运昌。啊,你真是好君王啊文王!

文王事功真辉煌,恰似巍峨丰邑墙。所有的诸侯一同顺从,扶持天下做栋梁。啊,文王真是好君王!

沣水东流汇大河,大禹的治水有功不能忘记。四方诸侯同归向,拥戴武王做君长。啊,你真是好君王啊武王!

镐京辟雍真堂皇,诸侯从风来瞻仰。东西北南以齐来朝见,人人没有不服从周王。啊,武王真是好君王!

求卜决疑是武王,镐京定都是最吉祥。神龟示兆定宏猷,武王建立首都好气象。啊,武王真是好君王!

沣水涣涣犹有芑,武王真的就没有事?遗赠后代好谋略,长保子孙国祚长。啊,武王真是好君王!

点评

叙事与抒情结合,使全诗成为歌功颂德的杰作。前四章写周文王迁都于丰，有“既伐于崇，作邑于丰”“筑城伊淢，作丰伊匹”“王公伊濯，维丰之垣”等诗句，叙事中寓抒情。后四章写周武王迁镐京，有“丰水东注，维禹之绩”“镐京辟廱，自西自东，自南自北，无思不服”“考卜维王，宅是镐京；维龟正之，武王成之”等诗句，也是叙事中寓抒情。特别是全诗八章，每章五句的最后一句皆以单句赞词煞尾，赞美周文王是“文王烝哉”“文王烝哉”“王后烝哉”“王后烝哉”，赞美周武王是“皇王烝哉”“皇王烝哉”“武王烝哉”“武王烝哉”，使感情抒发得更强烈，可谓别开生面。

生民之什

生民

厥初生民[1]，时维姜嫄[2]。生民如何，克禋克祀[3]，以弗无子[4]。履帝武，敏歆，攸介攸止[5]，载震载夙，载生载育，时维后稷。

诞弥厥月，先生如达。不坼不副[6]，无菑无害，以赫厥灵。上帝不宁，不康禋祀，居然生子。诞置之隘巷[7]，牛羊腓字之[8]。诞置之平林，会伐平林。诞置之寒冰，鸟覆翼之。鸟乃去矣，后稷呱矣。实覃实訏[9]，厥声载路。

后稷

诞实匍匐，克岐克嶷，以就口食。蓺之荏菽[10]，荏菽旆旆[11]。禾役穟穟，麻麦幪幪，瓜瓞唪唪[12]。

诞后稷之穑[13]，有相之道。茀厥丰草，种之黄茂。实方实苞[14]，实种实褎[15]。实发实秀[16]，实坚实好，实颖实栗[17]。即有邰家室[18]。

诞降嘉种，维秬[19]，维秠维芑[20]。恒之秬，是获是亩。恒之穈芑，是任是负，以归肇祀。

诞我祀如何？或舂或揄，或簸或蹂。释之叟叟，烝之浮浮。载谋载惟，取萧祭脂。取羝以軷，载燔载烈，以兴嗣岁。

卬盛于豆，于豆于登，其香始升。上帝居歆，胡臭亶时，后稷肇祀，庶无罪悔，以迄于今。

注解

①厥初：其初。生民：生出我们周人的。民，人，这里指周人。

②时：是，此。姜嫄：传说中有邰氏之女，周始祖后稷之母。一说为帝喾之妃。

③克：可以，能够。这里有"善于"之意。禋：古代祭天神的一种礼仪，为野祭，以火烧牲，使烟气上冲于天。

④弗无子：除去无子之不祥（不育之灾），以求有子。弗，通"祓"，除去灾邪。

⑤攸：于是。一说为语助词。介：通"界"，指分隔居住。止：休止，休息。

⑥不坼不副：此言产门与胞衣都没有被破裂。坼，破裂，裂开。副，破裂。

⑦置：弃置。隘巷：窄小的巷。

⑧腓：通"庇"，庇护。字：慈爱。字，古"慈"字。

⑨实：同"寔"，是。一说为语助词。覃：长。讦：大。

⑩蓺：同"艺"，种植。荏菽：大豆。

⑪旆旆：茂密的样子。一说为枝叶扬起的样子。

⑫瓞：小瓜。唪唪：果实丰硕的样子。

⑬穑：这里以"穑"概称稼穑，泛言农艺劳动。

⑭方：指谷种刚刚吐芽。苞：指含苞。

⑮种：短，指禾苗初出短小而稀疏。褎：长，指禾苗渐高而繁盛。

⑯发：指禾苗茎挺拔舒长。秀：结穗。

⑰颖：禾穗沉甸甸下垂的样子。栗：犹言"栗栗"，指很多的禾穗。

⑱即:就,来到。有邰:氏族名,其地在今陕西省武功县西南。有,词头。

⑲秬:黑黍。秠:黍的一种,一壳两米。

⑳穈:赤苗嘉谷。芑:白苗嘉谷。

译文

初生周人的祖先,就是那个姜嫄。周族人如何生下,进行禋祭祈祷上天,消除没有孩子的灾难。履帝足迹身有感,独自居处示虔诚,妊娠之后敬肃然,贵子生下要勤养育,周人的祖先即为后稷。

怀孕足月日期满,生下头胎圆肉蛋。产门不破,衣胞不裂,没有灾害,平安大驾,大显神异,全靠上天。上帝安然,安享禋祀,儿男平安的生下。把他丢在小巷里,牛羊庇护显神异。丢他在树林里,恰逢伐木又安然。寒冰上将他丢掉,鸟翼覆盖暖洋洋。大鸟到时飞离他,这时后稷才哇哇。哭声既长且又大,充满道路人惊讶。

后稷刚刚会爬行,知识智慧渐发生,自求食物显奇能。稍长就会种大豆,茂盛的长势勃勃然。禾穗饱满沉甸甸,麻麦茂密长得好,大小瓜堆成山。

后稷真会种庄稼,助苗生长有办法。拔除去繁密杂草,种嘉谷就能长好。刚刚出芽已含苞,禾苗由短渐拔高。禾茎挺拔穗结实,籽粒饱满成色好,禾穗沉沉产量高。邰地定居造房屋。

上天降赐好谷种,黑的是秬,一壳两米的是秠,赤茎为穈,白茎为芑。遍地都是秬和秠,收割完毕堆田里。满地全是穈和芑,又是挑来又是背,归来家中忙大祭。

祭祀我们怎么样?有的舂米有的舀粮,有的搓米有的扬糠。淘米之声嗖嗖响,蒸饭热气往上扬。祭祀大事一起讨论,取艾烧脂气味芬芳。公羊拿来剥去皮,又烧又烤奉神享,祈求下一年更加兴旺。

我把祭品用木豆装,木豆瓦登都要用上,香气开始升上堂。上帝降临来歆享,香气喷鼻味好吃。后稷祭礼来开创,祈求没有灾祸,传到如今声名扬。

点评

中国传统诗歌源远流长,但以叙事为主的史诗却一向不发达,因此《诗经》中为数不多的几篇具有史诗性质的作品,便受到今人的充分关注。《大雅》中的《生民》一篇,就是这样的作品。

行苇

敦彼行苇①，牛羊勿践履。方苞方体②，维叶泥泥③。戚戚兄弟，莫远具尔④。或肆之筵⑤，或授之几⑥。

肆筵设席，授几有缉御⑦。或献或酢⑧，洗爵奠斝⑨。醓醢以荐⑩，或燔或炙⑪。嘉殽脾臄⑫，或歌或咢⑬。

敦弓既坚⑭，四鍭既钧⑮，舍矢既均⑯，序宾以贤。敦弓既句⑰，既挟四鍭，四鍭如树⑱，序宾以不侮⑲。

曾孙维主⑳，酒醴维醹，酌以大斗，以祈黄耇。黄耇台背，以引以翼，寿考维祺，以介景福。

注解

①敦：丛生的样子。行：道路。

②方：开始。

③泥泥：叶子很繁茂的样子。

④远：疏远。具：通“俱”，皆。尔：通“迩”，近。

⑤肆：铺上。

⑥几：筵席上摆酒菜用的矮小木桌。古人也用以凭靠身体。

⑦缉：连续。御：侍候。

⑧献：主人向客人敬酒。酢：客用酒回敬。

⑨爵、斝：古代铜制酒器。奠：安放，放置。周人礼节，敬酒时先洗杯，然后斟酒。客饮毕，将杯放于几上。

⑩醓醢：有汁的肉酱。荐：进献。

⑪燔：烧肉。

⑫殽:同“肴”。脾:牛胃。臄:牛舌。

⑬咢:只击鼓,不唱歌。

⑭敦弓:雕弓,弓上有彩饰。

⑮鍭:箭名。钧:通“均”。这句谓较射时四人一组,皆调试均当。

⑯舍:放射。均:朱熹:“均,皆中也。”

⑰句:通“彀”,张满弓。

⑱树:竖立。这句谓四箭中的,皆竖立靶。

⑲不侮:不轻视。指对发射成绩不好的人也不怠慢。

⑳曾孙:指主持宴会的人。

译文

丛丛芦苇长道旁,牛羊来来往往不要踩伤。苞儿初吐茎成形,叶儿柔嫩泛青光。好兄弟互相帮助互相鼓励,莫要疏远共一堂。有的忙着铺筵席,有的忙碌着送上几。

铺筵设席送上几,有很多侍者继相来到。主人敬酒客回觞,洗杯斟酒表敬意。一起上肉汁和肉酱,烧的烤的美无比。肚儿舌儿佳肴香,人们都喜欢的歌鼓声。

雕弓挽起真强劲,四支利箭调均匀,闪然发矢都中靶,以贤能排列宾位。雕弓拉开如满月,四支箭儿持得紧,靶子上面箭箭飞竖,待宾以礼无重轻。

曾孙自有主人风,酒儿清冽味儿浓,斟满大杯醇酒,祝福老人意谦恭。老人黄发年纪大了,左右扶持使从容,长寿的人运气就多,天赐洪福百岁翁。

点评

本篇写宴会、比射,既有大的场面描绘,又有小的细节点染,转换自然,层次清晰。修辞手法丰富多彩,有叠字,如形容苇叶之润泽,则用“泥泥”,形容兄弟之亲热,则用“戚戚”,贴切生动;有排比,如“敦弓既坚,四鍭既钧,舍矢既均”,显得极有气势。这些对于增强诗的艺术效果,都起到了很好的作用。

既醉

既醉以酒，既饱以德①。君子万年，介尔景福②。既醉以酒，尔殽既将③。君子万年，介尔昭明。

昭明有融④，高朗令终⑤。令终有俶⑥，公尸嘉告⑦。其告维何？笾豆静嘉⑧。朋友攸摄⑨，摄以威仪。

威仪孔时⑩，君子有孝子⑪。孝子不匮⑫，永锡尔类⑬。其类维何？室家之壸⑭。君子万年，永锡祚胤⑮。

其胤维何？天被尔禄⑯。君子万年，景命有仆。其仆维何？釐尔女士⑰。釐尔女士，从以孙子⑱。

注解

①德：恩德，恩惠。

②介：佑助。尔：你，这里指周天子。景：大。

③将：通"臧"，美好。

④融：十分明亮。

⑤高朗：高明。令终：善终。

⑥俶：始。

⑦公尸：祭祀时装扮先祖接受祭祀的人。嘉告：以善言祝告。

⑧笾豆：古代祭祀时盛放祭品的器皿，这里指祭品。静嘉：清洁美好。

⑨朋友：助祭的人。摄：佐助。

⑩孔：非常，很。时：是，合宜。

⑪有：又。

⑫不匮：不绝，不断。

⑬锡：赐，给予。类：善，福气。一说，类，法则。

⑭壸：宫中小巷，引申为"远"之意。一说，同心同德。

⑮祚：福禄。胤：子孙。

⑯天：天命。被：本义是覆盖，引申为给予。

⑰釐:赐予。

⑱从:随从,跟随

译文

美酒喝得醉醺醺,您的好恩情我品尝了。但愿主人寿万年,神赐大福享不尽。美酒喝得醉酩酊,您的佳肴不计其数。但愿主人寿万年,神赐前程多光明。

远大又光明的前程,善终会有好名声。善终必有好开头,仔细听神主好话。神主好话说什么?碗碗祭品洁而精。朋友宾客来助祭,祭礼隆重心虔诚。

祭祀礼节无差错,主人是个孝子。孝子孝心永不竭,神灵赐您好章程。有什么章程赐你?治理家庭常安宁。但愿主人寿万年,子孙幸福永继承。

子孙后嗣怎么样?老天让你当国王。但愿主人寿万年,妻妾和儿郎由天赐。妻妾儿郎怎么样?天赐才女做新娘。天赐才女做新娘,随生子孙传代长。

点评

周代统治者祭祀祖先,祝官代表神尸向主人表示祝福。祭祀完毕后周王和诸侯尽情宴饮。从诗的艺术手法看,善于运用半顶针修辞格是本篇的一个特色。《诗经》中运用顶针修辞手法屡见不鲜,但像本篇这样上文尾句与下文起句相互缩结,而重复只在上句的末一字与下句的第二字那样的修辞方法(我们姑称之为半顶针修辞),却是并不多见的。

凫鹥

凫鹥在泾,公尸来燕来宁①。尔酒既清,尔肴既馨。公尸燕饮,福禄来成。

凫鹥在沙,公尸来燕来宜。尔酒既多,尔肴既嘉。公尸燕饮,福禄来为②。

凫鹥在渚,公尸来燕来处。尔酒既湑③,尔肴伊脯。公尸燕饮,福禄来下。

凫鹥在潨④,公尸来燕来宗⑤。既燕于宗,福禄攸降。公尸燕饮,

福禄来崇⑥。

凫鹥在亹⑦，公尸来止熏熏。旨酒欣欣，燔炙芬芬。公尸燕饮，无有后艰。

注解

①公尸：周代祭祀祖先时，由一人装作祖先的形象接受祭祀，叫作尸祖先。如是君主，即称公尸。燕：通“宴”。宁：安。

②为：助。

③湑：滤过的清酒。

④潨：众水会合处，即港汊。

⑤宗：尊重。

⑥崇：重。

⑦亹：峡中两岸对峙如门的地方。

译文

河里野鸭鸥成群，神主赴宴慰主人。您的美酒那样清，您的佳肴香喷喷。神主光临来赴宴，福禄降临您家门。

野鸭鸥鸟在水滨，神主赴宴主人请。您有那么多的酒，您的佳肴鲜又新。神主也来赴宴光临，大福大禄又添增。

野鸭鸥鸟在沙滩，神主很高兴地来赴宴。您的美酒清又醇，下酒肉干煮得烂。神主光临来赴宴，上天给予施舍幸福。

野鸭鸥鸟在港汊，神主赴宴尊敬他。在宗庙里摆设宴席，神赐福禄频降下。神主光临来赴宴，福禄绵绵赐您家。

野鸭鸥鸟在峡门，神主赴宴心欢欣。美酒畅饮味芳馨，烧肉烤羊的香味很引人。神主光临来赴宴，今后没有灾难和痛苦了。

点评

祭祀的次日，主人设宴酬谢神尸，酒菜丰美，求得福禄。诗分五章，章四句，除每章的第二句为六言外，其余均为四言句。其结构有如音乐中的装饰变奏曲：将一个结构完整的主题进行一系列的变奏，而保持主题的旋律。

假乐

假乐君子，显显令德①。宜民宜人②，受禄于天。保右命之③，自天申之④。

干禄百福⑤，子孙千亿。穆穆皇皇⑥，宜君宜王。不愆不忘⑦，率由旧章⑧。

威仪抑抑⑨，德音秩秩⑩。无怨无恶，率由群匹⑪。受福无疆，四方之纲⑫。

之纲之纪⑬，燕及朋友⑭。百辟卿士⑮，媚于天子⑯。不解于位⑰，民之攸塈⑱。

注解

①显显：明显。令德：美德。

②宜：适。

③右：佑，助。

④申：申饬、告诫。

⑤干：应作“千”。形似而误。

⑥穆穆：敬肃。

⑦愆：过。

⑧率：循、依。

⑨抑抑：庄美。

⑩秩秩：清明。

⑪群匹：群众，此指群臣。

⑫纲：网上大绳，此指法则。

⑬纪：丝的头绪。

⑭燕：同"宴"，安。朋友：指公卿百官。

⑮百辟：百王，指诸侯。卿士：泛指文臣武臣。

⑯媚：喜欢，爱。

⑰解：同"懈"，懈怠。

⑱攸：所。塈：生息。一说归附。

译文

周王使爱戴敬畏，品德高尚心光明。能用贤臣能安民，接受天庭降下的福禄。上帝下令多保佑，多赐福禄国兴盛。

千禄百福一起降临，子子孙孙数不清。个个正派又光明，称王称霸都合适。不犯过错不忘本，遵循旧制国太平。

仪表堂堂威凛凛，政教法令很廉明。没人怨来没人恨，依靠群臣受欢迎。受到上天无尽的福禄，四方万国遵王命。

君临天下王为首，设宴待宾客请朋友。诸侯卿士都赴宴，爱戴天子齐敬酒。勤于职守不惰怠，万民归顺国家得以长治久安。

点评

全诗仅四章，表现了周朝宗室，特别是急切希望振兴周王朝的中兴大臣对一个年轻君主的深厚感情和殷切期望。短短的一首诗，围绕着"德、章、纲、位"赞美了年轻有为，能为天下纲纪的宣王，于有限的词句内包容了无限的真情，美溢于辞，其味无穷。

公刘

笃公刘①，匪居匪康②。乃埸乃疆，乃积乃仓③。乃裹餱粮④，于橐于囊⑤。思辑用光⑥，弓矢斯张。干戈戚扬，爰方启行。

笃公刘，于胥斯原[7]。既庶既繁，既顺乃宣，而无永叹。陟则在𪩘[8]，复降在原。何以舟之[9]？维玉及瑶[10]，鞞琫容刀[11]。

笃公刘，逝彼百泉[12]，瞻彼溥原[13]，乃陟南冈。乃觏于京[14]，京师之野。于时处处，于时庐旅[15]，于时言言，于时语语。

笃公刘，于京斯依[16]。跄跄济济[17]，俾筵俾几[18]。既登乃依，乃造其曹。执豕于牢，酌之用匏[19]。食之饮之，君之宗之[20]。

笃公刘，既溥既长。既景乃冈，相其阴阳，观其流泉。其军三单，度其隰原，彻田为粮。度其夕阳，豳居允荒。

笃公刘，于豳斯馆。涉渭为乱，取厉取锻。止基乃理，爰众爰有。夹其皇涧，溯其过涧。止旅乃密，芮鞫之即。

注解

①笃：忠实厚道。公刘：后稷的后裔。公，称号；刘，名。

②匪：通“非”。康：安稳，安乐。

③积：即“庾”，露天堆积米谷的地方。仓：仓库。此处与“积”均作动词用。

④孜：同“糇”，干粮。

⑤橐：无底的口袋。盛物时用绳扎住两端。囊：有底的口袋。

⑥思：发语词。辑：融洽。用：以，因而。光：发扬光大。

⑦于：乃。胥：相，考察，视察。斯：此。

⑧陟：登。𪩘：小小的土山。

⑨舟：通“周”。环绕，佩带之意。

⑩瑶：似玉之美石。

⑪鞞：刀鞘。琫：刀鞘口部的玉饰。容刀：装饰刀。容，此处作动词用。

⑫逝：往。百泉：众泉，极言很多。

⑬溥原：广大的平原。溥，广大。

⑭觏：看见。京：豳之地名。一说为高丘。

⑮庐旅：庐、旅二字俱作寄居解。

⑯依：定居，安居。一说为祭名。

⑰跄跄：亦作“枋枋”，走起路来有节拍的样子。济济：庄严恭敬的样子。

⑱筵：竹席，铺在地上以陈饮食。几：坐时凭倚的用具。

⑲匏:装酒的器皿。葫芦晒干后,剖为二,用以盛酒,叫作匏爵或匏樽。

⑳君之宗之:君、宗二字均作动词用。君,指当君主;宗,指当宗主。之,指众宾。

译文

忠厚诚实的公刘,不敢安居把福享。将田地划分疆界加以治理,收割粮食装进仓。揉面蒸饼备干粮,装进小袋和大囊。团结在一起争荣光,张弓带箭齐武装。盾戈斧钺拿手上,开始向前方动身。

忠实厚道的公刘,豳地原野视察忙。百姓众多紧相随,民心归顺多舒畅,唉声叹气一扫无。忽而登上小山坡,忽而下到平原上。身上佩带什么物品?美玉宝石琳琅满目,佩刀玉鞘闪闪亮。

忠实厚道的公刘,来到泉水岸边上,眺望平原宽又广,登上南边高山冈。发现京师是个很好的地方,京师田野形势好。于是定居建新邦,于是规划造住房,谈笑风生喜洋洋,七嘴八舌闹哄哄。

忠实厚道的公刘,定居京师新气象。犒宴群臣威仪盛,入席就座招待忙。宾主都安排坐定,先祭猪神求吉祥。圈里捉猪做佳肴,葫芦瓢儿斟酒浆。酒足饭饱后大家都很欢喜,共推公刘做君长。

忠实厚道的公刘,开垦豳地广又长。看了平原又上山,勘察山南山北很忙,查明水源和流向。组织军队分三班,测量土地扎营房,田亩开垦为种粮。又到山西去丈量,豳地实在大又广。

忠实厚道的公刘,营建宫室在豳原。横渡渭水开石料,捶石磨石全都采。基地既定治田地,民康物阜笑语欢。在皇涧两岸边住,面向过涧住处宽。移民定居人口密,住满河岸两边。

点评

叙述周族首领公刘带领周民自邰迁豳、初步定居并发展农业的史绩。诗共六章,每章六句,均以“笃公刘”发端,从这赞叹的语气来看,必是周之后人所作。

泂酌

泂酌彼行潦[1]，挹彼注兹，可以饙饎[2]。岂弟君子，民之父母。

泂酌彼行潦，挹彼注兹，可以濯罍[3]。岂弟君子，民之攸归[4]。

泂酌彼行潦，挹彼注兹，可以濯溉[5]。岂弟君子，民之攸塈[6]。

注解

①泂：远。

②饙：蒸煮。饎：酒食。

③罍：酒坛。

④攸归：所依归。

⑤溉：据王引之称：溉，当读为"概"，是盛酒的漆器。

⑥塈：安息。

译文

远处舀那流潦水，那儿舀出灌这里，蒸煮酒食味甘美。和蔼亲近的好君子，人民爱戴你就像是爱戴自己的父母一样。

远处舀那流潦水，那儿舀出灌这里，洗濯酒坛无垢滓。和蔼亲近的好君子，人民拥护支持你。

远处舀那流潦水，那儿舀出灌这里，洗濯酒樽无垢滓。和蔼亲近的好君子，人民安居乐业很幸福。

点评

诗分三章，均从远处流潦之水起兴。流潦之水本来浑浊，且又处于远方，本来很容易被人弃之不用，但如能"挹彼注兹"，舀过来倒进自己的水缸，就可以用来蒸煮食物，洗濯酒器，成为有用之物。这正如远土之民，只要君王施以仁政，便自然可以使他们感恩戴德，心悦诚服地前来归附。这里的关键是君王要有高尚敦厚的品德，真正成为"民之父母"。

卷阿

有卷者阿[①]，飘风自南[②]。岂弟君子，来游来歌，以矢其音。

伴奂尔游矣[③]，优游尔休矣。岂弟君子，俾尔弥尔性，似先公酋矣。

尔土宇昄章[④]，亦孔之厚矣。岂弟君子，俾尔弥尔性，百神尔主矣。

尔受命长矣，茀禄尔康矣。岂弟君子，俾尔弥尔性，纯嘏尔常矣。

有冯有翼[⑤]，有孝有德，以引以翼。岂弟君子，四方为则。

颙颙卬卬[⑥]，如圭如璋，令闻令望[⑦]。岂弟君子，四方为纲。

凤凰于飞，翙翙其羽[⑧]，亦集爰止。蔼蔼王多吉士[⑨]，维君子使，媚于天子。

凤凰于飞，翙翙其羽，亦傅于天。蔼蔼王多吉人，维君子命，媚于庶人。

凤凰鸣矣，于彼高冈，梧桐生矣，于彼朝阳。菶菶萋萋[⑩]，雍雍喈喈[⑪]。

君子之车，既庶且多。君子之马，既闲且驰。矢诗不多，维以遂歌[⑫]。

注解

①卷阿：蜿蜒曲折之冈陵。

②飘风：漂浮的旋风。

③伴奂：豪情。

④土宇：封疆。

⑤冯：辅。

⑥颙颙：和气谦敬的样子。卬卬：同“昂昂”，气宇轩昂的样子。

⑦令闻：善誉。令望：名望，名誉。

⑧翙翙：鸟飞展翅的声音。

⑨蔼蔼：很多的样子。

⑩菶菶：与“萋萋”意同，指枝叶茂密繁多。

⑪雝雝：鸟的鸣声。

⑫遂：对，答。

译文

曲折丘陵风光好，旋风南来风怒号。和蔼可亲的君子，到此遨游歌载道，大家献诗兴致高。

江山如画任你游，悠闲自得且暂休。和蔼可亲的君子，一生辛劳没有所求，继承祖业功千秋。

你的版图和封疆，广阔无边遍及大江南北。和蔼可亲的君子，终生辛劳有作为，主祭百神最相配。

你受天命长又久，福禄安康样样有。和气近人的君子，一辈子辛劳会长寿，天赐洪福永享受。

辅佐你的是良臣贤士，品德崇高有权威，匡扶相济功绩伟。和蔼可亲的君子，垂范天下万民随。

贤臣肃敬志高昂，品德纯洁如圭璋，美好名誉传八方。和蔼可亲的君子，天下诸侯好榜样。

高高天子凤凰飞，百鸟展翅紧相随，凤停树上百鸟陪。周王身边有很多贤士，任您驱使献智慧，爱戴天子不敢违。

青天高高凤凰飞，众多的鸟都紧紧跟随，直上晴空迎朝晖。周王身边贤士萃，无条件听从指挥，爱护人民行无亏。

凤凰在叫预示着吉祥，停在那边高山冈，高冈上面生梧桐，面向东方迎朝阳。茂密的枝叶郁郁葱葱，凤凰和鸣声悠扬。

迎送贤臣马车备，车子又多又很华丽。用良马迎送贤臣，奔驰熟练快如飞。贤臣献了很多好的诗篇，为答周王唱歌会。

点评

本篇是对周王歌功颂德的诗篇，思想上带有局限性。但称颂中带有劝诫之意，所以仍有可取之处。从艺术上来说，全篇规模宏大，结构完整，赋笔之外，兼用比兴，如以“如圭如璋”比贤臣之“颙颙卬卬”，以凤凰百鸟比喻“王多吉士”“王多吉人”，都很贴切自然，给读者留下了鲜明的印象，同时也对后世产生了广泛的影响。

民劳

民亦劳止[1]，汔可小康[2]。惠此中国[3]，以绥四方[4]。无纵诡随[5]，以谨无良。式遏寇虐[6]，憯不畏明[7]。柔远能迩[8]，以定我王。

民亦劳止，汔可小休。惠此中国，以为民逑[9]。无纵诡随，以谨惛怓[10]。式遏寇虐，无俾民忧。无弃尔劳，以为王休。

民亦劳止，汔可小息。惠此京师，以绥四国。无纵诡随，以谨罔极[11]。式遏寇虐，无俾作慝[12]。敬慎威仪，以近有德。

民亦劳止，汔可小愒。惠此中国，俾民忧泄。无纵诡随，以谨丑厉[13]。式遏寇虐，无俾正败。戎虽小子[14]，而式弘大[15]。

民亦劳止，汔可小安。惠此中国，国无有残。无纵诡随，以谨缱绻[16]。式遏寇虐，无俾正反。王欲玉女，是用大谏[17]。

注解

①劳止：忧苦。止，语助词。
②汔：通"乞"，求。小康：暂时的安康。
③中国：指国中。
④绥：安。
⑤诡随：狡诈欺骗之奸人。
⑥寇虐：对人民危害极大的人。
⑦憯：曾，乃。
⑧柔远：安抚远方的人。
⑨民逑：指人民团聚安稳。
⑩惛怓：吵闹不休。
⑪罔极：行为不端，作恶无极。
⑫慝：邪恶。
⑬丑厉：阴险狡诈的人。
⑭戎：你。
⑮式：发语词。
⑯缱绻：纠结不解，此处指结党营私。
⑰是用：因此。

译文

人民非常劳累极为辛苦，要求稍稍喘口气。国家搞好京师富，安抚诸侯是不费力气的。不要听信狡猾欺骗话，不良之辈要警惕。制止暴虐与劫掠，胆大妄为违法纪。爱民远和近都一样，国王安定心中喜。

人民劳苦就别再提了，要求稍稍得休息。国家搞好京师富，人民才能心满意。别听狡诈欺骗话，争权夺利要警惕。制止暴虐与劫掠，不要使人民心变茫然。以前的功劳不要抛弃，成就国王好名气。

人民劳苦莫提起，要求稍稍松口气。国家搞好京师富，安抚诸侯就顺利。别听狡诈欺骗话，要警惕暗藏的杀机。制止暴虐与劫掠，不使作恶把人欺。立身端正讲礼节，亲近贤德勤学习。

人民劳苦就不要提了，要求稍微歇歇力。国家搞好京师富，使民消忧除怨气。不要听阴险的欺骗话，险恶之人要警惕。制止暴虐与劫掠，莫使政局生危机。你虽是个年轻人，作用很大当估计。

人民劳苦不忍心提起，要求稍稍得安逸。国家搞好京师富，要安定好社会的风气。别听狡诈欺骗话，结党营私要警惕。对暴虐与劫掠加以制止，莫将政权轻丧弃。我王贪财爱美女，所以情真意切告诫你。

点评

本篇共五章，每章十句，均为标准的四言句，句式整齐，结构谨严。各章互相比较一下，可以发现，第一句皆同，第二句仅末字互相不同，第三句除第三章外余四章皆同，第四句皆不同，第五句皆同，第六句后两字不同，第七句皆同，第八句、第九句皆不同，第十句除第四章、第五章外余三章第一字均为“以”。这样的句式结构，具有明显的重章叠句趋势，本是《国风》中常见的一种基本格式，但在《大雅》中居然也有板有眼地出现，确实令人有些奇怪。不过说怪也没什么好怪，《大雅》虽以赋为主，但它与《国风》在艺术手法上还是有一定联系的，《凫鹥》《泂酌》两篇不也是复沓式结构吗？只是《民劳》一诗篇幅要长得多，五章反复申说，意味尤为深长，令人咀嚼不尽。

板

上帝板板[①]，下民卒瘅[②]！出话不然，为犹不远[③]。靡圣管管[④]，不实于亶[⑤]。犹之未远，是用大谏。

天之方难，无然宪宪[⑥]。天之方蹶，无然泄泄[⑦]。辞之辑矣[⑧]，民之洽矣。辞之怿矣[⑨]，民之莫矣[⑩]。

我虽异事，及尔同寮[⑪]。我即尔谋，听我嚣嚣[⑫]。我言维服[⑬]，勿以为笑。先民有言：“询于刍荛。”

天之方虐,无然谑谑[14]。老夫灌灌[15],小子蹻蹻[16]。匪我言耄[17],尔用忧谑。多将熇熇,不可救药。

天之方懠,无为夸毗[18]。威仪卒迷,善人载尸。民之方殿屎[19],则莫我敢葵[20]?丧乱蔑资,曾莫惠我师。

天之牖民,如埙如篪,如璋如圭,如取如携。携无曰益,牖民孔易。民之多辟,无自立辟。

价人维藩,大师维垣,大邦维屏,大宗维翰。怀德维宁,宗子维城。无俾城坏,无独斯畏。

敬天之怒,无敢戏豫。敬天之渝,无敢驰驱。昊天曰明,及尔出王。昊天曰旦,及尔游衍。

注解

①板:同“反”,即违反常道。

②卒:同“瘁”,病。卒瘅:痛苦。

③犹:同“猷”,策谋。

④管管:无所依的样子。

⑤亶:诚信。

⑥宪宪:高兴愉快的样子。

⑦泄泄:读若“㖂㖂”,喋喋多言。

⑧辞:指政令之辞。辑:和谐。

⑨怿:借为晖,败坏。

⑩莫:通“瘼”,病。

⑪寮:同“僚”。

⑫嚣嚣:《韩诗》作“式式”,用本字,“不听话而妄语也”(马瑞辰)。

⑬服:事实。

⑭谑谑:戏侮。

⑮灌灌:犹款款,情意恳切。

⑯蹻蹻：骄傲的样子。

⑰匪：非。耄：八十曰耄。此处谓老糊涂。

⑱夸毗：为讨好而过于顺从，即趋炎附势。

⑲殿屎：《说文》引作“唸𠯗”，用正字，即呻吟。

⑳葵：同“揆”。

译文

上帝生气有不正常的要发生，下界人民都遭殃！话儿说得不合理，政策订来没眼光。不靠圣人太自用，只说不做没有用。执政丝毫没远见，所以作诗劝我王。

老天正在降灾难，不要这般喜洋洋。老天正在降骚乱，不要乱说长短。政令协调缓和了，民心和谐国力强。政令混乱败坏了，百姓遭殃难安宁。

你我虽有不同职务，毕竟在官场共事。我去你那共同商议国事，忠言逆耳白开腔。我发表意见为了国家，千万不要当作玩笑。古人有话讲得好：“有事请教砍柴郎。”

上天正要降罪于人间，千万不要放纵乐极。老夫恳切尽忠诚，小子骄傲不像样。我不是在说糊涂话，是你说话太轻浮。坏事做多难收场，不可救药国将亡。

上天正在生很大的气，你别这副奴才相。君臣礼节都乱套，好人闭口不开腔。痛苦的百姓在呻吟，对我不敢妄猜想？社会无序国库空当，抚恤群众谈不上。

老天诱导众百姓，如吹埙篪和音响，如像玄圭配玉璋，如提如携来相帮。培育扶植不设防，因势利导很顺当。现在人间坏人很多，枉自立法没用场。

好人好比是藩篱，众人就像是围墙，大的国家就像是屏障，同族好比是栋梁。关心人民国安泰，宗子就像是城墙。城墙别让受破坏，不要狂妄自大自找灭亡。

要正视上天的怨气，不敢嬉戏太放荡。老天灾变要敬畏，不敢任性太狂放。上天有最明亮的眼睛，一起和你同往来。老天眼睛最明朗，一起和你共游玩。

点评

在这首诗中，最可注意的有两点：一是作者的民本思想。他不仅把民众比作国家的城墙，而且提出了惠师牖民的主张，这和邵公之谏在某种意义上说是相通的，具有积极的进步作用。二是以周朝传统的敬天思想，来警戒厉王的"戏豫"和"驰驱"的大不敬，从而加强了讽喻劝谏的力度。如果不是冥顽不化的亡国之君，对此是应当有所触动的。

荡之什

荡

荡荡上帝[1]，下民之辟。疾威上帝，其命多辟！天生烝民[2]，其命匪谌[3]。靡不有初，鲜克有终。

文王曰："咨[4]，咨，女殷商！曾是强御[5]，曾是掊克[6]，曾是在位，曾是在服。天降滔德，女兴是力！"

文王曰："咨，咨，女殷商！而秉义类，强御多怼[7]。流言以对，寇攘式内。侯作侯祝，靡届靡究。"

文王曰："咨，咨，女殷商！女

炰烋于中国[8]，敛怨以为德。不明尔德，时无背无侧[9]，尔德不明，以无陪无卿[10]。”

文王曰：“咨，咨，女殷商！天不湎尔以酒，不义从式。既愆尔止[11]，靡明靡晦；式号式呼，俾昼作夜。”

文王曰：“咨，咨，女殷商！如蜩如螗，如沸如羹。小大近丧，人尚乎由行。内奰于中国[12]，覃及鬼方[13]。”

文王曰：“咨，咨，女殷商！匪上帝不时，殷不用旧。虽无老成人[14]，尚有典刑。曾是莫听，大命以倾！”

文王曰：“咨，咨，女殷商！人亦有言，颠沛之揭[15]，枝叶未有害，本实先拨。殷鉴不远，在夏后之世[16]！”

注解

①荡荡：渺茫之状，这里是形容法度混乱。

②烝民：众人。

③其命匪谌：天命不可信。命，天命；谌，信。

④咨：嗟，叹息声。

⑤强御：同“强圉”，强暴。

⑥掊克：贪婪不足。

⑦怼：怨恨。

⑧炰烋：咆哮。

⑨时无背无侧：时，是；背，后；侧，旁边。背侧指君主左右的近侍。

⑩无陪无卿：陪，陪贰，指辅佐之臣。卿，即卿大夫。

⑪既愆尔止：既，已经；愆，过失；止，节制。

⑫奰：怒。

⑬覃及鬼方：覃，延及；鬼方，即狎狁。

⑭老成人：指德高望重的老臣。

⑮颠沛之揭：颠沛，倒伏；揭，举起，指树根撅起。

⑯夏后：指夏桀。

译文

昏庸而且放荡的上帝啊，他是天下臣民的君王。凶暴酷虐的上帝啊，其政令也真怪得反常！老天生下这芸芸众生，他的政令真是难以让人信任。开始的时候他还能循规蹈矩，但他做事却很少有坚持到底的时候。

文王发出长长的叹息："哎呀，你这个殷商的末代君王！你怎么这样强横，你怎么这般贪赃，你如此高高在上，同时你又如此大权独掌。老天降下一些不法强梁，你却助他们兴风作浪！"

文王发出长长叹息："哎呀，你这个殷商的末代君王！你专干那些邪恶不好的事情，以至于树立了许多对你有怨言的敌人。听信流言时你却感觉很顺耳，小偷大盗在你的国家里非常的猖狂。他们互相攻击谩骂对方，没完没了真不像样。"

文王发出长长叹息："哎呀，你这个殷商的末代君王！你猖狂地在国家里咆哮，人民怨声载道你却认为是在赞美你。你糊里糊涂善恶不分，左右亲近已无贤德之人；你糊里糊涂善恶不分，你的左右已无净谏之臣。"

文王发出长长叹息："哎呀，你这个殷商的末代君王！老天并没有叫你酗酒，也没有叫你干不义之事。你这样放荡没有节制，没日没夜地花天酒地；狂呼乱叫不顾礼仪，日夜颠倒荒于政事。"

文王发出长长叹息："哎呀，你这个殷商的末代君王！国中百姓悲叹如蝉鸣，就像是落入沸水汤中一样的痛苦。大小诸侯都起叛心，你仍视而不见一意孤行。到头来国内百姓怒气生，对外波及狎狁。"

文王发出长长叹息："哎呀，你这个殷商的末代君王！不是上帝不善良，是你不守旧规章。虽然你的身边没有德高望重的老臣，但是依旧有各种法规可以遵行。你却什么劝告也不听，社稷江山怎么可能不被倾覆。"

文王发出长长叹息："哎呀，你这个殷商的末代君王！人们曾经这样讲，大树拔倒根翘起，枝叶虽未受损伤，但是树根却已受到严重伤害不能生长。殷朝的镜子并不远，你看那夏桀是怎样灭亡！”

点评

讥刺周厉王昏庸无道的诗作。《板》《荡》在后世被屡屡连在一起用以代指政局混乱或社会动荡，即源自上首诗和本首诗的内容。

抑

抑抑威仪[1]，维德之隅[2]。人亦有言：“靡哲不愚[3]。”庶人之愚，亦职维疾。哲人之愚，亦维斯戾[4]。

无竞维人，四方其训之。有觉德行，四国顺之。讦谟定命[5]，远犹辰告[6]。敬慎威仪，维民之则。

其在于今，兴迷乱于政。颠覆厥德[7]，荒湛于酒[8]。女虽湛乐从，弗念厥绍[9]。罔敷求先王[10]，克共明刑[11]。

肆皇天弗尚[12]，如彼泉流，无沦胥以亡。夙兴夜寐，洒扫廷内，维民之章。修尔车马，弓矢戎兵，用戒戎作，用逷蛮方[13]。

质尔人民，谨尔侯度，用戒不虞。慎尔出话，敬尔威仪，无不柔嘉[14]。白圭之玷[15]，尚可磨也；斯言之玷，不可为也！

无易由言，无曰苟矣，莫扪朕舌，言不可逝矣。无言不雠，无德不报。惠于朋友，庶民小子。子孙绳绳，万民靡不承。

视尔友君子，辑柔尔颜，不遐有愆。相在尔室，尚不愧于屋漏[16]。无曰“不显，莫予云觏”。神之格思[17]，不可度思，矧可射思[18]？

辟尔为德[19]，俾臧俾嘉。淑慎尔止，不愆于仪。不僭不贼，鲜不为则。投我以桃，报之以李。彼童而角[20]，实虹小子。

荏染柔木，言缗之丝。温温恭人，维德之基。其维哲人，告之话言，顺德之行。其维愚人，覆谓我僭，民各有心！

於乎小子，未知臧否。匪手携之，言示之事。匪面命之，言提其

耳。借曰未知，亦既抱子。民之靡盈，谁夙知而莫成？

昊天孔昭，我生靡乐。视尔梦梦，我心惨惨。诲尔谆谆，听我藐藐。匪用为教，覆用为虐。借曰未知，亦聿既耄！

於乎小子，告尔旧止，听用我谋，庶无大悔。天方艰难，曰丧厥国。取譬不远，昊天不忒。回遹其德，俾民大棘！

注解

①抑抑：慎密。威仪：礼节。

②隅：本义是屋角，引申为方正。

③哲：聪明。靡哲不愚，是说聪明的人也有愚蠢的时候。

④戾：罪。斯戾：避罪。

⑤讦：大。谟：谋。

⑥犹：谋略。辰：时。

⑦厥：其，指周王。

⑧荒湛：沉湎。

⑨绍：继。指继承先人传统。

⑩罔：无，不。先王：指先王治国之道。

⑪克：能。共：借为拱，执行。刑：法。

⑫肆：发语词。尚：保佑。

⑬逿：剪除，制服。蛮方：指远方异族。

⑭柔嘉：柔和妥善。

⑮玷：白玉上的斑点。

⑯屋漏：天窗处，指上天，即神明。

⑰格：至。思：语助词。

⑱矧：况且。射：厌倦。

⑲辟：修明。

⑳童：秃。指无角的羊。

译文

仪表堂堂而且彬彬有礼，为人品德很端正。古人有句老俗话：“智者看来像愚笨。”常人显得不聪明，那是本身有毛病。智者有的时候可能看起来并不聪明，那是在装傻以逃避罪刑。

有了圣贤的人国家才能够强盛，这个时候各地诸侯小国才会来归附。君子德行正又直，诸侯顺从庆升平。建国大计定方针，长远国策告群臣。举止行为要谨慎，人民以此为标准。

如今天下乱纷纷，国政混乱不堪论。你的德行已败坏，沉湎酒色醉醺醺。只知吃喝和玩乐，继承帝业不关心。先王在制定法规时没广泛征求意见，这怎能使法规深入人心，发挥作用呢。

皇天不肯来保佑，好比泉水空自流，君臣相率一齐休。早上早早起，晚上却晚入睡，把屋子的里里外外都打扫干净，为民表率要带头。整治你的车和马，弓箭武器认真修，防备一旦战事起，征服国外众蛮酋。

使你的老百姓能够安居乐业，使他们安守法律不做犯错误的事，以此来防止祸事突然生。说话开口要谨慎，行为举止要端正，处处温和又可敬。白玉上面有污点，尚可琢磨除干净；开口说话出毛病，再要挽回也不成！

不要随口把话吐，莫道“说话可马虎，没人把我舌头捂”，话一说出来就不能再收回。没有出言无反应，施德总能得福禄。朋友群臣要爱护，百姓子弟多安抚。子子孙孙要谨慎，人民没有不顺服。

看你招待贵族们，和颜悦色笑盈盈，要小心做事，不要发生错误。看你独自处室内，做事无愧于神明。休道“室内光线暗，没人能把我看清”。神明来去难预测，不知道什么时候忽然降临，怎可厌倦自遭惩。

修明德行养情操，使它高尚更美好。举止谨慎行为美，仪容端正有礼貌。不犯过错不害人，很少不被人仿效。人家送我一篮桃，我把李子来相报。胡说秃羊头生角，实是乱你周王朝。

又坚又韧好木料，制成琴瑟丝弦调。温和谨慎老好人，根基深厚品德高。如果你是明智人，用古代的名言名句来告诉你，马上实行当作宝。如果你是糊涂虫，你却反过来说我的错，说我不好，人民各有所想难以引导！

可叹少爷太年轻，不知道好与坏也不知道轻与重！非但搀你互谈心，也曾教你办事情。非但当面教导你，还拎你耳要你听。假使说你不懂事，也已抱子有儿婴。人们虽然有缺点,谁会早慧却晚成?

苍天在上最明白,我这一生没愉快。看你那种糊涂样,我心烦闷又悲哀。反复耐心教导你,对于我的建议,你不听也不理。不知教你为你好,反当笑话来编排。如果说你不懂事,竟然怪我老了,还来骂我。

叹你少爷年幼王,听我告你旧典章,你如果听了我的建议,不致大错太荒唐。上天正把灾难降,恐怕国家就要灭亡了。让我就近打比方,上天的赏罚是有一定道理的。如果邪僻性不改,黎民百姓要遭殃!

点评

周平王就是周幽王的儿子宜白,幽王昏庸残暴,宠爱褒姒,最后被来犯的西戎军队杀死在骊山。幽王死后,宜白被拥立为王。平王二年(公元前770年),晋文侯、郑武公、卫武公、秦襄公等以武力护送平王到洛邑,东周从此开始。其时周室衰微,诸侯坐大。平王施政不当,《王风·君子于役》《扬之水》就是刺平王使“君子行役无期度”,“不抚其民,而远屯戍于母家(申国)”之作。而本诗作者卫武公则是周的元老,经历了厉王、宣王、幽王、平王四朝。厉王流放,宣王中兴,幽王覆灭,他都是目击者,平王在位时,他已八九十岁,看到自己扶持的平王品行败坏,政治黑暗,不禁忧愤不已,写下了这首《抑》诗。

桑柔

菀彼桑柔[1],其下侯旬[2]。捋采其刘[3],瘼此下民。不殄心忧[4],仓兄填兮[5]。倬彼昊天[6],宁不我矜[7]!

四牡骙骙[8],旟旐有翩[9]。乱生不夷,靡国不泯。民靡有黎,具祸以烬。於乎有哀,国步斯频[10]!

国步蔑资,天不我将。靡所止疑[11],云徂何往。君子实维:秉心无竞?谁生厉阶[12],至今为梗!

忧心慇慇,念我土宇。我生不辰,逢天僤怒。自西徂东,靡所定处。多我觏痻[13],孔棘我圉[14]。

为谋为毖,乱况斯削。告尔忧恤,诲尔序爵[15]。谁能执热,逝不以

濯？其何能淑，载胥及溺。

如彼溯风，亦孔之僾。民有肃心，荓云不逮。好是稼穑，力民代食。稼穑维宝，代食维好[16]。

天降丧乱，灭我立王。降此蟊贼[17]，稼穑卒痒。哀恫中国，具赘卒荒[18]。靡有旅力[19]，以念穹苍。

维此惠君，民人所瞻。秉心宣犹[20]，考慎其相。维彼不顺，自独俾臧。自有肺肠，俾民卒狂。

瞻彼中林，甡甡其鹿。朋友已谮，不胥以穀。人亦有言："进退维谷。"

维此圣人，瞻言百里。维彼愚人，覆狂以喜。匪言不能，胡斯畏忌？

维此良人，弗求弗迪。维彼忍心，是顾是复。民之贪乱，宁为荼毒！

大风有隧，有空大谷。维此良人，作为式穀。维彼不顺，征以中垢。

大风有隧，贪人败类。听言则对，诵言如醉。匪用其良，覆俾我悖。

嗟尔朋友，予岂不知而作！如彼飞虫，时亦弋获。既之阴女，反予来赫。

民之罔极，职凉善背。为民不利，如云不克。民之回遹，职竞用力。

民之未戾，职盗为寇。凉曰不可，覆背善詈。虽曰匪予，既作尔歌。

注解

①菀：茂盛的样子。桑柔：柔桑。

②侯：维，是。旬：树阴均布。

③刘：剥落稀疏，指桑树被捋采后叶尽枝疏。

④殄：断绝。

⑤仓兄：同“怆䀇”，凄凉纷乱的样子。填：久。

⑥倬：大而明的样子。

⑦宁：何。不我矜：不矜我的倒文。矜，怜。

⑧骙骙：马强壮的样子。

⑨旟旐：画有鹰隼龟蛇的旗子。

⑩国步：国运。频：危急。

⑪疑：通“凝”，定。

⑫厉阶：祸端。

⑬觏：同“遘”，遇见。痻：病，灾难。

⑭孔：甚。棘：通“急”。圉：边疆。

⑮序爵：合理安排官爵。

⑯代食：指不劳动的官僚坐吃粮食。

⑰蟊贼：危害庄稼的虫，吃根的叫蟊，吃节的叫贼。

⑱赘：通“缀”，连属。

⑲旅：通“膂”，体力。

⑳宣：明。犹：通“猷”，道。

译文

柔嫩桑叶多茂盛，树下一片好凉荫。把叶子都采走，树就很稀了，毒日将会晒伤树下乘凉的人。不绝忧愁袭心头，丧亡祸乱久酿成。天光明又广大，却并不哀怜我可怜的人民！

强壮四马驾车行，旟旐飘飘奔不停。祸乱发生不太平，无国不乱能安宁。百姓死亡严重，都没有年轻人了，俱遭兵火成灰烬。呜呼长叹心悲痛，国家面临将要灭亡的危险！

国运艰难资财尽，天不救助我人民。没有地方可安身，要走不知往哪行。君子扪心问一问：没有争权夺利心？是谁挑起这祸端，到现在还在从中作梗危害国家！

忧心忡忡好悲伤，我思念我的国家，我的家乡。我生没逢好时候，正遇老天怒火旺。从那西头到东头，没有安身好地方。我遭灾难实在多，我们国家的边疆非常危险。

国家的事要谨慎又善于谋划,祸乱状况会减轻。劝你尽力忧国事,教导你如何才能任用众多的大臣。谁要解除那炎热,能不用水洗得勤?国事果真办不好,全都落水丢性命。

这就像逆风而行,呼吸非常不顺畅。人民本来是有进取心的,但他却不能发挥他的特长。爱占这些农作物,你坐着享受老百姓的劳动成果。本来庄稼是个宝,不劳而获心儿贪。

丧亡祸乱天上降,意在灭我所立王。降下这些蟊与贼,糟蹋光全部的庄稼。真可哀痛我中国,饥荒的人到处都是。可怜无力能回天,只有祈祷求上苍。

顺从民心贤君王,人民对他也景仰。治国有道心明了,慎重考察选国相。君王违理不顺民,偏说所用都善良。另有自己的打算,使民迷惑使民狂。

看那山野树林中,众多鹿儿聚成群。朋友之间相欺骗,不以善意相亲近。人们有话这样说:"进退两难无途径。"

明哲之人有眼力,目光远大的人预测到以后的事。那些蠢人无眼光,反而狂妄自得意。并非哑巴不能说,为何害怕多顾忌?

这些心地善良人,不去贪求不钻营。那些生性残忍者,反复无常不讲理。百姓由于他们的贪念而心思乱,宁遭残害头不低!

大风呼呼刮得急,山中大谷皆空空。这些心地善良人,多做好事被人赞美。那些倒行逆施者,行行陷入污泥中。

大风呼呼刮得急,贪利小人是败类。只搭理那些顺耳的话,一听劝谏就装醉。不是采用忠良言,反而说我行逆悖。

朋友呀,你听我说,我岂不知你所行!好像那些高飞鸟,有时也被射手擒。你的底细我早已掌握,如今反来恐吓人。

民心所以无定准,只因信那善骗人。你做危害人民事,好像唯恐做不成。人民要走邪僻路,因用暴力来执政。

无法使老百姓的心得到安定,只因盗臣相侵夺。说你不可以大行贪虐,反而背后大骂我。虽然我身遭诽谤,依旧要为你作诗作歌。

点评

周厉王卿士芮良夫哀叹厉王昏庸暴虐,任用非人,人民痛苦,国家将亡。从表现手法来看,这首长诗,运用了比喻、借喻、暗喻、反诘、衬托、夸张、对比、反比、感叹等多种手法。章法完整，主题突出，主次分明，在古代诗歌中，是一首不可多得的宏篇大作。

云　汉

倬彼云汉[①]，昭回于天[②]。王曰：於乎[③]，何辜今之人？天降丧乱，饥馑荐臻[④]。靡神不举[⑤]，靡爱斯牲[⑥]。圭璧既卒[⑦]，宁莫我听[⑧]！

旱既大甚[⑨]，蕴隆虫虫[⑩]。不殄禋祀[⑪]，自郊徂宫。上下奠瘗[⑫]，靡神不宗[⑬]。后稷不克，上帝下临。耗斁下土[⑭]，宁丁我躬[⑮]！

旱既大甚，则不可推。兢兢业业，如霆如雷。周余黎民，靡有孑遗[⑯]。昊天上帝，则不我遗[⑰]。胡不相畏？先祖于摧[⑱]。

旱既大甚，则不可沮[⑲]。赫赫炎炎，云我无所[⑳]。大命近止，靡瞻靡顾。群公先正，则不我助。父母先祖，胡宁忍予！

旱既大甚，涤涤山川。旱魃为虐，如惔如焚。我心惮暑，忧心如熏。群公先正，则不我闻。昊天上帝，宁俾我遁。

旱既大甚，黾勉畏去。胡宁瘨我以旱？憯不知其故。祈年孔夙，方社不莫。昊天上帝，则不我虞。敬恭明神，宜无悔怒。

旱既大甚，散无友纪。鞫哉庶正，疚哉冢宰。趣马师氏，膳夫左右，靡人不周，无不能止。瞻卬昊天，云如何里！

瞻卬昊天，有嘒其星。大夫君子，昭假无赢。大命近止，无弃尔成！何求为我，以戾庶正。瞻卬昊天，曷惠其宁！

注解

①倬彼：倬倬，浩大。云汉：银河。

②昭：明，指银河的星光。回：旋转。

③王：指周宣王。於乎：呜呼，叹词。

④荐：再、屡次。

⑤举：祭祀。

⑥斯：这些。牲：祭祀用的牛羊猪等。

⑦圭璧:祭神用的玉器。
⑧我听:听我。
⑨大:同“太”。
⑩蕴:闷热。虫虫:热气熏蒸的样子。
⑪殄:断。枉祀:祭祀。
⑫上:指天。下:指地。奠:陈列祭品以祭天神。瘗:埋祭品入地以祭地神。
⑬宗:尊敬。
⑭斁:败坏。
⑮丁:遭逢。
⑯孑遗:剩余。
⑰遗:赠送,指赐给食物。
⑱于:而。摧:灭。
⑲沮:止。
⑳云:遮蔽。

译文

浩浩银河天上横,转不停的满天星光。国王仰天长叹息:有什么过错呀,今天的人们!上天降下死亡祸,饥荒灾难接连生。祭祀过的神灵都数不清,何曾吝惜用牺牲。祭神圭璧已用尽,为啥祷告天不听!

旱情已经很严重,酷暑炎热得像是用蒸气熏一样。不断祭祀求降雨,从那郊外到庙寝。上祭天神下祭地,祭祀了所有的神。后稷不能止灾情,上帝圣威不降临。天下田地遭害尽,灾难恰恰落我身!

已经很严重的旱灾,想要消除不可能。整天提心又吊胆,如防霹雳和雷霆。周地剩余老百姓,眼看着全都死了。皇天上帝心好狠,不肯赐食施善行。祖先怎么不害怕?子孙死绝祭不成。

旱情严重无活路,没有使它停止的办法。烈日炎炎如火烧,哪里还有遮阴处。生命就要停止了,神灵仍旧不看顾。诸侯公卿众神灵,不肯降临来帮助。父母祖先在天上,你怎么能忍心看我如此痛苦。

旱灾来势很凶暴,山秃河干草木焦。旱魔为害太猖狂,好像遍地大火烧。长期酷热令人畏,忧心如焚受煎熬。诸侯公卿众神灵,好久都不过问我的死活。叫声上帝叫声天,难道要我脱身逃!

旱灾越来越厉害,勉力在位不辞劳。为啥降旱害我们?不知道这是为什么。祈年祭祀不算晚,祭方祭社也很早。皇天上帝太狠心,不佑助啊不宽饶。一向恭敬诸神明,想来神明不会恼。

旱情严重总不已,人人散漫无法纪。百官都没有了办法,宰相盼雨空焦急。趣马师氏全祈祷,膳夫大臣来助祭;没有一人不出力,没有人肯停下来休息。仰望晴空无片云,我心忧愁何时止!

仰望高空万里晴,微光闪闪满天星。所有的人都很虔诚,毫无私情地祈祷神灵。大限已近将死亡,继续祈祷不要停!祈雨不是为自己,是为天下老百姓。仰望皇天默默祷,何时赐我民安宁!

点评

这是一首写周宣王忧旱的诗,从内容看,很可能是宣王自作,以叙写他畏旱之甚及盼雨心切。

崧高

崧高维岳[1],骏极于天[2]。维岳降神[3],生甫及申[4]。维申及甫,维周之翰[5]。四国于蕃[6],四方于宣[7]。

亹亹申伯[8],王缵之事[9]。于邑于谢[10],南国是式[11]。王命召伯[12],定申伯之宅[13]。登是南邦[14],世执其功。

王命申伯:式是南邦。因是谢人[15],以作尔庸[16]。王命召伯,彻申伯土田[17]。王命傅御[18],迁其私人[19]。

申伯之功,召伯是营。有俶其城[20],寝庙既成。既成藐藐,王锡申伯:四牡蹻蹻,钩膺濯濯。

王遣申伯,路车乘马:我图尔居,莫如南土;锡尔介圭,以作尔宝。往近王舅,南土是保。

申伯信迈，王饯于郿。申伯还南，谢于诚归。王命召伯，彻申伯土疆。以峙其粻，式遄其行。

申伯番番，既入于谢。徒御啴啴，周邦咸喜。戎有良翰。不显申伯，王之元舅，文武是宪。

申伯之德，柔惠且直。揉此万邦，闻于四国。吉甫作诵，其诗孔硕，其风肆好，以赠申伯。

注解

①崧：山大而高。维：是。岳：指最高大最受尊重的山，中国有四岳：东岳（泰山）、西岳（华山）、南岳（衡山）、北岳（恒山）。按：先秦古籍只称四岳，无中岳（嵩山），至《周礼·春官·大宗伯》及《大司乐》才有五岳之名。

②骏：通“峻”，高大。极：至。

③维：发语词，无义。

④甫：指周宣王的大臣仲山甫。一说指甫（吕）侯。申：申伯，周宣王的舅父。

⑤翰：通“干”，骨干，栋梁。

⑥于：为，是。蕃：通“藩”，藩篱，屏障。

⑦宣：垣的假借，围墙。喻屏障。

⑧亹亹：勤勉的样子。

⑨王：指周宣王。缵：继承。之：指申伯。

⑩于：前一“于”，为，建；后一“于”，在。谢：地名，在今河南省唐河县南。

⑪南国：谢在周之南，故言。式：做……的榜样。

⑫召伯：召穆公，名虎，周宣王大臣。

⑬定：确定。

⑭登：成。

⑮因：依靠。是：这。

⑯庸：通“墉”，城。

⑰彻：治理、整顿。

⑱傅御：辅佐周王办事的大臣。一说诸侯家臣中的总管。

⑲私人：家臣。

⑳有俶：形容城的厚。俞樾：“城贵其高，亦贵其厚。”

译文

山大而高是四岳，巍峨高耸接云天。是那四岳降神灵，生下甫申两贤人。好个申侯和甫侯，辅佐周朝顶梁柱。诸侯靠他做屏障，依靠着他，四方砌起了高高的垣墙。

申伯为人勤勉力，在他的辅佐下，周王才能够继承祖业。周王对他的分封城邑在谢地，南国诸侯有模式。周王命令臣召伯，给申伯安排新宅。建成南方一邦国，世代守业国运祚。

王对申伯说：南方邦国树榜样。依靠谢邑众乡亲，就地构筑防御城。周王命令召伯虎，整治申伯新领土。又命朝廷理事臣，全家人都搬迁到谢城。

申伯创业立功勋，召伯苦心经营。城墙筑得高又厚，寝庙屋宇已落成。富丽堂皇耀眼明，王赐了申伯好多东西：骏马四匹膘儿肥，金钩樊缨亮晶晶。

周王打发申伯去，高车驷马将动身：我仔细地权衡了你所住的地方，莫如南土最安宁；赐你用玉制成的礼器，作为国宝稀世珍。去吧王舅上路程，确保南土永太平。

申伯听命就要启程，周王在郿来饯行。申伯动身回南方，铁了心要定居在谢邑。周王吩咐召穆公，申伯疆界应划定。沿途备足米粮草，让申伯快一点赶路。

申伯雄武气昂昂，挺进谢城逞英豪。步卒车骑军容盛，全城的人民都很高兴。国有栋梁好依靠。申伯显赫志气高，周王大舅美名扬，文武双全树榜样。

人人夸申伯的美好品德，温良恭俭又正派。怀柔天下众诸侯，周围的国家都在传诵。吉甫写下这首歌，辞情恺切传佳话，曲调优雅扣心弦，赠给申伯锦添花。

点评

从布局谋篇及结构上看，这首诗有明确的线索，一定的顺序。全诗八章。首章叙申伯降生之异，总叙其在周朝的地位和诸侯中的作用。次章叙周王派召伯去谢地相定申伯之宅。三章分述宣王对申伯、召伯及傅御之命。四章写召伯建成谢邑及寝庙。五章为周王期待申伯为天子效命的临别赠言。六章叙宣王在郿地为申伯饯行。七章叙申伯启程时的盛况。末章述申伯荣归封地,不负重望,给各国诸侯们做出了榜样,并点明此诗作意。可以看出,作者是以王命为线索,以申伯受封之事为中心,基本按照事件发展的经过来进行叙写的。但由于要表示宣王对申伯的宠眷倚重,故诗中又每事申言,不厌句义重复,可以说这是《崧高》一诗的显著特征。

烝民

天生烝民[①],有物有则[②]。民之秉彝[③],好是懿德[④]。天监有周[⑤],昭假于下[⑥]。保兹天子[⑦],生仲山甫[⑧]。

仲山甫之德,柔嘉维则[⑨]。令仪令色[⑩],小心翼翼。古训是式[⑪],威仪是力[⑫]。天子是若[⑬],明命使赋[⑭]。

王命仲山甫,式是百辟[⑮]。缵戎祖考[⑯],王躬是保[⑰]。出纳王命[⑱],王之喉舌[⑲]。赋政于外[⑳],四方爰发。

肃肃王命,仲山甫将之。邦国若否,仲山甫明之。既明且哲,以保其身。夙夜匪解,以事一人。

人亦有言:柔则茹之,刚则吐之。维仲山甫,柔亦不茹,刚亦不吐。不侮矜寡,不畏强御。

人亦有言:德輶如毛,民鲜克举之。我仪图之,维仲山甫举之。爱莫助之。衮职有阙,维仲山甫补之。

仲山甫出祖,四牡业业,征夫捷捷,每怀靡及。四牡彭彭,八鸾锵锵。王命仲山甫,城彼东方。

四牡骙骙,八鸾喈喈。仲山甫徂齐,式遄其归。吉甫作诵,穆如清风。仲山甫永怀,以慰其心。

注解

①烝民：众民。

②则：法则，指事物的内则，如人之喜怒哀乐。

③民之秉彝：人们掌握事物的常理。秉，执，掌握；彝，常理。

④懿德：美德。

⑤监：视，察。有周：周朝。有，词头，多用在名词、朝代之前。

⑥昭假：向神祷告，表明诚敬之心于神灵。

⑦兹：此。

⑧仲山甫：周宣王时大臣，封樊邑（今河南济源县），名山甫，谥穆，排行第二，故亦称樊仲、樊侯、樊仲山甫或樊穆仲。

⑨柔嘉维则：谓仲山甫以温和善良奉为自己的道德标准。维，犹“是”。

⑩令仪令色：谓仲山甫的言谈、举止、风度、表情优雅美好，和颜悦色，适度宜人。令，美善；仪，风度，容仪；色，颜色，表情。

⑪古训：先王的遗训，遗典。是：语助词。

⑫威仪：礼节法度。力：勤，勉力遵行。

⑬若：选择。谓选择贤人而重用之。

⑭明命：政令。赋：通“敷”，颁布，宣传。

⑮百辟：各国诸侯。

⑯缵戎祖考：继承你祖先的遗烈。缵，继。戎，你。祖考，祖先。

⑰王躬是保：保护周王自身的安全。躬，身。

⑱出纳：总揽。

⑲喉舌：代言人。担任天子代言人的，在唐虞为纳言，在周朝为内史，至秦汉时则为尚书。仲山甫兼内史之官，故谓。

⑳赋政：颁布政令。外：指京畿之外。

译文

皇天生下众百姓，宇宙万物都有一定的规律。百姓把握此规律，爱好美德发内心。苍天俯察周王朝，在祷告神灵的时候一定要心中虔诚。辅佐当今周天子，生下山甫保康宁。

山甫内具好品德，温良和善有准则。有优雅的风度和美丽的容颜，办事谨慎真出色。先人典范必仿效，尊礼守法为表率。天子选择且重用，明白王的命令并且做好自己的事。

周王命令仲山甫，诸侯树立榜样。要继承祖先的宏大伟业，天子托福寿无疆。掌管出入司政令，像天子的喉舌一样来代表他宣讲。颁布政令达畿外，四方诸侯齐应响。

传王命时要庄严肃穆，山甫诚心来奉行。国事顺利与艰难，山甫心里最分明。既明事理且智慧，保持节操留芳名。毫不懈怠地认真工作，侍奉君王表忠心。

有句老话常讲起：对于弱者就相欺，对于强者就畏避。唯独山甫与众异，不欺负软弱的人，也不回避强者。不欺鳏夫和寡妻，诛灭强暴志不移。

有人曾经说过这样的话：德如鸿毛赛飞花，能举起它的人很少。揣摩思忖暗比画，山甫高擎自有法。不要责怪爱莫能助的人。天子龙袍有结疤，山甫修补人人夸。

山甫出行祭路神，四匹骏马力强盛，使臣赶路匆匆行，总担心不能很好地完成王命。驷马奔驰蹄不停，八铃锵锵叮当鸣。周王命令仲山甫，前去东方筑新城。

四匹骏马蹄不停，八铃喈喈清亮声。山甫去齐国筑城防了，总是希望他能早去早回。吉甫作歌相赠敬，犹如清风添雅兴。山甫在外多记挂，作此赞歌慰心灵。

点评

本诗主要以赋叙事，开篇以说理领起；中间夹叙夹议，突出仲山甫之德才与政绩；最后偏重描写与抒情，以热烈的送别场面作结，点出赠别的主题。全诗章法整饬，表达灵活，为后世送别诗之祖。

韩奕

奕奕梁山①，维禹甸之②，有倬其道③。韩侯受命④，王亲命之⑤：缵戎祖考⑥，无废朕命⑦。夙夜匪解⑧，虔共尔位⑨，朕命不易。榦不庭方⑩，以佐戎辟⑪。

四牡奕奕[12],孔脩且张[13]。韩侯入觐[14],以其介圭[15],入觐于王。王锡韩侯[16],淑旂绥章[17],簟茀错衡[18],玄衮赤舄[19],钩膺镂锡[20],鞹鞃浅幭,鞗革金厄。

韩侯出祖,出宿于屠。显父饯之,清酒百壶。其殽维何?炰鳖鲜鱼。其蔌维何?维筍及蒲。其赠维何?乘马路车。笾豆有且。侯氏燕胥。

韩侯取妻,汾王之甥,蹶父之子。韩侯迎止,于蹶之里。百两彭彭,八鸾锵锵,不显其光。诸娣从之,祁祁如云。韩侯顾之,烂其盈门。

蹶父孔武,靡国不到。为韩姞相攸,莫如韩乐。孔乐韩土,川泽訏訏,鲂鱮甫甫,麀鹿噳噳,有熊有罴,有猫有虎。庆既令居,韩姞燕誉。

溥彼韩城,燕师所完。以先祖受命,因时百蛮。王锡韩侯,其追其貊。奄受北国,因以其伯。实墉实壑,实亩实籍。献其貔皮,赤豹黄罴。

注解

①奕奕:高大貌。梁山:宣王时韩国境内山名。所在地诸说不一。郑笺据《汉书·地理志》谓“梁山在夏阳西北”;马瑞辰《毛诗传笺通释》引《潜夫论》谓:“昔周宣王亦有韩城,其国也近燕,故《诗》曰‘溥彼韩城,燕师所完’,又引王肃云:‘涿郡方城县有韩侯城’,又引《水经注》云:‘方城今为顺天府固安县,在府西南百二十里。’”按《大清一统志》:“韩城在固安县西南;《县志》今名韩侯营,在县东南十八里。”细审诗义,今人多从此说。据现行政区划,当在北京市通县之西,固安县之东北。

②维:发语助词。甸:治。传说大禹治水开辟九州。

③倬(zhuō):长远。

④韩侯:姬姓,周王近宗贵族,诸侯国韩国国君。历史上周朝封建的韩国有两个,始封国君都是周武王的儿子。一在今陕西韩城县南,世袭到春秋时并入

晋国。一在今河北固安县东北,与燕国接近,即本诗中的燕国。受命:接受册命。周制,封建诸侯爵位有等,其国城、土地、兵力因之有差别。周宣王为加强北方防务,增强韩国作为屏障的作用,提高其爵位,以便重修韩城,增加常备军,发挥政治和军事作用。

⑤王:周宣王,西周一个比较有作为的国王,力图振兴趋于没落的周王朝。

⑥缵:继承。戎:你。祖考:先祖。

⑦朕:周王自称。

⑧夙夜:早晚。匪解:非懈。

⑨虔共(gōng):敬诚恭谨。共,通"恭"。

⑩榦:同"幹",安定。一说,同"干",纠正。均通。不庭方:不来朝觐的方国诸侯。周制,方国诸侯应定期朝觐天子纳贡,不来朝廷朝觐,称为不庭,被作为对周王不忠顺的罪状,应予讨伐。

⑪辟:君位。

⑫牡:公马。

⑬孔脩:很长。

⑭入觐(jìn):入朝朝见天子。

⑮介圭:玉器,天子圭一尺二寸,诸侯圭九寸以下。按周礼,王册封诸侯赐予介圭作为镇国宝器,诸侯入觐时须手执介圭做觐礼之贽信。这是觐礼礼仪之一。

⑯锡:同"赐",赏赐。

⑰淑旂:色彩鲜艳绘有蛟龙、日月图案的旗子。绥章:指旗上图案花纹优美。

⑱簟茀:竹编车篷。错衡:饰有交错花纹的车前横木。

⑲玄衮:黑色龙袍,周朝王公贵族的礼服。赤舄(xì):红鞋。

⑳钩膺:又称繁缨,束在马腰部的革制装饰品。镂钖(yáng):马额上的金属制装饰品。

译文

巍巍梁山多高峻,大禹曾经治理它,交通大道开辟成。韩侯来京受册命,周王亲自来宣布:继承你的先祖业,切莫辜负委重任。日日夜夜不懈怠,在职恭虔又谨慎,册命自然不变更。整治不朝诸方国,辅佐君王显才能。

四匹公马高又壮，体态雄壮又修长。韩侯入朝拜天子，手持介圭到殿堂，恭行觐礼拜周王。周王赏赐给韩侯，交龙日月旗漂亮；竹篷车子雕纹章，黑色龙袍红色鞋，马饰繁缨金铃装；车轼蒙皮是虎皮，辔头挽具闪金光。

韩侯祖祭出发行，首先住宿在杜陵。显父设宴来饯行，备酒百壶甜又清。用的酒肴是什么？炖鳖蒸鱼味鲜新。用的蔬菜是什么？嫩笋嫩蒲香喷喷。赠的礼物是什么？四马大车好威风。盘盘碗碗摆满桌，侯爷吃得喜盈盈。

韩侯娶妻办喜事，大王外甥做新娘，蹶父长女嫁新郎。韩侯出发去迎亲，来到蹶地的里巷。百辆车队闹嚷嚷，串串銮铃响丁当，婚礼显耀好荣光。众多姑娘做陪嫁，犹如云霞铺天上。韩侯行过曲顾礼，满门光彩真辉煌。

蹶父强健很勇武，足迹踏遍万方土。他为女儿找婆家，找到韩国最心舒。身在韩地很快乐，川泽遍布水源足。鳊鱼鲢鱼肥又大，母鹿小鹿聚一处。有熊有罴在山林，还有山猫与猛虎。喜庆有个好地方，韩姞心里好欢愉。

扩建韩城高又大，燕国征役来筑成。依循先祖所受命，管辖所有蛮夷人。王对韩侯加赏赐，追族貊族听号令。北方各国都管辖，作为诸侯的首领。筑起城墙挖壕沟，划分田亩税章定；珍贵貔皮做贡献，赤豹黄罴也送京。

点评

全诗六章，各章重点突出，但前后联结，结成一体；内容相对集中，而前后照应，首尾呼应，无割裂枝蔓之累，其结构亦可资借鉴。此诗的语言风格也变化多姿。首章叙述周王册命，其语言如《尚书》用语般典重古奥；第二章叙述周王赏赐，铺陈华丽，以见恩宠之隆；第三章以下间用叠词、口语，描写有声有色，写得生动活泼。

江汉

江汉浮浮。武夫滔滔。匪安匪游，淮夷来求①。既出我车，既设我旟。匪安匪舒，淮夷来铺②。

江汉汤汤，武夫洸洸③。经营四方，告成于王。四方既平，王国庶定。时靡有争，王心载宁。

江汉之浒④，王命召虎：式辟四方，彻我疆土。匪疚匪棘，王国来

极。于疆于理，至于南海。

王命召虎：来旬来宣[⑤]。文武受命，召公维翰[⑥]。无曰予小子，召公是似[⑦]。肇敏戎公[⑧]，用锡尔祉。

厘尔圭瓒[⑨]，秬鬯一卣[⑩]。告于文人，锡山土田，于周受命，自召祖命。虎拜稽首，天子万年。

虎拜稽首，对扬王休[⑪]。作召公考[⑫]，天子万寿。明明天子，令闻不已。矢其文德[⑬]，洽此四国[⑭]。

注解

①来：语气词。来求，是求。求，讨。

②铺：止。

③洸洸：威武的样子。

④浒：水涯。

⑤旬：巡。宣：示。

⑥翰：辅翼。

⑦似：继承。

⑧肇：谋。敏：疾。戎：大。

⑨厘：赐予。

⑩秬：黑黍。鬯，香草。卣：一种盛酒的器具。

⑪休：美。

⑫考：成，成辞。

⑬矢：施。

⑭洽：协和。

译文

江汉浩浩荡荡，战士们气宇轩昂。不苟安、不闲逛，去征讨淮夷那个地方。我的兵车出动，我的旗帜张扬。不苟安、不迟缓，兵临淮夷地方。

江汉汪汪洋洋，战士们多雄壮。平息了四面八方的战事，捷报告诉周王。四方已经清平，国家才能安定。这就没有战争，周王心里安宁。

从那江汉水旁，周王命令召虎：你去开辟四方，把我们的疆土整理好。不扰他、不迫他,要让他们都能够受周王的感化。整田地、划田疆,一直规划到了南海边上。

周王命令召虎:去巡视、去宣抚。当初文武受天命,召康公是支柱。不要归功于我小子,你要把召公功业承继。很快就会给你记大功,赐你福禄享用。

赐你勺儿玉柄头,一樽芬芳黑黍酒。告祭你文德的祖先,赐给你山地、土地、田地,到那岐周受命,用你祖先封典。召虎叩头行礼,祝福天子万岁健康。

召见虎叩头行大礼,称扬周王美意。写下召公颂辞,天子万年永世。正直而清廉的天子,美好声誉无止。你的文德布下,以此来协调你的国家四方。

点评

诗中有些句子看似语意相似,其实却表现了不同的意思。如第一章"匪安匪游,淮夷来求"等,出于召伯之口,是说:宣王不求安乐,而勤劳于国事。第三章"匪疚匪棘,王国来极",出于宣王之口,则是说:不是要给百姓造成骚扰,也不是急于事功,四方都必须以王朝政令为准,这是大事。第二章"四方既平,王国庶定;时靡有争,王心载宁",同样表现了臣子对天子的体贴。而第三章"式辟四方,彻我疆土",则出自周王之口,体现着"溥天之下,莫非王土"的观念。

常 武

赫赫明明[1],王命卿士[2],南仲大祖[3],大师皇父[4]:"整我六师[5],以修我戎[6]。既敬既戒[7],惠此南国[8]。"

王谓尹氏[9],命程伯休父[10]:"左右陈行[11],戒我师旅[12]。率彼淮浦,省此徐土[13]。不留不处[14],三事就绪[15]。"

赫赫业业[16],有严天子[17]。王舒保作[18],匪绍匪游[19]。徐方绎骚,震惊徐方,如雷如霆,徐方震惊。

王奋厥武[20],如震如怒。进厥虎臣,阚如虓虎。铺敦淮濆,仍执丑虏。截彼淮浦,王师之所。

王旅啴啴,如飞如翰。如江如汉,如山之苞,如川之流,绵绵翼翼,不测不克,濯征徐国。

王犹允塞，徐方既来。徐方既同，天子之功。四方既平，徐方来庭。徐方不回，王曰还归。

注解

①赫赫：盛大威武的样子。明明：明察的样子。

②卿士：西周王朝的执政官，犹如后世之宰相。

③南仲大祖：南仲，人名，周宣王的大臣。大祖，指太祖庙。周人以后稷为太祖。

④大师：太师，官名，主管军事。皇父：人名，周宣王的大臣。

⑤我：周宣王自称。六师：古时天子六军。六师，指六军。

⑥修：整治。戎：军队，一说兵器。

⑦敬：通“儆”，警戒。

⑧惠：加恩。南国：指南方诸国。

⑨尹氏：官名，掌卿士之官。一说即尹吉甫，为内史官。

⑩程伯休父：封邑在程邑(今陕西咸阳东)的伯爵，休父是其名，周宣王的大臣，当时任大司马。

⑪陈行：犹列队。

⑫戒：告。

⑬省：巡视，征讨的美称。徐：国名，故城在今安徽省泗县北。

⑭不留不处：不，语助词。“留”借作“刘”，杀。处，吊，安。意为“诛其君，吊其民”。一说，处，止。

⑮三事：《十月之交》中的“三有事”，指三卿。

⑯业业：举止有威仪的样子。

⑰有严天子：威严的天子。

⑱舒：徐缓。一说图谋。保：安。作：与“祚”通，福也(用高亨说)。此句言宣王出兵伐徐，是为了保住王室之福。

⑲匪：非。绍：(郑笺)：“绍，缓也。”迟缓。

⑳王奋厥武：周王发扬其军威。

译文

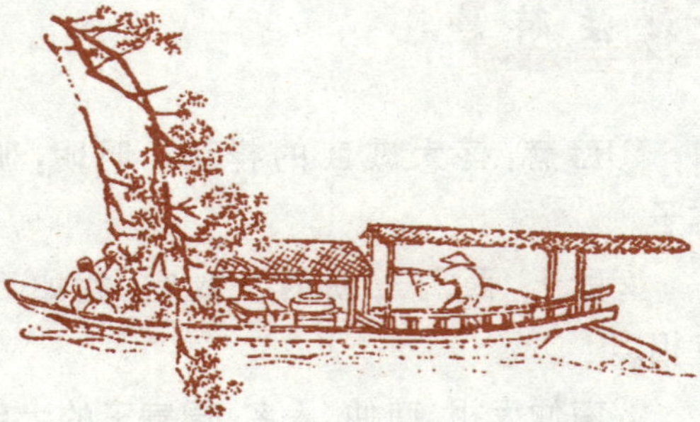

威武英明周宣王，命令卿士征徐方，在大庙之中对南仲委以重任，太师和皇父一同说：“整顿六军振士气，修理弓箭和刀枪。告诫士卒不要打扰人民，平定徐国惠南邦。”

王命尹氏传下话，策命休父任司马：“士卒左右分开站好队，训诫六军早出发。沿着淮水岸边走，要小心地对徐国仔细巡察。大军不必久居留，工作做完后三卿就都回家。”

威仪堂堂气概昂，神圣庄严周宣王。王师从容向前进，不敢延缓不游逛。徐国听说后大乱，王师威力震徐邦，声势恰似雷霆轰，徐国的兵队还没打仗就已惊慌不已。

宣王奋发真威武，就像天上雷霆发怒一样。冲锋兵车先进军，吼声震天如猛虎。大军列阵淮水边，捉获了敌方许多的战俘。并且切断了徐兵溃逃之路，王师就在这里安营扎寨。

王师势盛世无双，行动快得像鸟在飞翔。好比江汉水流长，好比青山难摇撼，好比洪流不可挡，连绵不断声威壮，神出鬼没难估量，大征徐国定南方。

宣王计划真恰当，徐国已经服输前来归降。徐国已经对我们国家称臣，建立功勋是我王。四方诸侯既平靖，徐国的国君在朝上对我王下拜。徐国从此不敢叛，王命班师回周邦。

点评

本诗赞美周宣王率兵亲征徐国，平定叛乱，取得重大的胜利。诗人先颂扬天子计谋允当，再说胜利是“天子之功”，然后写到王下令“还归”，叙述次第井然。

瞻 卬

瞻卬昊天[①]，则不我惠[②]。孔填不宁[③]，降此大厉[④]。邦靡有定[⑤]，士民其瘵[⑥]。蟊贼蟊疾[⑦]，靡有夷届[⑧]。罪罟不收[⑨]，靡有夷瘳[⑩]。

人有土田，女反有之[⑪]。人有民人[⑫]，女覆夺之[⑬]。此宜无罪[⑭]，女反收之[⑮]。彼宜有罪，女覆说之[⑯]。

哲夫成城[⑰]，哲妇倾城[⑱]。懿厥哲妇[⑲]，为枭为鸱[⑳]。妇有长舌，维厉之阶。乱匪降自天，生自妇人。匪教匪诲，时维妇寺。

鞫人忮忒，谮始竟背。岂曰不极？伊胡为慝！如贾三倍，君子是识。妇无公事，休其蚕织。

天何以刺？何神不富？舍尔介狄，维予胥忌。不吊不祥，威仪不类。人之云亡，邦国殄瘁。

天之降罔，维其优矣。人之云亡，心之忧矣！天之降罔，维其几矣。人之云亡，心之悲矣！

觱沸槛泉，维其深矣。心之忧矣，宁自今矣？不自我先，不自我后。藐藐昊天，无不克巩。无忝皇祖，式救尔后。

注解

①瞻卬：仰望。卬，同“仰”。昊天：皇天，上帝。

②不我惠：不惠我。惠，爱。

③孔填不宁：久不安宁。孔，很。填，长久。

④厉：灾祸。

⑤靡有定：不安定。

⑥士民：指下层贵族。瘵：病，引申为忧患，遭殃。

⑦蟊贼：吃农作物的害虫，比喻祸国殃民的幽王和褒姒。疾：以病害人。

⑧夷：语助词。届：至，终极。指祸害没有止境。

⑨罪罟：罗织罪名。

⑩瘳：病愈，一说减损，减轻。

⑪女：汝，指大贵族，大奴隶主。有：占有，夺取。

⑫民人：商周时对奴隶的统称。

⑬覆：反。

⑭宜：本该。

⑮收：拘捕。

⑯说：与"释""脱"通，解脱，赦免。

⑰哲夫：才识卓越的男子。哲，智慧。成城：立国。城，国。

⑱哲妇：聪明能干的女子，此指幽王宠妃褒姒。倾城：覆国。

⑲懿：通"噫"，叹词。一说美善。厥：其。

⑳为：是。枭：鸦，相传长大即食母的一种恶鸟。鸱：猫头鹰，古人认为猫头鹰是不吉祥之鸟。两鸟皆喻褒姒。

译文

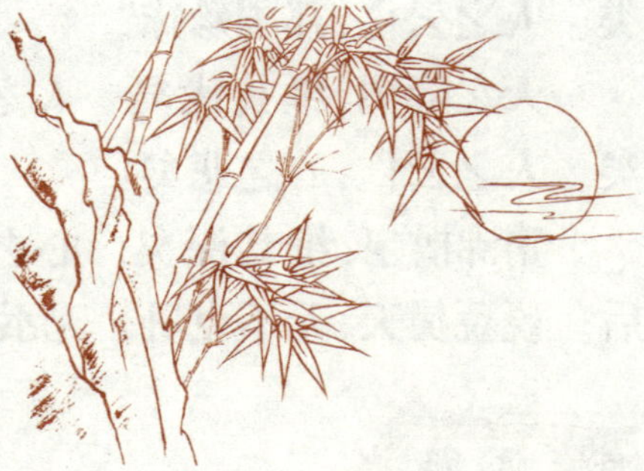

仰望这深沉的天空，苍天对我却无情。久久不能太平的天下，大的灾难降临不能回避。国内无处有安定，戕害士人和庶民。病虫为害毁坏了许多的庄稼，长年累月无止境。罪恶法网不收敛，难以减轻苦难的深渊。

人家有块好田地，你却将它占为己有。人家拥有强劳力，你却强取过来占为己有。这人原本无罪过，你却一定要将他拘捕。那人该是罪恶徒，你却赦免又宽恕。

有才男子称霸王，有才女子使国亡。可叹此妇太逞狂，如枭如鸱恶名当。这个妇人花言巧语爱说谎，灾难邪恶祸根藏。祸乱不是从天降，出自妇人那一方。不是他人来教诲，只是因为靠近女人。

罗织罪名穷陷害，前言后语相违背。难道她还不狠毒？如此穷凶极恶的人还有谁！这就像奸商发了横财，君子洞察目了然。妇人就不应该过问朝政，不去做蚕织女工等活计。

苍天为何责罚苦？神灵为何不庇护？罪魁祸首却不去管，只是对我相忌妒。人们遭灾不怜悯，对于纪纲败坏却装糊涂。有德有能之人都尽力逃亡，国家已到危急关头却无人救助。

苍天无情降法网，严酷繁多难躲藏。良臣贤士皆流放，忧国忧时苦果尝！苍天无情降法网，危急的情况时有发生难以抵挡。良臣贤士全杀光，忧国忧时心悲伤。

涌泉沸腾水花喷，汩汩流泉渊源深。担心国家，担心时代，心中难过万分，难道一日愁始增？生前不降灾难重，死后祸乱又不跟。厚土皇天高莫测，控制生灵定乾坤。千万不要辱没你祖宗，为了子孙们拯救国家。

点评

这是一首尖锐讽刺和严正痛斥昏庸荒淫的周幽王宠幸褒姒，斥逐贤良，败坏纪纲，倒行逆施以致政乱民病，天怒神怨，国运濒危的诗。言辞凄楚激越，既表现了诗人忧国悯时的情怀，又抒发了他疾恶如仇的愤慨。

召旻

旻天疾威[1]，天笃降丧。瘨我饥馑，民卒流亡。我居圉卒荒。

天降罪罟，蟊贼内讧。昏椓靡共[2]，溃溃回遹，实靖夷我邦。

皋皋訿訿，曾不知其玷。兢兢业业，孔填不宁[3]，我位孔贬。

如彼岁旱，草不溃茂[4]，如彼栖苴[5]。我相此邦，无不溃止。

维昔之富，不如时，维今之疚，不如兹。彼疏斯粺[6]，胡不自替？职兄斯引。

池之竭矣，不云自频！泉之竭矣，不云自中！溥斯害矣，职兄斯弘[7]，不灾我躬。

昔先王受命，有如召公，日辟国百里；今也日蹙国百里。於乎哀哉！维今之人，不尚有旧？

注解

①旻：秋为旻天，这里泛指上天。

②椓：同“诼”，谗毁。

③填:久。

④溃茂:溃与茂同义,即丰茂。

⑤栖苴:栖,草倒伏状;苴,枯草。

⑥疏:高粱。粺:精米。

⑦职兄斯弘:职,此;兄,情况;弘,扩大。此句是说(小人占据高位)这种情况越来越严重。

译文

老天暴虐又疯狂,向人间降了这么多的灾祸。我们非常饥饿,老百姓们尽流亡。灾荒一直蔓延到边疆。

老天降下了法网,坏人们内部起了纷争。七嘴八舌做事不像样,乱七八糟地放荡,真的想把国家灭亡掉。

咕咕咕,叽叽叽,不知道自己的污点。谨谨慎慎多小心,好久都不得安宁,我的地位还有贬低的危险。

就像那年大旱时一样,连那草也长不好,就像那枯草倒下一样。我看看这个国家,一定是要遭遇危亡了。

过去的人们没有像今天这么穷,如今贫呀不像这样强。那吃粗粮的就这样吃细粮,为啥自己不退让?一个劲儿营私又植党。

池塘干涸了,池边干起呀!泉水也干了,里面干起呀!这个普遍的灾害呀,它还在不断地扩大,哪能不连累我身呀?

从前祖先受天命,有召伯这样的好臣子,一天开疆一百里;如今呀,一天失去一百里。哎呀,可悲呀!现在的这些人们,不是还有旧人吗?

点评

本篇共七章,句式基本为四字句,但也有三字句、五字句、六字句乃至七字句穿插其间。讽刺周幽王任用小人,胡作非为,国政败坏,国土日削,将至灭亡。

颂

颂,是宗庙祭祀的舞曲歌辞,内容多是歌颂祖先的功业的。《颂》诗又分为《周颂》三十一篇,《鲁颂》四篇,《商颂》五篇,共四十篇。全部是贵族文人的作品。《周颂》大部分产生在西周初期;《鲁颂》《商颂》产生于春秋时期。

周颂·清庙之什

清庙

於穆清庙①,肃雍显相②。济济多士③,秉文之德④。

对越在天⑤,骏奔走在庙⑥。不显不承⑦,无射于人斯⑧!

注解

①於:叹词。穆:壮美。

②肃雍:肃敬雍和。显:明,显赫。相:助祭的公侯。

③济济:威仪整齐。多士:众多的参祭者,指众公侯。

④秉:执持。文:指文王。

⑤对越：报答宣扬。一说，越，於。

⑥骏：迅疾。

⑦不显不承：通"丕显丕承"。不，通"丕"，发语词。显，光明。承，通"燕"，美。

⑧无射（少）：不厌弃。射，通"萌"，厌恶。斯：语气词。

译文

啊，清静的宗庙真美丽呀，诸侯们恭恭敬敬来陪祭。执事的人们整整齐齐，保持着高尚的品德。

对于在天的神灵，大家匆匆奔走在庙里忙祭礼。神灵在天空中，人们都很尊敬他，不知道厌倦的人们呀。

点评

全诗只有八句，不分章，又无韵。开头两句只写宗庙的庄严、清静和助祭公卿的庄重、显赫，中间的四句也只写其他与祭官吏们为了秉承文王的德操，为了报答、颂扬文王的在天之灵而在宗庙里奔跑忙碌。直到最后两句才颂扬文王的盛德显赫、美好，使后人永远铭记。全诗并非具体细致而是抽象简括地歌颂、赞美文王。而本诗的特点，或者说它的艺术手法也正在这里。诗篇的作者，可谓匠心独运，专门采用侧面描述和侧面衬托的手法，使笔墨集中在助祭者、与祭者身上做文章。他们的态度和行动，是"肃雝"的，是"骏奔走"的，是"秉文之德"的，而又虔诚地"对越在天"，于是通过他们，使文王之德得到了更生动、更具体的表现。这种表现方法，比起正面的述说，反而显得更精要、更高明一些。

维天之命

维天之命[①]，於穆不已[②]。於乎不显[③]，文王之德之纯[④]！假以溢我，我其收之[⑤]。骏惠我文王[⑥]，曾孙笃之[⑦]。

注解

①维：同“惟”，思。

②於：叹词。穆：肃敬。

③於乎：呜呼，赞叹声。不：通“丕”，大。

④纯：不杂。

⑤收：受。

⑥骏惠：骏，大。惠，顺。

⑦曾孙：曾，重。《郑笺》：“自孙之子而下，事先祖皆称曾孙。”笃：厚。

译文

那天道的运行，啊，美得无穷无尽。呀，多么光明美好。文王道德的纯净！将我淹没在其中，我全都接受它。遵循着文王的大道，子孙后代也都相信它。

点评

此诗是颂扬文王德配上天，对其美德顶礼膜拜，正是周公摄政制礼，确定祭祀文王的规格仪轨之后，创作祭舞祭歌的必然主题。而因其言词古直，情意朴素，尚无矫揉造作之弊，今人读来并不至于像读后世千篇一律的祭祀歌辞那样产生反感。

维清

维清缉熙①，文王之典②。肇禋③，迄用有成④，维周之祯⑤。

注解

①清：清明。缉：延续。熙：光明。

②典：前代定下的法则。

③肇：开始。禋：祭天。

④迄：至，到。有成：指拥有天下。

⑤祯：祥瑞，吉祥。

译文

政治清明光耀后，文王法典是根本。自从开始祭上天，直到今天大功成，这是周朝的祥瑞。

点评

歌颂文王武功的祭祀乐舞的歌辞，通过模仿其外在的征战姿态来表现其内在的武烈精神。

烈文

烈文辟公①，锡兹祉福②。惠我无疆③，子孙保之。无封靡于尔邦④，维王其崇之⑤。

念兹戎功⑥，继序其皇之⑦。无竞维人⑧，四方其训之⑨。不显维德⑩，百辟其刑之⑪。於乎！前王不忘⑫。

注解

①烈：功业。文：文德。辟公：诸侯。

②锡：赐。兹：此。祉：福。

③惠：惠爱。

④无：通“毋”，不要，莫要。封靡：大罪。

⑤维：语助词。王：先王。或作文王，或释为周的列祖列宗，俱通。其：语助词。崇：崇尚，推重。之：你，你们。

⑥戎功：大功。戎，大。

⑦继序：继承，序通“绪”。皇：大，美。

⑧无：通“毋”。竞：强，强力。无竞，不要逞强力。人：贤人。

⑨四方：同下文的“百辟”都是别的诸侯的意思。“四方”指周围诸侯，“百辟”指许多诸侯。训：法则，用作动词，仿效的意思。

⑩不：同“丕”，大。

⑪刑：通“型”，典型，用作动词，效法的意思。

⑫於乎：呜呼，叹词。前王：先王，指文王或周的列祖列宗。

译文

有功有德的诸侯，祖先给了我这多多的幸福。对我恩情无穷尽，子孙万代都享有它。莫贪财，莫奢侈在你的国家，要尊重我们的王。

想着这些大功劳，继承的人呀，要光大它。万事莫如得人强，各地的人都会以他为榜样。道德显明真荣光，诸侯们就模仿他。啊！祖宗亦忘不了这些事呀！

点评

《烈文》的巧妙构思可说是天衣无缝：前四句的赞扬，使后九句的训诫变得乐于接受；后四句的正君臣名分，表明诸侯已建的功业只不过是效忠周王室的一个开端。

天作

天作高山①，大王荒之②。彼作矣③，文王康之④。彼徂矣岐⑤，有夷之行⑥，子孙保之。

注解

①作:生。高山:指岐山。

②大王:指周代开国君主。荒:治理。

③彼:指周太王。

④康:继承发扬。

⑤徂:同"岨",山势险峻。

⑥夷:平,平坦。

译文

天生高峻的岐山,大王开发治理它。大王开创周基业,文王继承发扬它。岐山高大又险峻,如今大道平坦坦。

点评

将对圣地、圣人的歌颂融为一体,着力描写积蓄力量的进程,揭示历史发展的必然趋势,《天作》一诗,便如大河滔滔,飞流直泻,既显庄严,又富气势。短短七句,有如此艺术效果,可见诗歌作者的非凡手笔。

昊天有成命

昊天有成命,二后受之。成王不敢康,夙夜基命宥密[①]。於缉熙[②],单厥心[③],肆其靖之[④]!

注解

①夙夜基命宥密:夙夜其命有勉。"基""其"古通,"宥""又""有"古通。"密"读为"勉",努力。

②於:叹美辞。

③单:通“殚”,尽。

④肆:于是。

译文

老天定下了成命,文王和武王来继承发扬它。成王不敢贪恋安逸的生活,每天早晚都受命多勉励自己。要继承并发扬它,用尽心力呀,因而天下太平啦!

点评

祭成王不从祭主入手,却上溯到文、武二王,再追溯到昊天,似乎有些离题。其实这并不难解释,成王受命于文、武二王,文、武二王又受命于天,所以从天入手,以示成王与文、武二王一脉相承,得天之真命。首二句是全诗的引子,其作用犹如赋比兴中的兴,后五句才是全诗的主体。成王是西周第二代天子,声望仅次于文、武二王,与其子康王齐名,史称“成康之治”。

我将

我将我享[1],维羊维牛,维天其右之[2]。仪式刑文王之典[3],日靖四方[4]。

伊嘏文王[5],既右飨之。我其夙夜,畏天之威,于时保之。

注解

①将:烹的意思。享:敬献。

②右:同“佑”,助。

③仪、式、刑:三字同义,皆为效法之意。典:典章制度。

④靖:《郑笺》:“靖,治也。”

⑤伊:发语词。嘏:伟大。

译文

我烹煮啊我祭享，牛羊是供品，希望老天能保佑我。文王典章须效仿，每天都在想安定四方的办法。

伟大文王英名扬，保我平安受献飨。勤于职守日夜忙，敬畏苍天不敢偷懒，这样才能保国卫家。

点评

《我将》是《大武》一成的歌诗。《大武》，是武王伐纣胜利后由周公创编的，内容就是表现武王克商的丰功伟业。《大武》由六场歌舞组成，歌舞开始前还有一段击鼓等待的序曲。歌舞的六场叫作"六成"，从音乐的角度叫作"六章"。据春秋时孔子所见，这个乐舞开始先有一段长长的鼓声做引子，舞者（战士）持兵器屹立待命。接着是六段舞蹈：第一段舞队由北边上场，这是描写出兵的情形，第二段表现灭了商朝，第三段继续向南进军，第四段表现平定南部边疆，第五段舞队分列，表示周公、召公的分疆治理，第六段舞队重新集合，列队向武王致敬。舞蹈虽然是用的象征性手法，并不像舞剧那样描绘人物和矛盾过程，但无疑这是一部表现当时重大事件的叙事性舞蹈作品。周公将这六部乐舞加以集中、整理，规范成一个整体，作为国家的礼制，用于祭祀、庆典等活动。并对它们的演出仪制、祭祀对象、服饰道具、乐歌宫调和舞者身份、演出场合都做了明确的规定。

时迈

时迈其邦[①]，昊天其子之，实右序有周[②]。薄言震之[③]，莫不震叠[④]。怀柔百神[⑤]，及河乔岳[⑥]，允王维后[⑦]。

明昭有周[⑧]，式序在位[⑨]。载戢干戈[⑩]，载櫜弓矢[⑪]。我求懿德[⑫]，肆于时夏[⑬]。允王保之。

注解

①时迈：迈，巡狩；时迈，按时而巡狩。《诗集传》："周制，十有二年，王巡狩殷国，柴望告祭，诸侯毕朝。"

②右、序：吴诚生《诗义会通》："右、序，皆助也。"

③薄言：刘淇《助字辨略》卷五："《诗》凡云薄言，皆是发语之辞。"震：以武力震慑。

④叠：通"慑"，恐惧。

⑤怀柔：安抚。

⑥乔岳：高山。

⑦允：确实。后：君主。

⑧明昭：《毛传》："明矣，知未然也。昭然不疑也。"

⑨式：发语词。序在位：指诸侯百官各安其位而尽其职。

⑩载：则。戢：收藏。

⑪櫜：古代盛衣甲或弓矢的囊。

⑫懿德：美德。

⑬肆：施行，广布。时：是。夏：华夏，中国。

译文

武王诸国去巡狩，天之骄子留下了美名，皇天佑助我大周。当初征讨殷商纣，诸侯被我神威所震惊。祭祀天地众神灵，亲临河川高山顶，武王的确是明君。

我周德行多昭明，满朝百官尽其能。兵器干戈都收藏起来，良弓利箭都装进去吧。寻求美德好风尚，在华夏大地上得到发扬。能保天命贤武王。

点评

周武王姬发在祖先及父王姬昌所开创的周部族基业的基础上，在吕尚（姜子牙)、周公旦的辅佐下,联合周围众多部族,伐殷兴周,并于牧野一战,取得了彻底的胜利。然后又大封诸侯,以屏藩西周王朝。其功业,是彪炳千秋的。《诗经》中有许多篇章歌颂和赞美了他,也是符合历史事实的。

执竞

执竞武王①,无竞维烈②。不显成康③,上帝是皇。自彼成康,奄有四方,斤斤其明④。

钟鼓喤喤⑤,磬筦将将⑥,降福穰穰⑦。降福简简⑧,威仪反反⑨。既醉既饱,福禄来反⑩。

注解

①执竞:执是拿着,竞是自强,指周武王凭不息的精神和自强而战胜强大的敌人。

②无竞:无比。烈:功业,指伐纣克商的功业。

③成康:成功地建立康定的局面。

④斤斤:非常明显的意思。

⑤喤喤:描写钟鼓的声音。

⑥将将:同"锵锵",象声词。

⑦穰穰:有众多之意。

⑧简简:盛大的样子。

⑨反反:同"祄祄",谨慎的样子。

⑩反:同"返",还报。

译文

制服强梁称武王,攻克商的功业举世无双。伟业一成,国民安康,上帝对他也赞赏。由于功成国安康,一统天下达到四方,英明的武王坐在朝堂上。

敲钟擂鼓咚咚响,击磬吹箫声锵锵,上天赐福降吉祥。无边洪福从天降,祭礼活动隆重又端庄。武王神灵醉又饱,将无数的福禄给你。

点评

此诗是昭王时代的祭歌,比起早一些的颂诗,在用韵方面,有了明显的进步,音调抑扬铿锵,尤其是“喤喤”“将将”“穰穰”“简简”“反反”等叠字词的连续使用,语气舒缓深长、庄严肃穆,给人一种身临其境的感觉,体现出庙堂文化深厚的底蕴。颂诗的实用性、针对性较强,现代研究者对它的文学价值多有贬斥。固然颂诗是仅供统治阶级玩赏的庙堂文学,缺乏文学意味;但它那种古穆肃雍的艺术风格对后世仪式化的官方文学产生了相当深远的影响,这是不容忽视的事实。

思文

思文后稷[1],克配彼天[2]。立我烝民[3],莫匪尔极[4]。贻我来牟[5],帝命率育[6]。无此疆尔界,陈常于时夏[7]。

注解

①文:文德。这里指治理本部族内部事务,发展生产,使本部族日益强大的功德。

②克:能。配天:配享天帝。

③立:通“粒”。即以谷物作为食物。烝民:众民。

④极:最大的恩德。朱熹《诗集传》:“极,至也,德之至也。”

⑤贻:留下。来:小麦。牟:大麦。

⑥率:用。育:养活。

⑦陈:推广。常:政,指农业方面的政策。时:是,此。夏:中国。

译文

想起后稷先王，功德能配得上苍天。养育我们百姓，有谁没有受到过你恩赏。留给我们麦种，老天让我们养育它。农政不分疆界，在全国范围内普遍推广。

点评

西周当时已经是君临天下的政权，“无此疆尔界，陈常于时夏”自然是这种权威的宣告，但又是秉承天命子育万民的一种怀柔。昌盛的、向上的政权不会在立威的同时忘记立德，西周政权也保持着这种明智。

周颂·臣工之什

臣工

嗟嗟臣工①，敬尔在公②。王厘尔成③，来咨来茹④。
嗟嗟保介⑤，维莫之春，亦又何求？如何新畲⑥？
於皇来牟⑦，将受厥明⑧。明昭上帝，迄用康年⑨。
命我众人：庤乃钱镈⑩，奄观铚艾⑪。

注解

①臣工：工，官。指诸侯卿大夫。

②公：公家之事。

③王：往。厘：禧，礼告。成：熟，收成。

④咨：谋。茹：度。

⑤保介：副手，指三公九卿诸侯大夫。

⑥新畲：田二岁曰新，三岁曰畲。

⑦於皇：赞美辞。来牟：小麦和大麦。

⑧明：成，成熟。

⑨康年：丰年。

⑩庤：储放屋下。钱：铫，锹。镈：锄。

⑩奄：疾速。铚：短镰刀。艾：芟，割。

译文

啊啊，你们这些官吏，把公事认真来办理。去吧，给上面报告你们的收成，来请示，来商议。

啊啊，你们这些官儿，现在是暮春季节，你们有什么要求？生田与熟田应该怎样耕作？

啊！美啊，大麦、小麦，这庄稼马上要收割。充满智慧的上帝呀，给我们个丰收年哩。

命令我的伙计们：藏起锄儿藏起锹，拿起镰刀快点儿割麦吧！

点评

全诗反映出周王重视发展农业生产，以农业为立国之本。周族是一个农业民族，依靠在当时处于先进地位的农业而兴国，建立王朝之后，进一步采取解放生产力和推广农业技术等措施，大力发展农业生产，以之作为基本国策。周王说：锹、锄暂时用不着了，要收好，准备镰刀割麦子吧。他对农业生产很熟悉，指示比较具体，这进一步反映了国家对农业的重视。

噫嘻

噫嘻成王[1]！既昭假尔[2]。率时农夫[3]，播厥百谷[4]。骏发尔私[5]，终三十里[6]，亦服尔耕[7]，十千维耦[8]。

注解

①噫嘻：赞叹之词。成王：指周成王。这里是生时的称呼，而不是死后的谥号。

②既：已经。昭：明。假：通“嘏”，告。尔：指农官田畯，后两“尔”字则指农奴。

③率：带领。时：是，此。

④厥：其。

⑤骏：迅速。发：起。私：为“耜”字之误。耜，古代耕地农具。

⑥终：尽。三十里：指方圆三十里，九百平方里。指公田。

⑦服：从事。耕：耕作。

⑧十千：一万。维：其。耦：二人各持一耜并肩而耕。

译文

啊，多好呀，成王！曾召集你们来把话讲。率领这些农夫，播种百谷去吧。快点儿带着你的农具，面对这三十里广阔的地方，大伙儿都来耕地呀，万人出动，成双成对。

点评

全诗八句，分为四、四两层。前四句是成王向臣民庄严宣告自己已招请祈告了上帝先公先王，得到了他们的准许，以举行此藉田亲耕之礼；后四句则直接训示田官勉励农夫全面耕作。诗虽短而气魄宏大。从第三句起全用对偶，后四句句法尤奇，似乎不对而实为“错综扇面对”，若将其加以调整，便能分明看出：

骏发尔私，亦服尔耕；终三十里，维十千耦。则骏和终、亦和维字隔句成对；其他各字，相邻成对。此种对偶法，即使在后世诗歌最发达的唐宋时代，也是既颇少见，又难有如此诗所见之自然。

振鹭

振鹭于飞①，于彼西雝②。我客戾止③，亦有斯容④。在彼无恶⑤，在此无斁⑥。庶几夙夜，以永终誉⑦。

注解

①振：群飞的样子。

②雝：水泽。西雝，《韩诗》以为是周文王在西郊所建的学校辟雍。辟雍四周绕以水泽。诗以鹭之在泽兴客之朝周。

③客：指宋国诸侯微子。戾：至。止：语助词。

④斯容：言来客有白鹭般高洁的姿容。斯，指鹭鸟。

⑤彼：来客所在之国。恶：厌恶。

⑥此：周王朝。斁：厌弃。

⑦终：韩、鲁诗作"众"，盛多。

译文

白鹭成群展翅飞翔，在西边那片大泽上。我有贵客喜光临，穿着高洁的白色衣裳。在他的国家没人说他的坏话，来我国也很受欢迎。望您日夜多勤勉，众口交誉美名扬。

点评

西雝

全诗共八句，不分章，按诗意来分有四个层次。首二句“振鹭于飞，于彼西雝”，是以飞翔在天空的白鹭起兴，引出下文“亦有斯容”的描写。商人尚白，且是鸟图腾民族，通体羽色纯白的鹭鸟当被商人视为高洁神圣之物，它飞翔时优美的动势，栖止时从容的神态，今人且不免赞赏备至，何况是刚从原始自然神崇拜时代发展过来不久的商周人，所以它正是外在的美好仪表与内在的高尚精神完美统一的象征。

丰年

丰年多黍多稌[①]，亦有高廪[②]。万亿及秭[③]，为酒为醴。烝畀祖妣[④]，以洽百礼[⑤]，降福孔皆[⑥]。

注解

①稌(tú)：稻子。
②廪(lǐn)：收藏粮食的仓库。
③亿：数万。秭：数亿。亿、秭都指数量极多。
④烝：进献。畀(bì)：送上。
⑤洽：齐备。
⑥孔：很。皆：通“嘉”。

译文

丰收年收成黍稻，备有粮仓高又大。装进万亿黍和稻，酿制美酒和甜浆。献给先祖和先妣，备齐百礼祭神灵，神降福祉真是好。

点评

诗的开头很有特色。它描写丰收，纯以静态：许许多多的粮食谷物（黍、稌），贮藏粮食的高大仓廪，再加上抽象的难以计算的数字（万、亿、秭）。这些静态汇成一片壮观的丰收景象，自然是为显示西周王朝国势的强盛，而透过静态，读者不难想象静观后面亿万农夫长年辛劳的动态。寓动于静之中，写来笔墨十分经济，又给读者留下思想驰骋的广阔天地。不过，在周王室看来，来之不易的丰收既是人事，更是天意，所谓“谋事在人，成事在天”，丰收归根结底是上天的恩赐，所以诗的后半部分就是感谢上天。

有瞽

有瞽有瞽[①]，在周之庭。设业设虡[②]，崇牙树羽[③]。应田县鼓[④]，鞉磬柷圉[⑤]。既备乃奏，箫管备举。喤喤厥声[⑥]，肃雍和鸣[⑦]，先祖是听。我客戾止[⑧]，永观厥成[⑨]。

注解

①瞽：此指乐官，周代常以盲人充作乐师。

②业：悬鼓的木架。虡：悬编钟编磬的木架。

③崇牙：古时乐器架子横木上刻如锯齿状，用以悬挂一排大小不等的钟磬，此锯齿即崇牙。

④应：小鼓，有四足，也叫足鼓。田：大鼓。一说应、田均为小鼓。县鼓：悬挂的鼓。

⑤鞉：摇鼓。磬：玉石制板状打击乐器。柷：乐器名，状如漆桶，中有椎柄连底，以木具击之作声，为开始演奏的信号。圉：乐器名，形似伏虎，木制，背上刻作锯齿

形,以木具划之作声,作为演奏结束的信号。

⑥喤喤:形容乐声洪亮和谐。

⑦肃雍:形容乐声徐缓和谐。

⑧戾:至。止:语助词。

⑨成:指一曲奏毕。

译文

盲乐师啊盲乐师,在大庭上排列宗庙。摆好各种钟架鼓架,架上钩子彩羽装。悬挂起各种小鼓大鼓,鞉磬柷圉列成行。乐器齐备就演奏,箫管并吹音绕梁。众乐响起声洪亮,肃穆和谐调悠扬,祖宗神灵来欣赏。我也有要光临的贵宾,一曲终了却并不觉得时间长。

点评

从《有瞽》这一纯写作乐过程的诗篇,我们不仅得悉周王朝音乐成就的辉煌,而且对周人"乐由天作"因而可以之沟通入神的虔诚观念也有了更深刻的了解。

潜

猗与漆沮①!潜有多鱼②。有鳣有鲔③,鲦鲿鰋鲤④。以享以祀,以介景福⑤。

注解

①猗与:赞叹词。漆、沮:岐周的二水名。

②潜:深。一说是放在水中供鱼栖息的柴堆。

③鳣:鳇鱼。鲔:鱼名,即鳝。

④鲦:白条鱼。鲿:鱼名。鰋:鲇鱼。

⑤介:求。景:大。

译文

啊！清漆水，长沮水！不仅水深而且有很多美丽的鱼。鳇鱼成对，鲔鱼摆尾，鲦鲿成群，鰋鲤逐队。做供品，上祭台，祈求祖先降幸福给我们吧！

点评

《潜》篇幅简短，却罗列了六种鱼名；漆、沮二水具体写出，却让祭祀对象公刘隐名；写王室的祭祀活动，却也与民间风俗息息相关。这些都显示了作者调动艺术手法的匠心，使本来在《诗经》里相对枯燥的颂诗中的一首能够进入形象生动、意蕴丰富、趣味盎然的作品行列。

雝

有来雝雝①，至止肃肃②。相维辟公③，天子穆穆。於荐广牡④，相予肆祀⑤。假哉皇考⑥！绥予孝子。

宣哲维人⑦，文武维后⑧。燕及皇天⑨，克昌厥后⑩。绥我眉寿⑪，介以繁祉⑫。既右烈考⑬，亦右文母⑭。

注解

①雝雝：和睦的样子。

②肃肃：肃敬的样子。

③相：助祭的人。辟公：指诸侯。

④广牡：大牲。

⑤相：助。予：我，武王自称。肆祀：陈列祭品。

⑥假：嘉。皇考：对已故父亲的美称，这里指文王。

⑦人：臣。

⑧后：君。

⑨燕:安。
⑩昌:昌大。厥后:其后世子孙。
⑪绥:赐给。眉寿:长寿。
⑫介:佐助。繁祉:多福。
⑬右:通"侑",劝侑。烈考:光明显赫的先父。
⑭文母:有文德之母,指太姒。

译文

来这儿,安安静静,到这儿,恭恭敬敬。诸侯们在庙堂助祭,天子的仪态美好、端庄。献上肥大的牛羊,助我把祭馔来陈上。我伟大的父皇啊!安抚我,叫我远离彷徨。

聪明智慧的伟人,能文能武的君王。安定了皇家的天下,使子孙都能够兴旺。保佑我长寿,赐给我多种多样的福禄。既拜劝我父周文王,也拜劝我的太姒娘。

点评

这首诗是父母同祭的,因此说"既右烈考,亦右文母",但"文母"的陪衬地位也很明显,这又是父系社会的必然现象。以这样内容的两句结尾是周颂中唯一之例,透露出《雝》是祭祀后撤去祭品的乐歌的信息,并为诸多《诗经》注疏、研究者所公认。按理说,每一祭典都有撤去祭品这一程序,撤祭诗不会仅此一首,既然现在《诗经》只收录了《雝》,可见《诗经》的整理删定者(旧说为孔子)认为它是其中最出色的一篇。

载见

载见辟王[1],曰求厥章[2]。龙旂阳阳[3],和铃央央[4]。鞗革有鸧[5],休有烈光[6]。

率见昭考[7],以孝以享[8],以介眉寿[9],永言保之[10]。思皇多祜[11],烈文辟公[12],绥以多福[13],俾缉熙于纯嘏[14]。

注解

①辟：国君。

②曰：语助词。求厥章：孔颖达以为是指诸侯“内修诸己，自求礼仪车服文章，使不失法度”。厥，其。章，文章，指礼乐法度。

③龙旂：“交龙为旂。”（《诗毛氏传疏》）即绘有两龙蟠结的旗子。阳阳：色彩鲜明的样子。

④和铃：《毛传》说“和在轼前，铃在旗上”，和亦铃。央央：铃声。

⑤鞗革：皮制的铜饰马笼头。有鸧：鸧鸧，《郑笺》释为“金饰貌”。

⑥休：美。烈：明亮。

⑦昭考：指周武王。周制，王七庙，太祖居中，在东三庙为昭，在西三庙为穆。武王庙当东为昭。

⑧享：献祭。

⑨介：求。

⑩言：语助词。

⑪思：语助词。皇：君主，指成王。祜：福。

⑫烈：功业。文：文德。辟公：指诸侯。

⑬绥：安。

⑭俾：使。缉熙：光明。纯嘏：陈奂说：“纯、嘏，皆大也。”

译文

初次朝见周天王，要求车服符合典章的要求。蟠龙大旗真漂亮，旗铃和车铃一起作响。皮制笼头铜饰光，美丽辉煌好派场。

在武王庙率领谒见群臣，尽孝献祭请安享，祈求众人长寿考，永远地保佑子孙幸福安康。君王身体健康天下也会一起幸福，有功有德的诸侯，安享太平又得福，使国家光明更伟大。

点评

和上一篇《雝》相同，《载见》也是写助祭的，只是祭祀对象和描写重点有所不同。这首诗是描写诸侯在武王庙第一次朝见成王及成王率领众诸侯助祭的隆重场面的诗。

有客

有客有客,亦白其马。有萋有且[1],敦琢其旅[2]。
有客宿宿[3],有客信信[4]。言授之絷[5],以絷其马。
薄言追之[6],左右绥之[7]。既有淫威[8],降福孔夷[9]。

注解

①有萋有且:萋,借为汭,绸缎上的花纹;有且,且且,随从众多的样子。
②敦琢:雕琢。旅:众。指随从。
③宿:住一夜。宿宿,住两夜。
④信:住两夜。信信,住四夜。
⑤絷:绳索。
⑥追:送,饯送。
⑦绥:赐,即赐礼物。
⑧淫威:淫,大。威,德,即大德。
⑨孔夷:孔,甚。夷,平安,即很平安。

译文

客人来了,客人来了,那匹雪白的马。人多呀,人众呀,大家都打扮好了。
客人住下两天了,客人住下四天了。拿根绳儿来给他,绳儿拴着他的马。
他要走了,饯送他,大家都送他礼物,有这样的好品德,大大的福气降给他。

点评

全诗一章,共十二句,可分三小节:一节四句,言客之至;二节四句,言客之留;三节四句,言客之去。礼仪周到,言简而意赅。

武

於皇武王[①]！无竞维烈[②]。允文文王，克开厥后[③]。嗣武受之[④]，胜殷遏刘[⑤]，耆定尔功[⑥]。

注解

①於：赞叹的口气。皇：大，美，光耀。

②竞：争，强盛。无竞，是说没有人再比他强盛的了。维：其。烈：业。引申为功绩。

③克：能。

④嗣：继。武：训迹，迹，道。言武王继文王之道而卒其伐功。武，一说为武王。

⑤遏刘：遏，禁止。刘，杀戮。

⑥耆：致，做到。定：成功，言武王伐纣，致定其功。尔：武王。

译文

啊！堂皇呀，周武王，他的功业无人能够比得上。文王真有文德呀，能把后人事业来开创。继承他的有武王，战胜殷商、灭亡殷商，大功告成，意气风发。

点评

在唱出开头两句颂歌后，诗人笔调一转，饮水思源，怀念起为克商大业打下坚实基础的周文王来。文王（即西伯）被纣王囚禁羑里，因其臣闳夭等人献宝物给纣王而得赦免，他出来后献洛西之地请求纣王废除炮烙之刑，伐崇戡黎，建立丰邑，修德行善，礼贤下士，深得人心，诸侯多叛纣而往归之。他为武王的成功铺平了道路，使灭商立周成为水到渠成之事，其功德怎能令人忘怀！“允文”云云，真是情见乎词。诗的最后三句，直陈武王继承文王遗志伐商除暴的功绩，将第二句“无竞维烈”留下的悬念揭出，在诗歌的语言运用上深有一波三折之效，使原本呆板的《颂》诗因此显得吞吐从容，涌动着一种高远宏大的气势。可以说，此诗是歌功颂德之作中的上品。

周颂·闵予小子之什

闵予小子

闵予小子[①]，遭家不造[②]，嬛嬛在疚[③]。於乎皇考！永世克孝[④]。念兹皇祖，陟降庭止[⑤]。维予小子，夙夜敬止。於乎皇王[⑥]！继序思不忘[⑦]。

注解

①予小子：成王对先王、先祖自称。

②不造：不吉祥，不幸。

③嬛嬛：同“茕茕”，孤独无依的样子。疚：心伤致病。

④永世：终生。

⑤陟降：升降，此指文王灵魂时时升降于王庭，以赐福佑。

⑥皇王：此兼指文王和武王。

⑦序：绪，即王业。思：语助词，犹“兮”字。

译文

可怜我还这么小呀，家门遭丧真不幸，感到孤独忧伤心中悲痛。啊，赞美我伟大的先父！一辈子都能做到尽孝。远念我伟大的先祖，神灵常降保王庭。我现在还小，却已有如此大业，发誓一定要日夜恭谨理朝政。啊，敬告我伟大的先王！继承宏业不敢忘。

点评

周公是经历文、武、成三世的老臣,“自文王在时,旦为子孝,笃仁,异于群子”,又“佐武王,作《牧誓》,破殷”(《史记·鲁周公世家》),一些三世老臣如姜尚等,都长期与他共事,上述对文王、武王赞颂之语,出自他口中,自有非同寻常的号召与约束力量,穆王时太仆正伯冏作《冏命》,所说“昔在文武,聪明齐圣,小大之臣,咸怀忠良”,正可见周公的威严。

访落

访予落止[1],率时昭考[2]。於乎悠哉[3]!朕未有艾[4]。将予就之[5],继犹判涣[6]。维予小子,未堪家多难[7]。绍庭上下[8],陟降厥家[9]。休矣皇考[10],以保明其身[11]。

注解

①访:咨询,商议。予:成王自称。落:开始。一说借为略,谋略,策略。止:语助词。

②率:遵循。时:是。昭考:指武王。

③於乎:同“呜呼”,叹词。悠:远大。一说忧。

④朕:我,成王自称。艾:阅历。此句谓年幼尚无知。

⑤将:扶,助。就:因,遵从。之:指先王的法典。

⑥犹:通“猷”,图谋,谋略。判涣:大。

⑦多难:指遭武王之丧,遇管叔、蔡叔、霍叔“三监之乱”和武庚叛乱等事件。

⑧绍:继承。庭:直、公正。上下:指官吏的升降,与下句“陟降”同意。

⑨厥:其。

⑩休:美。

⑪以:语助词,无义,或作“而”解。明:勉,尽力,勉励。保:佑助。

译文

当初我即位就设想，追随我英明的父王。啊！聪明才智的父亲呀，我缺乏经验哪能跟上他。努力呀，靠拢他，继承国家大事，努力奋斗。我这幼稚的小子，家里发生许多祸事快要承担不了了。继承直道施行于上下，一举一动不曾离开家。美好啊，我的父王，他能平安又清明。

点评

《访落》其实是一篇周王室决心巩固政权的宣言，是对武王之灵的宣誓，又是对诸侯的政策交代，真诚而不乏严厉，严厉而不失风度，周公也借此扯满了摄政的风帆。

敬之

敬之敬之[1]！天维显思[2]。命不易哉[3]！无曰：高高在上。陟降厥士[4]，日监在兹[5]。维予小子，不聪敬止[6]。日就月将[7]，学有缉熙于光明[8]。佛时仔肩[9]，示我显德行[10]。

注解

①敬：警戒。

②天：天道。显：明显。思：语助词。

③命：天命。不易：不改变。

④陟降：升降，或指赏罚、奖惩。士：指群臣。

⑤日：每天，时刻。监：察看。兹：此，指人世。两句意为：升降、赏罚施于群臣，上帝时时在此监视。

⑥不：语助词。聪：本义为“听觉灵敏”，引申义为“耳有所闻”。止：语助词。

⑦日就月将：谓每天每月都有进步。就，久；将，长。即日久月长，日积月累之意。

⑧缉熙：积渐广大，即深广的意思。一说为“奋发前进”之意。

⑨佛：通“弼”，辅助。时：是。仔肩：责任。

⑩示：告诉，指示。显：光明。此句是成王对群臣的希望之词。

译文

警惕呀，警惕呀！老天他是非常高明的。保命真的也不易呀！莫说老天高高在上。万事万物由他在升降，每天望着众生。我这幼稚的小子，听着更是要警惕。日久天长，学问积累得多来发光芒。我来担当重大的责任吧，你们要告诉我正确的道德品行。

点评

首六句为第一层。成王利用天命告诫群臣，由于他的天子身份，因而很自然地具有居高临下的威势。后六句为第二层。年幼的成王，面对年龄较长的群臣，往往采取一种谦恭的姿态，这里表达严于律己的意愿更是如此。年幼而不谙朝政的成王，群臣对之或许有私心可逞（但还会存有对摄政周公的顾忌）；而逐渐成熟的成王，决心掌握治国本领而努力学习的成王，群臣对之便只能恭顺和服从，并随时存有伴君如伴虎的恐惧。诗中的律己也就产生了精心设计的震慑。

小毖

予其惩[①]！而毖后患[②]。莫予荓蜂[③]，自求辛螫[④]。肇允彼桃虫[⑤]，拚飞维鸟[⑥]。未堪家多难，予又集于蓼[⑦]。

注解

①惩：有所伤而知戒。

②毖：谨慎。

③荓（pīng）蜂：掣曳。谓牵引而使之。

④螫：事。辛螫，即辛苦之事。

⑤肇：始。允：信，的确。桃虫：一名桃雀，即鹪鹩，为最小的鸟。

⑥拚（fān）：同“翻”。

⑦集：逢，遇上。蓼：一种有苦辣味的草。

译文

我真的要警戒啊！谨慎地防后患。没人一定要我到那儿去，那是我自找的辛苦。开始哪，那个小鹪鹩，努力翻动身体想像鸟一样飞。我不堪国家多患难，又把那辛苦都集于自己一身。

点评

《小毖》的主旨在于惩前毖后。惩前的大力度，正说明反省之深刻，记取教训之牢，以见毖后决心之大。惩前是条件，毖后是目的，诗中毖后的目的虽然没有丝毫的展示，却已隐含在惩前的条件的充分描述之中。在诗中，我们可以体会到成王深刻的反省：自己曾为表面现象蒙蔽而受害，曾面临小人图穷而匕现的威胁，也曾经历过难以摆脱的危机。但这何尝又不由此而受到启发，进而深思：此时的成王，已经顺利渡过危机，解除了威胁，而更重要的是，他已成熟，并将保持政治上的清醒，决心为巩固政权而行天子之威令。

蓼

载芟

载芟载柞[①]，其耕泽泽[②]。千耦其耘，徂隰徂畛[③]。侯主侯伯[④]，侯亚侯旅[⑤]，侯强侯以。有嗿其馌[⑥]，思媚其妇，有依其士[⑦]。有略其耜[⑧]，俶载南亩。播厥百谷，实函斯活[⑨]。

驿驿其达[⑩]，有厌其杰[⑪]，厌厌其苗，绵绵其麃[⑫]。载获济济，有实其

积[13],万亿及秭。为酒为醴,烝畀祖妣[14],以洽百礼。有飶其香[15],邦家之光。有椒其馨,胡考之宁[16]。匪且有且,匪今斯今,振古如兹[17]。

注解

①载:开始。芟:除草。柞:除木。

②泽泽:松散。

③隰:新开之田。畛:田间界畔。

④主:家长。伯:长子。

⑤亚:众叔。旅:众子弟。

⑥嗿:众饮食声。

⑦依:强壮。

⑧略:锐利。

⑨函:同"含"。

⑩驿驿:接连不断的样子。达:出土。

⑪厌:美好的样子。杰:先生长的壮苗。

⑫绵绵:细密。麃:耘。

⑬积:堆在露天之中。

⑭烝:进。畀:予。

⑮飶:饮食之类。

⑯胡考:老人。

⑰振古:自古。

译文

铲草皮、刨树根,耕种那些肥沃的土地。许多的人在锄草,在田里、在田埂。有家长、有老大,有二弟、有众兄弟,有壮丁、有众伙计。送饭的来了,大家吃得香,那个娘子多漂亮,那个汉子多健壮。那犁头呀多锋利,耕着南边的田地。播种那百样的庄稼,种子胀开、种子发了芽。

幼苗冲出地面茁壮成长,那先出土的苗儿真肥壮,大片的苗儿整齐地排成一行一行,仔细地锄草,不要伤到苗儿。开始收获了,大家闹嚷嚷,一堆一堆的谷子在场上,万呀亿呀、亿亿来计量。做清酒、做甜酒,献给祖宗来享受,祭祀的礼品多花样。

饭香喷喷的,是我们国家的荣耀。多么芬芳的酒呀,为老年人增健康。不但是这儿才这样,不但是今天才这样,自古以来一直都是这样。

点评

这篇诗是周王在秋收后用新谷祭祀宗庙时所唱的乐歌。全诗叙述有层次、有重点,初言垦,继言人,言种,言苗,言收,层层铺叙,上下衔接;至"万亿及秭"而承上启下,笔锋转势,言祭,言祷。在叙述中多用描写、咏叹,时或运用叠字、排比、对偶,押韵而七转韵,都使全诗的行文显得生动活泼,这在《周颂》中是相当突出的。

良耜

畟畟良耜[①],俶载南亩[②]。播厥百谷,实函斯活[③]。或来瞻女,载筐及筥,其饟伊黍[④]。其笠伊纠,其镈斯赵[⑤],以薅荼蓼[⑥]。荼蓼朽止[⑦],黍稷茂止。

获之挃挃[⑧],积之栗栗[⑨]。其崇如墉[⑩],其比如栉[⑪],以开百室。百室盈止,妇子宁止。杀时犉牡[⑫],有捄其角[⑬]。以似以续,续古之人。

注解

①畟畟:锋利的样子。

②俶:开始。载:从事。

③实、斯:均为语助词。函:包孕。活:生长。

④饟:送食物。

⑤镈:锄头。

⑥薅:除草。

⑦荼、蓼:两种杂草之名。

⑧挃挃：积实之声。
⑨栗栗：众多的样子。
⑩墉：城墙。
⑪栉：梳篦之齿。
⑫犉：牛长七尺为闰。
⑬捄：弯又长的样子。

译文

犁头雪亮又锋利，先耕南亩那块地。各种各样的种子撒下去，颗颗粒粒含生气。那边有人来看你，背着方筐挎着筥。送来米饭还冒着热气。头戴草编圆斗笠，人们齐心协力挥锄翻土，除去杂草清田畦。杂草腐烂在田里，庄稼长得更茂密。

手中挥舞的镰刀刷刷作响，场上粮食如山积。粮垛高高像城墙，栉比鳞次又多又密，大小仓库都开启。仓库全部都装满，老婆孩子都放心了。杀了那头大公牛，双角弯弯美无比。用来祭祀社稷神，前人传统后人继。

荼

点评

与前一篇《载芟》同为《诗经》中的农事诗的代表作，描绘了一幅西周农业社会的丰收图像，表现出人们对于祖先的感激之情。

丝衣

丝衣其紑①，载弁俅俅②。自堂徂基③，自羊徂牛，鼐鼎及鼒④。兕觥其觩⑤，旨酒思柔⑥。不吴不敖⑦，胡考之休⑧。

注解

①丝衣:祭服。其紑:紑莑,鲜明洁白的样子。

②载:通"戴"。弁:爵弁,以布、绸或革制成,色赤微黑,形如雀头。俅俅:恭顺的样子。

③堂:庙堂。基:通"畿",指庙门边。

④鼐:大鼎。鼒:小鼎。鼎,古代三足两耳的器具。

⑤兕觥:兕牛角做的酒杯。觩:角弯曲的样子。

⑥旨酒:美酒。思:语助词。柔:温和。

⑦吴:喧哗。敖:通"傲"。

⑧胡考:长寿。休:美。

译文

丝绸祭服多么洁净,戴的羽冠要端正。从那庙堂往门口,羊和牛都有,大杯小杯都有。犀角酒杯弯弯形,美酒温和味道纯。不高声来不傲慢,求得长寿好福气。

点评

这是一首在祭祀仪式现场诵唱的歌。首二句言祭祀之穿戴。三、四句言祭祀之准备。五、六句言祭祀之器具。最后三句言祭后宴饮,也就是"旅酬"。

酌

於铄王师[1],遵养时晦[2]。时纯熙矣[3],是用大介[4]。我龙受之[5],蹻蹻王之造[6]。载用有嗣[7],实维尔公[8],允师。

注解

①於:"乌"的古字,叹词,有赞美的意思。铄:辉煌。王师:指武王的军队。

②遵：循，顺着。一说，遵，率。养：取。时：是，此。晦：昧。这里指昏君纣王。

③纯：大，普遍。熙：兴起，兴盛。一说，熙，光明。

④介：善，吉祥。大介即大善，大吉祥。

⑤龙：宠，恩宠。受：承受。

⑥蹻蹻：强壮、勇武的样子。造：为，成就。

⑦载：则。有：语助词。用：因此。嗣：继承。

⑧实：同“寔”，即“是”。实维：表肯定语气，即“是维”。尔公：尔先公，指武王。旧说解公为事，指武王伐纣，亦通。允：信，实在。师：法，效法。

译文

啊！真英武，武王的进攻，率兵讨伐那昏君。立刻光明照耀天空，成就了大事立了大功。我周家应天顺人有天下，威风凛凛兴一番事业呀。世世代代传下去，武王秉公心，不虚假，大众信服他。

点评

前五句是成王歌颂王师的战绩，并对统兵出征的统帅表示感激之情，也就是感激和歌颂周公。后三句是成王任命周公、召公分职而治天下。当然，这时仍是周公摄政，但任命之事则不能不以成王的名义，告庙仪式的主人公也不能不是成王。所以这首诗的主人公表面上是成王，而实际上还是周公。

桓

绥万邦，娄丰年[1]。天命匪解[2]。桓桓武王[3]，保有厥士，于以四方，克定厥家。於昭于天，皇以间之[4]。

注解

①娄:同“屡”。

②匪:非。解:同“懈”,松懈。

③桓桓:威武的样子。

④间:代替。

译文

平定了天下,年年大丰收。这是老天降福给周国。威风凛凛的武王,拥有英勇的士兵和勇敢的将领,用他们去平定四面八方,家家安定、人人喜洋洋。啊!光辉天空照,是老天让他代替殷来行天道。

点评

诗的前三句,是以“绥万邦,娄丰年”来证明天命是完全支持周朝的。中间四句歌颂英勇的武王和全体将士,并告诉全体诸侯,武王的将士有能力征服天下、保卫周室。最后两句是祷告上苍、让天帝来作证,以加强肯定,同时也是对第三句“天命匪解”的呼应。诗的核心就是扬军威以震慑诸侯,从而达到树立周天子崇高权威的目的。诗的语言雍容典雅,威严而出之以和平,呈现出一种欢乐的氛围,涌动着新王朝的蓬勃朝气。

赉

文王既勤止[①]!我应受之[②]。敷时绎思[③]。我徂维求定[④],时周之命,於绎思!

注解

①止:语助词。

②应:承应。

③敷:通“布”,传布,宣扬。绎:抽绎,寻绎。

④徂:往。

译文

文王已经辛劳了!我应当继承他。连续不断地颁布这些政令呀。我去伐商,为的是安天下,你们接受国家的命令,不要中断呀!

点评

诗首先指出父亲文王勤于政事的品行,表示自己一定以身作则。接着指出天下平定是他所追求的大目标,为了达到这一目标,告诫所有诸侯们都必须牢记文王的品德,不可荒淫懈怠。诗中语气诚恳,表现了武王深远的忧虑和倦倦之意,所以在短短的六句中竟反复地告诫诸侯们“绎思”。

般

於皇时周①!陟其高山。嶞山乔岳②,允犹翕河③。敷天之下④,裒时之对⑤,时周之命⑥。

陟其高山

注解

①皇:君。

②嶞:狭而长的山。乔:高。岳:高而大的山。

③犹:若,顺。允犹,谓河沿着顺轨而合流。翕河:合流下淌。

④敷天:普天。

⑤裒:聚集。

⑥时:承,接受。

译文

啊！伟大的周王，登上那高高的山。山岳都又高又大，河水合流之后沿山势向下淌。普天之下的人们呀，你们全都聚这儿来回答我，接受我周家命令呀。

点评

这首诗和《武》一样，是四言七句，语言虽然非常简练，但是用了“高”“乔”“敷”“裒”等表示空间之大的字眼，用了最能体现空间感的山峰河流来实化这种象征、隐喻周室伟大的空间之大，便具有一种雄浑的气魄，体现了圣王天下一统的恢宏之势。

鲁颂

駉

駉駉牡马[1]，在坰之野[2]。薄言駉者[3]，有驈有皇[4]，有骊有黄[5]，以车彭彭[6]。思无疆[7]，思马斯臧[8]！

駉駉牡马，在坰之野。薄言駉者，有骓有駓[9]；有骍有骐[10]，以车伾伾[11]。思无期[12]，思马斯才[13]！

駉駉牡马，在坰之野。薄言駉者，有驒有骆[14]；有骝有雒[15]，以车绎绎[16]。思无斁[17]，思马斯作[18]！

駉駉牡马，在坰之野。薄言駉者，有骃有騢[19]；有驔有鱼[20]，以车祛祛[21]。思无邪[22]，思马斯徂[23]！

注解

①駉駉：马肥壮的样子。牡马：雄马。这里泛指健壮之群马。

②坰：遥远的郊野。

③薄言：发语词。

④驈：黑马白胯。皇：《鲁诗》作"騜"，《说文》亦引作"騜"，黄白色的马。

⑤骊：纯黑色的马。黄：金赤色的马。

⑥彭彭：强壮有力的样子。

⑦思：语气词。下文"思"字同。

⑧斯：语助词。臧：善。

⑨骓：毛色苍白相杂的马。駓：毛色黄白相杂的马。

⑩骍：赤黄色的马。骐：青黑色相间类似棋盘格子纹的马。

⑪伾伾：有力的样子。

⑫无期：犹言无算。

⑬才：材力。

⑭驒：有鳞状黑斑纹的青毛马。骆：鬣毛和尾部呈黑色的白马。

⑮骝：黑鬣的赤马。雒：白鬣的黑马。

⑯绎绎：善走，跑得快。

⑰无斁(出)：犹言无数，即"无度"。萌，古"度"字。

⑱作：奋起，腾跃。

⑲骃：浅黑带有白色的杂毛马。騢：赤白色的杂毛马。

⑳驔：脚胫有长毫的马。一说为黑色黄背马。鱼：眼眶有白圈的马。

㉑祛祛：健壮的样子。

㉒无邪：犹言无边，即"无圉"。邪，通"圄""圉"。一说，邪，歪邪。

㉓徂：行。此处指马善于远行。

译文

那些又肥又大的马，放在辽远的牧野。那个地方的那些马呀。黑身白腿的马，黄而夹白的马，一色全黑的马；红而带黄的马，大多能够稳健地拉车。哟，力大无穷，哟,马儿多好呀!

那些又肥又大的马,放在辽远的牧野。那儿那些马,苍白杂色的马,黄白杂毛的马;红而微黄的马,青而微黑的马,大多能够稳健地拉车,哟,无限大,哟,马儿多壮呀!

那些又肥又大的马,放在辽远的牧野。那儿那些马,青黑的钱花马,白身黑鬣的马;赤身黑鬣的马,黑身白鬣的马,把车拉得多快呀!哟,不拖沓,哟,马儿神气呀!

那些又肥又大的马,放在辽远的牧野。那儿那些马,黑白的花马,红白的花马;白毛长腿的马,两眼白毛的马,多么健壮地拉着车。哟,不歪斜,哟,马儿如飞呀!

点评

鲁僖公的大臣奚斯所作的咏马诗,为中国咏马诗之祖。虽然用的是赋法而没有比兴成分,但写来跌宕有致,马的形象既生动传神,对鲁君的颂美也点到即止,没有过分的张扬,一切都温而不火,流畅自然。

有駜

有駜有駜[1],駜彼乘黄。夙夜在公,在公明明[2]。振振鹭,鹭于下。鼓咽咽[3],醉言舞。于胥乐兮!

有駜有駜,駜彼乘牡。夙夜在公,在公饮酒。振振鹭,鹭于飞。鼓咽咽,醉言归。于胥乐兮!

有駜有駜,駜彼乘駽[4]。夙夜在公,在公载燕。自今以始,岁其有。君子有榖,诒孙子[5]。于胥乐兮!

注解

①駜:马肥力壮的样子。

②明明:“勉勉”的假借。

③咽咽:有节奏的鼓声。

④駽:铁青色的马。

⑤诒:留给。

译文

多肥大、多肥大,拉车的那些肥黄马。白天晚上都在公家,在公家呆着但没有误差。鹭儿多,鹭儿下。鼓咚咚,醉呀舞。哟!大家快乐呀!

多肥大、多肥大,拉车的那些大肥马。早早晚晚在公家,在公家,杯儿斜。鹭儿多,鹭儿飞。鼓咚咚,醉呀归。哟!大家快乐呀!

多肥大、多肥大,拉车的那些铁骢马。白天晚上都在公家,在公家,宴饮哗。从今天开始,年成大丰收。多么吉祥的人儿呀,儿孙都沾光。哟!大家快乐呀!

点评

诗一开始便写马,马极肥壮,都为黄色,其"乘"字指出了这些是驾车的马。接着转向庙堂,"夙夜在公"的"公",当作官府讲,与"退食自公"的"公"同。第二章的形式和首章基本一致,只是个别字有所变化,一是描写得更具体细致,指出马为牡马,大伙在官府中所忙碌的是饮酒跳舞;二是写出时间变化,"鹭于飞"是舞者持鹭羽散去,舞宴结束,故而饮宴者也带着醉意而返回。第三章揭出郊祀之事。诗人不仅希望鲁君把收获的粮食传给后代,更希望鲁国福泽绵长,享祚长久。

泮水

思乐泮水[①],薄采其芹[②]。鲁侯戾止[③],言观其旂[④]。其旂茷茷[⑤],鸾声哕哕[⑥]。无小无大[⑦],从公于迈[⑧]。

思乐泮水,薄采其藻。鲁侯戾止,其马蹻蹻[⑨]。其马蹻蹻,其音昭昭[⑩]。载色载笑[⑪],匪怒伊教[⑫]。

思乐泮水,薄采其茆[⑬]。鲁侯戾止,在泮饮酒。既饮旨酒[⑭],永锡难老[⑮]。顺彼长道[⑯],屈此群丑[⑰]。

穆穆鲁侯[⑱],敬明其德。敬慎威仪,维民之则[⑲]。允文允武[⑳],昭假烈祖[㉑]。靡有不孝[㉒],自求伊祜[㉓]。

明明鲁侯[24],克明其德[25]。既作泮宫,淮夷攸服[26]。矫矫虎臣[27],在泮献馘[28]。淑问如皋陶[29],在泮献囚。

济济多士,克广德心[30]。桓桓于征[31],狄彼东南[32]。烝烝皇皇[33],不吴不扬[34]。不告于讻[35],在泮献功。

角弓其觩[36],束矢其搜[37]。戎车孔博[38],徒御无斁[39]。既克淮夷,孔淑不逆[40]。式固尔犹[41],淮夷卒获。

翩彼飞鸮[42],集于泮林。食我桑黮[43],怀我好音[44]。憬彼淮夷[45],来献其琛[46]。元龟象齿[47],大赂南金[48]。

芹

注解

①思:发语词。泮水:泮宫前的半月形水池。泮的意思就是“半水”,即两半合成一池。泮宫是诸侯国家的学宫,后世郡县的学宫(孔庙)也有泮池,世称泮宫。明清两朝考取秀才叫“入泮”,或称“采芹”,都用此诗典故。

②薄:发语词。

③戾止:来到。

④言:语助词,无义。旂:饰有龙纹的旗,贵族的仪仗。

⑤茷茷:同“旆旆”,旗帜飘展的样子。

⑥鸾:车铃。哕哕:和悦的车铃声。

⑦无小无大:不论官位高低。

⑧于:语助词,无义。迈:行进。

⑨蹻蹻:马匹雄壮威武的样子。

⑩昭昭:声音嘹亮。

⑪载:又。色:喜色,面色和悦。

⑫匪:不,无。伊:是,稍有“维”字义。下“自求伊祜”的“伊”,有“其”字义。

⑬茆:莼菜。

⑭旨:甘美。

⑮锡:赐。难老:长寿。

⑯长道:远途。

⑰屈:击败,使之降服。群丑:对敌人的蔑称。

⑱穆穆:庄重和美的样子。

⑲维:是。则:模范。

⑳允:诚然。

㉑昭假烈祖:英明追得上光荣的祖先。昭,明。假,格,至。烈祖,指鲁国祖先周公旦、伯禽等功勋之臣。

㉒靡:无。孝:通"效",师法。

㉓祜:吉祥,福。

㉔明明:勉勉。

㉕克:能。明其德:将德性见之于行为。

㉖淮夷:对淮河流域东部沿海一带土著部族的蔑称。这些部族在周王朝各诸侯国的封域之外,所以被称为"不服王化"的"夷"(东方的人)。攸:语助词,带有"都"的意思。

㉗矫矫:勇武的样子。虎臣:武将。

㉘馘(guó):打死敌人后,割下左耳,代替首级以计功。

㉙淑问:善于审断。皋陶:帝舜时有名的司法大臣。

㉚广:推行,发扬。德心:善心,指鲁侯好品性。

㉛桓桓:威武的样子。

㉜狄:扫荡,清除。东南:指淮夷。鲁国在今山东南部,淮夷在国境东南。

㉝烝烝皇皇:形容军队盛大。烝烝,生气蓬勃。皇皇,光明正大。

㉞吴:喧闹放肆。扬:张扬,行为过分。

㉟告:"酷"的假借字。讻:凶恶的敌人。

㊱角弓:用牛角装饰的弓。觩:弓弯曲强劲的样子。

㊲束矢:五十(或说一百)支箭扎在一起称束矢。这里指许多箭连续发射。搜:即飕飕,形容一支支箭迅疾发射的声音。

㊳戎车:战车。孔博:很多。

㊴徒御:兵马。步行的叫徒,驾车的叫御。无斁:不倦。

㊵孔淑不逆:很善良而不再反抗。

㊶式:用,由于。固:坚持,固守。犹:通"猷",计谋。

㊷鸮:猫头鹰。

㊸黮(shèn):同“葚”,桑果。

㊹怀:送,给。

㊺憬:悔悟。

㊻琛:珍宝。

㊼元龟:大龟。

㊽大赂:赂为璐的假借字(据俞樾《群经平议》说)。大璐是一种美玉。南金:南方出产的黄金。

译文

乐呀乐那泮池水,采呀采那水芹儿。鲁侯光临这儿了,我看见了他那飘舞的旌旗。他的旌旗在飘扬,车上的铃儿叮叮当当响个不停。分不出大小来,一起都来跟从他。

乐呀乐那泮池水,采呀采那水藻儿。鲁侯光临这儿了,他的马呀高又壮。他的马呀高又壮,他的声音是那么的爽朗。这样和颜,这样欢笑,只是教导并不生气。

乐呀乐那泮池水,采呀采那莼菜儿。鲁侯光临这儿了,在泮宫里饮美酒。饮着一杯杯美酒,保他到老不白头。在泮宫里讲了很多大道理,大伙儿全来了聚在一起。

好鲁侯,鲁侯好,他的品德多光耀。气度非凡的仪表,人民把他来仿效。真能文,真能武,赶上那功烈的先祖。事事学习他先祖,求得那福呀无其数。

勤勤恳恳的鲁侯,他的教化能修明。建筑好了那泮宫,淮夷这就来归附你了。雄赳赳的战士如猛虎,泮宫里献上敌人的左耳成串数。审问俘虏,精细得像皋陶,泮宫里献上俘虏,谁也没法逃。

贤士们呀济济一堂,大家心胸多么宽广。威风凛凛去出征,扫荡了那东南方的敌人。人滔滔,貌堂堂,不要喧哗,不要飞扬。不要呼喊,不要叫嚷,泮宫里献功一桩桩。

弯弯的弓儿多紧张,一束一束的箭儿嗖嗖响。兵车呀排成行,步行的、驾车的竞赛忙。征服淮夷,淮夷降,敌人不反抗真是大好事呀。设定的计谋是多么的周详,淮夷终于来归降。

猫头鹰儿翩翩地飞行,聚在泮宫的树林。吃着我的桑果儿,用美好的声音来报答我。觉悟了的那淮夷，把他的国宝当礼品，大龟板、长象牙，整块玉儿和黄金。

点评

这是一首在祭祀仪式现场所诵唱的歌，歌颂鲁僖公能修文德。淮夷生活在当时的淮水一带，不受周王朝所封，对周王朝诸侯造成威胁，所以，各诸侯国曾多次征伐，这几次战役，虽然战功不大，但鲁是个积弱之国，能累次出师，争伯中原，所以鲁人寄望僖公，肆情歌颂。

閟宫

閟宫有侐[1]，实实枚枚[2]。赫赫姜嫄，其德不回[3]。上帝是依，无灾无害。弥月不迟，是生后稷，降之百福。黍稷重穋[4]，植穉菽麦。奄有下国，俾民稼穑。有稷有黍，有稻有秬。奄有下土，缵禹之绪。

后稷之孙，实维大王[5]。居岐之阳，实始翦商。至于文武，缵大王之绪。致天之届[6]，于牧之野。无贰无虞，上帝临女。敦商之旅，克咸厥功。

王曰叔父[7]，建尔元子，俾侯于鲁。大启尔宇，为周室辅。乃命鲁公，俾侯于东。锡之山川，土田附庸。周公之孙，庄公之子[8]。龙旂承祀，六辔耳耳。春秋匪解，享祀不忒。皇皇后帝，皇祖后稷。享以骍牺[9]，是飨是宜，降福既多。周公皇祖，亦其福女。

秋而载尝[10]，夏而楅衡[11]。白牡骍刚[12]，牺尊将将。毛炰胾羹[13]，笾豆大房[14]。万舞洋洋[15]，孝孙有庆。俾尔炽而昌[16]，俾尔寿而臧。保彼东方，鲁邦是常。不亏不崩，不震不腾。三寿作朋[17]，如冈如陵。

公车千乘，朱英绿縢，二矛重弓。公徒三万，贝胄朱綅，烝徒增增[18]。戎狄是膺，荆舒是惩[19]，则莫我敢承！俾尔昌而炽，俾尔寿而富，黄发台背，寿胥与试。俾而昌而大，俾尔耆而艾，万有千岁，眉寿无有害。

泰山岩岩，鲁邦所詹。奄有龟蒙，遂荒大东。至于海邦，淮夷来同。莫不率从，鲁侯之功。

保有凫绎[20]，遂荒徐宅。至于海邦，淮夷蛮貊，及彼南夷，莫不率从。莫敢不诺，鲁侯是若。

天锡公纯嘏，眉寿保鲁。居常与许，复周公之宇。鲁侯燕喜，令妻寿母。宜大夫庶士，邦国是有。既多受祉，黄发儿齿。

徂来之松，新甫之柏。是断是度，是寻是尺。松桷有舄，路寝孔硕，新庙奕奕。奚斯所作，孔曼且硕，万民是若。

注解

①閟：深闭。宗庙是供神的地方，深邃闭锁，肃穆清静，故称魅宫。侐：清静。

②枚枚：细密的样子，指殿堂各种彩绘雕饰。

③回：邪僻。

④重：先种后熟的农作物。穋：后种先熟，生长期短的农作物。

⑤大王：太王，文王祖父古公刖父。

⑥届：同“殛”字，诛灭。

⑦叔父：指周公旦。

⑧庄公之子：指鲁僖公。

⑨骍：赤色。

⑩尝：尝祭，秋天举行。秋收新粮，先祭祖尝新，故称尝祭。

⑪楅衡：牛栏。

⑫刚：“颌”的假借字，公牛。

⑬炰：带毛烧熟的猪。胾羹：肉汤。

⑭笾豆大房：均古食器，形状不同。

⑮万舞：古代一种舞蹈名。

⑯尔：指鲁僖公。

⑰三寿：古代以九十岁为上寿，八十岁为中寿，七十岁为下寿。

⑱烝：众，此指士兵。

⑲荆舒：楚国、舒国。舒国在今安徽境内。

⑳绎：绎山，又称峄山，在今山东邹县东南。

译文

庙堂肃穆静无声，殿宇高大而且装饰精美。先祖姜嫄多显赫，有着善良正直的品德。依靠上帝受福佑，无灾无害有多么的幸福。怀胎十月生贵子，生出后稷显神通，上帝降百福给他。黍子高粱先后熟，豆类小麦都会种。从而后稷有天下，教百姓务农的本领。高粱小米获丰收，稻谷黑黍都茂盛。后稷从此享天下，惠民好比续禹功。

后稷子孙代代强，古公亶父称太王。率众迁到岐山阳，准备军事实力希望能灭大商。传至文王与武王，建功立业继太王。执行天罚诛无道，在牧野之战有殷商灭亡。同心同德知戒惧，上帝监护降吉祥。敦促战败商军队，同心协力功辉煌。

成王尊敬叫叔父，立你的长子去守边疆，分封鲁国做侯王。开阔疆土立功业，辅佐周室万年长。成王下令给鲁公，在东面分封为侯守。赐他山川土地广，周围小国都附庸而来。周公子孙多英明，庄公的儿子立了大功。祭礼龙旗迎风展，乘车六辔好威风。春祭秋祀不延误，祀品丰盛心恭敬。皇皇上帝降神灵，皇祖后稷同享用。红色牺牲做祭品，神灵高兴地安享这一切，多多赐福使国家更加兴盛。皇祖周公显神通，也将赐福你僖公。

秋天丰收行尝礼，夏天养牛在栏里。白红牲畜做祭礼，牛形酒杯疣疣响。烧猪肉汤齐献上，各种石器都装满了。万舞场面真排场，孝顺子孙享吉祥。使你国运永恒昌，使你长寿又健康。保你国威震东方，鲁国永远都强盛。就像高山不崩陷，就像水流不震荡。身享高寿体健康，如山如岭永健壮。

鲁国兵车有千乘，弓缠绿绳矛飘缨，弓矛齐备武器精。鲁公步卒有三万，头盔镶贝系红绳，甲士有许许多多的人。北伐狄族西击戎，楚舒二国遭严惩，众敌谁敢犯我锋！使你国运繁荣又昌盛，使你长寿又能够年年丰收，直到发黄背弓年岁老，才干不减老运通。使你太昌盛，使你寿无穷，千秋万岁永远活着，寿高体健无病痛。

巍巍泰山有高峰，矗立鲁境展雄风。龟山蒙山归我有，疆土在东方远到无穷大。沿海小国都归附于你，淮夷相率来朝贡。有谁胆敢不服从，鲁侯大才建奇功。

鲁有凫山和绎山，徐地也都归我管。东方边境到海边，淮夷蛮貊都畏服，国境的南面与楚国相连，谁人胆敢不服从。说话谁敢不应承，鲁侯命令都顺从。

苍天赐洪福给鲁侯呀，鲁国巩固人长寿。常邑许国都占领，周公旧土都恢复。鲁侯庆功摆喜宴，母亲大寿妻子贤。大夫庶士受款待，长保国泰又民安。老天降福人民受领，老年容貌变年轻。

徂徕山上伐松木，新甫运来大柏树。锯树成材仔细量，按照长短派用场。松木做椽大又牢，殿堂宽敞屋顶高，好座雄伟新祖庙。奚斯作颂才学高，诗长词美写得好，万民称颂为你庆功劳。

点评

《闷宫》是《诗经》三百篇中最长的一篇，以鲁僖公作閟宫为素材，广泛歌颂僖公的文治武功，表达诗人希望鲁国恢复其在周初时尊长地位的强烈愿望。

商颂

那

猗与，那与①！置我鞉鼓②。奏鼓简简③，衎我烈祖④。汤孙奏假⑤，绥我思成⑥。鞉鼓渊渊⑦，嘒嘒管声⑧。既和且平，依我磬声⑨。於赫汤孙⑩，穆穆厥声⑪。庸鼓有斁⑫，万舞有奕⑬。我有嘉客，亦不夷怿⑭！自古在昔，先民有作⑮。温恭朝夕⑯，执事有恪⑰。顾予烝尝⑱，汤孙之将⑲。

注解

①猗、那：形容乐队美盛的样子。与：通“欤”，叹美词。

②鞉（táo）鼓：一种有柄的摇鼓。

③简简：谐和、洪大的鼓声。

④衎(kàn):欢乐。烈祖:功业显赫的祖先,此指成汤。

⑤汤孙:成汤的子孙。奏假:进言祷告。假,读作“嘏”,告。

⑥绥:遗,赠予。成:指生长、成功的地方。

⑦渊渊:鼓声。

⑧嘒(huì)嘒:清亮的管乐声。

⑨依我磬声:指鼓声、管声随着击磬声而高下疾徐。磬,玉制打击乐器。古乐队以磬声止众乐。

⑩於(wū)赫:显赫。於,叹美词。

⑪穆穆:和美的样子。

⑫庸:通“镛”,大钟。斁(yì):盛大。

⑬万舞:舞名,即大舞,以干羽舞。奕:舞态从容的样子。

⑭夷怿:喜悦。夷,通“怡”,悦。

⑮有作:有所作为。

⑯温恭:温文恭敬。

⑰恪:恭敬。

⑱顾:光顾。烝尝:祭名。冬祭曰烝,秋祭曰尝。

⑲将:奉献。

译文

多盛大啊多繁富!堂上竖起拨浪鼓。击鼓的声音咚咚响不停,用这样的方法来娱乐我先祖。襄公祭祀祈神明,帮我顺利地拓宽疆土。拨浪鼓儿声声响,竹管呜呜吹新声。曲调谐协音和平,玉磬一声响众乐都停止了。啊!显赫的宋襄公,他的乐队真动听。铿锵洪亮钟鼓鸣,万人舞蹈的场面多么壮观。助祭嘉宾都光临,没有一个不是开心快乐的!遥远古代先民们,早把祭祀安排定。态度温文又恭敬,管理祭祀需虔诚。秋冬致祭请光临,襄公奉献表衷情。

点评

这是一首在祭祀仪式现场所诵唱的歌,在歌唱了商民的祖先契后,又歌颂了成汤继承契的思想与行为。

烈祖

嗟嗟烈祖！有秩斯祜①。申锡无疆②，及尔斯所。既载清酤，赉我思成③。亦有和羹④，既戒既平。鬷假无言⑤，时靡有争。绥我眉寿，黄耇无疆⑥。约軧错衡，八鸾鸧鸧⑦。以假以享，我受命溥将⑧。自天降康，丰年穰穰⑨。来假来飨⑩，降福无疆。顾予烝尝，汤孙之将！

注解

①祜：《郑笺》："祜，福也。"王引之《经义述闻》卷七："秩，大貌。"

②申：《传疏》："申训重，重下也。"《集传》："尔，主祭之君，盖自歌者指之也。斯所，犹言此处也。"

③赉（lài）：《毛传》："赉，赐也。"

④和羹：《郑笺》："和羹者，五味调腥熟得宜。"《通释》："诗承和羹言，戒当训备……济其不及，以泄其过，此诗所谓平也。"

⑤鬷（zōng）：《集传》："鬷，《中庸》作奏，正与上篇义同。族声转平而为奏耳。无言、无争，肃敬而齐一也。"

⑥眉寿、黄耇（gǒu）：《传疏》："眉寿，黄耇皆寿征，言安我以无疆之福寿也。"

⑦軧（qí）、鸧鸧（qiāng）：《诗缉》："其车以皮缠约其軧，又有文错之衡，其八鸾之声鸧鸧然和。以此格神，以此献神。"

⑧溥将：《集传》："溥，广。将，大也。"

⑨穰穰（ráng）：《郑笺》："天于是下平安之福使年丰。"《集传》："穰穰，多也。"

⑩假：《释文》："假，音格，王云：至也。"

译文

啊！烈烈先祖神在上，不断降下大福祥。无穷无尽多赐赏，到达时君这地方。先祖神前设清酒，赐我太平长安康。还有五味红烧肉，陈设齐备又适当。默默向神来祭告,执事肃穆无争嚷。神灵赐我百年寿,满头黄发寿无疆。车毂裹皮辕雕花,八个鸾铃响丁当。祭告神灵献祭品,我受天命广又长。太平幸福从天降,今年丰收多米粮。神灵光临受祭飨,降下幸福无限量。冬祭秋祭神赏光,汤孙至诚奉酒浆。

点评

全诗一章二十二句,分四层铺写祭祀烈祖的盛况。开头四句是第一层,首先点明了祭祀烈祖的缘由,就在于他洪福齐天,并能给子孙"申锡(赐)无疆";"嗟嗟"一词的运用,可谓崇拜得五体投地。接下八句,写主祭者献"清酤"、献"和羹",作"无言"、无争的祷告,是为了"绥我眉寿,黄耇无疆"。这种祭祀场面的铺叙,表现了祭祀隆重肃穆的气氛,反映出主祭者恭敬虔诚的心态。再接下去八句,写助祭者所坐车马的奢豪华丽,以此衬托出主祭者身份的尊贵,将祈求获福的祭祀场面再次推向高潮。结尾两句祝词,点明了举行时祭的是"汤孙"。首尾相应,不失为一首结构完整的诗篇。

玄鸟

天命玄鸟①,降而生商,宅殷土芒芒②。古帝命武汤③,正域彼四方④。方命厥后⑤,奄有九有⑥。商之先后,受命不殆⑦,在武丁孙子⑧。武丁孙子,武王靡不胜。龙旂十乘,大糦是承⑨。邦畿千里,维民所止⑩,肇域彼四海⑪。四海来假⑫,来假祁祁⑬。景员维河⑭,殷受命咸宜,百禄是何⑮。

注解

①玄鸟:燕子。

②宅:居。芒芒:广大的样子。

③古帝:犹天帝。马瑞辰《毛诗传笺通释》:"古,始也。万物莫始于天,故天可称古。古帝犹言昊天上帝。"

④正域:正其封疆。

⑤方:通"旁",广、普遍。后:君,指各部落首领。

⑥奄：覆盖、包括。九有：九域之假借，《薛君韩诗章句》："九域，九州也。"

⑦殆：通"怠"。

⑧武丁孙子：与下两句，据王引之《经传释词》当作"在武王孙子，武王孙子，武丁靡不胜"。因武丁是成汤第九代孙，是商代的中兴之主。此三句意为：天命永在成汤的子孙，成汤子孙中武丁是无所不胜任的。

⑨糦：同"赇"，指酒食，祭祀用的供品。承：供奉。

⑩止：居住。

⑪肇：发语词。域：有。

⑫假：通"格"，至。

⑬祁祁：众多。

⑭景员维河：高亨《诗经今注》："景，大也。员，读为圆，国界称圆，因其略近圆形。维，围绕、包括。……河，黄河。景员维河，殷的广大国界包括黄河。"此说可从。

⑮百禄是何：承受天赐的百福。何，通"荷"，承受。

译文

上天命令神鸟降临，降而生契始建立了商，住在殷土多宽广。当初上帝命成汤，治理天下管四方。广施号令为君王，九州都归附于商受他的封。殷商先君是受天命的，国运久长没有不好的事发生，全靠武丁是贤王。后裔武丁是贤王，成汤大业他承当。十辆插了龙旗的马车，满载酒食来祭享。领土辽阔上千里，人民在这地方定居，四海之内是封疆。四方夷狄来朝见，络绎不绝纷又攘。景山四周黄河绕，殷商是受天命治国邦，邀天之福永呈祥。

点评

本诗是祭祀殷高宗武丁的颂歌。本篇为祭祀颂诗，整诗写商的"受天命"治国，写得渊源古老，神性庄严，气势雄壮。

长发

大禹

浚哲维商[1]，长发其祥[2]。洪水芒芒，禹敷下土方[3]。外大国是疆[4]，幅陨既长[5]。有娀方将[6]，帝立子生商[7]。

玄王桓拨[8]，受小国是达[9]，受大国是达。率履不越[10]，遂视既发[11]。相土烈烈[12]，海外有截[13]。

帝命不违，至于汤齐[14]。汤降不迟[15]，圣敬日跻[16]。昭假迟迟[17]，上帝是祗[18]，帝命式于九围[19]。

受小球大球[20]，为下国缀旒[21]。何天之休[22]，不竞不絿[23]，不刚不柔，敷政优优[24]，百禄是遒[25]。

受小共大共[26]，为下国骏厖[27]。何天之龙[28]，敷奏其勇[29]。不震不动，不戁不竦[30]，百禄是总[31]。

武王载旆[32]，有虔秉钺[33]，如火烈烈，则莫我敢曷[34]。苞有三蘖[35]，莫遂莫达[36]。九有有截，韦顾既伐[37]，昆吾夏桀[38]。

昔在中叶，有震且业[39]。允也天子[40]，降于卿士[41]。实维阿衡[42]，实左右商王[43]。

注解

①浚：古通“睿”。浚哲，明智。

②长发其祥：常常显现其吉祥。

③敷：布、施。方：四方。

④外大国：指夏国邦畿以外的诸夏。

⑤幅陨：幅员。

⑥有娀：古部族名，也是国名。将：壮大。

⑦帝：上帝。立于：指立有恃之女子为高辛之妃。生商：指生契。因契受封

于商，故言生契为生商。

⑧玄王：指契。是商之后世对契的追尊之称。桓：威武。拨：《韩诗》作“发”，《周书·谥法解》：“刚克为发。”刚毅的意思。

⑨达：通。指通达国情。

⑩率履：循礼。履，借为“礼”。

⑪遂视既发：《郑笺》：“乃遍省视之，教令则尽行也。”

高辛

⑫相土：人名，契孙。烈烈：威武的样子。

⑬截：整治不乱。

⑭齐：俞樾《群经平议》：“齐当为济，《尔雅·释言》：‘济，成也。’”这句意为到了汤而王业成。

⑮降：降生。不迟：恰当其时。

⑯圣敬：圣明恭敬。跻：升，上进。

⑰昭假：祷告祈福。迟迟：久久不息。

⑱祗：敬。

⑲式：法，执法。九围：九州。

⑳球：美玉。一说，小球大球，犹小法大法。王引之《经义述闻》：“球、共，皆法也。球读为忻，共读为拱。《广雅》曰，拱，抹，法也。”

㉑缀旒：表率。

㉒何：通“荷”，承受。休：美善。

㉓绒：急。

㉔优优：宽和。

㉕遒：聚。

㉖共：法。一说为玉。

㉗骏厖：庇荫、庇佑。

㉘龙：通“宠”。

㉙敷奏：施展。奏，进、用。

㉚戁：恐惧。竦：惊惧。

㉛总：汇聚。

㉜武王：指契。旆：大旗。

㉝虔：坚固。钺：大斧。

㉞曷：通遏，止。

㉟苞：本。指树桩。蘖：树木被砍后旁生的分枝。三蘖，喻比韦、顾、昆吾三国。

㊱遂：生。达：长。

㊲韦：国名，在今河南省滑县东南。顾：国名，在今山东鄄城县东北。

㊳昆吾：国名，在今河南省许昌市东。

㊴震：威力。业：功业。

㊵允：诚然。

㊶降于：于为"予"之讹，赐给。

㊷阿衡：商之官名，指大臣伊尹。

㊸左右：辅佐。

商汤

译文

商朝世世有明王，上天常常示吉祥。远古洪水白茫茫，大禹治水平定了四方。扩大夏朝的土地拓封疆，国土从此又宽又广。有娀氏国也兴旺，简狄为妃生玄王。

商契威武又英明，受封小国令能行，受封的大国也能按令行事。遵循礼制不越轨，遍加视察促实行。契孙相土真威武，海外诸侯齐听命。

契

不要违抗上天的意思，一代一代地奉行直至成汤。汤王降生正当时，明慧谨慎日向上。虔诚祈祷久不息，对上天是无限崇敬，帝命九州齐效汤。

接受上天大小法，表率诸侯做典范。蒙天之赐美名传，不相争也不急躁，不强硬也不柔软，施行政令很宽和，百样福禄像山一样多。

接受上天的各种法律法规，各国诸侯受庇蒙。蒙天赐予我荣宠，大施神威奏战功。不震惊也不摇动，不胆怯也不惶恐，百样福禄都聚拢。

汤王出兵伐夏后，手里拿着锋利的大斧，就像烈火在熊熊燃烧，谁敢阻挡我去路和我斗。一棵树干三个杈，没有一株枝叶稠。征服九州完成统一大业，诛韦灭顾扫敌寇，昆吾夏桀也不留。

从前中期国兴旺，威力强大震四方。汤为天子诚又信，卿士贤明从天而降。贤明卿士是阿衡，是他辅佐商汤王。

点评

歌颂商汤的祖先和建立商朝的成汤，谓自契以来已有受命的祯祥。本诗的叙述并不平直板滞，善于运用一些形象的语言，描写较为生动。韵律也较为整齐，除全诗末两句外，句句用韵，每章换韵。在句式上，多用对句，或上下句相对，或双句相对，或章句相对，行文变化多姿，使语言整齐匀称，内容凝炼集中，有较强的节律感。

殷武

挞彼殷武[1]，奋伐荆楚[2]。罙入其阻[3]，裒荆之旅[4]。有截其所[5]，汤孙之绪[6]。

维女荆楚[7]，居国南乡[8]。昔有成汤[9]，自彼氐羌[10]，莫敢不来享[11]，莫敢不来王[12]，曰商是常[13]。

天命多辟[14]，设都于禹之绩[15]：岁事来辟[16]，勿予祸适[17]，稼穑匪解[18]。

天命降监[19]，下民有严[20]。不僭不滥，不敢怠遑。命于下国，封建厥福。

商邑翼翼，四方之极。赫赫厥声，濯濯厥灵。寿考且宁，以保我后生。

陟彼景山，松柏丸丸。是断是迁，方斫是虔，松桷有梴，旅楹有闲，寝成孔安。

注解

柏

①挞：行动迅疾的样子。殷武：殷商的武力。

②荆楚：楚国。《说文》："荆，楚木也。"《左传·孔疏》："荆楚一木二名故以为国号亦得二名。"犹"殷商"可分言，可亦合言(《释殷商》)。

③罙："深"的本字。段玉裁认为应作"粲"，意谓"大道"(《诗经小学》)，那么此句应解释为"由大道进入险阻"，亦可通。阻：险要之道，关隘。

④裒：俘获。旅：众，军队。

⑤有截：整齐划一，一齐平服的意思。其所：指楚地。

⑥绪：王业的统绪。

⑦女：汝。

⑧国：中国。古代称中原曰中国，是华夏民族的中心地带。

⑨成汤：商汤王，殷商开国君主。

⑩氐羌：氐族和羌族；古代边疆部族，分布在今甘肃、青海等地。

⑪享：奉献。

⑫来王：前来朝见。

⑬常：通"尚"，服从。

⑭天命：天子旨意。多辟：诸侯。

⑮禹之绩：绩是"迹"的假借字。禹之迹意为大禹治水所经过的九州，亦即"禹域"，泛指中国大地。

⑯事：从事，谨守。来辟：来朝。

⑰祸适：惩罚。

⑱稼穑：农业生产。解：通"懈"。

⑲监：考察；监督。

⑳严：畏敬。

译文

神速殷军奋威武，大军奋勇攻打荆楚。深入敌境克险阻，荆楚全军都被我们俘虏。神威所到之处全都平服，汤王武功子孙续。

你们荆楚一小邦，偏居于中国的南方。昔我远祖商汤王，即使边远的氐羌，无人敢不献宝藏，无人敢不朝殿堂，都说是心甘情愿服从商国。

天子封赏了各诸侯国，各建国都在禹域。年年来朝不会缺下礼物，不予罪责君臣悦，农田一定要勤劳耕作。

天子派员察民情，民奉王威须恭敬。不敢妄为守法令，不敢怠惰荒废了大好光阴。王命下降万国遵，各守封疆受福荫。

商都整齐又繁盛，它是万国的榜样。声名赫赫天下人都知道，光华灿灿有威灵。享年长久又康宁，后代子孙获庇荫。

登上高高景山巅，山上的松柏又直又圆。锯断树木又搬迁，砍削成材宜营建，根根修长松木椽，无数大柱粗又坚，寝殿筑成享万年。

点评

全诗一共六章，一、四、五章每章六句，二、六章每章七句，第三章五句。前五章写殷高宗武丁中兴之事，最后一章写高宗寝庙落成的情景。诗的主旨，就在于通过高宗寝庙落成举行的祭典，极力颂扬殷高宗继承成汤的事业所建树的中兴业绩。